장편사화

전 철 호

문학예술출판사
주체105(2016)

망국의 비운이 드리웠던 시기에 태어나 한생을 초불처럼 깡그리 불태워 인류의 의학발전에 공헌한 애국자 리제마!

그는 세계적인 의술인 4상의학을 창시한 조선의 장한 아들이였다.

차 례

제1장. 기이한 운명 ··· 3

제2장. 탐구의 길에서 ··· 72

제3장. 환멸에 찬 벼슬길에 올라 ···················· 167

제4장. 후진을 키우는 길에서 ··························· 277

마감이야기 ·· 360

리제마는 19세기 동방의술의 대표자의 한사람이며 고려의학 발전에서 특출한 성과라고 할수 있는 4상의학의 창시자이다.

항간에서는 그를 가리켜 당장 숨져가던 병자도 소생시켰다고 하는 고려시기의 설경성의원이나 그 어떤 중병일지라도 척척 고쳤다는 조선봉건왕조시기의 허준처럼 귀신같은 의술을 지닌 명의중의 명의라고 일러주었다.

세상에서 처음으로 사람을 용모와 체격, 장부와 같은 육체적 면과 성격, 정서, 행동 등 정신적인 측면에서 종합적으로 세밀하게 관찰한 기초우에서 태양인, 소양인, 태음인, 소음인의 네가지 상으로 나누어 사람의 체질을 가장 합리적으로 분류하였을뿐아니라 그에 맞는 약처방을 내놓아 만병을 다스릴수 있게 하였다는데 바로 의학자로서의 리제마의 뛰여난 공적이 있는것이다.

리제마의 4상의학은 오늘도 우리 나라에서는 물론 세계 여러 나라들에서 널리 보급되고있으며 수많은 사람들이 그 혜택을 입고있다.

세계적인 의학자인 리제마를 키운 조부모들의 뜻은 사실 의술과는 전혀 인연이 없었다.

그들은 리제마를 벼슬길에 내보내여 나라의 운명을 돌보게 하고 도탄에 빠진 백성들을 널리 구제하는 일에 기여하도록 하려고 하였다.

그런데 어이하여 리제마는 벼슬길과 거리가 먼 의술길에 나섰으며 또 어떻게 고려의학의 새로운 경지를 개척할수 있었는가.

제 1 장

기이한 운명

1

1837년 3월 19일.

함경도 함흥부 지락마을의 리진사집에 경사가 났다.

하나밖에 없는 외아들에게 자식이 생기지 않아 근심많던 집안에 장손이 태여났던것이다.

리진사(리제마의 할아버지)는 안해 김씨가 깨우는 바람에 여느날과 달리 꼭두새벽에 일찍 눈을 뜨지 않으면 안되였다.

《령감, 방금 생남했다는 전갈이 왔수다!》

《뭐, 생남? 그게 정말인가?》

리진사는 무릎을 철썩 치더니 벌떡 자리를 차고 일어섰다. 그리고 저고리를 입는다, 망건을 쓴다 부산을 피우며 덤벼쳤다.

그는 어느새 방을 나와 발에 갖신을 꿰고있었다.

매사에 꼼꼼하게 의관정제를 하고다니던 옷주제가 이때는 말이 아니였다. 너무 덤벼치다보니 갓도 쓰지 못한 머리에서는 망건이 삐뚤서하고 두루마기는 옷고름을 매지 않아 앞이 항 제껴져있었다.

《령감!》

리진사는 김씨가 내주는 갓을 받고서야 자기가 너무 덤벼쳤다는것을 깨닫고 껄껄 웃었다. 그리고는 다시 사랑방으로 들어갔다.

《령감, 뭘 잊은게 있수?》

리진사는 방 아래목에 올방자를 틀고앉아 밖에 대고 소리쳤다.

《마누라, 어서 들어오우.》

령감의 분부라 김씨는 급한 마음을 누르며 방으로 들어갔다.

《마누라, 한생을 거의다 산 내가 일일천추로 고대하던 장손이 태여난은즉 어떻게 빈손으로 그 앨 보러 찾아가겠나. 장손의 이름이라도 지어가지고 가야지.》

김씨는 얼굴이 환해져서 령감앞에 쭈그리고앉았다.

《에그, 정말 그래야지요.》

리진사는 눈을 내리감았다. 하지만 인츰 맞춤한 이름이 떠오르지 않았다.

길을 나서면 개울 건늘 차비를 하랬다는데 가문의 대를 잇는 거사를 앞에 놓고서도 이름 하나 지어놓지 않은것이 후회되였다.

리진사는 한해전의 일을 돌이켜보았다.

지난해 초봄 리진사는 회갑상에 마지못해 나앉았었다.

슬하에 무자식인 외아들이 부어주는 술잔을 받았을 때 그는 가슴이 아파 눈물을 흘리였다.

대체로 사람이 마흔고개에 이르면 누구나 두벌자식을 거느리기마련이다. 예순나이가 되도록 무릎우에 앉힐 손자녀석이 없으니 가문의 대가 끊어질 처지에 무슨 재미로 상을 받는단 말인가.

그래서 걷어치우려고 했는데 자식도 없는 아들이 부모공대도 제대로 못하는 불효자식이라고 동네흉을 당하게 할수 있다면서 김씨가 나서는 바람에 마음을 고쳐먹은 리진사였다.

리진사가 회갑상을 물린지 며칠 지난 어느날이였다.

친척이 없는 리진사네 집은 회갑잔치를 보러 왔던 동네사람들이 돌아간 날로 쥐죽은듯 잠잠해졌다.

리진사는 고독한 기분을 달랠길 없어 후원뜨락을 발이 가는대로 거닐고있었다.

여러 조상들의 신주를 앉힌 사당을 바라보느라니 눈가에 절로 눈물이 글썽거림을 어찌할수 없었다.

간신히 이어오던 리씨가문의 대가 끝내는 아들대에 와서 끊어질수도 있다는 한스러움에서였다.

그런데 문득 조상들의 신주앞에 꿇어엎드려 머리를 조아리고있는 누군가의 모습이 보여와 그를 놀라게 하였다.

소리없이 다가가보니 마누라가 사당안에서 쑤얼대고있었다.

《여러 선친조상들께옵서 굽어살펴주시옵소서. 글쎄 무슨 재앙을 입어서인지 며느리는 혼례한지 스무해가 돼오도록 태기 한점 없사옵니다. 그래서 아들에게 소실을 얻어주려 하옵니다.

소실될 녀인은 같은 동네의 대추나무집딸이온데 초년과부가 되여 지금 본가집에 와있나이다.》

리진사의 눈이 휘둥그래졌다.

로친이 제 마음대로 아들에게 소실을 얻어주겠다구, 그것도 먼데 녀인도 아닌 한동네에 사는 과부를 데려오겠다니 망녕이 든게 아니야?

대추나무집딸이라면 시집갔던 마을에 무서운 온역(급성돌림성열병)이 들이닥쳐 자식과 지아비를 한날한시에 잃었다는 녀인이다.

리진사의 속을 들여다본듯 김씨의 목소리가 더 크게 울렸다.

《쉰네는 이미 이웃의 향교마을에다 집을 한채 마련해놓았습니다. 내놓고 자랑할 일이 못되기에 쉰네 혼자서 일을 꾸몄습니다.

여러 선친조상들께 고하옵나니 쉰네는 리씨집안의 대를 이어놓을수만 있으면 무슨 일이든 마다하지 않으렵니다. 래일은 삼월삼짇날이라 길한 날이오니 결단코 이날에 아들의 집들이를 하겠사옵니다.

부디 리씨가문의 자손에게 길한 복을 내려주시옵소서.》

리진사는 은근히 부아가 꿈틀거려올랐다. 어떻게 이런 중대사를 가장이 시퍼렇게 눈을 뜨고있는데도 내인이란게 제 마음대로 행할수 있단 말인가.

그러나 마누라의 다음말에는 욱 치밀어올랐던 성이 스르르 가라앉고말았다.

그는 조심히 사당으로 들어갔다.

《쉰네는 기어코 이 집 장손을 보고야 죽어도 죽겠으니 가문의 대만 이을수 있다면 어떤 벌을 내린대도 달게 받겠사옵니다. 그저 장손만 보게 해주시오이다.》

엎드려 비는 늙은 안해를 보느라니 리진사는 눈물이 고여올랐다.

인기척을 느낀 마누라가 돌아보고 깜짝 놀라며 어쩔바를 몰라하였다. 령감이 노발대발하여 무슨 야단을 칠지 몰라서였다.

그러나 리진사는 아무 말도 없이 마누라의 곁에 무릎을 꿇고앉아 신주를 향해 머리를 조아렸다.

《선친조상께옵서는 이 마음을 기특히 여겨주시고 부디 장손을 보게 해주소이다. 오늘 당장 대추나무집녀인을 맞아들이겠소이다.》

마누라가 같이 머리를 조아리며 눈물을 쏟았다. 이렇게 한 뒤끝에 보게 된 장손이였다.…

《령감, 언제까지 그러구 앉아만 있을려우?》

리진사는 그제서야 자기 정신으로 돌아왔다.

《마누라, 좀만… 좀만 더 참아주그래.》

옛적 어떤 녀인은 하늘에서 오색구름들사이로 귀인들에게 둘러싸인 푸른 옷을 입은 아이가 자기 품으로 떨어지는 꿈을 꾸고 아들을 낳았고 또 어떤 녀인은 잉태중의 꿈에 란초화분을 안다가 그것을 떨어뜨리고 놀라 깨여 아들을 보았다고 한다. 그렇게 태여난 아이들은 후날 다 명인이 되였다던지…

리씨가문의 장손도 명인이 못된다는 법은 없다. 명인이 되려면 이름부터 달라야 한다고 하였다. 뜻이 깊은 이름을 가진 아이일수록 그 아이의 장래는 더 밝아질수 있는것이다.

리진사는 문득 번개같이 떠오르는 몇달전의 꿈이 생각나 두손을 마주잡았다.

《마누라, 제마! 리제마란 이름이 우리 장손에게 제격이겠소.》

김씨는 한무릎 리진사에게 다가앉으며 물었다.

《제마란 무슨 뜻이우?》

《건늘 제자에 말 마자라…》

김씨는 고개를 기웃거렸다.

《무슨 뜻인지 통 듣고도 모르겠수다.》

《아들애에게 소실을 얻어준 때로부터 꿈에서 자주 말을 보군 해 이상하다 했는데 그게 오늘 장손이 되여 나타난것이란 말이요.》

《나도 령감에게서 들은 기억이 있수다. 그런데 건늘 제자라면 물 건너온 말이라는 뜻이요?》

《잘 들어두라구요. 제자는 걷는다는 뜻만 아니라 돕는다, 이룬다는 뜻도 있고 말 마자는 하루에도 천리를 내달린다는 준마, 룡마를 의미함이라 사실 나의 뜻은 우리 장손이 백성을 널리 구제하는 길에서 룡마처럼 내달리라는거요.

고려의 명사 익재도 건늘 제자를 써서 리제현이라 했은즉 우리 애도 커서 자기 이름에 담겨진 뜻을 깨닫게 되면 반드시 큰일을 찾아할 거란 말이요!》

김씨의 얼굴이 환해졌다.

《듣구보니 정말 좋은 이름이구려.》

그러던 김씨의 얼굴이 금시 어두워졌다.

《마누라, 어디 몸이 말째우?》

김씨는 한숨을 내쉬였다.

《헌데 애가 장손이긴 해도 서자이니…》

리진사가 고개를 저으며 저력있게 말했다.

《허참, 별걱정을 다 하오. 제마가 서자이긴 해도 외독자가문의 하나밖에 없는 장손이라 우리 집안을 당당히 상속받을수도 있고 글공부만 잘시키면 떳떳하게 문과에도 나갈수 있단 말이요.》

《정말 그럴수 있을가요?》

《장담한다니까. 그전에도 외독자가문들에서 집안의 대를 이을 서자 하나는 문과에 나간 일이 드문하오. 내가 살아있는 한 우리 제마는 반드시 문과에 나가게 될거요.》

그제서야 김씨의 얼굴이 다시 밝아졌다.

리진사는 밝게 웃는 김씨를 보며 속으로 그를 칭찬해마지않았다.

김씨가 아니였다면 어떻게 장손이 태여날수 있었겠는가. 집안의 대를 잇게 하려는 일념에서 아들에게 소실을 맞게 하였으니 마침내 장손을 보게 된것이다.

리진사는 벌떡 자리를 차고 일어섰다.

《마누라, 이젠 가기요.》

리제마는 이렇게 소실의 몸에서 대가 끊어질번 한 고을량반가문의 장손으로 태여났다.

어머니는 소실이나 제마는 량반가문의 귀한 후손이였다.…

2

　어언간 8년세월이 살같이 흘렀다.
　오랜 세월 잠을 자듯 잠잠했던 지락마을의 리진사집에서는 날마다 어린아이의 글읽는 소리가 그칠줄 몰랐다. 리씨가문의 장손 제마가 《해동명장전》이란 력사책을 읽는 랑랑한 목소리였다.
　할머니 김씨는 어린 손자의 책읽는 소리에 슬퍼지는 마음을 금할수 없었다.
　제마는 량반가문의 장손으로 태여났으나 인생의 첫걸음부터 순탄하지 못하였다.
　글쎄 무슨 액운이 서리여서인지 제마는 태여난지 석달만에 어머니를 여의였다.
　하긴 액운이라고 할것도 없었다. 지지리도 가난한 집안에서 태여나 갖은 고생을 겪다보니 몹시 허약해진 녀인이여서 아이를 낳자 곧 산후탈에 걸려 덜컥 쓰러진것이다.
　젖조차 변변히 먹어보지 못한 어린 손자도 불쌍하고 귀여운 아기를 이 세상에 남겨두고간 어미도 불쌍했다.
　어찌 불행이 그뿐이랴.
　가문의 대를 이을 장손이 태여났다고 그리도 기뻐하며 제마란 기이한 이름을 지어준 할아버지 리진사마저 몇해전에 열병을 만나 저세상으로 가버렸다.
　장손에게 큰 기대를 걸고있던 리진사가 살아있었더라면 제마는 더 일찌기 글공부를 할수 있었을것이다.
　리진사는 숨을 거두기에 앞서 마누라의 손을 꼭 부여잡고 그에게 장손의 글공부를 부탁하였다.
　김씨는 리진사의 간곡한 유언을 지켜 여섯살때부터 어린 제마에게 글을 가르치였다.
　동냥젖으로 키운 장손이다보니 제또래의 아이들보다 키도 작고 몸도 허약하기때문에 글공부를 늦잡게 한 김씨였다.
　제마가 7살이 되자 김씨는 향교에서 글을 배워주는 리진사의 후배인 림재익의 권고를 받고 《훈몽자회》를 배우게 하였다.

《훈몽자회》는 1527년에 이름난 어학자 최세진이 쓴 책으로서 아이들을 가르치는 글자모음이란 의미를 담고있는데 가갸표로부터 2천여개의 고유어며 수천개의 한자가 들어있어 글을 배우는 사람들은 반드시 배워야 하는 교재였다.

그런데 마치 제마는 배속에서 이미 글을 배우고 나온 아이처럼 여느 아이들 같으면(김씨의 어린시절 글공부도 그러했다.) 여러해가 걸렸을 《훈몽자회》를 단 한해만에 유감없이 뗐다.

김씨는 어린 장손이 부피두터운 《훈몽자회》를 단 한해만에 뗐다는것이 이만저만 놀랍지 않았다.

정말 장손이 제마란 자기 이름에 담겨진 뜻대로 나라를 위하여 큰일을 할것 같아보였다.

김씨는 제마에게 겨레와 강토를 아끼는 마음을 심어주라며 림재익이 준 《해동명장전》도 읽게 하였다.

밖에서는 진달래꽃이 하루가 몰라보게 만산을 붉게 물들이고 아이들은 다투어 길에서 뛰노는데 어린 제마는 아침밥상을 물리면 사랑방에 들어앉아 책부터 펼쳐들군 하였다.

글재미를 붙인 손자와 마주앉아 바느질을 하느라면 김씨는 저절로 고개가 끄덕여졌다.

여러모로 보나 총명이 어려있는 장손이다. 어쩌면 경륜의 큰뜻을 품고 벼슬길에 나섰다가 실망끝에 락향하여 울울한 한생을 마친 제 할아버지의 뜻을 실현할수도 있을지 모르겠다는 생각까지 들었다. 리진사와 뜻이 통했던 림재익도 제마에게 걸어오는 기대가 이만저만 크지 않다.

리진사나 림재익은 어린 제마가 자기 가문이나 이어나갈 그런 사람만이 되기를 바라지 않았다. 나라와 백성을 위해 좋은 일을 할 인물이 되기를 바랐던것이다. 그래서 김씨의 관심도 류달랐다.

김씨가 제마의 책읽는 소리를 들으며 감회에 휩싸여 바느질을 하고 있는데 그가 책을 덮으며 말했다.

《할머님, 이 책을 읽을수록 고구려의 을지문덕장군, 고려의 강감찬장군, 본조의 리순신장군에 대해서 공경의 마음을 금할수 없소이다. 그분들이 아니였다면 우리 나라가 어찌되였겠소이까?!》

김씨는 경탄과 감동의 빛이 가득 어려있는 제마의 머루알같이 새까만 눈동자를 정다운 눈길로 바라보며 환한 미소를 지었다.

이제는 제마가 책을 제법 볼줄 안다. 글을 읽을줄 안다고 해서 책을 볼줄 안다고 말할수 없다. 글줄들에 담겨진 뜻을 깨닫고 그것을 제것으로 받아들일 때에라야 책을 볼줄 안다고 말할수 있다.

《애야, 그분들이 애국명장으로서 후세토록 지워지지 않는 큰 공적을 이룰수 있은것은 다 너같이 어렸을 때부터 나라를 위하려는 큰 마음을 안고 열심히 책을 읽었기때문이다. 그분들은 늘 손에서 책을 놓지 않았을뿐아니라 애써 무술을 닦아 문무를 겸비하였단다.》

김씨는 잠시 말을 끊고 자기의 말을 귀담아듣고있는 제마의 머리를 쓰다듬어주었다.

김씨가 고금의 력사에도 환한것은 어린시절에 서당훈장을 하던 아버지에게서 글을 배워서였다. 그리고 시집와서는 남편인 리진사의 높은 뜻을 알아 책을 많이 읽은데 있다. 그런만큼 그는 그 당시 녀자로서는 쉽지 않을만큼 력사에 대한 일가견을 가지고있었다.

《애야, 난 네가 책을 읽는것으로 그칠게 아니라 바로 그 책에서 나오는 애국명장들처럼 어려서는 부모에게 효도하고 커서는 나라에 충정을 바치길 바란다.》

김씨의 말을 귀담아듣던 제마는 필통에서 붓을 꺼내들었다.

《너 무엇을 쓰려고 그러느냐?》

《예, 책을 읽는것으로 그칠게 아니라 그 책에서 나오는 애국명장들처럼 어려서는 부모에게 효도하고 커서는 나라에 충정을 바쳐야 한다고 하신 할머님의 말씀을 종이에 써서 이 책에다 끼워넣으려고 하오이다.》

《원, 그 말은 네가 머리에 새겨두면 그만이지 구태여 글로 써둘것까지 있겠느냐?》

《할머님, 책이란 이 사람 손에서 저 사람 손으로 넘어가는 물건인데 할머님의 말씀을 적은 종이를 끼워두면 앞으로 이 책을 보게 되는 사람들도 그 말씀을 다 머리에 새기게 될게 아니겠소이까?》

김씨는 혀를 찼다.

그는 붓에 먹물을 듬뿍 찍어 종이에 글을 쓰는 제마를 놀라운 눈으로 바라보았다. 마치 어린애가 아니라 다 큰 어른을 대하는 기분이였다.

저 어린것이 어떻게 자기 다음에 책을 읽게 될 사람에 대해서까지 생각하게 되였을가.

아, 령감도 무정하구나. 령감이 좀더 살아서 머리가 뛰여난 제마를 가르쳤더라면 5세문장가로 이름을 떨친 김시습(1435-1493년)이보다 못하지 않았을수도 있었겠는데…

김씨가 이런 생각에 잠겨있는데 《사모님, 계시오이까?》하는 석쉼한 목소리가 문밖에서 울려왔다.

《할머님, 향교선생님이 찾아오셨소이다.》

김씨는 바느질하던 옷을 내려놓고 사랑방문을 열었다. 두루마기를 차려입은 키큰 림재익이 뜨락에 서있었다.

김씨의 얼굴에 기쁨이 어리였다.

림재익은 리진사의 후배로서 향교에 들어와 학도들에게 글을 가르치는데 그래서 그는 김씨를 《사모님!》이라고 깍듯이 존대하고있었다.

《적은이, 어서 들어오게. 어서!》

김씨는 열살아래인 재익을 늘 적은이라고 친근하게 불렀다.

《선생님! 그동안 옥체만강하셨나이까?》

제마가 뛰쳐나가 굽석 허리굽혀 인사를 하였다.

《오, 우리 신동이 잘있었나?》

림재익이 제마를 안아들고 그의 볼에 제 볼을 비비며 물었다.

《그래 무슨 책을 읽댔느냐?》

《선생님! 〈해동명장전〉을 읽던중이오이다.》

《그래- 나라를 위해 많은 일을 하려면 제 나라 력사부터 잘 알아야 한다. 그런 의미에서 너에게 책을 하나 주지.》

《야!-》

림재익은 책이라면 덮어놓고 환성을 올리는 제마를 안고 방으로 들어갔다.

사랑방의 한쪽벽에는 리씨가문이 물려오는 책들이 가지런히 꽂혀있는 책장이 놓여있다.

재익이 제마를 내려놓고 허리춤에서 책을 꺼냈다.

《이 책은 〈동국지리지〉라는 책이다. 우리 나라의 력사와 함께 8도강산의 지리가 상세하게 씌여있는 귀중한 책이다.》

리제마는 책을 받아들기 바쁘게 책장을 번지였다. 《동국지리지》는 조선에 실학을 선도한 선구자의 한사람인 지리학자 한백겸(1552-

1615년)이 쓴 책이다.

김씨는 언제나 제 손자에게 호의가 극진한 림재익이 고마와 코마루가 저려들었다.

좀 있어 재익은 김씨에게 제마를 향교에 데리고가서 글을 가르치는게 어떠냐고 조용히 물었다.

김씨는 머리를 저었다.

고려 말엽에 생겨난 향교는 조선봉건왕조에 들어와 모든 고을들에 설치되여 어른이 다된 량반집 아들들에게 유학을 배워주었다.

향교의 학도수는 보통 큰 고을은 40~50명, 작은 고을은 15~30명정도이다. 향교에는 교수와 훈도가 있어 주로 유교경전과 륜리도덕, 한문문장, 그외 법학과 의학도 가르친다. 과정안을 마친 학도들은 고을과거에 나가 합격하여 생원이나 진사가 되면 성균관에 갈수 있고 문과에서 급제하면 벼슬을 받게 된다.

제마의 할아버지와 림재익은 젊어서 향교를 다니였고 진사시험에 통과되여 벼슬을 살았고 락향하여 향교에서 학도들을 가르쳤다. 리진사가 교수를 맡았을 때 재익은 그의 밑에서 훈도를 지냈었다.

재익이 《동국지리지》를 열심히 읽는 제마를 대견하게 바라보며 다시 입을 열었다.

《사모님이 제마에게 글을 가르치는지도 두해가 되여옵니다. 이젠 저에게 맡겨주심이 어떻겠소이까?》

《내 적은이의 맘을 모르는바가 아니요. 그러나 내가 할수 있는 한 좀더 가르칠수 있게 한두해만 기다려주었으면 하오.》

재익은 한숨을 내쉬였다.

제마는 나이는 어리지만 그 어떤 글이라도 가르치면 가르치는대로 받아물수 있는 아이이다.

재익의 이런 심중을 헤아리기라도 한듯 김씨가 말을 이었다.

《매사에 조급함은 큰일을 그르치기가 십상이라는 말도 있는데 제마는 아직 나이가 너무 어리니 벌써부터 향교에 보내면 안된다고 생각하오.》

그 말이 옳았다. 향교에서 여덟살난 어린애를 받은 실례는 아직 없었다.

그리하여 제마는 할머니와 함께 더 있게 되였다. 그는 할머니와 그냥 같이 있게 된것이 다행스러우면서도 어린 가슴에 할아버지같기도 하고 아버지같기도 한 림재익에게 미안한 생각이 들어 이렇게 말하였다.

《선생님, 향교에서보다 두배, 세배로 책을 더 많이 읽겠소이다.》

림재익은 그의 머리를 쓰다듬어주고는 자리에서 일어났다. 김씨는 그를 바래주면서도 어린 제마의 손목을 꼭 잡고있었다.

3

어느덧 겨울이 지나가고 새봄을 알리듯 훈훈한 바람이 불어오고있었다.

아지랑이가 가물거리는 들판에서 진종일 농사일로 몸이 고단해진 사람들에게는 아침일찍 깨여나는 일이 여간 헐치 않았다.

바로 이러한 때 함흥부의 지락마을에서 선참으로 깨여나는 아이가 있었으니 그 아이는 리진사집 장손 제마였다.

마을에서 제일먼저 깨여날수 있은것은 할머니 김씨가 마련해준 상계침이라는 기이한 베개가 있어서였다.

《꼬끼요—》

오늘도 꼭두새벽에 제마의 곁에서 상계침속의 서리닭이 홰대에 올라있는 수닭들보다 먼저 거센 청을 돋구었다. 몸은 작지만 제법 호기있게 홰를 치며 크게 울었다.

자정이 넘도록 책을 읽고 업어가도 모르게 굳잠에 떨어졌던 제마는 방안을 울리는 서리닭소리에 이불을 걷어찼다.

김씨도 천천히 자리에서 일어나 머리태를 바로잡았다.

제마는 눈을 비빈 다음 상계침안에서 푸드득대는 서리닭을 굽어보았다. 널판자로 속을 비게 만들고 그안에 서리닭을 넣은것이 상계침이라는 베개다. 대개 서리가 내리는 늦가을에 깨워 기른 닭은 여느 닭보다 몸집이 훨씬 작다. 몸집이 작아진 그 가을닭에서 다음해 서리철에 또 알을 받아 깨우면 보다 몸집이 작아지는데 기껏해서 까치보다 좀 클사하다. 이런 닭이 바로 서리닭이다.

몸집이 작아진 서리닭은 새벽이면 기막히게 홰를 잘 치며 운다.

그래서 시계가 없던 옛날에는 집집들에서 서리닭을 길러왔다. 서리닭은 꼭두새벽이면 어김없이 울어 아무리 곤하게 자던 사람일지라도 깨여나게 한다.

김씨는 밤늦도록 책을 읽는 어린 손자가 늘 잠이 모자라하는것이 마음에 걸렸지만 인재로 키우려면 그만한 고생은 겪어야 한다고 생각하고 상계침을 마련해준것이였다.

쿨럭— 쿨럭—

김씨가 가슴을 붙안고 한참 기침을 짖는 소리에 제마의 마음은 아파났다.

요즘 할머니에게 무슨 병이 생긴것이 분명했다.

사람에게 왜 병이 생기는것일가. 병이란 정말이지 참기 어려운 고통이 아닐수 없다.

제마는 그것이 얼마나 피로운것인지 잘 안다.

지난해 여름이였다. 그때 제마는 살구를 먹고 배가 너무 아파 마루에서 데굴데굴 굴었다.

선 살구를 먹고 체했다는것을 안 할머니는 제마의 배를 쓸며 이런 노래를 불러주었다.

　　　　배야 배야 자라배야
　　　　무슨 자라 업자라
　　　　무슨 업 천지업
　　　　무슨 천지 고천지
　　　　...

신기하게도 두식경쯤 지나자 그렇게도 아프던 배가 편안해졌다.

할머니의 손은 약손이였고 할머니가 부른 노래도 신비로운 노래였다.

그런데 지금은 할머니가 병에 든것이였다. 어떻게 하면 할머니의 병을 고쳐줄수 있을가.

《할머님, 좀더 누워계시오이다.》

《원 녀석두, 네가 벌써 할미걱정을 다 하고. 얘야, 내 걱정은 말고 어서 달리기나 하려무나.》

《예.》

김씨는 저고리를 찾아입는 제마를 보며 련민의 정이 차올라 저절로 눈물이 솟구쳤다.
 젖을 제대로 먹여야 몸이 튼튼해지는것인데 동냥젖으로 간신히 목숨을 살리였으니 다른 아이들과 달리 뼈도 가늘고 키도 작은 제마다. 그래서 겨울이면 기침병이 그림자처럼 따라다닌다.
 어떻게 하면 저 아이를 튼튼하게 키울수 있을가 하고 생각하다가 아침달리기를 시킨것이였다.
 제마는 찬바람이 들세라 얼른 방문을 닫고 밖으로 나왔다. 그리고는 두주먹을 쥐고 반룡산(오늘의 동흥산)을 향해 삽짝문을 뛰쳐나갔다.
 반룡산에는 구천각이 있는데 거기까지는 왕복 시오리길이다.
 구천각을 바라보며 달리는 리제마는 고향의 유래에 대하여 더듬어보았다.
 고구려에 이어 고향 함흥은 발해의 남경 남해부에 속했었고 고려때에는 동북면의 중심지였다. 그때에는 《큰 벌》이라는 의미를 담아 함주라고 불리웠다. 조선봉건왕조에 들어와 함주는 흥하는 고장이라는 뜻을 담아서 함흥이라고 이름을 고치였다.
 벌써 제마는 반룡산으로 접어들고있었다.
 부전령산줄기의 금패령에서 남쪽으로 뻗어내린 가지산줄기의 끝에 반룡산이 솟아있고 거기에 함흥성이 있다.
 함흥성은 1108년에 고려의 명장 윤관이 근 20만대군을 이끌고 북상하여 변방을 유린하는 외적을 멀리로 내쫓고 쌓은 9개 성의 하나이다.
 반룡산기슭에는 함흥감영이 있다. 함경도관찰사가 정사를 보는 선화당을 중심으로 하급관리들이 일을 보는 영리청, 장청각, 비장청이며 임금에게 바치는 진상물을 받아들이는 진상청, 조세를 맡아보는 도리청, 관찰사의 의복을 짓는 영고청, 약재를 모아들이는 심약청들이 웅장한 합각, 우진각, 배집지붕을 떠이고 키돋움을 한다.
 땀을 흘리며 반룡산마루로 뛰쳐오른 제마는 구천각의 기둥을 와락 끌어안았다.
 목에서는 겨불내가 확확거렸지만 기어이 할머니의 뜻대로 몸을 굳세게 단련하겠다는 마음은 더욱 굳어졌다.
 …
 오늘 아침에는 서리닭이 울지 않았다. 뜻밖에 서리닭이 죽은것은 아니고 제마가 병환에 시달리는 할머니를 걱정하여 없애버렸기때문이였다.

하루도 빠짐없이 꼭꼭 울군 하던 서리닭이 없었지만 제마는 자기스스로 깨여났다.

그는 부스럭소리가 날세라 조심히 저고리를 찾아들고 무릎걸음으로 방문을 열고 나섰다.

그러는 제마를 처음부터 지켜보는 사람이 있었으니 바로 할머니 김씨였다.

김씨는 한숨을 내쉬였다.

그는 자기의 병세가 대단히 심상치 않다는것을 잘 알고있었다. 집식구들 모르게 의원을 찾아가 병을 보이였더니 그는 탄식하며 말하기를 적취(배안에 덩이가 생겨 아픈 병증)에 들었다고 했다.

적취는 주로 나이많은 사람들이 잘 걸리고 걸리면 대개 죽고만다. 불치의 병이나 다름이 없었다.

김씨의 병세를 어떻게 알았는지 림재익은 병문안을 오면서 두릅나무껍질이며 산죽을 비롯한 적취에 쓰는 약재를 가져왔다.

약을 달이는 일은 제마가 자진하여 맡았다.

장손이 달여주는 약물을 받아마실 때면 기특하여 기쁘기도 하고 한편 구슬퍼지기도 하는 김씨였다.

그 까닭은 자기 병때문에서만이 아니였다.

한달전에 아들 리반오의 본댁이 몸을 풀었다. 둘째손자가 태여난것이였다.

아들의 본댁이 자식을 본 일은 참말이지 못쓰겠다고 내버렸던 밭아닌 돌서덜밭에서 땅이 꺼지게 풍년이 들었다는것만치나 희한한 일이 아닐수 없었다.

외독자가문에 그렇게 바라고바라던 새 식솔이 하나 더 늘었으면 응당 웃음이 넘쳐나야 하는데…

하건만 김씨는 별로 흥이 나지 않았다. 그것은 신동으로 알려진 제마의 장래가 걱정되여서였다.

이제는 저세상사람인 리진사는 제마가 하나밖에 없는 장손이기때문에 서자일지라도 집안을 상속받을수 있고 가문의 대를 이어 문과에도 나갈수 있다고 하였었다.

그러나 이제는 본댁에서 아들자식이 태여났으니 제마는 집안의 상속도 받을수 없고 문과에도 나갈수 없게 되였다.

둘째손자가 태여나지 않았더라면 제마는 얼마든지 문과에 나가 문관으로서 립신양명을 이룰수 있을것이다.

나이는 속일수 없다고 제마가 아직은 어려서 읽은 책들에 심어진 뜻까지는 다 받아들일수 없어도 글귀들은 머리속에 새겨져있을것이다. 그러니 제마를 어떻게 하면 좋단 말인가.

김씨는 요새 이 한가지 생각으로 근심하고있었다.

이제 이 늙은 할미마저 세상을 버리면 필경 제마의 글공부는 끝장나고말것이다. 아비 리반오가 문과에로의 길이 막혀버린 제마를 더는 공부시키자고 안할것이니까.

어미도 없고 아버지라 부를수 없는 아비밖에 없으니 그렇게 된바에는 차라리 령감의 막역지우인 림재익에게 제마를 내주는것이 옳지 않을가.

그 사람이야 됨됨이가 나무랄데 없고 함흥일판에서 그만큼 학식도 깊고 뜻도 높은 인물이 없으니 어떤 수를 써서라도 제마의 앞길을 밝게 해줄수 있을것이다.

저승에 가서 그의 은혜에 보답하기로 하고 그에게 제마를 맡기리라.…

4

며칠후 제마는 할머니의 품을 떠나게 되였다.

김씨는 림재익을 불러 어린 제마의 손을 그의 손에 들려주며 말했다.

《적은이, 제마를 부탁해요. 부디 적은이가 다 알아서… 이 아이를 잘 키워줘요.》

《사모님, 념려마소이다. 제 어떻게 하나 리진사의 뜻대로 제마가 문과에 꼭 나갈수 있도록 힘쓰겠소이다.》

김씨는 맥없이 고개를 저었다.

《그건 힘들거예요.》

《사모님! 사람이 마음먹고 달라붙어서 안될 일이 있겠소이까?》

《…》

제마는 방을 나서기에 앞서 병석에서 일어나지 못하는 할머니앞에 무릎을 꿇고 엎드렸다. 그의 두볼에서는 눈물이 방울방울 떨어졌다.

《할머님, 가끔… 가끔 와서 뵙겠어요.》

김씨의 눈에도 그렁그렁 눈물이 고여올랐다.
《애야, 할미걱정은 말어라. 오로지… 오로지 공부에 힘쓰거라.》
《할머님!》
김씨의 얼굴을 다시 또다시 들여다보며 제마는 눈물로 옷섶을 푹 적시고서야 집을 나섰다.
재익은 언제나 너그럽던것과는 달리 무뚝뚝한 기색으로 자꾸만 뒤를 돌아다보는 제마의 손목을 잡아끌고 앞으로 걷기만 했다. 한것은 어린 그가 감정에 끌려 마음이 약해질가봐서였다.

림재익의 집은 지락마을과 이웃해있는 향교마을의 향교뒤 초가집이였다.
초가집이긴 해도 크고 번듯한데다 함흥일대에서는 흔치 않은 ㅁ자형 집이였다.
집에 당도한 재익은 뜻밖에도 제마의 손에 책대신 삽부터 쥐여주었다.
《제마야, 네가 우리 집에 온걸 뜻해서 나무를 심자.》
《나무를요?》
《오냐!》
림재익이 뒤울안에서 어린 나무모를 하나 들고 나왔다.
《제마야, 이 나무모를 어디에다 심었으면 좋겠느냐?》
영문을 알수 없었으나 제마는 마당을 빙 둘러보았다.
한켠에 두길쯤 자란 향나무가 서있었다.
제마는 향나무를 가리켰다.
《선생님! 저 나무결이 좋을듯 하오이다. 저 큰 나무가 이 애기나무를 잘 돌봐줄것이 아니겠나이까.》
어린애치고는 너무도 대견스러운 생각이였지만 재익의 얼굴에는 실망감이 스치였다.
《제마야, 네 생각이 그럴듯하다만 사람은 어린애가 어른의 보살핌은 입을수 있어도 나무는 어린 나무를 위해 자기에게 차례지는 해빛을 양보할줄 모른단다. 그러니 어떻게 애기나무가 큰 나무의 덕을 볼수 있겠느냐?》
그제야 깨도가 된 제마는 주위를 다시 둘러보았다.

《선생님! 그럼 나무가 없는 저쪽에다 애기나무를 심었으면 좋겠소이다.》

《옳다, 그래야 한다.》

인차 마당 한켠에 호박구뎅이같은것이 생겨났다.

제마는 숨을 헐떡이며 삽질을 하였다.

나무를 심고 버티개까지 세워준 림재익이 허리를 쭉 펴며 말했다.

《제마야, 네가 심은 이 나무는 황철나무란다. 황철나무는 다른 나무들과 달리 아주 빨리 자라기때문에 어린 나무를 심어 몇해 안되여도 여름이면 사람들에게 시원한 그늘을 지어준단다.

너는 이 나무보다 더 빨리 자라 나라와 백성들에게 좋은 일을 많이 하는 훌륭한 사람이 되여야 한다.》

재익이 두눈을 슴벅이며 쳐다보는 제마의 어깨를 가벼이 두드렸다.

《자, 이젠 안으로 들어가자.》

그를 따라 제마가 들어선 방은 이 집에서 제일 큰 방이자 의원을 지낸 그의 조상들이 쓰던 방이였다.

리진사집의 사랑방보다 훨씬 넓은 방의 바닥에는 돗자리가 깔렸고 두 벽을 커다란 책장이 가리웠다. 앉은뱅이 밤나무책상이 놓여있는 맞은켠벽에는 초서로 쓴 족자가 걸려있었다.

재익은 제마를 정겨운 눈길로 바라보았다.

그가 굳이 남의 집 자식에게 정을 주고 각별한 관심을 돌리는데는 그럴만한 까닭이 있어서였다.

림씨집안은 제마네와 달리 식솔이 많기로 소문이 났다. 림재익에게는 형제가 자그만치 열둘이나 되였다.

그런데 무슨 액운이 서려서인지 림씨가문의 장손인 재익에게만은 아들이 태우지 않았다.

예로부터 외동딸만 가진 아비는 마음놓을 날이 없다고 했지만 그는 자기의 대가 끊어질 운수앞에서도 근심이 없었다.

친구들과 이웃들은 여러 동생집들에서 마음에 드는 아이를 하나 양자로 데려다가 대를 잇게 하라고 권고하였다.

재익은 머리를 저었다. 가문의 흥망성쇠가 그리도 중요한가. 선비는 마땅히 나라의 흥망성쇠를 중시하여야 한다. 가문에 아무리 자손이 번창해도 나라에 도움이 될 인재가 하나도 없다면 그런 집안의 부흥이 무슨 소용이 있겠는가.

　재익이 보기에는 수십명에 달하는 자기 가문중에 별로 쓸만 한 인물감이 없었다.

　그의 소원이란 남달리 총명한 아이를 제자로 삼아 나라를 위하여 이루지 못한 뜻을 물려주자는것이였다.

　그러한 그의 꿈속에 선뜻 들어선 아이가 바로 제마였다.…

　재익은 말없이 벽면에 다가가 책장의 문을 열었다.

　《야!-》

　대바람 제마의 입에서 탄성이 터져나왔다. 문이 활짝 열려진 책장안에는 책들이 빼곡이 꽂혀있었다. 그 책들은 대부분 리진사집에서는 볼수 없는 희귀한 책들이였다.

　《삼국사기》, 《삼국유사》, 《고려사》같은 정사책들, 《신증동국여지승람》과 같은 지리책들, 《대동야승》같은 야사책들…

　오랜 세월 림씨네가 모아들인 책들이였다.

　옛적부터 림씨네는 새책이 나오면 불원천리 달려가 구해오고 누구한테 희귀한 책이 있다면 재물을 아끼지 않고 가문의 소유로 만들었다.

　이미 제마에게 보여준 《해동명장전》과 같은 책들도 이 책장안의것이였다.

　책장에는 과거급제를 바라는 사람들이 반드시 읽어야 하는 4서5경들도 다 들어있었다.

　이윽고 제마의 눈길이 문을 열지 않은 책장으로 옮겨졌다.

　《선생님! 이안엔 또 어떤 책들이 들어있소이까?》

　《…》

　재익은 아무 말도 하지 않았다.

　그 책들로 말하면 그의 선조들이 대대로 의원을 해오면서 구해들인 고금의 의서들이였다.

　림재익의 아버지는 의서들을 물려주면서 가문이 대를 두고 이어온 의술을 더 잘 닦으라는 유언을 남기였었다.

　그는 아버지의 유언을 지키려고 무진 애를 썼다. 그가 본받으려고 한 의원이 있었다면 8살부터 의술을 배웠다는 고려의 천하명의 리상로(고려시기 침구술로 이름을 떨친 사람)였다.

　리상로처럼 이름난 명의가 되려고 열심히 의서를 읽었지만 뜻을 이루지 못한 재익은 뒤늦게야 자기에게는 명의로 될수 있는 재능이 부족하다는것을 깨달았다. 명의로 될수 있는 비상한 두뇌가 없이는 아무리 애를 써도 보통의원밖에 될수 없다는것이 그가 때늦게 찾은 대답이였다.

하여 그는 의술을 포기하고 유교경전을 탐독하여 유생이 된것이였다.

그러니 자기처럼 실패할수 있는 의술에는 제마를 가까이하게 할수 없었다. 반드시 고인이 된 리진사와 할머니 김씨가 바라는 벼슬길로 가는 유학을 닦게 해야 했다.

《제마야, 그건 너에게 소용없는 책들이다. 너는 열어놓은 이안에 있는 책들만 모두 읽으면 된다. 그것이 네가 할 일이다. 어떠냐?》

《알겠소이다.》

재익은 제마의 어깨에 손을 얹었다.

《사람이 나라와 백성을 위해 좋은 일을 하려면 많은 지식을 가진 식자가 되여야 한다. 그렇다고 무턱대고 책만 읽어서는 안된다. 책 한권을 읽은것만큼 세상을 당해보아야 하는데 그렇게 하기를 낮과 밤이 바뀌듯 해야만 진짜배기식자가 될수 있느니라. 그러니 래일부터 오전에는 책을 읽고 오후에는 너의 외가집에 가서 외조부모님들을 만나뵙군 하여라.》

제마는 기뻐 손벽을 쳤다.

《네. 그렇게 하겠소이다.》

림재익은 좋아 어쩔줄 모르는 제마에게서 눈길을 돌렸다.

어느모로 보나 불행한 아이다.

어머니가 너무 일찍 죽어 얼굴도 모르고 끔찍이 아껴주던 할아버지는 돌아가고 할머니마저 병들어눕고 게다가 외가집은 가난하기 짝이 없다.

제마의 외가집은 림재익네 집이 있는 향교동에 있었다. 허나 가까이에 있는 외가집에도 몇번 가보지 못했다.

아버지 리반오부터가 소실의 처가집에 가본적이 별로 없었다. 그리고 제마가 벼슬길로 나가는데 지장을 받을가봐 아들이 외가집에 가는것도 극력 금지시켰다.

재익은 반오처럼 하고싶지 않았다.

제마를 나라위한 인재로 키우려면 눈물겨운 백성살이를 당해보게 해야 한다. 민생고를 겪어본 사람만이 백성을 위해 살 큰뜻을 품을수 있고 또 그 길에서 물러서지 않는 법이니 어려서부터 제자를 똑바로 키우는것이 스승된 사람의 본분이 아니겠는가.

5

다음날부터 제마는 오후엔 외가집을 찾아가군 하였다.

외가집은 향교마을 한켠에 있었다. 움집처럼 키낮은 추녀아래 찌글써한 방문을 열고 들어서면 굴속같이 어둡고 답답한 방이 사람을 삼켜버린다.

이런 집이 참말 꿈결에도 가보고싶어했던 외가집이란 말인가.

허리가 꼬부라진 외조부모님들이 우리 외손자가 왔다며 꼭 품어줄 때 눈물이 쏟아졌다.

늙으신 외할머니가 차려준 저녁상은 어떠했던가. 제마쪽에는 흰쌀 하나 섞이지 않은 강조밥에 감자국이고 조부모님들켠에는 멀건 죽이 담긴 죽사발이다.

《제마야, 우린 늙어 이발이 없어서 일부러 죽을 쑤어먹으니 어서 먹어라.》

제마는 죽맛이 어떨가 하여 얼른 외할머니 죽사발에서 한숟갈 떠먹어보았다.

생도토리를 씹는것처럼 쓰고 텁텁하고 게다가 껄껄하기 짝이 없는 별난 죽이였다.

제마는 강피쌀로 쑨 강피죽이 외가집에선 상음식인줄 알수 없었다.

벼가 안되는 진땅에 심는 불그스름한 강피는 곡식이라고 말하기 힘들다. 그러나 농사군들은 그 강피도 부족하여 대충 껍질을 벗겨 죽을 쑤어먹는다.

외가집의 일은 정말 고되기 그지없었다. 볕에 탈대로 타서 얼굴이 새까만 외조부모님들이 땀에 얼굴이 흙먼지로 범벅이 되여 이악스레 김을 맨다.

제마가 호미를 들고 조밭에 들어서니 외할머니가 변이 난듯이 야단쳤다.

《에그, 네가 이러면 우리 가슴이 터진다. 너만은 고생을 시키지 못

하겠다.》

외할머니는 옷고름을 눈에 가져가고 외할아버지는 하늘을 쳐다보며 꺼지게 한숨을 내쉬였다.

제마는 처음으로 아버지를 원망했다. 그래도 집에서는 기장쌀이 섞인 조밥을 떨구지 않는데 어이하여 메좁쌀이나마 외가집에는 보내주지 않는걸가. 집에는 또 무명천쯤은 넉넉한데 베옷도 부족하여 누덕누덕 덧기워입는 외가집에 베천이야 왜 보내주지 못하는걸가.

야속한 아버지였다.

할머니에게 외가집을 도와주자고 청해볼가.

그러나 외조부모님들은 그의 속생각을 알아차린듯 《다른 생각을 하겠거든 더는 여기로 걸음을 말아라.》고 하였다.

가난해도 의기를 가지고 사는 외조부모님들이였다.

악을 박박 써서 호미질을 하니 제마는 다소나마 안타깝던 기분이 풀어지는것 같았다.

비오듯 쏟아지는 땀방울에 두눈이 쓰리고 콩알같은 물집들이 터져 손바닥이 얼얼해도 외조부모님들을 자기 힘으로 돕는다는 생각에서 힘든줄을 모르고 더욱 열성껏 호미질을 하였다.

문득 그 누군가가 지었다는 《농부의 탄식》이라는 시구절이 저절로 입에서 흘러나왔다.

　　　　지난해의 모진 흉년에 백성들 굶주릴제
　　　　관가에선 조세독촉 무섭게 구는구나
　　　　마을사람들 살길 찾아 흩어져가니
　　　　농사일 하는것도 어려운 일이로세
　　　　그 누가 죽어가는 백성들을 구원해주려는가

크게 읊어대는 제마의 소리에 외할아버지가 허리를 펴며 감탄조로 말했다.

《오, 그렇게 백성생각을 해주는 선비도 있느냐? 제마야, 너도 그런 사람이 되여라.》

제마는 대답대신 주먹을 불끈 쥐였다.

어서 커서 조부모님들처럼 가난한 사람들을 구원해주는 의로운 일을 찾아하리라.…

며칠이 지나자 어인 까닭인지 림재익은 제마에게 외가집에 가지 말고 온종일 집에 들어앉아 책만 읽으라는 분부를 내리였다.
워낙 성미가 조급하고 헤덤비기 잘하는 제마인지라 하루종일 집안에 꾹 박혀있자니 엉치가 쑤시고 손발이 근질거려 견딜수 없었다.
게다가 책을 펼치면 글줄이 아니라 외할머니와 외할아버지의 정겨운 모습이 떠오르기에 제마는 이틀도 견디지 못하고 그 다음날 오후에 뒤뜰안의 담장을 넘고야말았다.
종종걸음을 놓아 외가집앞에 이르렀는데 누군가의 억센 손이 덜미를 잡아당기는것이였다. 돌아보니 웬 어른이 눈을 부릅뜨고있었다.
《이녀석! 네 눈엔 저게 보이지 않느냐?》
아니, 이게 어찌된 일인가?!
외가집 사립문에 당장 살가죽을 찌를듯 날카로운 가시들이 삐죽삐죽한 엄나무가지들이 범접할수 없도록 쳐있는것이였다. 엄나무가지들은 외가집의 지붕에도 얼기설기 올라있었다.
제마는 눈앞이 아찔하였다.
열병이라는 무서운 돌림병이 외가집에도 들이닥쳤음을 깨달았던것이다.
열병에는 힘센 장사도 맥없이 쓰러지는 법이다.
요즘 열병은 사람의 씨를 말릴 기세로 사납게 마을과 마을을 휩쓸고있었다.
열병든 집들에 엄나무가지를 베여다 둘러쳐 다른 사람들이 함부로 접촉할수 없게 하는것은 이 고장의 풍습이였다.
매발톱같이 날카로운 엄나무가시앞에서는 누구나 주춤거린다. 열병귀신도 엄나무가시를 두려워할것이라고 여겨 이런 풍습이 생겨난것인지도 모른다.
제마는 림재익이 왜 외가집으로 가지 못하게 하고 책만 읽으라고 했는지를 깨달았다.
《외할머님!― 외할아버님!―》
방안에서는 아무 대답도 없었다.
열병에 든 외조부모님들은 외손자가 그대로 돌아가기를 바라서 대답을 하지 않았다.

쩨마는 끝내 사내에게 등을 떠밀려 외가집문앞에서 돌아서지 않으면 안되였다.

저녁에 이 사실을 알게 된 재익은 그가 다시는 담을 넘어 나갈수 없도록 외손녀를 붙여놓았다.

한옥이라고 부르는 외손녀는 쩨마보다 두살 우였다.

한옥은 쩨마가 갑갑해할세라 노래도 불러주고 고을형편도 알려주었다.

그의 말에 의하면 며칠전에 백성들이 열병든 집들에 쌀을 내여주십사 하는 진정서를 함흥감영에 냈다고 한다.

그것을 받아본 함경도관찰사란자는 감히 나라의 쌀을 넘겨다본다면서 진정서를 낸 백성들에게 곤장을 안기게 했다는것이다. 동냥은 못 줘도 쪽박은 깨지 말랬다는데…

쩨마는 어린 가슴에도 의분이 끓어올라 당장 판가로 뛰쳐가서 관찰사란자와 한바탕 싸우고싶었다.

한옥의 엄격한 감시에 꼼짝 못하고 며칠동안 글방에 들어박혀 몸살을 앓던 쩨마에게 갑자기 재익이 나타나 오늘은 어데 좀 가보자며 손목을 잡아끌었다.

어린 쩨마는 조롱속에서 놓여난듯 하여 기쁘기만 한데 재익의 얼굴은 웬일인지 침중하였다.

입을 다물고 조용히 끌려가는 수밖에 없었다.

림재익은 반룡산에서 줄기쳐내린 야산중턱으로 그를 이끌고 갔다.

야산중턱의 여기저기에서 사람들이 삽질을 하고있었다. 사내들은 땅을 판 광안에 관을 넣고 매몰할 황토와 석회를 섞고 녀인들은 제상에 낼 음식을 다루고있었다.

쩨마는 무서움으로 숨이 막히는듯 하여 아무 말도 못하고 그저 재익에게 끌려갔다.

여느때의 장례 같으면 골안을 울리는 비창한 호곡소리에 지나가던 길손들도 눈물을 흘렸을텐데 이제는 사람들이 하도 슬픔에 지쳐서인지 잠잠하였다.

하루에도 골백번 생땅을 파내고 식솔들을 묻어야 하니 울 기력마저 없어진 사람들이였다.

지나간 력사를 상고하여보면 죽음의 돌림병은 대개 5~10년을 주기로 하여 들이닥쳤다.

멀리는 그만두고 10여년전에 터졌던 돌림병으로 한성에서만도 수천명이 생죽음을 당했다.

돌림병은 사람들의 생명을 무리로 앗아가군 하였다.

동양에서는 주로 열병 같은 돌림병이라면 서양은 흑사병(페스트)같은 돌림병으로 사람들이 아우성을 쳤다.

시뻘건 봉분들을 손질하는 상두군들을 바라보는 림재익의 눈에 눈물이 고이였다.

그것을 본 제마는 놀라 부르짖었다.

《선생님!》

재익은 제마를 와락 부둥켜안고 그만 오열을 터치였다.

제마는 어깨를 세게 떠는 그를 보자 더 무서워졌다.

《선생님…》

가냘프게 울리는 그 소리에 재익이 한참후에야 마음을 진정하고 제마의 등을 어루만지며 입을 열었다.

《너에게 이제는… 할머니도 할아버지도 외할아버지도 외할머니도 안계신다.》

그 순간 제마의 몸이 꽛꽛이 굳어졌다.

《선생님! 그건… 그건 무슨 말씀이시오이까?》

재익이 턱으로 앞을 가리켰다.

《애야, 할머님도 외조부모님들도 저기에… 바로 저기에 누워계신단다.》

제마는 눈길을 허둥거렸다.

산중턱의 좀 높은 곳에 생겨난 봉분이 이전에 묻힌 리진사와 합장한 김씨의 묘이고 그 아래기슭의 한켠으로 치우쳐있는 새 봉분은 외조부모님들이 함께 묻힌 묘이다.

제마는 우에 있는 봉분앞에 차린 제상에서 술을 붓는 사람이 아버지 리반오임을 알아보고 몸을 떨었다.

《할머니이!―》

그리고는 할아버지와 할머니의 합장묘에 달려가 어푸러지며 몸부림을 쳤다.

제상에 술을 붓던 반오도 상두군들도 봉분을 그러안고 태질하는 제마를 보며 같이 울었다.

림재익은 제마에게 다가가 그의 작은 어깨에 손을 얹고 젖은 목소리로 말했다.

《어서 울음을 그쳐라. 글공부를 열심히 하여 인재가 되길 바라신 할아버지와 할머니의 뜻을 따르자면 어른들처럼 슬픔을 참을줄도 알아야 한다.》

울음소리가 멎었다.

재익이 제마를 일으켜세우며 타일렀다.

《어서 할머님께 술을 부어올려라. 그래야 할머님이 편히 잠드실수 있단다.》

제상에 술을 붓고 절을 하는 제마의 가슴속에서는 한마디 웨침이 고패치고있었다.

병이야말로 사람들에게 제일 큰 슬픔을 주는 악귀로구나.

그날은 제마에게 있어서 영원히 아물수 없는 마음의 상처를 남겨준 비운의 날이였다.

6

또 몇해가 흘러 리제마의 나이 12살이 된 가을 어느날이였다.

여전히 향교마을의 림재익이네 집에서는 제마의 글읽는 소리가 울리고있었다.

림재익은 기분이 아주 좋았다.

제마가 벌써 4서를 거의다 외웠고 이제 몇해 더 3경까지 따라외우고 나면 얼마든지 초시(지방에서 치는 문과예비시험)에 나가 급제할수 있을것이였다.

제마의 할머니 김씨는 숨을 거두기에 앞서 재익에게 장손의 장래를 부탁하였다.

그 부탁이란 리진사의 뜻대로 제마를 문과에 내보내여 급제시켜달라는것이였다.

그것이 곧 재익자신의 뜻이기도 하니 어떻게 하나 성사시키리라.

제마가 리진사집 가문의 장손으로 호적에 올라있고 또 본인의 학식이 깊다고 온 고을에 알려지면 감영에서도 그의 앞길을 막지 못할것이다.

이런 생각으로 흡족해진 재익은 황철나무가 키돋움하며 자라는 마당을 거닐고있었다.

제마가 처음 오던 날 심었던 손가락같이 가늘던 나무가 이제는 그 애의 다리통보다 더 굵어졌다. 세월이 참 빠르기란…

이때 다급한 발걸음소리와 함께 《선생님!》하는 부름소리에 재익은 자기 생각에서 깨여났다.

한마을에 사는 김첨지와 어떤 사람을 업은 그의 아들이 사색이 되여 서있었다.

즉시 그들이 급한 병자를 업고 왔다는것을 알아차렸다.

이런 일은 매일같이 있는것이여서 그닥 놀랍지 않았다.

안방에 병자를 눕히게 한 림재익은 침착하게 그의 왼손을 잡아당겨 맥부터 짚어보았다.

김첨지의 아들과 나이가 비슷해보이는 젊은 병자는 오른손으로 배를 싸쥐고 끙끙 앓음소리를 내는데 이마에 땀방울이 송골송골 내돋친것을 보아 참기 어렵게 아픈 모양이였다.

김첨지는 병자를 들여다보면서 얼굴이 어두워지는 재익을 보자 숨가쁘게 물었다.

《어떻소이까?》

김첨지와 그의 아들은 물론 책읽기를 그만두고 병자곁에 다가와앉은 제마도 근심가득한 얼굴로 재익을 쳐다보았다.

재익의 입에서 자기도 모르게 우는 소리가 새여나왔다.

《허— 이걸 어쩐다? 이 젊은인 심복통에 걸렸는데 후박이나 오수유 같은 딱 맞춤한 약재들이 떨어졌으니…》

김첨지의 아들이 후닥닥 자리에서 일어났다.

《선생님! 소인이 얼른 장거리에 나가보겠소이다. 약재이름만 똑똑히 알려주사이다.》

재익이 머리를 흔들었다.

《장에도 없네. 내 집에 떨어진게 장에 있을리 있겠나?!》

김첨지부자는 얼굴이 컴컴해졌다.

그때 아까부터 숨을 죽이고 병자와 재익을 번갈아보던 제마가 조심히 입을 열었다.

《선생님, 저— 심복통에는 약이 정 없으면 배꼽우의 세치 되는데를 문질러주어도 아픔이 멎는다고 하던데…》

《엉?!》

림재익은 깜짝 놀라 제마를 바라보았다. 그의 놀라움은 겹쳐진것이였다. 그런 비방이 사실 있다는것보다 그것을 어린 제마가 잘 알고있다는 놀라움이였다.

날마다 력사책이며 4서를 읽는 제마가 심복통이 어떤 병이며 그보다는 의술을 어지간히 배운 림재익 자기도 제꺽 생각해내지 못한 비방을 어떻게 알고있을가 하는데서 온 놀라움이였다.

하여간 놀라움은 놀라움이고 병자의 고통부터 덜어주어야 했다.

재익은 제마에게 베개 하나를 더 가져다가 병자의 머리를 높이 고이게 하였다. 그리고 병자의 무릎을 세워놓고 그의 배꼽우의 세치 되는 곳을 찾아 손으로 누르며 문질러주었다.

이렇게 하기를 한동안이 지나자 하얗게 질렸던 병자의 얼굴에 피기가 서서히 돌기 시작하였다.

좀더 시간이 지나자 그렇게 죽는 시늉을 하던 병자가 입을 여는것이였다.

《선생님! 다… 다 나은것 같소이다.》

김첨지가 믿어지지 않는지 따지듯 물었다.

《그게 정말인가?》

병자는 천천히 일어나앉아서는 자기 배를 슬슬 문질러보며 머리를 기웃거렸다. 그러더니 중얼거렸다.

《야, 거참 신기하다. 언제 아팠던가싶게 배도 가슴도 이렇게 편안하니…》

김첨지는 너무 좋아 입이 함박만 해졌다.

《선생님! 전 오늘 십년감수했소이다. 글쎄 이 조카애가 내 집에 놀러와서 갑자기 배를 그러안고 데굴데굴 굴며 죽는다고 소리칠적엔 눈앞이 새까맸댔소이다. 이젠 됐소이다.》

재익은 제마가 어떻게 되여 심복통을 다스리는 비방을 알고있는지 그 까닭을 알고싶어 김첨지네들이 돌아간 후 그에게 물었다.

《어떻게 되여 그 비방을 알게 되였느냐?》

그러자 제마는 대답대신 무릎을 꿇고앉아 고개를 푹 숙이였다.

《선생님! 용서해주사이다.》

재익이 더욱 의아해하며 다시 물었다.

《용서란건 또 뭐냐? 난 너에게 의술을 한번도 가르쳐준적이 없는데 넌 오늘 의술을 알아도 잘 아는 의원처럼 급한 고비에 그 비방을 내놓았다. 대관절 어찌된 일이냐?》

그의 재촉에 고개를 든 제마의 얼굴은 눈물에 젖어있었다.

《아니, 너 우는게 아니냐?》

《선생님! 용서하여주소이다. 사실 소생은 선생님 모르게 책장에서 〈향약집성방〉을 꺼내보았소이다.》

《뭐, 의서를?…》

제마는 다시 고개를 떨구었다.

《선생님, 소생은 그동안 생각한것이 하나 있었소이다. 불쌍하신 어머님은 소생을 낳은지 석달만에 앓다 돌아가시고 할아버님과 할머님마저… 외할아버님도 외할머님도 다 병들어 잘못되시지 않았소이까.

어떻게 하면 사람들이 더는 몹쓸병으로 죽지 않게 할수 있을가 하는 생각으로 선생님께서 병자들을 고치려고 침도 놓고 뜸도 뜨고 약도 달여먹이는걸 자세히 눈여겨왔소이다.

그러다가 다른 책장에 의서가 가득한것을 보고 몇책 읽었소이다. 어찌나 머리속에 쏙쏙 들어오는지… 의서보다 백성살이에 더 긴요한 책이 없는것 같소이다.》

재익의 입이 함 벌어졌다.

4서와 같이 까다롭고 난해한 책을 외우는 속에서도 의서를 읽었을뿐 아니라 방금처럼 요긴한 대목에서 처방을 정확히 되살려내는 정도면 의원으로서의 천성도 타고난것이 아닐가?

그러나 다음순간 재익은 머리를 저었다.

《제마야, 넌 잘못 생각하였다. 네 할아버지와 할머니가 나에게 당부한것은 너에게 의술을 배워주는것이 아니라 과거에 급제하여 벼슬을 살게, 나라를 위한 재목으로 되게 해달라는것이였다.

그런데 네가 아까운 정력과 시간을 의술에 쏟아부어서야 되겠느냐?》

《…》

여느때라면 재익의 한마디에 《예, 명심하겠소이다.》라고 했을 제마가 지금은 고집스레 입을 다물고있었다.

《내 말뜻을 모르겠느냐?》

그제야 입이 열렸는데 그가 하는 말에 재익은 대답할 말을 잃고말았다.

《선생님은 굶주리고 헐벗고 병고에 시달리는 사람들을 측은하고 가엾게 여기고 아끼는 마음을 가져야 나라에 소용되는 사람이 될수 있다고 하지 않으셨소이까. 사람이 집안식구들과 고향마을사람들이 병에 쓰러지고 굶주리는것을 보면서도 외면하고 학문을 닦아선 무엇에 쓰겠소이까. 의술을 닦으면 아무때나 불쌍한 병자들을 도울수 있지 않소이까.

소생은 병고에 시달리는 불쌍한 병자들을 보기만 하지 못하겠소이다. 선생님! 소생에게도 의술을 가르쳐주소이다. 소생은 더욱 분발하여 유학도 의술도 다 배우겠소이다.》

재익은 제마의 타는듯싶은 눈길을 피했다.

강심품고 나선 사람의 마음은 돌리지 못하는 법이다.

곰곰히 생각해보니 일은 바로 돼가는셈이었다.

백성을 구제하기 위한 벼슬길에서 의술까지 있다면 금상첨화격이 아니겠는가. 대를 두고 모아들인 집안에 가득한 의서들이 진짜 주인을 만난셈이다.

읽지 말란다고 하여 결코 자기의 마음을 돌릴 제마가 아니다.

마침내 재익은 머리를 끄덕이고말았다.

《고맙소이다, 선생님!》

제마는 방바닥에 머리를 조아리며 감격에 넘쳐 부르짖었다.

7

밤에도 어린 제마는 겨릅등에 불을 켜놓고 의서를 보군 하였다.

껍질을 벗긴 삼대에 뜨물로 버무린 좁쌀겨를 입힌 겨릅등은 림재익이 손수 만들어준것이다.

겨릅등은 광솔불보다 그을음이 적게 나고 밝아서 책을 보기에 좋았다.

재익은 책장안의 의서들을 마음대로 보라고 하였다.

책장속에는 고금의 의서들이 다 있는것 같았다. 《향약집성방》,

《의방류취》, 《동의보감》과 같은 큰 형식의 의서들은 말할것도 없고 《침구경험방》, 《치종비방》, 《검시장식》과 같은 크지 않은 의서들까지 비좁게 꽂혀있었다.

이 의서들은 림씨집의 제일 큰 재산이자 가보라고 할수 있었다.

그런 보물을 통채로 물려받았으니 어찌 제마가 성수가 나지 않으랴.

재익은 제마에게 의서만 읽게 한것이 아니라 병자를 치료할적이면 곁에 앉히고 맥이며 얼굴색, 숨소리며 목소리, 냄새 같은것을 보고 병을 알아내고 그에 따라 침은 어떻게 놓으며 뜸은 또 어떻게 뜨는가 그리고 그에 따르는 처방을 내리는 비방까지 일일이 가르쳐주었다.

서당개 3년이면 풍월을 한다더니 이를 사려물고 접어드니 하루가 다르게 제마의 의술도 늘어 이제는 웬간한 병쯤은 혼자서도 알아맞추고 고칠수 있었다.

제마가 이밤 펼쳐놓은 의서는 리경화란 의원이 쓴 《광제비급》이였다.

림재익은 책장안에 가득한 수많은 의서들중에서 《광제비급》을 선참 꺼내주면서 이렇게 말했었다.

《조정은 우리 북관사람들을 차별하다못해 병을 치료하는데서까지 차별하고있다. 다른 도들에서는 거의 모든 향교들에서 의술을 배워주게 하고있지만 우리 함경도에서만은 그렇게 하지 못하게 하고있다.

그러다보니 오늘 함경도에는 의원이 매우 적어서 가난한 사람들은 병이 나도 약 한첩 써보지 못하고 죽는 수밖에 없구나. 이를 가슴아프게 여긴 의원이 있었으니 그분이 바로 이 책을 쓰신 의원이란다.

그분은 다른 의원들과 달리 〈동의보감〉, 〈향약집성방〉, 〈의방류취〉를 비롯한 수십권의 의서들에 담겨져있는 구급치료처방들과 민간료법들을 추려서 간단명료하게 썼을뿐아니라 함경도에서 흔히 쓰는 속방들까지 적어넣어 글을 아는 사람이라면 누구나 손쉽게 병을 고칠수 있게 하였단다. 훌륭한 의원이 되려면 이런분을 따라배워야 하느니라.》

이제는 중독, 외상, 종처, 부인병, 소아병으로 나누어쓴 《광제비급》을 뜬금으로 외울수 있는 제마였다.

다음날 아침 밥을 먹고난 제마가 《례기》를 읽고있는데 사립문밖에서 《선생님, 계시오이까?》 하는 다급한 부름소리가 들려왔다. 제마는 그 목소리에서 어떤 병자집에서 스승을 모셔가려고 찾아왔다는것을 알아차렸다.

그런데 스승은 어제 오후 딸네 집에 나들이를 가고 없었다.

그닥 급한 병이 아니여야겠는데 하고 생각하며 제마는 방문을 열고 토방에 나섰다. 한옥이 달려나가 열어놓은 사립문으로 이웃집에 사는 농군이 급히 들어서고있었다.

《이보라구 신동이, 선생님이 나들이를 가구 안계시는걸 알면서도 찾아왔네. 글쎄 안사람이 갑자기 배를 그러안고 죽는다고 소리치는데 이거 정말 야단났네.》

농군도 그렇고 한옥이도 어서 손을 써주었으면 하는 눈길로 제마를 쳐다보고있었다.

배가 갑자기 아파하는 병은 여러가지가 있지만 주로는 위완통(위경련)일것이였다.

더우기 요새는 봄철이라지만 아직은 날이 찬데 하루종일 밭에 나가 씨붙임을 하느라 지친 농사군들이니 속탈이 있는 사람들은 위완통에 걸리기가 쉬운것이다.

제마는 배아픔에 쓸수 있는 약들을 찾아들고 밖을 나섰다.

농군의 집에 들어서니 정말 방안에서 녀인이 모로 누운채로 앓음소리를 내고있었다.

제마는 그의 거동을 눈여겨살폈다.

녀인은 두손으로 웃배를 싸쥐고 어떤 때는 더 크게 신음소리를 냈다. 틀림없이 고된 일로 지친데다 몸을 차게 하였으니 비위가 허해져 생긴 위완통이였다.

제마는 가지고온 약재들로 약을 지어 절반을 녀인에게 먹인 다음 농군에게 당부하였다.

《주인님, 이 나머지 약은 점심때 마저 잡숫도록 하소이다. 병자는 좀 있으면 배아픔이 없어질것이오이다. 그렇다고 마음놓지 말고 너무 무리하게 일하지 않게 하고 또 몸을 차게 하지 않도록 잘 돌봐주면 별일이 없을것이오이다.》

제마가 방문을 열고 나올 때에는 벌써 배아픔이 좀 나았다면서 녀인이 자리에서 일어나 인사를 차리는것이였다.

아, 이런 멋에 의술을 닦는것이 아니겠는가. 내 더욱 깊은 의술을 닦아 고향사람들을 위해주리라.…

8

또 여러해가 흘러 리제마는 17살의 어엿한 젊은이가 되였다.

좀 두드러져나왔으나 시원스레 펼쳐진 넓은 이마, 그아래의 짙은 눈섭, 어글어글한 눈, 날이 선 코, 한일자로 꾹 다물린 입…

키만 좀더 컸더라면 틀림없는 미남자라고 할수 있었다.

제마는 17살이 되는 올초에 관례식(남자가 결혼할 나이에 이르면 어른이 된다 하여 갓을 쓰게 하는 례식)을 하였다.

리제마는 겉보기만 어른티가 나는것이 아니고 속도 어른이 되였다고 할수 있었다.

이미 12살전에 유학의 4서를 떼고 이제는 5경까지 읽었을뿐아니라 림재익이 물려준 의서들을 다 읽은것이였다. 그것도 그저 읽어본데 그치지 않고 글귀들을 따져가며 무수한 반문속에 그 의미를 파고들었던것이다.

의서들가운데서 리제마가 제일 애착을 가진 의서는 《동의보감》이였다.

세상은 이름난 의학자였던 허준(1546-1615년)이 자기의 남은 생을 깡그리 초불처럼 태워 10여년동안에 완성한 《동의보감》만 바로 알아도 명의라고 일러준다.

그 말대로 하면 전 5편에 25권으로 구성된 방대한 《동의보감》을 머리에 모두 새기였으니 리제마는 명의나 다름이 없다고 말할수 있었다.

제마는 《동의보감》의 머리글에 서술된 허준의 명구를 외우기 즐겨했다.

《우리 나라는 동방에 자리잡고있으면서 의학의 전통이 끊기지 않고 하나의 줄처럼 이어왔으니 우리 나라 의학은 동의라고 할수 있다.》

리제마는 이웃나라사람들이 《동의보감》을 얼마나 숭상하는지 알아도 잘 안다.

청나라사람들은 1763년에 허준의 《동의보감》을 저들이 찍어냈다.

청나라에서도 견문이 넓고 박식하기로 소문이 난 이름난 선비인 릉어는 자기가 쓴 머리글에서 《책의 이름을 보감이라고 한것은 마치 해

빛이 조그마한 구멍으로 스며들어오기만 하여도 오랜 어둠이 당장 가셔지고 피부의 실금까지 환히 보이는것처럼 이 책을 펴보는 사람은 거울처럼 환히 알수 있기때문이다.

우리 나라에서 첫 의서가 나온 이후 지금까지 력대의 명의들이 쓴 저서가 소 한바리에 다 실을수 없고 집 한채에 채우고도 남지만 치료효과는 있기도 하고 없기도 하다. 그런데 〈동의보감〉은 지금까지 나온 의서들의 부족점을 보충하고 누구나 건강을 유지하게 하였으니 이 책을 많이 찍어 널리 보급하는것은 천하의 보배를 온 천하 사람과 나누어가지는것으로 된다.》고 격조높이 찬탄하였다.

리제마는 왜나라에서 찍은 《동의보감》에 실린 후지하라의 머리글도 환히 외울수 있었다.

그는 책에서 의서는 론거가 명백하고 세밀해야 의혹이 생기지 않고 인명에 도움이 될수 있는데 조선의 《동의보감》은 현재는 물론 먼 후세에 가서도 찬양할만 하니 이 책이 나옴으로써 사람들이 더는 의술의 진보를 걱정하지 않게 되였다고 하였다.

리제마는 《향약집성방》은 물론 1477년에 나온 《의방류취》도 통달했다.

《동의보감》이 동방의술의 전반적인 성과를 집대성한 의학전서라면 《향약집성방》은 각이한 질병의 원인과 증세, 치료방법 그리고 조선에서 나는 약재와 그 제조법을 개괄한 의서이며 《의방류취》는 수많은 의학고전들을 집대성해놓음으로써 우수한 치료법과 처방, 민간료법들이 풍부히 담겨져있는 의학백과전서로 세상에 널리 알려졌다.

하기에 사람들은 이 의서들을 가리켜 《완벽한 의술의 수록》이라면서 이 3대의서를 통달한 사람이 있다면 그는 단연 의술의 천재, 천하명의로 일러주어야 한다고 했다.

리제마는 선대의원들이 이룩한 의술을 밑천으로 하여 병자들을 보아주었는데 어찌나 신통하게 병을 알아맞추는지 《함흥명의》라는 호평을 받게 되였다. 그가 지어주는 약을 받아쓰고 또 그가 놓아주는 침과 뜸으로 병을 고친 사람들이 얼마인지 모른다.

리제마가 지금까지 쌓은 학식이면 얼마든지 알성급제도장원(임금이 직접 나와 실시하는 과거시험에서의 장원급제자)을 이룰수 있을것이였다.

리제마는 오늘도 굳어진 관습대로 꼭두새벽에 일어나 밖으로 나갔다.

뜨락에 서있던 림재익이 아침식사를 서둘러야겠다고 하여 리제마를 의아케 하였다.

또 급한 병자가 생겼는가부다. 어느 마을에서 병자가 생겨 급히 와달라는 청이 들어오면 매번 아침식사를 서두르라고 이르군 한 그였던것이다.

한옥이 들여온 아침밥을 마치자 림재익이 먼저 자리에서 일어섰다.

《오늘은 나와 함께 가자구.》

리제마가 침통과 약통을 꿍지려 하자 림재익이 손을 내저었다.

《빈손으로 갑세.》

리제마는 더욱 영문을 몰라하다가 재익이 벌써 방을 나서기에 서둘러 그의 뒤를 따랐다.

사연인즉 간밤에 집 한채가 불탔는데 관가의 기생명부에 올라있는 반월이란 기생의 집이였다. 마을사람들이 모여들어 불을 껐으나 부엌곁에 붙은 나무광은 무너져내렸다. 나무광을 치웠는데 바로 거기에서 죽은 반월의 시체가 나쳤다.

마을좌상은 관가에 사고신고를 내고 향교마을의 리제마에게는 시체검시를 부탁하였다.

림재익은 생각만 해도 끔찍한 불탄 시체를 검시하는 일에 리제마를 보내고싶지는 않으나 의술을 배우려면 죽은 사람도 다루어보아야 하겠기에 응한것이였다.

반룡산너머로 한 10리 되는 곳에 자리잡은 이 마을은 수십호가 넘었다.

부지런히 길을 재촉하여 마을에 들어서니 좌상로인이 맞아주었다.

그를 따라 불난 집으로 가니 타서 무너진 서까래며 벽체를 치운 나무광바닥에 녀인의 시체가 있었다.

리제마는 눈을 딱 감았다. 금시 몸이 으시시 떨리고 다리가 후들거림을 어찌할수 없었다.

《정신을 차리라구. 의술을 하려면 산 사람만 아니라 죽은 사람도 다루어야 한다네.》

림재익의 엄한 귀띔에 힘을 얻은 리제마는 큰숨을 한번 내쉬고는 눈을 똑바로 폈다. 뼈에 가죽만 남아서 산 송장이라 할수 있는 병자들은 많이 보았어도 불타죽은 녀인을 보기는 처음이였다.

　죽은 녀인의 얼굴을 얼핏 바라보니 살아있을적엔 퍽 고왔겠다는 생각이 들었다.

　리제마는 기운을 내여 죽은 녀인을 찬찬히 훑어보았다.

　불에 그슬린 머리에는 은비녀가 꽂혀있었다. 풀색저고리는 팔소매만 남았고 하늘색꼬리치마는 몽땅 타서 없어졌다. 옥색당혜(울이 깊고 코가 작은 가죽신)만은 옹글게 남아있는데 종아리며 허벅다리, 가슴부위가 새까맣게 탄것이 끔찍스러웠고 하여 시체를 보면 볼수록 의심스러운 생각만 갈마들었다.

　아무리 나무광에 불이 달려 급해맞았기로서니 아직은 한창이라 할수 있는 젊은 녀인이 뛰쳐나오지 못하고 맥없이 불타죽을수 있는가. 천번중의 한번은 불을 끄려 허겁지겁 덤비다가 무엇에 잘못 부딪쳐 쓰러질수도 있겠지만…

　그건 그렇다치고 나무광에 불이 당겼다는것이 이상스럽다.

　아무말없이 시체를 살펴보기만 하는 리제마를 보다못해 림재익이 물었다.

　《그래, 어떤가?》

　리제마는 서뿔리 생각나는대로 대답하고싶지 않았다.

　《선생님! 좀더 생각하게 해주소이다.》

　그리고는 대담하게 팔소매를 걷어붙이고 시체에 손을 가져갔다. 섬찍한 감촉에 손이 떨렸다.

　(이래선 안된다.)

　리제마는 마음을 다잡고 손에 힘을 주었다.

　죽은 녀인의 머리카락을 세세히 헤쳐보았으나 무엇에 부딪쳐 생긴 상처같은 흔적은 찾아볼수 없었다. 목에도 아무런 흔적이 없었다.

　리제마는 숨을 죽이고 죽은 녀인의 턱을 두손으로 움켜잡았다. 그다음 힘껏 손에 힘을 주어 입을 벌리였다.

　벌려진 입안을 들여다보니 금시 양치질을 한듯 깨끗하였다. 그것을 재삼 확인하였을 때 가슴은 두근거렸다.

　그러니 녀인은 불에 타기 전에 이미 죽어있었다. 불속에서 타죽었다면 숨을 몰아쉴적에 재티나 그을음 같은것이 입안에 들어갔어야 했다.

그럼 어떻게 되여 이 녀인이 죽었을가.

제마는 죽은 녀인의 머리에서 은비녀를 뽑아들고 마을좌상에게 종이 한장을 부탁했다. 인차 그가 종이를 가져왔다.

리제마는 종이를 받아 죽은 녀인의 입을 봉한 다음 은비녀를 찔러넣었다. 그리고는 허리를 폈다.

《이제 조금만 기다리면 바른 대답을 드릴수 있소이다.》

얼마간 기다리던 제마는 녀인의 입에서 은비녀를 뽑아들었다. 은비녀는 검푸르게 색이 변해있었다.

그것을 본 제마의 얼굴은 분노로 이그러졌다.

《선생님! 이 녀인은 불타죽은것이 아니고 어떤 나쁜 놈의 작간으로 죽었소이다.》

마을좌상로인은 소스라치게 놀라와했다.

《그건 무슨 소린가?》

《범인은 녀인에게 독약을 먹여 죽인 다음 나무광에 끌어다놓고 제놈의 범행을 가리우려고 일부러 불을 질렀소이다.》

마을좌상은 얼굴이 질려서 물었다.

《그게 사실인가?》

리제마는 두손을 모아잡으며 나직이 대꾸하였다.

《좌상님, 이건 소인이 밝혀낸것이 아니라 법의서에서 밝혀준것이오이다.》

《법의서에서?》

《예.》

1744년에 구택규라는 의원이 쓴 《증수무원록》의 중독에 관한 대목에는 독을 먹고 죽은것으로 의심되는 시체에 대한 독물검사방법이 구체적으로 씌여있다.

시체검사법에는 두가지가 있는데 은차법(은비녀를 리용하는 방법)과 반계법(닭에게 먹이는 방법)이다.

은차법은 시체의 입안에 은비녀를 한동안 넣었다가 꺼냈을 때 그 색이 검푸른색으로 변하면 중독임을 확인하는 검사법이다.

반계법은 밥덩이를 시체의 입안에 깊이 넣고 종이로 봉한 다음 반나절가량 지나서 그것을 꺼내 닭에게 먹이는데 이때 닭이 죽으면 중독으로 인정한다.

《그럼 어느 망나니가 이 녀인을 죽였겠나?》

리제마는 마을좌상의 물음에 고개를 숙이며 대꾸했다.

《죽은 기생과 잘 아는자일겁니다. 그리고 기생을 죽인 독약은 값이 매우 비싸고 흔히 구할수 없는것으로 보아서 틀림없이 돈냥도 있고 권세도 있는 아전패들 아니면 부자집 망나니들속에 있을것이옵니다.》

후에 판명된데 의하면 기생을 독살한 범인은 함흥감영에서 호방비장을 해먹던 놈이였다.

그놈은 나라에 바치는 진상품을 뭉청뭉청 떼여먹은 자기의 죄행을 잘 알고있는 반월을 꺼려 그런 악행을 저지른것이였다.

이 일로 하여 리제마의 이름은 함흥일대에 더 자자하게 되였다.

9

밖에서는 함박눈이 펑펑 내리고있었다.

훈훈한 방안에서 리반오는 아들 제마와 마주앉아있었다.

반오의 얼굴에는 이제는 당당한 어른이라 할수 있는 아들 제마에 대한 미더움과 함께 림재익에 대한 감사의 마음이 어려있었다.

사실 따져놓고보면 나이 17살에 고향사람들로부터 《함흥명의》라 떠받들리는 아들을 위해서 너무도 바친것이 없는 아버지였다. 땅마지기나 가지고 밥술을 들면서도 아들에게 품 한자루 변변히 들인것이 없었다.

피를 나눈 부자지간이래도 제마를 내 아들이라고 부를 체면이 없는 반오였다.

옥도 쫏지 않으면 그릇을 이루지 못한다고 아무리 제마가 총명을 타고났다 해도 그것을 알아주고 키워준 림재익이 없었다면 아들도 초부신세를 면할수 없었을것이다. 하면서도 그의 얼굴에는 일종의 서운한 느낌, 달랠길없는 허전함이 어리여있었다.

제마가 소실의 몸에서가 아니라 본댁의 몸에서 떨어진 적자라면 얼마나 좋았을가.

제마가 떳떳하게 적자였다면 이길로 문과에 내보내서 본때있게 장원급제를 시키고 소리치며 벼슬자리에도 오르게 할수 있으련만…

하필이면 하늘은 왜 저 애에게 그 애물같은 서자의 운명을 안겨주었단 말인가?!

생각해보면 력대로 서자들속에서 남다른 재주를 지닌 인물들이 많이 나왔다. 동양에서 의술로 명망이 높았던 허준도 서자이다.

제마로 말하면 남달리 뛰여난 머리가 있겠다, 꾸준한데다 열성도 있어 얼마든지 큰일을 할수 있으련만…

한편 제마는 입을 꾹 다물고 자기 생각에 묻혀있는 아버지를 보느라니 불안하기만 하였다.

별로 찾지 않던 아버지가 불쑥 집으로 오라 한건 필경 긴요한 일이 있어서일텐데…

올해로 장가를 들이겠다고 하더니 색시감을 보아둔 모양이다. 어떤 처녀를 색시로 맞으라고 할가.

《얘야.》

리제마는 은근하게 자기를 부르는 아버지의 부름소리에 정신을 가다듬었다.

《사내대장부라면 마땅히 제 집이 있어야 하느니라. 제 집이란 뭐겠느냐? 그건 안사람이 있어야 한다는 소리이다. 사내대장부에게 있어서 안사람은 대를 이어줄 자식을 낳아 키울뿐아니라 품은 뜻을 이룰수 있게 떠밀어주는 제일 가까운 사람이다.》

리제마는 자기의 생각이 빗나가지 않았다는것을 확인하자 가슴이 울렁거렸다.

(어떤 처녀에게 장가들라고 할가?…)

그러나 반오는 아들의 속마음은 아랑곳하지 않고 자기 할 말을 계속하였다.

《내가 아비로서 너를 위해 뛰여다니며 할수 있는 일이 있다면 그것은 너를 받들어줄수 있는 좋은 처녀를 골라주는것이다.

난 이미 네 색시될 처녀의 집 어른과 통혼을 해놓았다.》

리제마의 고개가 맥없이 아래로 떨어졌다.

그러니 이제는 마음에 있든없든 아버지가 골라주는 처녀에게 장가드는 수밖에 없게 되였다.

《네 색시감으로는 10년세월을 하루같이 너의 뒤바라지를 해준 한옥이만 한 처녀가 없는줄로 안다.》

리제마는 깜짝 놀라 고개를 쳐들었다.

한옥이라니? 세상에… 나를 친오랍동생으로 여겨주고 돌봐주는 누이에게 장가를 들라는게 말이 되느냐? 아니, 아니야.…
《아버님! 한옥누님한테는 장가들수 없는줄 아오이다.》
리반오의 얼굴이 험해졌다.
《뭣이?! 그래 한옥이 무엇이 모자라서 네 색시가 될수 없다는거냐?》
리제마가 애원하듯 말했다.
《아버님! 한옥누님은 저에게 친누이나 다름없지 않소이까?》
《허허허-》
리반오의 호탕한 웃음소리에 리제마는 저도 모르게 목을 움츠렸다.
《옛날부터 부부오누이라는 말이 있느니라. 부부간은 오누이처럼 서로 닮고 자별하다는 뜻인데 한옥이 성씨는 달라도 친누이같다고 하니 그거야말로 부부연분이 아니겠느냐. 내 한옥이네 집 대답을 받아들였다.》
《예?!》
리반오는 사실 몇해전부터 은근히 아들의 배필감으로 한옥을 점찍고 있었다.
한옥이 나이가 제마보다 두살 우이긴 하나 둘이 서로 진속까지 다 잘 알테니 더욱 좋고 그보다는 처녀의 일솜씨가 마음에 들어 좋았다.
한옥이 여러해째 외할머니를 여의고 홀로 사는 외할아버지인 림재익을 도우려고 부모집을 떠나 여기 와 사는데 반오가 아무때 가봐도 세간붙이들이 알른거린다. 그가 지은 음식은 또 한결같이 정갈하다. 그래서 아들가진 집들에서 서로가 한옥을 탐내는것이다.
그리고 아들의 혼사말은 사실 림재익이 먼저 꺼내왔다.
그가 하는 말이 혼담은 대개 남자쪽에서 먼저 꺼내는 법이지만 다른 의향이 없다면 그 집 아들에게 한옥을 시집보내겠다는것이였다.
반오는 너무 기뻐 그의 손을 덥석 그러쥐고 《고맙소이다.》라고 소리쳤었다.
한옥이만큼 여기저기서 중매가 많이 들어오는 처녀는 드물것이였다.
그런데 한옥은 부자집도련님이든 량반집귀공자든 청혼해오는 족족 다 싫다 하여 사람들을 놀라게 하였다.
림재익조차도 외손녀가 지내 문턱을 높이는가 하여 걱정스러웠다.

세상에 열흘 가는 고운 꽃 없다고 저러다 처녀로 늙겠다고 근심도 하였다.

그렇다고 싫다는데도 억지시집은 보낼수 없고 하여 마음이 무거웠는데 하루는 한옥이 부르는 노래소리에 불쑥 깨달아지는것이 있었다.

>...
>양천 전촌의 전갑섬이
>당포 김촌에 말이 났소
>나는 좋소 나는 좋소
>화목하고 일 잘하니 나는 좋소
>닐리 닐리리 닐리리야
>화목하고 일 잘하니 나는 좋소

한옥이 안방에서 리제마의 바지를 손질하며 부르는 《전갑섬의 노래》였다.

그 노래에는 양천 전촌마을에 사는 전갑섬이란 처녀가 세도 쓰고 욕심사나운 량반집들이나 땅많은 부자집들에서 해오는 청혼은 다 싫다 하고 화목하고 부지런한 농사군집의 아들에게 시집가겠다는 뜻이 담겨져있었다.

그때 마침 20리 떨어진 마을에 사는 한옥의 어미가 딸을 찾아왔다.

림재익은 그에게 한옥의 마음을 알아보라고 했다.

어머니만큼 딸의 마음을 들여다보는 사람이 없고 딸은 어미한테는 숨기는것이 없다.

한옥은 제 어미에게 진속을 터놓았다.

그 마음을 전해들었을 때 재익은 무릎을 쳤다. 과시 한옥의 눈이 바로 배겼다. 눈이 바로 배기지 않았다면 어떻게 리제마를 사내같은 사내로 보았을것인가.

림재익은 그들이 한지붕밑에서 같이 살아온 날들을 새삼스레 돌이켜보았다.

8살때부터 오늘날에 이르는 리제마의 인생은 한옥이와 친근하게 련결되여있었다. 참말이지 한옥은 누이와 같은 존재였다.

한옥의 마음을 안 재익은 지체없이 반오를 찾아와 혼사말을 꺼낸것이였다.

이렇게 되여 제마는 한옥에게 장가들게 되였다.

10

리제마가 스승집에 장가든지 며칠이 지나서였다.

림재익은 그를 불러 이제는 문과에 나갈 때가 되였으니 함흥감영에서 치는 향시에 나가라고 하였다.

향시에서 급제해야 다음해 봄 한성에서 열리는 복시에 참가할수 있었다.

어느때건 한번은 과거장에 나가야 한다고 결심하고있던 제마는 스승의 분부를 쾌히 받아들였다.

림재익은 제마를 향시에 내보내기에 앞서 그의 자를 무평이라고 지어주었다.

원래 선비들이나 무인들에게 붙여주는 자는 관례식때 부모나 스승이 지어주게 되여있지만 재익은 깊은 의미를 담아주고싶어 당분간 미루었다.

생각끝에 재익은 리제마에게 심어준 큰뜻을 자나깨나 잊지 말고 그를 힘써 이루는 충신이 되라는 의미에서 그의 자를 무평이라 한것이였다.

그런데 향시가 리제마에게 그토록 마음의 상처를 입혀놓을줄을 재익은 생각지 못하였다.

리제마가 함흥감영에 나가 향시에 응시할 명부에 이름을 올리고 시험장안에 들어가앉았는데 뜻밖의 일이 생기였다.

글쎄 판관이라는자가 시험장에 들어와 리제마의 이름을 불러 일으켜세우고는 당장 나가라고 을러멨다. 그것도 그냥 나가라고 을러멘것이 아니라 서자인 주제에 룡꿈을 꾼다고 모욕까지 하였던것이다.

리제마는 참을수 없어 그 자리에서 붓을 꺾어던지고 시험장을 뛰쳐나오고말았다.

림재익이 이 사실을 알고 판관에게 달려가 시비를 따지니 그는 호적대장을 보여주는것이였다. 호적에는 제마가 리반오의 서자로 올라있었다.

림재익이 제마는 리진사집 장손이라며 사정이야기를 하였지만 소용이 없었다.

이로써 리제마에게는 영영 문과에로의 길이 막혀버렸다. 재익은 제마의 앞길이 영영 막혀버린것이 너무도 통분하여 침식을 제대로 할수 없었다.

헌데 며칠 지나며 가만히 살펴보니 리제마는 인차 분기를 가시고 그 일을 꿈만해하는것 같았다. 어찌 보면 차라리 잘되였다 하는 눈치였다.

언제인가 《무병장생 만민복락》이 자기의 꿈이라고 하더니 이젠 아예 의술로써 백성을 구제하는 일을 자기 한생의 뜻으로 여긴 모양이였다.

허나 재익으로서는 제마를 그대로 내버려둘수 없었다. 그 길이 리진사와 김씨가 바란 길과 너무도 거리가 멀었기때문이였다.

제마를 기어이 벼슬길에 내세우자면 무과에라도 내보내야 하였다. 서자들에게도 무과에로의 길만은 열려져있었다.

그러나 제마가 당장 무과에 나가 급제한다는것은 어불성설이였다.

지금껏 집안에 들어앉아 책이나 읽은 그가 어떻게 말을 타고 달리면서 활을 쏘고 창으로 찌르는 무술시험을 치를수 있단 말인가.

그렇다고 속수무책으로 가는 세월에 제마의 장래를 맡겨둘수 없었다.

기어이 제마에게 무술을 배워주어야 한다. 아직은 제마가 젊은 나이이니 무술을 배우기에 늦지 않다.

제마에게 무술을 배워줄 스승을 찾아내야 했는데 마침 그럴만한 사람이 있었다. 백두산부근의 심심산골 포태골에 은둔하여 살고있는 《포태선생》이라 부르는 늙은이였다.

대대로 무술을 전해오는 집안에서 태여나 한생 무술로 늙은 《포태선생》이니 얼마든지 제마를 제자로 받아줄것이다.

《포태선생》에게 소개신을 써주어 제마를 포태골로 떠나보내자.

그러나 재익은 그 일을 서두르지 않았다.

신방에 든지 얼마 안되는 외손녀부부의 신혼살이를 생각해서였다.…

겨울이 가고 새봄이 왔다.

향시에 나갔다가 서자인것으로 하여 받은 심한 모욕을 잊어버린(일부러 강심을 먹고 잊긴 하였지만) 제마는 오로지 《무병장생 만민복락》에 깊은 뜻을 두고 고향사람들의 병을 고쳐주기에 날이 가는줄 몰랐다.

날이 갈수록 제마의 손에서 숱한 병자들이 병을 고치여서 그는 《함흥명의》로 소문이 더 짜하게 났다.

요즘 그는 한가지 일로 고심하고있었다.

몇해전만 해도 제마는 그 어떤 병자도 병의 근원만 알아내면 얼마든지 고쳐낼수 있다고 생각하였다. 그러나 나날이 많은 병자들을 상대하면서 생각이 달라졌다.

적지 않은 경우 같은 병증인데도 사람마다 약에 대한 효험이 달랐다. 같은 병을 앓는 어떤 사람은 같은 약을 몇첩 쓰자 병이 호전되는데 다른 사람은 쉰첩을 넘겨쓰고 지어는 백첩을 써도 전혀 효험이 없었다.

정말이지 귀신이 곡을 할노릇이였다.

그것은 다른 사람들만이 아니라 한옥이에게도 사정은 같았다.

제마는 혼례식을 하고서야 한옥이 때때로 가슴이 두근거리고 머리가 어지러우며 팔다리가 싸늘해진다는것을 알수 있었다. 심비증(심장판막증)에 걸린것이였다.

그래서 즉시 보온탕을 지어주었다.

그런데 심비증에 걸린 다른 병자들에게는 괜찮게 말을 듣던 그 약이 한옥이한테는 아무런 효험이 없었다.

왜서 이런 차이가 생기는것일가.

의서들을 다시 뒤져보고 여러 의원들도 만나보았지만 그 차이가 생기는 원인은 물론 치료처방 하나 제대로 얻을수가 없었다.

늙은 의원들은 아무래도 사람들에 따라서 약의 효험이 달라지는 원인과 치료처방은 젊은 제마가 밝혀내야겠다고 말하였다.

제마는 비로소 그 일을 자기가 맡아해야겠다는 결심을 굳히였다.

바로 이러한 때 림재익이 제마를 사랑방으로 불러들였다.

무슨 일인가 하여 자기를 쳐다보는 제마를 바라보는 재익의 마음은 무겁기 그지없었다.

정말 신혼살이 몇달만에 제마를 이 집에서 떠나보내야 한단 말인가.

아끼는 자식일수록 매로 기르랬다고 총애하는 제자의 장래를 위함이라면 이쯤한 일로 마음이 흔들려서는 결코 안되는것이다.

《여보게! 자네 당분간은 의술을 그만두고 무술을 배워야겠네.》

제마는 그의 말뜻을 알수 없어 눈만 슴벅거렸다.

《백두산이 바라보이는 포태골에 자네에게 무술을 배워줄 스승이 있네.》

그제서야 제마는 자기가 잘못 듣지 않았다는것을 알아차렸다. 스승의 말뜻을 알아차렸을 때 그 말이 청천벽력같아 몸을 흠칫하였다.

의술을 그만두고 왕청같이 무술을 닦으라니 무슨 말인가? 의술과는 하늘과 땅처럼 인연이 먼 무술을 배워서는 뭘한단 말인가?!

《이보게! 무술이란 나이들면 익히기 힘든 어려운 재주일세. 게다가 무술을 가르쳐줄 〈포태선생〉도 나이많은 늙은이라 언제 자리에 누울지 모르니…》

《…》

고개를 푹 떨구고있는 제마를 바라보는 재익은 긴말을 아니할수 없다고 생각하였다.

《이 사람! 백성들을 구제한다는게 병마에서 건져내는 그런 일뿐일가? 병마는 사람의 씨를 다 말릴수는 없어도 외란이라도 나면 온 겨레가 잘못될수 있네. 오죽했으면 나라잃은 사람은 상가집 개만도 못하다는 말까지 생겨났겠나.》

제마의 어깨가 푹 처지였다.

그러는 제자를 바라보는 재익의 속은 좋지 않았다. 허나 언제인가는 오늘일이 옳았다는것을 깨닫게 될거라고 생각하며 그는 엄하게 말했다.

《자넨 앞을 멀리로 내다보아야 하네. 요새 이웃나라들의 형세라든가 우리 나라의 형편을 놓고보면 누구나 무술을 닦아야 하네. 무술을 배워놓으면 앞으로 전란이 일어나는 경우 의병을 일으켜 나라와 백성을 지키는 길에서 한몫 할걸세. 지금은 무술을 배우는 일이 급선무이니 몇해 동안 포태골에 들어가있게. 의술도 있겠다, 무술도 배우고 장차 때가 되여 무과에 나가면 반드시 큰 일감을 맡아할수 있을걸세.》

허나 포태행을 달갑지 않게 여기는 제마의 귀에는 이런 말이 들어올리 만무하였다.

《여러말말고 며칠후에 떠날수 있도록 차비를 잘해두게.》

제마는 오금을 박는 림재익의 말에 더 대꾸를 못하고 머리를 수그렸다.

11

1855년 봄.

검은 가라말에 몸을 실은 18살의 리제마는 고향을 떠나 백두산부근의 포태골로 가고있었다.

가라말은 포태골로 향한 길을 줄기차게 달리였다.

제마는 집을 떠난지 나흘만에 포태골로 접어들었다. 그러니 함흥에서 성천강을 따라 2백리 거슬러올라가있는 불개미재를 넘고 또 2백리 북행하여 갑산고을지경에 당도해서 거기서부터 거의 또 2백리를 직행하여 압록강으로 흘러드는 하천인 포태천에 다달은것이였다.

포태마을은 마을이라 부르기에는 너무도 협소했다. 아아한 험산들이 사방으로 둘러막힌 곳에 듬성듬성 몇집이 있는 심산오지인 이 골안은 세상을 피해서 들어온 몇몇 사람이 숨어사는 피신골이였다.

예순고개에 이른 《포태선생》 강무가 바로 이 골안에 숨어살고있었다.

강무의 먼 조상은 출중한 무술과 용맹으로 북방오랑캐를 벌벌 떨게 했던 함길도군의 리징옥장군(조선봉건왕조 제5대왕 문종시기의 장수)의 부하였다.

왕위를 찬탈한 수양대군(세조)에게 반기를 들고 고구려와 같은 강국을 세우자 했던 리징옥을 따르던 그 조상은 조정에서 파한 적수들에게 피살되였다. 그때부터 강무네는 깊은 산속에서 숨어살았다.

그의 집안은 고려때부터 물려오는 수박희란 권법을 가문의 보배로 여기였다.

뛰여난 무술을 소유했기에 그의 선조의 한사람이 리징옥의 부하가 되여 나라의 6진개척에 기여했던것이였고 임진왜란때 그의 후손이 또한 북관땅을 들썩케 한 정문부의병대에 들어가 본때있게 왜놈들을 족치다가 억울하게 모반죄에 걸린 정문부와 함께 관군에게 붙잡혀가서 옥사하였다.

련거퍼 역적루명을 쓴 강무네는 포태골을 영원한 피신처로 삼은것이였다.
 강무네는 궁벽한 산골에 숨어살면서도 자식들에게 문무를 가르치는 일만은 소홀히 하지 않았다.
 그의 아버지가 일찌기 어린 강무를 리진사의 아버지에게 보내여 글을 읽게 한적이 있었는데 그때 림재익과도 알게 되였다.
 강무는 권법뿐아니라 병서도 많이 읽어 병법에도 밝았다.
 이 땅에 전란이 일어난다면 조상들처럼 한몸을 내대고 깊은 산속에서 나와 겨레와 강토를 지키겠다는것이 그의 뜻이였다.
 참으로 애국충정의 넋을 간직한 가문이였다.
 리제마는 저녁무렵에 포태골마을로 들어섰다.
 길가에서 뛰여놀던 조무래기들이 마을로 말을 타고 들어오는 사나이를 신기하게 여겨 와- 하고 마주 달려왔다.
 리제마는 아이들을 통해 강무네 집을 인차 찾을수 있었다.
 집은 마을복판에 있었다. 여느 집들처럼 통나무로 지은 귀틀집인데 좀더 커보였다.
 강무는 몸집이 큰 억대우같은 사람인줄 알았는데 만나보니 뜻밖에도 체소한 늙은이였다. 류다른것이 있다면 두눈에서 남달리 영채를 내뿜는것이였다.
 림재익이 써준 글월을 읽고난 강무는 몹시 기뻐하며 리제마를 방으로 이끌었다.
 강무의 집안은 그만하면 큰 식솔이였다. 아들은 없고 중년나이의 딸과 사위를 데리고 사는데 외손자, 외손녀들이 여라문명이나 되여 제법 흥성거렸다.
 저녁을 먹고나서 강무는 웃방격으로 따로 곁들인 방에 제마의 거처지를 정해주었다. 그 방은 강무가 마을아이들에게 글을 배워주는 글방 겸 마실방이였고 이전에는 무술을 배우러 포태골을 찾아온 젊은이들이 들기도 하였으며 타지방의 사냥군들이 묵어가는 방이기도 하였다.
 강무는 한 며칠 쉬면서 포태골을 익히라고 하였다.
 《장가는 들었다지?》
 《예, 올해 정초에…》
 강무는 머리를 끄덕거렸다.

《정초라, 떠나기가 쉽지 않았겠군.》

《…》

《그럼 푹 쉬게.》

…

다음날 아침 제마는 권법의 력사를 내리푸는 강무의 이야기에 흥분을 금할수 없었다.

《포태선생》은 우리 조선무술의 조상은 치우라고 하면서 그에 대한 이야기를 들려주었다.

치우는 반만년전에 우가(군사를 담당한 단군조선의 벼슬)로 있으면서 군력으로 박달임금의 나라를 든든히 받든 명장이다.

투구와 갑옷을 만들어서 군사들에게 입힌 치우는 언제나 외적이 침노할 때면 강군을 거느리고 나가 물리쳤고 그 나날에 무술을 창제하여 보급시키였다.

그가 키운 군사들의 주먹이 어찌나 드세였던지 이웃나라들에서는 치우를 가리켜 《구리머리에 철이마》라고 하면서 대단히 두려워하였다.

그후 조선무술은 고구려의 을지문덕장군, 연개소문장군 등 유명무명의 무도인들에 의해서 보다 더 위력한 무술로 발전하였으며 고려조에 들어와서는 왕건대왕을 도와 삼국통일성업에 크게 공헌한 신숭겸장군이며 거란군을 격멸시킨 강감찬장군 그리고 칭기스한의 몽골대군이 《고려범》이라고 두려워한 김취려장군과 같은 뛰어난 무도인들에 의해 보다 더 세련될수 있었다.

그러나 리성계가 정권을 찬탈한 뒤로부터 우리 나라 무술은 시련에 부닥쳤다. 조정은 《태평세월》에 위험으로 된다며 강인한 성격을 지니고 무술에 능한 서북사람들의 벼슬길을 막는 동시에 무예를 배워주는 전국의 강무당들까지 강제로 모조리 없애버렸다.

하여 무도인들은 산지사방으로 뿔뿔이 흩어지였고 그들중 일부 사람들이 절간들에 숨어서 무술을 전수하였다.

《포태선생》은 병서들도 보여주었다. 림재익의 말대로 그의 집에는 고금동서의 병서들이 적지 않았다. 1433년에 편찬한 《진설》로부터 차례로 《진법》, 《병장도설》, 《병장설》, 《병학통》, 《병학지남》, 《무예도보통지》 등의 조선병서들과 《무경7서》라는 이웃나라의 병서까지 있었다.

그것들을 보면서 제마는 단숨에 병서들을 독파하리라 마음다졌다.

이보다 몇곱이나 많은 의서들도 어릴 때에 다 독파하였는데 한창시절에 요쯤한 책은 한해면 능히 다 뗄것 같았다.

병서를 보여준 강무는 제마를 뒤에 달고 밖으로 나왔다.

심산속에 듬성듬성 열댓채 집이 들어있는 포태골안을 둘러보니 이상야릇한 기분이였다. 옥구슬같이 맑은 포태천을 바라보면 상쾌해지는 기분이고 저 멀리 북녘으로 구름우에 떠있는듯싶은 흰 산, 백두산을 대하면 숭엄해지는 기분이였다.

그러나 한편으론 사방으로 울창한 나무가 꽉 둘러막힌 인적드문 골안을 바라보느라면 고독감에 휩싸여 마음이 쓸쓸해졌다.

세상을 피해사는 이 골안의 사람들은 귀밀과 감자농사로만 살수 없어서 사냥도 하고있었다.

강무네도 그들처럼 부대기농사도 짓고 크고작은 산짐승들을 사냥하여 생계를 유지하고있었다.

강무는 무술교련에 앞서 리제마의 다리에 각반을 차게 하였다. 말이 각반이지 놋쇠쪼각들이 들어있는 쇠자루나 다름이 없었다.

그는 쇠각반을 3년동안 어느 한시도 풀어놓아서는 안된다는 다짐부터 해두었다. 그리고 짝패로서 귀동이라는 열살짜리 포태골아이 하나를 붙여주었다.

며칠후 첫 무술교련은 10리가 넘는 마을골안을 한바퀴 빙 돌아오는 달리기로부터 시작되였다.

강무는 낮에는 포태골안을 여섯바퀴 돌고 밤에는 병서를 읽으라고 하였다.

리제마는 교련 첫날에 벌써 완전히 혀를 빼물고말았다.

포태골안을 도는 길이란게 말이 길이라 하니 길인가부다 하지 실은 험한 산발을 타고 덤불속을 뚫고나가야 하는 비탈길의 련속이였다.

오불꼬불한 올리막과 가파로운 내리막이 얼마인지 셀수 없고 날선 돌부리며 가시돋친 나무가지, 거친 풀잎새들이 그물처럼 겹겹이 앞을 막는 비탈길을 그것도 량다리에 무거운 쇠각반을 차고 뛰여야 하니 얼마 못 가서 숨이 턱에 닿고 땀이 비오듯 쏟아졌다. 어푸러질듯, 쓰러질듯 땀으로 미역을 감으며 골안을 반바퀴도 못 돌아서 목구멍에선 뜨거운 겨불내가 확확 내뿜고 두다리는 열길백길 땅속으로 끌려드는것 같아 당장 쓰러질 지경이였다.

반대로 귀동이는 나이는 어려도 산판달리기에는 펄펄 날았다. 앞에서 나는듯이 달리는 귀동이의 모습은 자기를 비웃는것 같았다.

첫날에 그만 완전히 녹초가 되여버린 리제마는 방에 들자 병서를 펼치기는커녕 그대로 자리에 쓰러지고말았다.

12

리제마는 다음날 아침 저 혼자 깨여나지 못하였다. 어린시절부터 상계침으로 붙이였던 아침일찍 저절로 깨여나는 습관이 하루 교련에 여지없이 깨지고만것이다.

강무가 방에 들어와 한동안 몸을 흔들어서야 제마는 가까스로 일어나 밖에 나왔다.

강무는 마당 한켠에 높이 서있는 이깔나무아래로 리제마를 이끌었다.

나무아래도리에는 헝겊같은것이 칭칭 감겨져있었다.

강무가 주먹과 손칼치기를 하는데 그때마다 나무전체가 흔들리는듯 하였다.

리제마는 그가 하라는대로 주먹을 쳐들어 나무를 쳤다.

순간 뼈가 부서지는듯싶은 아픔에 주먹을 싸쥐였다.

《포태선생》은 아파하는 리제마를 아랑곳도 하지 않고 날마다 아침밥을 먹기 전에 백번씩 나무를 주먹으로 치고 맨발로 차라고 일렀다.

아침밥을 먹으면 또다시 산판으로 나가야 했다.

《포태선생》은 산판달리기로 몸을 굳힌 다음에라야 권법을 배울수 있다고 하였다.

그러면서 그는 6진을 개척하여 나라의 북변을 다지는데 크게 기여한 리징옥이 어떻게 되여 출중한 무술을 지니게 되였는지를 덧붙여 말해주었다.

리제마도 그쯤은 어렸을적에 책을 읽어서 알고있었다.

리징옥이 《북방호랑이》로 명성을 떨칠수 있은 비결은 그가 아이적부터 산판달리기를 즐겨하였기때문이였다. 얼마나 산판을 잘 달렸던지

14살때 송아지만큼 큰 메돼지를 온종일 다우쳐몰아 끝내 그놈을 기진맥진해 쓰러지게 하여 산채로 잡아온 리징옥이였다.

리제마는 기가 막혔다.

리징옥이야 타고난 힘장사이고 무사였기에 산판을 그리도 잘 달렸고 10대에 산중의 왕 호랑이까지 활로 쏘아잡은것이다.

그를 본받기에는 너무도 허약한 서생따위가 어떻게 험한 산판달리기의 능수가 될수 있단 말인가.

제가 싫은 일에는 성수가 나지 않는다고 리제마는 힘에 부친 산판달리기에 진저리가 났다. 더우기 귀동이가 신바람이 나서 앞서달리는걸 보면 자기는 안되겠다는 생각이 점점 덮쳐들었다.

다음날에도 그 다음날에도 산판달리기는 계속되였다.

교련은 죽도록 고되기 그지없는데 먹는것은 고작 통감자가 박힌 귀밀범벅이였다. 아니, 음식은 타발할것이 못되였다. 강무가 산짐승들을 잡아와서 때로는 고기붙이가 상에 올랐다.

리제마는 자기의 몸이 하루가 다르게 축가는것을 느꼈다. 억지로 산판을 달리다가 해저물어서 거처지로 돌아오면 그저 눕고싶은 생각뿐이고 만사가 귀찮기만 하였다.

그러니 어떻게 병서를 읽을 생각이 있으랴.

지친 몸을 겨우 지탱하여 거처지로 돌아온 제마는 광솔불을 켜고 병서 《병학지남》을 펼치였다. 애써 정신을 모으고 책을 들여다보았으나 한글자도 눈에 제대로 들어오지 않았다.

리제마는 짜증이 나서 책을 덮어놓고 눈을 감았다.

무술을 닦는 일이 여간 고된 일이 아닐것이라는 생각은 하고왔지만 이렇게까지 힘에 부칠줄은 몰랐다. 지금 같아서는 무술을 닦기는커녕 며칠 더 지탱하기나 하겠는지 가늠조차 할수 없었다.

올 때부터 마음에 없는 길을 아니 갈수 없어 온 길이다. 그래도 이왕지사 나선김에야 3년이 아니라 단숨에 내달려 한두해로 무술닦기를 끝내고 집으로 돌아가리라 강심을 먹었었다.

그러나 지금 보니 확실히 자기는 무술을 배울 재목이 못되였다.

무술이야 몸이 강쇠처럼 단단하고 기운이 황소같은 사내들이 닦는것이지 약해빠진 서생따위에게는 당치 않은것이였다.

그저 이 리제마란 사내에게는 글재주를 닦고 의술재간을 련마하는것이 몸에 맞는것 같았다.
 《확실히 이건 내가 갈 길이 아닌것 같아.》
 리제마의 눈에는 앞에 펼쳐놓은 병서의 글귀들이 아니라 한옥의 모습이 어려들었고 이어 잠에 곯아떨어졌다.

13

 리제마는 끝내 무술닦기를 단념하고말았다.
 지어먹은 마음 삼일 못 간다고 포태골에 온지 석달만에 집으로 도망칠 마음을 먹은것이였다.
 사내가 외지에서 고생줄에 빠지면 앉으나서나 집생각, 색시생각뿐이라더니 정말 그런것 같았다.
 진저리나는 산판달리기를 오늘 걷어치울가 래일 집어던질가 하면서 마지못해 산판으로 오르면 시작부터 여드레 팔십리걸음인데 정신은 온통 한옥이 기다리고있을 집으로만 가있다.
 게다가 그전부터 한옥을 괴롭히던 그 몹쓸 심비증이 더해지지나 않았는지 모르겠다는 은근한 근심은 더더욱 포태골을 멀리하게 하였다.
 에라, 올라가지 못할 나무는 쳐다보지도 말랬다고 어머니배속에서부터 약골로 떨어진 사람이 삼년 아니, 석삼년을 애쓴대서 무술가로 둔갑하겠느냐, 주먹감각이라는것도 글눈처럼 타고나야 마음먹은대로 적수의 면상을 후려칠수 있는 법이야, 괜히 견디여내지 못할 이 길에서 허송세월을 하다가는 산돼지 잡으려다가 집돼지 놓치는 격이 될수 있겠어.…
 마침 하늘에서 떠나라고 하는듯싶은 기회가 찾아왔다. 《포태선생》이 나들이를 떠난것이였다.
 일단 마음을 달리한 이상 이 좋은 틈을 놓쳐서는 안되였다. 석달동안 무술을 배워주느라고 마음을 쓴 《포태선생》에게 인사말도 없이 슬쩍 빠져나가기는 안됐지만 차라리 잘되였다. 남보지 않을 때 사라져야 피차에 서로가 다 마음이 편할수 있는것이다.
 리제마는 한번 하자고 했던 마음을 돌릴수밖에 없는 자기 처지를 잘 알아달라는 짧은 글월을 병서우에 남겨놓고 행장을 꾸렸다.
 그동안 먹고 놀기만 해서 몸이 근질대던 가라말은 리제마가 올라앉자 네굽을 안고 씽씽 내달렸다.

가라말우에 앉아 언듯언듯 지나치는 주위를 둘러보느라니 집으로 가는 이 길이 결코 도망길이 아니라는 위안이 들었다.

적재적소라고 사람마다 자기의 타고난 재주에 맞는 일감을 찾아해야 마땅하지 않겠는가. 도무지 감당 못할 무술교련에서 제때에 물러나길 잘했어. 분명 나에게는 무술이 몸에 맞지 않아.

아직은 세상물정에 몹시 어둡던 어린시절에 의서를 읽던 일을 두고도 그렇게 말할수 있을것이였다.

그때 낮에 이어 밤에도 읽군 하던 의서의 글귀들은 머리에 쏙쏙 들어가 지금도 잊혀지지 않는다.

또한 날마다 사람들을 찾아다니며 병을 고쳐주던 나날이 어제 일이런듯 눈에 선했다. 참말이지 보람있는 나날이였다.

그런데 내가 무술을 익혀 사람들에게 무엇을 줄수 있는가. 내 할바는 의술이다. 명의가 되여 고향사람들을 병마로부터 구제하는것이다. 빨리 돌아가자.

기분이 흥그러워진 리제마는 발뒤축으로 배허벅을 찼다. 가라말은 속보로 내달리기 시작했다.…

리제마는 6백리 먼길을 달리여 고향마을가까이에 이르렀다.

막상 고향마을을 가까이하니 버젓이 집을 찾아 들어갈 용기가 나지 않았다.

이랬든저랬든 스승의 분부를 어기고 포태골에서 도망쳐왔으니 남들이 얼굴을 알아볼수 있는 때를 피하고싶었다.

리제마는 소나무숲에 들어가 컴컴해지기를 기다렸다.

땅거미가 어둑어둑 깔렸을 때 리제마는 말발굽소리가 날세라 천천히 말을 끌고 마을로 들어섰다.

집앞에 이르니 주위가 낯설었다. 울담을 빙 돌아가면서 삼밭이 생겼는데 벌써 삼대들이 허리를 쳤다.

이걸 다 한옥이 심었을것이다.

리제마는 마당 한켠에 크게 자란 황철나무에 말고삐를 매고 삽짝문을 열었다. 뜨락에 들어선 그는 안의 동정을 살폈다.

림재익이 든 방에 불이 꺼진것을 보면 밤이 퍽 깊었음을 알수 있다. 안방에서는 여전히 불빛이 새여나오고있었다. 그 불빛에 바느질을 하는 한옥의 자태가 문가에 그려졌다.

한옥의 정겨운 자태를 보자 리제마는 가슴이 울렁거렸다.

그는 가까스로 진정하고 방문에 다가섰다. 그러자 기척을 느낀듯 한옥의 그림자가 움직였다.

《누… 누구세요?》

떨리듯 하나 부드러운 한옥의 목소리에 리제마는 역시 떨리는 목소리로 대답했다.

《나요, 나!》

《어마나!》

한옥이 문고리를 벗기기 바쁘게 리제마는 방문을 열고 방으로 뛰여들었다. 리제마는 한옥을 와락 그러안았다.

《정말 보고싶었소!》

한옥도 몸을 떨며 리제마의 품에 얼굴을 묻었다.

리제마는 곧 자기 가슴이 축축해짐을 느끼였다.

《우는게 아니요?》

그 말에 한옥이 얼른 물러앉았다.

《아이, 이 정신 봐. 저녁전이겠는데…》

《저녁? 됐소. 집에서야 한끼가 아니고 열두끼를 안 먹은들 뭐라오.》

《얼른 밥을 짓겠어요.》

한옥은 행주치마를 찾아두르고 서둘러 부엌으로 내려갔다.

《됐다는데…》

리제마는 먹다 남은 찬밥이라도 있으면 한숟갈 먹고말지 하는 생각으로 한옥을 따라 부엌으로 내려갔다.

《아, 여기에 찬밥 한그릇이 있구만.》

부뚜막에 있는 밥그릇을 잡아당겨 열어본 제마는 그만 할말을 잃고 말았다.

흰쌀은커녕 콩알 하나 섞이지 않은 강조밥이였다. 반찬으로는 된장찌개 한가지일것이 뻔했다.

집을 나가사는 남정네를 보탬하자고 허리띠를 조이는구나.

《그건 이리 내고 조금만 기다리세요, 인차 더운밥을 지을테니.》 하고 한옥은 그의 손에서 밥그릇을 빼앗아냈다.

밥 한그릇으로 집에서 사는 형편을 단숨에 꿰뚫은 리제마는 동구밖에까지 따라나와서 꼭 무술을 닦고 오라고 바래주던 한옥이 생각났다. 그날부터 하루 세끼 이렇게 먹었을것이였다.

죄스러운 마음이 갈마들며 한옥을 마주하기 멋적어졌다.

얼마후 한옥이 들여온 흰 밥그릇에 제마는 선뜻 수저를 가져갈수 없었다.

밥을 먹던 제마는 자기를 쳐다보는 한옥의 눈빛이 방금전과는 다르게 느껴졌다. 《무슨 일이 생겨 왔어요?》하는듯 안해의 눈길을 마주 볼 용기가 나지 않아 리제마는 게면쩍게 웃으며 말했다.

《어서 잠자리를 펴오.》

《…》

한옥은 까딱 않고 리제마를 지켜보았다.

리제마는 얼렁뚱땅해서 이 자리를 모면해보려고 하였다. 그래서 말이 나가는대로 입을 열었다.

《어, 이 정신 보지. 외할아버님 신상엔 별일없었겠지?》

《별일은 없는데… 향교일을 보시면서 짬짬이 밭을 일구어 삼을 심고 가꾸느라 고생이…》

리제마는 놀라 눈을 치떴다.

《그건 무슨 소리요?》

《사실은 그때 서방님이 타고 갔던 가라말의 값을 갚느라고… 그렇게 심은 삼으로 베천을 짜면 큰돈이 될수 있다면서…》

리제마는 가슴이 철렁하였다.

엄청나게 비싼 말을 외상으로 끌어오면서까지 떠나보낸 자기가 중도에서 그냥 돌아온것을 알면 얼마나 락심해하겠는가.

리제마는 스승을 만날 일이 끔찍하였지만 그렇다고 열두번 죽었다가 다시 태여난대도 이룰수 없는 무술에다 무정하게 세월을 바칠수는 없는것이였다.

(에라, 피터지게 종아리를 맞으면 되겠지.)

리제마는 맥없이 말했다.

《난 무술을 그만두기로 했소.》

놀랄줄 알았는데 안해의 얼굴색이 조금도 변하지 않았다.

《?!…》

한동안의 침묵끝에 한옥의 부드러운 음성이 나직이 울렸다.
《서방님은 오래동안 집을 떠나 온갖 고초를 겪으면서 끝끝내는 세운 뜻을 성취한 사람들의 소행을 책에서만 읽고 번지려 하시나이까?》
리제마는 반발심이 울컥했다.
《나같이 뼈가 여린 약골에겐 무술이 맞지 않소. 무술은 뼈대가 굵고 키가 큰 장사들이나 하는거란 말이요. 알겠소? 그러니 나에겐 갈 길이 따로 있소.》
한옥이 숨을 길게 내쉬고서 천천히 말했다.
《정신이 바로 서있지 못하면 아무리 힘장사래도 무술은 물론 그 어떤 재주 하나 변변히 닦을수 없는줄 압니다.
무슨 일이든 마음먹기탓이 아니겠습니까.
언젠가 서방님이 고유란 사람의 이야기를 들려주던걸 전 지금도 기억합니다.》
리제마는 한방망이 얻어맞은듯 했다.
고유는 임진조국전쟁시기 의병장이였던 고경명의 후손이였다. 고경명이 죽은 후 고씨가문은 몰락하였다. 그의 몇대후손인 고유는 어려서 량친부모들을 다 잃고 이 동네, 저 동네로 떠돌아다니며 품을 팔아 겨우 목숨을 부지하였다.
스무살이 썩 지나 어느 인심 후한 집에 늦장가를 든 고유는 첫날밤에 꽃같이 고운 안해와 헤여지지 않으면 안되였다.
첫날 밤 안해는 고유에게 우리 서로 10년을 기한하여 글을 모르는 서방님은 집을 떠나 글을 깨우치고 자기는 부지런히 일하여 집살림을 남부럽지 않게 장만해놓겠다고 하였다.
이리하여 고유는 다음날 이른새벽 집을 나섰다. 합천에 이르러 한 선비집에 든 그는 거기에서 코흘리개아이들과 함께 천자문을 익히고 여러해동안 이악하게 책을 읽었다.
그만하면 과거에 나가도 될수 있겠다고 스승이 말했으나 그는 또다시 해인사로 들어가 몇해 더 직심스레 책을 읽었다.
드디어 안해와 언약한 10년기한을 채운 그는 그길로 한성으로 올라가 숙종왕이 지켜보는 알성과에서 단연 장원급제하였다.
고유가 장원급제하고 집으로 돌아오니 약속한대로 안해는 자수성가하여 넉넉한 살림속에 그를 손꼽아 기다리고있었다.…

리제마는 안해를 보기가 민망하여 한동안 숨도 크게 쉬지 못했다.

사내란게 일단 뜻을 품고 집을 나섰으면 끝장을 보고 와야지 작은 곤난앞에 겁을 먹고 도망쳐왔으니 어떻게 얼굴을 들고 살수 있단 말인가.

이런 나약한 의지를 가지고서는 무술이나 의술뿐아니라 아무 일도 할수 없을것이다.

《서방님! 어제 〈포태선생〉이 오셨댔어요.》

리제마는 깜짝 놀랐다.

《뭐? 그게 정말이요?》

《〈포태선생〉은 서방님에 대해서 물으셨어요. 서방님이 원래부터 몸이 허약했는가, 어떤 고된 일을 해보았는가, 음식은 어떤걸 좋아하는가, 사람들과 교제는 어떠했는가 하는걸 물으시고 서방님이 꼭 훌륭한 무술을 지니게 하겠다고 하셨어요.》

리제마는 고개를 떨구었다.

《포태선생》이 바로 그런 사람이였구나. 나를 위하여 수백리 먼길을 찾아오다니…

리제마는 새로운 마음을 가다듬으며 일어섰다.

《난 떠나겠소.》

《예?》

《내 무술을 닦기 전엔 돌아오지 않겠소.》

리제마는 결연히 방문을 열었다.

배부른 반달이 퍼그나 서녁으로 기울어져있었다.

14

리제마는 이틀밤 이틀낮을 꼬바기 달려 포태골안에 들어섰다. 해떨어진 골안에 달이 떠오르고있었다.

거처지에 당도하니 퇴돌우에 초신 한컬레가 있었다. 그는 어렵지 않게 초신의 임자를 알아보았다. 강무가 방에서 쉬고있을것이다.

리제마는 방문을 열고 들어가 용서를 빌 의기가 나지 않았다.

그는 한참만에야 조심히 토방에 꿇어앉아 입을 열었다.

《선생님!》

기다렸던듯 방문이 벌컥 열렸다.

리제마는 급히 토방에 머리를 조아렸다.

《선생님! 도망갔던 리제마 다시 돌아왔소이다. 불초한 놈에게 매를 쳐주소이다.》

《자넨가?》

강무가 덥석 리제마의 손을 잡아일으켰다.

제마는 《포태선생》에 대한 존경과 경모가 분출하여 그의 손등에 얼굴을 묻었다.

《난 자네가 반드시 돌아오리라고 믿었네. 뜻을 품은 사나이 잠시 마음이 흔들릴수는 있어도 가는 길에서야 벗어날수가 있겠나. 그러니 자네가 며칠 집을 다녀온 일은 허물이라 할수 없네.》

강무는 리제마를 방으로 이끌었다.

《내 오늘 긴말을 아니할수 없구만. 날 좀 자세히 보게.》

그는 리제마를 아래목에 눌러앉히고 이야기를 시작했다.

《보다싶이 나도 약골이라면 약골일세. 어려서부터 남들보다 키도 작고 힘도 약한 나는 선친들에게서 무술을 넘겨받을 생각은 꿈에도 하지 못했네. 그러다가 우리 집안이 이 산중에 숨어살면서 무술을 전수해오는 사연을 알고 이를 악물고 배웠다네.

나라의 6진개척에 기여한 김종서장군을 따른것으로 하여 역적으로 몰린데다 임진왜란때에 정문부의병장을 받들어 왜놈들과 싸운 조상이 역모죄에 련루되여 목숨을 잃고 역적루명을 쓴 우리 집안일세.

우리 집안이 무술을 대를 두고 해오는것은 그 무슨 벼슬이나 안락을 위해서가 아니라 언제건 오랑캐들이 쳐들어올 때 나라와 백성을 지켜내기 위해서일세.

아버님은 사방에서 오랑캐들이 우릴 넘겨다보고있는데 이 땅에 태를 묻은 사람이라면 마땅히 무술을 닦아야 한다시며 나에게 무술을 배워주셨네.

자네같이 뜻이 높고 박식한 사람이 무술까지 겸비하면 정말 큰일을 할수 있을거네. 무술을 가지면 담도 배짱도 커지고 아무 일에서나 끝장을 내고야마는 결패도 생긴다네.》

《선생님!》

리제마는 감동되여 눈시울을 슴벅거렸다.

《난 자네가 꼭 산판달리기의 능수가 될거라고 믿네. 훌륭한 무술가가 되려면 반드시 산판달리기의 능수가 되여야 한다네. 그건 우리 무술이 그걸 바라기때문일세. 조선무술은 남의 나라에서 가져온것이 아니고 바로 우리 선조들이 우리 강토에서 만들어낸거네.

우리 나라는 어데 가나 산이 많아서 평지길보다 가파로운 고개길이 많고 넓은 길보다 좁고 오불꼬불한 길이 많네. 이런 길로 조선사람들은 태고시절부터 이고지고 걸어다니는데 습관되였네.

우리 조상들이 어찌나 길을 잘 걸었던지 당나라사람들은 고구려사람들을 가리켜 〈뛰여다니는 사람들〉, 하루에 천리를 가는 〈천리인〉이라고까지 했다네. 고구려땐 어느 마을에나 하루 보통 삼사백리를 가는 사람들이 수두룩했다고 하네.

그런데로부터 조선사람들은 남달리 다리힘이 발달되여 다른 나라 무술들과 달리 발을 많이 쓰게 되였거던.

헌데 자네는 어려서부터 골방에 들어앉아 책만 읽다나니 다리힘이 세지 못하여 조선무술을 배우기가 류달리 힘들었던거네.》

《…》

《어떤 사람들은 의술과 무술이 하늘과 땅차이라 하지만 내 생각엔 무술이야말로 의술과 제일 가까운것 같네. 의술이 사람들을 병으로부터 지킨다면 무술은 사람을 불의로부터 지켜주는것이거던.》

리제마는 머리를 떨구었다.

《선생님! 제가 정말 암둔했소이다.》

《알았으면 됐네. 자, 밖에 나가서 바람이나 좀 쏘여볼가.》

리제마는 강무를 따라 달빛이 환한 마당으로 나섰다.

꽤 넓은 마당은 여기저기가 무술을 닦을수 있게 되여있었다.

강무는 굵은 나무말뚝들이 여러개 박힌데서 걸음을 멈추었다. 그는 자기 키보다 좀더 높이 박혀진 말뚝들을 눈여겨보더니 팔소매를 걷어올렸다.

리제마는 긴장해졌다.

몇보 뒤걸음을 치던 강무가 별안간 땅을 차며 앞으로 짓쳐나갔다. 《얏!-》하는 소리를 지르며 그의 몸이 허공으로 날아올랐다. 비호같이 날아오른 그는 아래로 떨어지며 량주먹으로 두개의 말뚝을 내리눌렀다.

그 순간 리제마는 자기 눈을 의심하지 않을수 없었다. 굳은 땅에 쇠메로 때려박았을 말뚝 두개가 강무의 주먹질에 한자가량씩 땅속으로 쑥 들어간것이였다.

리제마는 허둥지둥 달려나가 강무의 주먹질에 땅에 쑥 박힌 말뚝을 흔들어보았다. 말뚝은 바위에 녹아붙은듯 끄떡 안했다.

《히야!-》

사람의 주먹힘이 이처럼 세단 말인가. 이런 주먹이면 호랑이 이마빡일지라도 단박에 묵사발을 낼수 있을것이다.

강무가 천천히 입을 열었다.

《사람의 힘이란 세지 못한것 같아도 어느 한 부분에 힘을 모아 집중한다면 일격에 바위도 깨뜨리고 몇길 허공에도 높이 날아오를수 있네. 무술이란 자기의 모든 힘을 하나의 무서운 병기로 되게 할수 있는 것일세.》

리제마는 머리를 더 깊이 숙일수밖에 없었다.

《이 사람!》

리제마는 강무의 친근하게 부르는 소리에 머리를 들었다.

《며칠동안 귀동이녀석이 혼자서 산판을 달리느라 무척 적적해하였는데 이젠 됐네. 자, 어서 들어가 쉬게.》

《알겠소이다.》

다음날부터 리제마는 다시금 두다리에 무거운 쇠각반을 차고 산판달리기에 나섰다.

귀동이와 앞서거니뒤서거니 산판을 달리는 일은 여간 힘에 부치지 않았다.

그래도 마음을 든든히 먹고나니 힘든것이 이전과는 달랐다.

리제마는 집안의 식솔들중에서 누구보다도 자기를 아껴주고 내세워준 할머니를 그려보며 달렸다.

할머니가 죽지 않고 살아계시면서 산세가 사나운 포태골안을 씩씩하게 달리는 이 장손을 보았더라면 얼마나 만족해하실가.

《형님! 어서요! 기운을 내라요!》

리제마는 앞서 달리며 쟁쟁히 소리치는 귀동이의 웨침소리에 고개를 쳐들었다. 그리고 종주먹을 쥐고 힘껏 앞으로 몸을 내밀었다.

15

리제마가 새로운 마음을 가다듬고 산판을 달리는지도 어느새 한해라는 나날이 흘렀다.

오늘도 리제마는 두주먹을 억세게 틀어쥐고 산판길을 내달리느라 힘에 부치였지만 마음만은 날아갈듯 하였다.

백두산이 바라보이는 북방의 여름은 따가운 대신 그 기간이 별찌 흐르듯 짧아 백중(음력 7월 보름)이 지나자 벌써 선기가 나고 밤은 쌀쌀했다.

리제마에게는 요즘의 하루하루가 여느때의 열흘맞잡이로 귀하고 또 그 못지 않게 즐거웠다.

귀동이와 다시 짝을 뭇고 산판을 달리던 때가 어제같은데 벌써 한해가 지나 지금은 포태골안의 여섯바퀴를 하루가 아니라 점심전으로 들이대고있다. 량다리에 쇠각반을 하나씩 차고 산판길을 지칠줄 모르고 달릴 때면 정말 이게 내가 옳긴 옳은가 하는 생각까지 하군 한다. 그 어떤 만척벼랑길도 천리고개길도 두렵지 않았다.

뒤떨어진 귀동이가 어떻게 하나 바싹 따르려고 애를 쓰는 모습을 보면 기특하다는 생각이 저절로 들었다. 지내볼수록 귀동이는 마음에 들었다. 어찌나 잘 따르는지 때로는 친동생처럼 여겨졌다.

귀동이에게서 《선생님》이라는 소리를 들을 때면 멋적기는 하나 은근한 자부심까지 느끼게 되는 제마였다.

리제마가 세상에 나서 《의원님》이 아니라 《선생님》이라고 불리우게 된 날은 몇달전이였다.

그날도 리제마는 기세좋게 산판달리기를 마치고 돌아와 저녁을 먹은 다음 방에서 병서를 읽고있었다. 그때 불쑥 귀동이가 울상이 되여 나타나 어머니가 죽어간다고 아우성을 쳤다.

리제마는 다급히 방을 나섰다.

귀동이네 집에 가보니 얼마전에 해산을 했다는 그의 어머니가 온몸을 가드라프린채 신음하고있었다.

그는 침착하게 병자의 팔을 당겨 맥을 짚어보았다. 몸푼 다음 기혈이 허해졌을 때 제때에 보양하지 못한데다 엎친데덮친다고 풍한사까지 달려들어 생긴 산후병이라는것을 제꺽 알아차렸다.
　리제마는 병자의 심유혈과 족삼리혈들에 침을 놓아 우선 몸이 가드라드는것부터 고친 다음 밤새껏 그의 곁을 떠나지 않고 사물탕에 몇가지 약재를 더 넣어 약을 달여먹이였다.
　이렇게 하였더니 며칠만에 병자는 병을 털고 일어났다.
　당장 숨질것 같았던 어머니를 살려내자 귀동이는 리제마의 앞에 무릎을 꿇고 엎드리며 《선생님! 고맙소이다.》하고 울먹거렸다.
　그날부터 귀동이는 리제마를 깍듯이 《선생님》이라고 부르면서 틈을 내여 의술을 배워달라고 졸라댔다. 귀동이 어머니도 아들에게 의술을 배워줄것을 간청하였다.
　그 일이 인연으로 되여 리제마는 저녁이면 포태골안에 널려있는 집들을 찾아다니며 병을 보아주게 되였다.
　이렇게 되여 리제마는 포태골사람들에게 정을 붙이게 되였다. 아니, 포태골사람들이 리제마에게 정을 붙인것이다. 그들은 자기들의 병을 고쳐주는 은인이라면서 제마를 《무평선생》이라 불러주었고 한식솔로 대해주었다.
　그러니 어찌 걸음걸음 힘이 나지 않겠는가.
　먼저번에는 수제비 잘 먹는 사람이 국수도 잘 먹기마련이듯 산골내기들이 잘하는 산판달리기를 벌방내기가 어떻게 할수 있으랴 하고 머리를 저었댔는데 산골사람들에게 정을 붙인 지금에는 가파로운 산판길에도 정이 들어서 평지길같아보였다.
　이제는 어려운 고비를 넘긴셈이였다.
　요즘은 자정이 넘도록 병서를 펼쳐놓는데 의서를 읽을 때처럼 글귀들이 머리에 쏙쏙 박혔다. 이제는 《병학지남》을 아무때건 좔좔 외워바칠수 있었다.
　리제마는 그 한 대목을 생각하며 줄기차게 달렸다.
　《만일 적이 한바탕 싸우고 달아나면 아군은 뒤를 따라간다. 그런데 나무숲, 사람의 집들, 시내물, 구렁텅이, 끊겨돌아가는 모퉁이를 만나면 그 군사의 수를 참작하여 한대(군대편제의 하나, 25명으로 구성) 혹은 한초(군대편제의 하나, 약 100명으로 뭇는다.)를 남겨서 적이 나올만 한 곳을 지키고 다른 군사는 빨리 따라간다.》
　이렇게 병서를 외우며 달리니 일거량득이라 할수 있었다.

한달전부터 강무는 교련강도를 더 높이였다.

산판달리기를 마친 오후에는 권법을 배우게 하였다.

그의 말에 의하면 권법만 제대로 익히면 무예 6기쯤은 식은죽먹기라는것이다.

긴 창으로 적을 찌르는 장창, 끝이 세갈래로 갈라진 당파창으로 적을 물리치는 당파, 창끝이 몇가닥으로 난 랑선창으로 달려드는 적을 무찌르는 랑선, 두손에 잡은 칼을 쓰는 쌍수도, 등나무로 만든 방패로 싸우는 등패, 몽둥이를 휘둘러서 적을 쓸어눕히는 곤방 등을 무예 6기라고 하는데 이것은 군사들이 반드시 숙달해야 하는 무술이다.

강무는 권법의 실기를 가르치기에 앞서 조선권법의 우점을 알려주었다.

조선권법은 그 어느 나라의 무술보다 우수하다고 하면서 그는 수천년의 기나긴 뿌리를 가진 조선권법은 일단 자기를 건드리는자는 단매에 꺼꾸러뜨리는 무자비한 기습과 그 어떤 강적의 불의의 치기라도 물리칠수 있는 수많은 막기비술까지 다 갖춘 무술이라는데 그 위력이 있다고 말했다. 그러면서 조선권법은 발동작이 우세하고 마치 수풀속에서 뛰쳐나오는 맹호같이 동작이 크고 모가 나면서도 번개같이 빠른것이 특기라고 하였다.

그 실례로 강무는 인조(조선봉건왕조 16대임금, 재위기간 1623-1649년)때 왕자대군을 호종하여 이웃나라에 갔던 김여준이라는 조선군사가 무술에서 천하제일이라고 자처하는 그 나라 사람과의 시합에서 상대를 단매에 꺼꾸러뜨린 이야기를 해주었다.…

눈부신 둥근해가 포태골의 하늘중천에 거의 이르렀을 때 리제마는 기세좋게 마을로 접어들고있었다.

그의 뒤를 귀동이 바싹 따르고있었다.

16

리제마가 포태골에서 무술을 닦고있는지 어언간 3년이 흐른 봄날이였다.

봄이라고 하지만 하늘아래 첫동네라는 포태골에서는 여전히 추위가 기승을 부리고있었다.

이날도 리제마는 아침밥을 먹기 바쁘게 두터운 얼음장이 뒤덮인 포태천을 따라 말을 달리면서 창으로 찌르고 활을 쏘는 무술을 련마하고 있었다.

개울뚝에 서서 그의 무술솜씨를 주의깊게 눈여겨보던 강무가 손을 쳐들었다.

《그만하고 이리로 오게.》

리제마는 말우에서 뛰여내려 개울뚝에 앉은 강무앞에 가섰다.

강무는 온몸이 땀투성이인 제마를 자기앞에 눌러앉히였다. 그러는 그의 얼굴에 심각한 빛이 어려있었다.

《이보게, 자넨 래일 떠나야겠어.》

《예?》

리제마가 놀라와하자 강무는 고개를 끄덕이며 말했다.

《무술을 그만 닦고 집으로 돌아가라는것일세.》

리제마는 놀라서 부지중 언성을 높였다.

《선생님! 소생은 아직 무술을 채 닦지 못한줄 아오이다.》

《허- 무술은 그만큼 배웠으면 됐네. 무과에 급제하기엔 넉넉하네. 그리고 무술이란건 전장에 나가야 더욱 다듬어지고 세련되는것이라 만족이란 있을수가 없네.》

리제마도 이제는 포태골안의 험한 산판을 나는듯이 달리는데다가 권법에도 능하고 말을 몇마리 가지런히 세워놓고 뛰여넘을수도 있으며 말타고 활쏘기든 창칼쓰기든 막힘이 없었다. 힘을 모아쓰는 기합술도 괜찮았다. 아무 손가락이나 제 하고싶은대로 꼬나들고 한치두께쯤의 나무판자에 맞구멍을 내는것쯤은 능사로 여기였다.

정신을 집중하여 온몸의 기력을 몸의 어느 한 부위에 깡그리 모으면 자기가 가진 힘밖의 다른 힘도 빌려쓸수 있다는것이 기합술의 묘리이다. 헝클어지는데가 없는 일사불란의 정신통합, 무적필승을 념원하는 정신이 넘쳐나면 보통사람들은 상상조차 할수 없는 엄청난 큰 힘을 낼수 있는 기합술을 리제마는 터득하였다.

거기에다 리제마는 머리가 남달리 비상하여 조선병서들은 말할것도 없고 《륙도》, 《삼략》같은 다른 나라 병서들도 통달했다.

그러니 무과시험에 나가 대적 못할 적수는 없을것이였다.

허나 강무는 리제마에게 권법의 비술을 깨끗이 물려주지 못한 아쉬움을 금할수 없었다.
 정말이지 저 리제마 같은 제자에게 조선권법의 비법들을 다 물려줄수 있다면 얼마나 좋겠는가.
 조선권법의 비법이라 할 때 이름난 화공 김홍도가 그림을 그리고 리덕무, 박제가들이 쓴 《무예도보통지》에 들어있는 권법정도가 아니다.
 《무예도보통지》는 우리 나라 봉건시기의 무예 24종류를 소개한것 뿐이지 그안에 숨겨있는 비법들까지는 써넣을수 없었다.
 세상에 조선권법처럼 비법이 많고 날카로운 권법은 없을것이다.
 《무예도보통지》에서는 조선권법의 틀거리나 소개한 정도였다. 왜냐하면 병서의 서술에 이름난 권법가들이 관여하지 않았고 보다는 그들이 조선권법의 오묘한 비법들이 세상에 알려지기를 바라지 않아서였다.
 조선권법의 비법들은 구전이 아니라 실기로 자손들이나 총애하는 제자들에게 전수되는것으로서 그 기밀이 엄수되여왔다.
 강무네 집안만 보더라도 조상대대로 권법의 비법을 물려오면서 언제 한번 종이에 남겨놓은적이 없었다.
 하기에 비법을 전수받을 사람은 힘도 좋아야 하지만 머리도 좋아야 했다.
 그런 면에서 볼 때 리제마는 조선권법의 비법을 물려주는데서 더없이 맞춤한 적임자라고 할수 있었다.
 그러나 리제마는 한생을 무술가로 살 사람이 아니였다. 그에게는 이미 다른 길로 나가야 할 소임이 정해져있었다. 그도 그렇지만 조선권법의 비법을 다 물려받자면 한두해를 더 묵어야 한다.
 《이보게, 자네가 지닌 권법정도면 족하다고 보네.…
 나도 림선생처럼 자네가 당장 무과에 나가는것은 바라지 않네. 앞으로 반드시 오랑캐란이 일어나 나라가 위태해질수 있으니 그때에 무과에 나가도록 하게.》
 리제마는 강무의 말뜻을 인차 리해할수 없어 눈만 껌벅이였다.
 《자네 집에 돌아가거들랑 이전처럼 의술에 전심해주게. 무술도 잊어먹지 않도록 틈틈이 숙련하고…
 내 림선생에게서 다 들었네. 〈무병장생은 만민지복락〉이라 하지 않나.
 자넨 사람들의 어떤 체질에나 맞을 처방과 비방을 찾으려 한다지.
 우선 그 뜻을 이루도록 하게. 난 자네가 그 뜻을 이루는 길에서 물러서지 않으리라고 믿네.》
 리제마는 입을 딱 벌렸다.
 《선생님! 그걸 다 알면서 소생에게 힘써 무술을 가르쳐준 까닭은 무엇이오이까?》
 강무는 잠시 버드나무잎모양의 흰구름이 드문드문 떠도는 하늘을 쳐다보고나서 대꾸했다.
 《사람이 아무리 지혜가 많고 박식하더래도 몸이 허약해가지고서는 큰일을 칠수 없네. 무술을 익히면 몸도 튼튼해지고 마음도 굳세여져 진짜 사내대장부구실을 할수 있지.
 난 자네가 어느때건 무과에 급제하여 나라와 백성을 지키는 일에서 한몫 하리라고 믿네. 머지않아 그런 때가 꼭 올걸세.
 그건 그렇고 자넨 력사도 통달했고 의술에다 무술까지 겸비했으니 자기를 수양했다고 할수 있네. 난 자네가 선생이 지어준 〈무평〉이란 자에 심어진 뜻을 꼭 펼치길 바라서 〈동무〉라는 호를 주고싶네.》
 《선생님!》…
 다음날이였다.
 둥근해가 밀림속의 이름모를 나무잎새들을 헤치고 동산마루로 둥실 머리를 내밀자 약속이나 한듯 포태골의 이집저집들에서 사람들이 밖으로 나섰다.
 강무의 집 앞마당으로 모여들었는데 얼굴들에는 누구라없이 서운해하는 빛이 비껴있었다.
 오늘은 한식솔처럼 정이 든 리제마가 포태골을 떠난다.
 포태골사람들은 리제마를 잠시 무술을 배우러 온 사람이 아니라 심심산중에 세상을 등지고 사는 자기들의 병을 한생토록 고쳐주러 온 귀인으로 여기고있었다.
 한옥이 새로 지어보낸 흰 바지저고리우에 역시 하얀 두루마기를 단정히 차려입은 리제마는 강무와 함께 방을 나섰다.
 마당에 기다리고 섰던 사람들이 와— 소리를 치며 리제마를 에워쌌다.

강무는 다시는 돌아올수 없는 머나먼 길로 친혈육을 떠나보내는 심정이여서 리제마의 손을 잡고 놓을줄 모르는 마을사람들의 한옆으로 비켜섰다. 그리고는 눈에 흙이 들어간대도 잊지 않으려는듯 리제마를 보고 또 보았다.

무술을 배우겠다고 처음 찾아왔을 때에는 얼굴이 창백하고 몸이 몹시 약했었는데 지금은 구리빛얼굴에 떡 버그러진 넓은 가슴으로 하여 여간 다부져보이지 않았다.

아쉽게도 키가 크지 못한것이 흠이라고 할수 있었다. 태여나 석달만에 어머니를 여의여서 젖을 변변히 얻어먹지 못한데다 어려서부터 골방에 들어앉아 책을 읽은때문일것이였다.

이런 생각에 잠겨있는 강무에게로 다가온 리제마가 한무릎을 꿇고 앉았다.

《선생님! 이제 가면 언제 다시 뵙게 되는지…》

리제마의 목소리는 젖어있었다. 강무의 두눈에도 눈물이 그렁그렁하였다.

《동무! 난 꿈결에서도 자네가 뜻을 성취하는 날을 그려보겠네.》

강무는 리제마를 손잡아 일으킨 다음 그의 다리에 두손을 가져다댔다. 새로 옷을 갈아입었건만 그의 다리에는 일시 마음이 흔들리여 집에 갔다온 그 며칠을 제외하고는 3년동안 어느 하루도 떼여놓은적 없는 쇠각반이 그대로 있었다.

쇠각반을 어루만지는 강무의 손이 떨리였다.

그는 리제마의 량쪽다리에서 쇠각반을 풀어냈다.

《동무! 이 쇠각반을 잘 건사해두게.》

쇠각반을 받아든 리제마는 형언할수 없는 격정에 말을 못하고 잠시 고개를 숙이였다.

이윽고 머리를 쳐든 리제마는 귀동이에게 다가갔다.

포태골에서 강무 다음으로 헤여지기 힘든 사람은 귀동이였다.

서당에서 한두해 함께 글공부를 한 사람도 생전 잊을수 없다는데 3년동안이나 눈보라 세찬 강추위를 이겨내면서 무술을 함께 닦은 귀동이를 어떻게 잊으랴.

리제마가 무슨 말부터 해야 할지 몰라 입을 열지 못하는데 귀동이 무릎을 꿇었다.

《선생님!》

언제나 그러하듯 《선생님》이라 깍듯이 불러주는 귀동의 부름에 리제마는 더욱 당황해졌다. 온 포태골사람들이 모인 앞에서 그런 부름소리는 처음이였다.

《저에게 의술을 마저 배워주사이다. 절 제자로 받아주사이다.》

다시금 울리는 귀동이의 목소리에 리제마는 어안이 벙벙해졌다.

제자라니? 의술로 보나 무술로 보나 아직은 남에게 물려주기는커녕 스승을 모시고 더 배워야 하는 처지인데…

귀동이의 목소리가 다시금 울리였다.

《난 선생님을 따라가겠소이다. 허락해주사이다.》

리제마는 정색하여 머리를 천천히 가로저었다.

정든걸 생각하면 헤여지고싶지 않지만 너까지 고생을 사서 하게 할수는 없다. 포태골이 인적드문 심산벽촌이긴 해도 탐관오리들의 꼴을 보지 않으니 오죽 좋으냐. 이 좋은 고장에서 몇해 더 무술을 닦는게 좋을것이다.

리제마가 이런 말을 하려고 하는데 귀동이의 어머니가 두손을 모아잡으며 간청했다.

《선생님! 제발이지 우리 귀동일 제자로 받아주사이다. 철부지를 맡겨 미안하기 그지없사오나 이녀석을 사람 만들어주사이다. 의원으로 만들어 불쌍한 병자들을 살려주는 좋은 일을 하게 해주사이다.》

리제마는 강무쪽에 구원을 청하는 눈길을 주었다. 언제 끌어왔는지 푸르르ー 하고 투레질을 하는 가라말의 고삐를 잡은 강무는 뜻밖에 그 고삐를 귀동이의 손에 들려주었다.

《귀동아, 잘 생각했다. 오늘부터 너는 이 고삐를 잡고서 선생님을 말로써가 아니라 몸과 마음을 다하여 받드는 좋은 제자가 되여야 한다.》

《?!》

강무의 거쿨진 큰 손이 리제마의 손을 움켜잡았다.

《동무! 귀동이를 받아주게. 지금 당장은 부담스러워도 녀석이 똑똑하고 심지가 굳어 좋은 제자가 될걸세.》

《…》

《동무! 내 그대의 마음을 모르는바 아닐세. 독불장군이라고 아무리 뛰여난 인재라도 혼자서는 아무 일도 칠수 없네. 뜻을 같이하고 받들어주는 벗이 많을수록 큰일을 할수 있는것이 아니겠나. 그러니 오늘은 참 뜻깊은 날일세.

귀동아, 선생님에게 제자로서 절을 드려라.》

《선생님!》

깊숙이 허리굽혀 절을 차리는 귀동이를 굽어보며 리제마는 한동안 못박힌듯 움직일줄 몰랐다.

격정으로 하여 눈굽이 확 젖어들었다. 생사운명을 함께 할수 있는 제자가 생겼으니 오늘부터 리제마는 혼자가 아니였다.

《귀동아!》

리제마는 귀동이의 팔을 잡아 일으켰다. 그가 친동생처럼 여겨졌다.

리제마는 번쩍 귀동이를 들어 가라말우에 올려앉혔다. 그들을 지켜보는 포태골사람들의 얼굴마다에 기쁨이 가득했다.

말고삐를 틀어잡은 리제마는 포태골사람들을 향해 돌아섰다.

《선생님! 귀동이 어머니! 그리고 다들… 다들 부디 건강하시고 복을 누려주십시오.》

눈물을 머금고 인사를 차린 리제마는 결연히 돌아섰다.

강무도 귀동이 어머니도 포태골사람들도 가라말우에 귀동이를 태우고 멀어져가는 리제마를 오래도록 바래워주었다.

둥근해를 향해가는 두사람의 앞길에 어떤 고초가 가로놓여있겠는지…

제 2 장

탐구의 길에서

1

봄이 왔다. 1860년대의 새봄이 왔던것이다.

리제마가 포태골에서 3년간 무술을 닦고 집으로 돌아온지도 어언 2년 세월이 흘렀다.

그 2년동안 리제마는 의술에 전념하였다. 그사이에 무과시험이 없은 것은 아니였지만 림재익이 그에게 서두르지 말고 때를 기다리라고 일렀던것이다.

리제마도 흔연히 그의 권고를 받아들이기로 하였다.

원래 림재익은 리진사의 뜻대로 제마를 벼슬길에 내보내려 하였다. 그래서 문과에로의 길이 막혀버린 그를 무과에라도 급제시켜보려고 포태에 들어가 무술을 닦게 한것이였다.

그렇다고 무술을 닦은 그길로 곧장 무과에로 내보낼 생각은 아니였다. 무술을 배워놓은 다음 보다 더 의술을 련마하면서 사람들의 병을 고쳐주다가 전란이 닥쳐올 때 무과에 나가 급제하고 나라를 지키는 장수가 되게 하자는것이였다.

게다가 제마가 포태골에 가있는 동안 숱한 사람들이 《함흥명의》가

어서 돌아오기를 손꼽아 기다렸던것이다.

하여 림재익은 귀동이라는 어린 제자 하나를 달고 돌아온 제마에게 사람들에 따라서 같은 약의 효험이 있고없음을 밝혀내려 한 애초의 그의 뜻을 지지해주면서 당장은 병치료에 전심하라고 일러주었으며 이로써 제마는 또다시 의술에 몰두하게 되였던것이다.

리제마는 귀동이에게 의술을 배워주면서 고향사람들의 병치료로 바쁜 나날을 보냈고 사람들에게 맞는 약처방의 비법을 밝혀내려고 고심분투하였다.

고금의 의서들도 다시 펼쳐보고 북관일대의 오랜 의원들도 만나보았지만 만능처방에 대한 그 어떤 실마리도 찾아쥘수 없었다.

과연 만능처방은 사람의 재주로써는 이룰수 없단 말인가.

고심끝에 제마는 그 뜻을 이루자면 세상에 널리 알려진 명의들을 찾아보아야 한다는것을 깨달았다.

허나 말이 쉽지 어디로 가서 누구를 만나야 바라는바를 알수 있고 또 언제까지 집을 떠나 세상을 떠돌아다녀야 하는지는 도무지 기약할수 없었다.

리제마가 앞일을 결정짓지 못하고있는데 하루는 림재익이 북포(함경도의 가는 베)를 사러 온 경상(한성상인)한테서 들은 소리라면서 이런 말을 들려주었다.

한성에 명의로 알려진 혜암 황도연(1808-1884년)이란 의원이 있는데 몇해전 《부방편람》이란 의서를 쓴 명의로서 못 고치는 병이 없다는것이였다.

이 말을 들은 제마는 목마른 사람이 샘을 찾은 심정이였다. 황도연을 만나면 여러해동안 애를 쓰며 풀려고 한 비법을 알수 있을것 같았다.

한옥이도 그의 생각을 지지하여주었다. 그리고 제마가 언제 집을 떠날가 망설이는 며칠사이 돈을 마련해놓고 여기 걱정은 말고 어서 한성으로 가라고 하였다.

하여 제마는 몇달동안 황도연을 만나고 오리라는 마음을 먹고 귀동이와 함께 집을 떠나게 되였다.

...

부리나케 한성길을 재촉해가던 리제마는 오늘 하루만은 가라말을 기르마골주막집의 마구간에 매여두고 송도를 돌아보고있었다.

황도연을 만나보러 가는 바쁜 걸음이래도 옛 고려의 도읍지인 송도에만은 며칠 묵으면서 고적들을 돌아볼 작정이였다.

어린시절 력사책들을 읽으면서 고구려를 이은 나라 고려의 도읍지에 꼭 가보리라 마음먹었던 소원을 풀고싶기에 한성으로 곧추 가는 안변-평강의 강원도 지름길이 아니라 곡산-토산간의 에도는 황해도길을 택한 제마였다.

그러나 로상에서 목격하는 백성살이는 그의 마음을 더욱 무겁게만 하였다. 어데 가나 하나같이 누덕누덕 기운 베옷을 걸친 늙은이들, 몽당치마바람의 아낙네들, 조겨죽을 상음식인줄 아는 아이들… 그들의 얼굴마다에는 한결같이 짙은 병색이 돌고있었다.

하여 그렇게 보고싶던 송도에 이르렀지만 제마의 마음은 썩 즐겁지 못했다.

기르마골주막집주인은 리제마가 송도를 돌아보겠다고 하자 길안내를 해줄 사람이 있어야 한다면서 심부름군총각을 붙여주었다.

리제마는 심부름군총각을 《기르마골총각》이라고 불렀다.

그 총각의 안내를 받아 정작 옛 도읍지를 돌아보니 실로 감회가 컸다.

송악산 서쪽기슭의 넓은 터에 아직도 생생하게 남아있는 만월궁터며 수창궁터, 수덕궁터들…

만월궁터앞에서는 고려의 문하성이며 중서성이며 추밀원, 한림원, 례빈성, 어사대 같은 중요관청터들을 볼수 있었고 궁성의 동문이였다는 광화문터라든가 로근교부근의 김부(고려로 귀순해온 신라의 마지막 임금 경순왕)의 집 정승원터도 그대로 남아있는것을 볼수 있었다.

오정문으로 가는 길가에서는 강감찬장군의 집터를 볼수 있었고 류암산기슭의 국자골에서는 세상에 널리 알려진 고려의 국자감터까지 찾아볼수 있었다. 그리고 송악산 동쪽기슭에 있는 부산동어구에서는 구재학당(고려최초의 사립학교)자리도 볼수 있었다.

그 고적들을 돌아보느라 리제마는 장거리에서 지짐 몇개로 점심을 굶때고 부지런히 기르마골총각을 따라다녔다. 그런데도 그 총각은 송도장안에만도 돌아본 고적보다 돌아보지 못한 고적들이 훨씬 더 많다고 하였다. 그러면서 나라의 유구한 력사를 알려면 마땅히 고구려의 도읍이였던 평양과 함께 송도를 돌아보아야 한다고 말하여 리제마를 놀라게 하였다.

주막집에 매여 술심부름이나 하는 총각정도도 송도에서 사는 자부심이 이렇게 큰데 다른 사람들이야 더 말해 무엇하랴.

리제마는 날이 어둡도록 하루종일 성심으로 고적들을 안내해준 기르마골총각을 그냥 집으로 돌려보낼수 없어 송도음식을 잘한다고 하는 큰거리의 이름난 음식점으로 그를 이끌었다.

음식은 하나같이 처음 먹어보는 별식이였다. 달달한 떡이라고도 할수 있는 경단이며 추어탕도 있었고 밥을 다 먹은 다음에 시원하게 마신다는 식혜(감주)도 올라있었다.

그것들이 다 개성특식이라는것이였다.

찹쌀막걸리를 서너사발 마시고 취기가 오른 기르마골총각은 자기는 천곡 송상현이 태여난 마을에다 태를 묻었다고 자랑하였다.

리제마는 그 총각을 통하여 비로소 송상현의 고향마을이 송도의 기르마골이라는것을 알게 되였다.

송상현이라면 임진왜란때 동래부사로서 왜적들에게 《죽기는 쉬우나 길을 빌릴수는 없다.》고 하며 동래성을 끝까지 지켜싸우다가 장렬하게 최후를 마친 애국충신이다.

기르마골총각의 말은 리제마에게 해야 할바를 기어이, 그것도 더 빨리 하라고 독촉하는것으로 들렸다.

애국충신들과 명인재사를 많이 낸 송도땅을 밟았으면 응당 그들의 넋도 받아들여야 하지 않겠는가.

리제마는 첫새벽에 주막집에서 요기를 하고 서둘러 귀동이와 함께 성을 나섰다.

한걸음이라도 한시라도 더 빨리 가자. 그것이 나라를 위하고 백성을 위하는 길이다. 이런 훌륭한 땅에서 사는 백성들이 장생을 누리고 만복을 누리게 해야 할것이다.

멀어져가는 송도쪽으로 머리를 돌리고 바라보는데 문득 말이 멈춰섰다.

앞으로 시선을 주니 견마잡은 귀동이 말고삐를 당기고 서서 길옆의 밭에서 조를 뿌리는 농사군들에게 소리치고있었다.

《말 좀 물읍시다.》

리제마는 미간을 찌프렸다.
어제 하루 한성길을 지체한걸 봉창하자고 마음먹고 이른새벽에 길을 나섰는데 뭘 물으려고 걸음을 늦잡는것인가.
원래부터 귀동은 성미가 조급하고 장난이 세찬 축이다.
게다가 응석도 심했다. 귀동이 응석받이로 된것은 림재익의 탓이라고도 할수 있었다.
두벌자식은 무턱대고 고와한다더니 두벌제자도 그런것 같았다.
림재익은 귀동이 하루 읽을 책장을 다 번지지 못했어도 왜서인지 그저 곱다고만 어루만졌다.
귀동이 마을쪽을 가리키며 농사군들에게 물었다.
《저기 저 큰 나무들은 무슨 나무들이오이까?》
농사군들중 젊은 녀인이 송도특유의 부드러운 어조로 대꾸했다.
《아유, 거긴 멀리서 오는 길손인가부네.》
귀동이 눈이 둥그래서 소리쳤다.
《그걸 어떻게 아오이까?》
녀인은 생긋 웃으며 대꾸했다.
《목청이 다투는 사람들처럼 높으니까요. 게다가 감나무도 모르지 않나요.》
게면쩍은지 귀동은 초립을 쓴 뒤더수기를 긁적이다가 반죽좋게 물었다.
《감나무는 어떤 나무오이까?》
녀인은 북관내기와 말을 주고받는것이 재미있는지 일을 멈추고 대꾸했다.
《곶감을 자셔보았어요? 쫄깃쫄깃하면서도 달달한 곶감을? 아유, 대답이 없는걸 보니 잘 모르는가봐. 그럼 감쪽같이란 말은 알겠지요? 저 나무들이 바로 그 감쪽들이 달리는 감나무예요.》
리제마는 그냥 늦장을 부리는 귀동이를 보다못해 말에서 뛰여내렸다.
《아주머니! 가르쳐주어 고맙소.》하고는 귀동이를 억지로 떠밀어 말에 태웠다.
말을 때려몰아 얼마쯤 갔는데 귀동이 또 입이 근질대는지 말을 걸었다.

《선생님! 감쪽같이란건 무슨 뜻이오이까?》

리제마는 허허— 웃었다. 웃지 않거나 입을 놀리지 않으면 견디지 못하는 성미다. 아마 대답을 들을 때까지 그냥 졸라댈것이었다.

리제마는 입을 열었다.

《옛날 어느 한 마을에 린색한 부자가 살고있었단다. 부자집울안에는 감나무가 있었는데 가을이면 가지들이 휘여지게 감이 주렁주렁 달리군 하였지. 린색한 부자는 곶감을 만들어 비싸게 팔아먹을 심산에서 하인을 불러 감껍질을 벗겨 말리게 했다는거다. 곶감을 한번도 먹어본 일이 없는 하인은 어느날 말라가는 감쪽 하나를 입에 넣어보았지. 그랬더니 아! 쫄깃쫄깃하면서도 달달한 맛이 둘이 먹다 하나가 잘못되여도 모를 지경이거던.

하인은 그만 하나만 더, 하나만 더 하면서 꿀맛같은 곶감을 몽땅 먹어버렸구나.

며칠 지나 지금쯤은 감쪽들이 다 말랐을거라고 생각하며 뒤울안에 들어온 부자는 그것들이 하나도 보이지 않자 미친것처럼 성을 냈다는거다.

〈이놈아, 감쪽들이 다 어데로 갔느냐?〉

하인은 아무 말도 못하고 입술만 감빨았다던지… 그런 일이 있은 다음부터 어떤 물건을 흔적도 없이 날쌔게 없애버렸다거나 어떤 일을 순식간에 해제낀것을 보면 〈감쪽같이〉란 말로 통하게 되였단다.》

흥미있게 이야기를 듣고난 귀동이는 기분이 좋아졌다.

리제마는 말우에서 두리번거리는 귀동이 또 무슨 말거리를 찾는것 같아 먼저 입을 열었다.

《귀동아, 의술에서 네가 가진 장끼는 뜸을 괜찮게 뜰줄 아는거다. 난 네가 뜸의 우점을 얼마나 터득하고있는지 물어보고싶구나.》

귀동은 한번 본때를 보이고싶어졌는지 큰소리로 냅다 말했다.

《뜸이야말로 우리 선조들의 장끼라고 할수 있소이다. 벌써 수천년 전에 우리 선조들은 쑥잎으로 뜸을 뜨면 백가지 병을 고칠수 있다고 하였소이다. 그때 선조들은 목숨을 부지하는데서 쑥을 태우는것이 으뜸이고 약을 먹는것은 그다음이라고 하였소이다. 대체로 병에 약이나 침이 어쩌지 못할적에는 뜸을 떠야 하오이다.

하기에 우리 선조들은 〈뜸봉 한장의 힘은 장년의 힘과 같다.〉고 하였소이다.

아니?! 선생님! 저기 저 마을… 저 사람들이…》

귀동이 하던 말을 마무리하지 못한채 손을 들어 가리키는 길가마을의 초입새 집마당에서 사람들이 소편자 신기는 나무에 황소를 묶어놓고 소의 입에 무엇인가를 쑤셔넣느라 애를 쓰고있었다.

이상한 일이였다.

대관절 왜 저럴가.

리제마는 마음이 끌려 그곳으로 말머리를 돌렸다.

《좀 보고 가자. 소에게 무슨 일이 생긴 모양이다.》

짐작은 빗나가지 않았다.

가까이 가보니 농사군들이 빙 둘러선 가운데서 건장한 로인이 쩍 벌려놓은 황소의 입을 들여다보며 입천장의 ㅅ모양으로 좀 두드러진데 나있는 작은 구멍에다 저가락같은 나무가지를 꽂아넣고있었다. 나무가지의 한끝이 보일락말락하게 다 밀어넣은 로인이 손을 털고 물러났다. 소임자인듯싶은 사람이 한걸음 나서며 《정말 고맙소이다.》하고는 황소의 아가리에 가로질렀던 팔뚝같은 나무토막을 뽑아냈다. 그리고 나무기둥에서 황소의 다리들을 비끄러맸던 삼바줄을 풀어냈다.

소가 무슨 병에 걸렸기에 입천정의 구멍에다 나무가지를 꽂아넣었을가.

그것이 궁금하여 리제마는 로인에게 물었다.

《로인님! 소가 무슨 병에 걸렸소이까?》

로인은 흘끗 돌아보고는 대수롭지 않게 대꾸했다.

《뭐 그리 큰 병은 아니고 헛배가 불렀기에 비구개공이라고 하는 소의 침혈에다 나무침을 꽂아주었네.》

리제마가 신기해하자 소고삐를 쥔 사람이 자랑조로 말참네를 하였다.

《이 집 어른은 소병이든 말병이든 귀신처럼 고친다오. 그래서 아픈 사람들이 늘 찾아오지요.》

리제마는 호기심이 바싹 동했다. 소의 입천정에 난 비구개공이라면 코와 입이 서로 통하는 구멍이란 소리인데 거기에 나무가지를 꽂아주

면 헛배부름증이 낫는다니 이야말로 신기한 일이다. 소도 사람처럼 헛배가 부르면 큰 병에 걸릴수 있다.

《로인님! 비구개공에 나무가지를 꽂아주면 그게 무슨 조화를 부리기에 헛배부름증이 낫소이까?》

로인은 리제마의 행색을 훑어보더니 이번에는 진지한 어조로 말했다.

《촌늙은이가 뭘 아는게 있겠소만 소도 5장6부를 가진 짐승이여서 음양조화가 문란해지면 병이 들게 된다오. 헛배가 불러 뚱뚱하게 보이는건 양기가 허함이니 이런 땐 음기를 숙여주고 양기를 돋구어주어야 하오. 몸뚱이에 비해 우에 있는 대가리는 양이라 그 양에서 들여다보이지 않는 입안은 음이니 바로 어두운 입안의 비구개공을 자극해주면 양기를 돋구어줄수 있는거라오.》

리제마는 탄복을 금치 못하였다.

소를 부리는 농사군들도 이렇듯 사리정연한 주장과 론리가 있는데…

《로인님! 잘 배웠소이다.》

리제마는 깍듯이 인사를 차리고 돌아섰다.

해는 벌써 하늘중천에 떠올랐는데 아직도 송도지경을 벗어나지 못하고있었다. 허나 마음은 평온하였다. 이르는 곳마다에서 배우고 느끼는것이 있는데 이런 걸음을 어찌 피해가랴.

2

리제마가 한성에 거의 가닿고있을 때 림재익은 자기 집에 그린듯이 누워있었다.

지난해부터 온몸에 힘이 없어지고 귀울이가 심해지더니 올해초에는 머리가 쑤시고 가끔 눈앞이 아찔해지군 하는것을 리제마에게 짐이 될가봐 참아왔는데 그가 황도연을 만나러 집을 떠난 다음날부터는 더는 견딜수 없어 자리에 눕고말았다.

여러날동안 꼼짝 못하고 누워있으니 별별 생각이 다 들었다. 나중에는 명이 진했다는 결말에 이르렀다.

무엇을 보고 그렇다고 단정할수 있는가. 그것은 깜박깜박 드는 잠결

에조차 때없이 찾아와 마음을 괴롭히는 흉몽을 보고 알수 있었다.

악귀같은 괴물에게 이리저리 쫓기우기도 하고 아스라하게 높은 스산한 절벽에서 떨어지기도 하고 사품치는 강물에 휘말려들어가 허우적거리기도 하고 삼절죽장을 꼬나쥔 백발의 리진사에게 끌려 무시무시한 굴속으로 들어가기도 하고…

꿈은 아무렇게나 꾸어도 해몽만 잘하면 된다지만 이렇듯 무서운 흉몽에 무슨 해몽이 있을수 있으랴.

사람이 나이 일흔을 넘겨 살았으면 오래 살았다고 할수 있다. 대다수 사람들은 칠순은커녕 예순도 못살아보고 죽는다. 이 목숨이 한일없이 일흔을 산것은 의술을 좀 아는 덕이겠지만 그보다는 리제마를 제자로 두었기때문이다. 머리좋은 제마를 잘 키우려는 간절한 소망이 있었기에 목숨이 길어진것이다.

리제마 같은 총명한 사람이 어디 쉬운가.

벌써 열살도 되기 전에 고금의 력사를 통달하고 의원으로서의 뛰여난 재주에다 출중하다 할만큼 무예도 갖추었으니 이제 전란이 닥쳐들어 무과에 나가기만 하면 장원급제는 떼여놓은 당상이다.

이제 스승으로서 리제마에게 무엇을 더 해줄수 있을가.

섭섭한 일은 지난해 한옥이 계집애를 낳은것이다. 첫 자식이 꼬투리를 하나 달고 나왔으면 오죽이나 좋을가. 뭐니뭐니해도 큰뜻을 품고 먼길을 가야 하는 사내에겐 아들만큼 의지가 되는것이 없는것이다.

한옥이에게 또 태기가 있다니 다행스런 일이다.

다만 한가지 섭섭한것은 리제마의 아버지 리반오의 태도였다.

한옥이에게 살림살이에 쓰라고 천필이며 쌀 같은 재물은 섭섭치 않게 보내주는데 그것으로 아버지의 할바를 다했다고는 할수 없었다.

더우기 한성으로 가 황도연을 만나보고 오겠다는 제마의 결심까지 반대하였다.

반오는 림재익을 찾아와 선대의 명의들도 사람에게 꼭맞는 약처방을 짓는 비결을 남겨놓지 못했는데 시골내기아들이 어찌 그런 일을 이룰수 있느냐면서 그저 색시곁에서 의술로 밥술이나 먹게 하자고 간청했다.

림재익은 적당히 말해 돌려보냈지만 제마에게는 그에 대한 말을 일절 비치지도 않았다.
 그러고보면 반오는 제마의 재주를 보는 눈을 가지지 못한데다 제마의 장래에 대한 기대도 별로 없고 바라지도 않고있었다.
 그것은 제마가 서자라는 생각때문일지도 모른다.
 《외할아버님!》
 언제 들어왔는지 한옥이 나직이 부른다.
 《외할아버님! 제발 미음을 좀 드시와요. 그저 맹물만 자시니…》
 림재익은 무겁게 드리운 눈을 떴다.
 옥구슬같이 맑은 눈물이 한가득 고인 한옥의 눈이 선참으로 보였다.
 림재익은 안깐힘을 써서 손을 내밀었다. 그 손을 한옥이 두손으로 감싸쥐였다.
 《애야, 옛날에 편안히 죽기로서는 급살이 제일이라고 했다.》
 《외할아버님! 왜 그런 말씀을 하시오이까?》
 《애야, 내 말을 잘 새겨듣거라. 이제 내가 죽으면 내 죽었다는 부고를 한성에 띄워선… 안된다.》
 림재익의 손을 감싸쥔 한옥의 손이 바르르 떨렸다.
 《외할아버님! 그런 생각일랑 마시오이다.》
 《애야, 난 이미 하늘이 내려준 명을 훨씬 넘겨산 늙은이다. 그러니 웃으며 가련다.
 지금 네 랑군은 뜻을 한창 무르익히는 때다. 자고로 뜻을 세우고 집을 나선 사람은 많으나 뜻을 이루고 돌아온 사람은 적다고 하였다. 이 말속에는 온 집안이 달라붙어 뜻을 세운 사람을 잘 도와주어야 한다는 의미가 담겨져있다.
 네 랑군이 몇달을 기약하고 떠났지만 그 길이 몇해가 걸릴지 그 누구도 모른다.
 그런데 내 죽었다는 부고가 가면 네 랑군이 중도에서 돌아올수밖에 없고, 그러면 또 귀한 시간을 잃게 되느니라. 난 그걸 원치 않는다, 원치 않아.》
 한옥은 힘겹게 말을 이어나가는 림재익을 굽어보며 눈물을 흘리였다.
 《애야, 내 그동안 조금씩 모아둔 돈이 저 장농안에 들어있다. 그 돈으로 판도 사고 조상온 사람들에게 음식도 대접하고… 그 돈으로만 장

례를 치르어라. 알겠느냐?》

한옥은 소리없이 울며 머리를 끄덕였다.

《그럼 약속했다. 죽는 사람과 한 언약은 하늘이 무너진대도 꼭 지켜야 한다고 했다.》

림재익은 한동안 말을 끊고 숨을 몰아쉬였다.

《내 너한테 꼭 한가지만 부탁하련다. 그 한가지란 이제부터 자기를 사내없는 아낙네라 생각하고 집안일을 도맡아하라는거다. 열손가락이 닳도록 일을 해도 제 입 하나 감당하기 어려운 세상에서 아이를 낳아키우고 사내의 뒤바라지를 해준다는것이 말처럼 헐한 일이 아니다. 개인 날보다 비오고 흐린 날이 더 많을거다. 집일도 어렵고 독수공방도 어렵고… 그래도 너만은 그렇게 살아야 한다. 난 널 믿는다.》

림재익은 말을 마치자 맥을 탁 놓으면서 스르르 눈을 감아버렸다.

《외할아버님!-》

한옥의 곡성이 방안을 울렸다.…

3

리제마는 자기 집에 어떤 불상사가 났는지 알수 없었다. 한성에 도착한 그는 며칠째 황도연을 만나지 못해 속을 태웠다. 한시라도 걸음이 지체될가봐 서둘러 왔는데 황도연의 집앞에서 팔짱을 끼고 서서 무료하게 세월을 보내고있으니 어처구니가 없었다.

허참, 그를 만나기가 구중궁궐속의 임금님 알현하는것만치나 이다지도 힘들단 말인가!

황도연의 집은 남산골에 있었다. 한성에서 몰락한 선비들이 모여사는 가난한 남산골이라지만 그의 집만은 고관대작집 못지 않게 크고 요란했다.

나라에 알려진 명의의 집이니 그럴만도 할상싶었다.

그런데 황도연은 집을 나간지 여러날이 지났어도 돌아오지 않았다. 그 집 하인이 하는 말이 쩍하면 집주인은 고관집들에 불려가서 병을 보아주는데 어떤 때는 열흘나마 나가있으니 정 만나볼 의향이면 마음을 눅잦히고앉아 기다리는것이 장땅이라는것이였다.

마음을 눅잦히고앉아 기다리라?!

하!—

리제마는 장탄식을 하였다.

생각하다못해 리제마는 황도연의 집근처에 있는 객주집에 려장을 풀어놓고 그를 찾아나섰다. 속수무책으로 앉아 기다리다가는 속이 새까맣게 타서 죽을것만 같았다.

황도연이 불리워간 마을은 조정을 쥐락펴락한다는 안동김가들이 모여사는 장동이라 하였다.

장동에 어찌나 많은 안동김가들이 모여사는지 그들을 가리켜 《장동김가》라고도 한다는것이다.

리제마는 한성에 처음 와보지만 생각밖에 별로 품을 들이지 않고서도 황도연이 가있다는 령의정 김좌근네 집을 제꺽 찾을수 있었다.

김좌근이라면 장동의 우두머리로서 임금까지도 제 마음대로 움직인다는 조정의 실권자이다.

알고보니 김좌근의 마누라가 어찌나 몸이 비대해졌는지 손발을 놀리기 힘들어하는것은 말할것도 없고 숨이 차고 가슴이 답답한데다 어지럽고 머리가 아파나서 황도연을 불렀다는것이였다.

그것도 살을 아프게 하는 침이나 뜸은 물론 먹기 괴로운 약도 쓰지 말고 병을 낫게 해달라고만 한다니 황도연이 그 집에서 지체하는것은 당연한 일이 아닐수 없었다.

가난한 집 녀인들은 끼니를 제대로 에우지 못해 뼈에 가죽만 달랑 씌워져있는데 부자집마님들은 살이 남아돌아가서 이 야단인것이다.

김좌근네 집앞에 이른 리제마의 두눈은 화등잔만큼 커졌다. 아니, 아무리 탐관의 우두머리라지만 이거야 궁궐이지 어디 신하가 사는 집이 맞아?!

백간… 아니, 아니야. 그보다는 더 될거야!

아찔하게 높은 추녀며 웅장한 솟을대문은 임진왜란때 불타버린 경복궁터를 비웃는듯… 기와 한장한장에도, 서까래 한대한대에도 8도백성들의 고혈과 피땀이 스며있는듯 했다.

솟을대문앞에는 눈초리가 불량해보이는 두사람이 방망이를 하나씩 들고 서서 낯선 사람들은 가까이로 다가오지도 못하게 눈알을 부라리고있다.

하는수없이 리제마는 그 집 솟을대문에서 멀찌감치 떨어진 나무밑에서 황도연이 나오기를 기다렸다.

해가 인왕산너머로 떨어졌는데도 황도연의 그림자조차 볼수 없었다.

맥이 진해 객주집으로 돌아온 리제마는 다음날 날이 밝기 전에 일어나 또다시 장동으로 갔다.

김좌근네 집앞에 이르렀을 때는 동이 트고있었다.

대문밖으로 마당을 쓸려고 나온 그 집 하인에게 물어보니 황도연은 간밤에 김흥근네 집으로 불려갔다는것이다. 어쩜 일은 점점 꾀여만 가는지…

김흥근이라면 이전에 령의정을 한바 있는 령돈녕부사이다.

그의 집을 찾아가보니 역시 김좌근네 집 못지 않게 크고 화려했다.

장동은 고래등같은 기와집의 천지였다.

요란하게 큰 집들을 쓰고사는 큰 도적이 많을수록 나라는 더욱 쇠진해지고 백성들은 도탄에 빠져 죽기마련이다.

마침내 리제마는 황도연이 집에 들어오기를 기다리느라 허송세월을 할수 없어 한성거리를 돌아보기로 마음먹었다.

한성사람들이 하는 말이 장안의 경치로는 삼청동이 첫자리이고 인왕동이 두번째며 쌍계동, 백운동, 청학동 등이 그다음이라고 하였다.

돌아보니 한성이 송도만 썩 못하다는 생각이 들었다. 아무리 삼청동에 소나무가 울창하여 볼만 하고 구불구불한 골짜기에 맑은 시내가 흐르는 인왕동의 경치가 기이하다고 해도 송악산기슭의 자하동이며 부산동에는 미칠바가 못되였다.

돌아볼수록 한성이 숨막히는 곳이라는 생각만 들었다.

벌써 한옥이 애써 마련해준 로자가 바닥이 나고있다. 그만한 로자면 반년이상은 넉근히 쓰고도 남을줄 알았는데 한성인심이 여간 각박하지 않아 마실 물까지 사먹다보니 그렇게 되였다.

시골에서는 어느 집이나 끼식때 찾아들어가면 죽이나마 꼭같이 나누어주고 어두워서 들어가면 잠자리를 내주는데 한성인심이 이렇게까지 각박해진것은 다 탐관오리들때문일것이였다.

물까지 사마셔야 하는 인심이 각박한 한성에서 로자가 떨어지면 죽은 목숨이다 하고 생각하니 은근히 황도연에 대한 반감까지 생기였다.

명의라는 사람이 무엇이 모자라서 량반것들에게 굽신거리며 노복처럼 끌려다닌단 말인가. 날마다 벼슬아치들의 병시중이나 들어주는 사람이 무슨 의원이란 말인가. 황도연이 의술을 밥벌이수단으로 여기는게 분명하다. 과연 그런 사람을 만나가지고 득이 있을가.

리제마는 한성까지 왔다가 빈손으로 돌아갈수 없다는 생각에서 며칠 더 기다리기로 마음먹었다.

4

리제마가 객주집의 토방에 앉아 남산쪽을 바라보고있는데 곁에서 귀동이가 재촉하였다.

《선생님!》

집에 돌아온 황도연을 찾아가자고 조르는 소리였다.

어제 오후에 집으로 돌아오는 황도연의 행차는 위엄있는 벼슬아치의 행차만 못지 않았다. 앞뒤로 여러명의 수종군들이 늘어선 그가운데의 사인교우에 비단도포를 쭉 차려입은 황도연이 앉아있었다.

아무리 명의래도 그렇지 벼슬이 없는 사람이 저렇듯 참람하게 위엄을 갖추고서 행차할수 있는가. 알고보니 수종군이고 교군군이고 다 황도연을 청해갔던 고관집들에서 저희들의 위세를 뽐내려 붙여주었다는 것이였다.

리제마는 당장 행차를 따라들어가 황도연을 만나고싶은 마음이 불같았지만 그만두었다. 집에 들어서자바람으로 쉴참을 주지 않고 만나자고 하는것은 너무나도 무례한 처사가 아닐수 없었기에 객주집으로 다시 돌아온 그였던것이다.

오늘 아침도 일찍 일어났지만 식전에 남의 집 대문을 두드리고싶지 않아 일부러 시간을 늦잡다가 해가 두어기장쯤 떠올라서야 천천히 자리에서 일어났다. 안절부절 못해하던 귀동이도 사기가 나서 따라나섰다.

황도연의 집앞에 이른 리제마는 옷매무시를 바로하고 조심스럽게 대문을 두드렸다.

이어 대문안에서 저벅저벅 하는 느린 걸음소리가 들려오더니 문이 찌쿵— 하고 반쯤 열렸다. 그안에서 장대한 몸집의 사내가 얼굴을 내밀고 뚝뚝한 어조로 말하는것을 얼핏 보니 자기와 동년배같아보였다.
《누굴 찾소?》
《명의님을 뵙자 하오이다.》
《우리 아버님이 몹시 피로해하는데 정 급한 병이 아니면 래일 와주소.》
리제마는 열흘나마 기다렸는데 그까짓 하루가 무슨 대수랴 하고 돌아서려다가 하루물림 열흘간다는 생각이 들어 닫기려는 대문을 꽉 잡았다.
《잠간만! 초면에 안됐소만 나는 병을 보이려고 온게 아니요. 난 함흥에서 혜암선생님을 만나러 찾아왔소이다.》
《함흥에서요?》
《예, 의원 리제마올시다.》
황도연의 아들 황필수는 딱한 기색을 짓더니 대문을 조금 열어놓은채로 들어갔다.
열려진 대문으로 들여다보이는 집은 밖에서 본것보다 더 크고 요란했다. ㅁ자형집인줄 알았는데 ㄱ자형집으로서 한쪽이 트이였고 후원쪽에 별채가 보이였다.
조금후에 다시 나타난 황필수가 얼굴에 아무 표정도 띠지 않은채 말했다.
《그럼 내 부탁이 하나 있소. 우리 아버님의 시간을 너무 오래 뺏지 말아주오.》
리제마는 아버지를 위하는 그의 효성에 감동되여 머리를 끄덕였다.
귀동이에게 객주집에 가있으라는 눈짓을 하고난 리제마는 황필수의 뒤를 따라 대문안으로 들어갔다. 황필수는 본채가 아닌 별채로 이끌었다.
황도연이 병자들을 만나주고 병을 보아주는데는 후원에 있는 별채를 쓰는것 같았다.
황필수가 열어주는 방에 들어선 리제마는 놀라 주춤거렸다.
피로가 무겁게 실린 얼굴에 반색을 짓고 맞아주는 황도연은 반백의 늙은이였다. 어제 사인교를 탔을 때에는 풍채가 좋아보였는데 두루마기를 벗은 바지저고리바람의 황도연은 여원데다 두눈은 충혈져있었다.

리제마는 깊숙이 허리굽혀 절을 하였다.

《혜암선생님을 뵙게 되여 소원을 풀게 되였소이다.》

《함흥서 온 의원이라지요? 귀한 손인데 푸대접할번 했소. 때마침이요. 방금 중병자 하나를 받아들이고 어떻게 손을 댈가 망설이던중인데… 자, 우리 함께 옆방으로 들어가 병을 봅시다.》

황도연을 따라 옆방으로 들어선 리제마는 더욱 놀라지 않을수 없었다.

방바닥에 한 녀인이 배를 깔고 엎디여있는데 천 한오래기 걸친것 없는 웃몸은 눈뜨고 볼수 없이 끔찍했다. 글쎄 목덜미아래에 염소젖통만한 시뻘건 종기가 봉우리처럼 두드러져있었던것이다.

종기로 고생하는 병자들을 적지 않게 고쳐주었지만 이렇게 큰 등창은 처음 보는 제마였다.

찬찬히 살펴보니 병자는 곱살하게 생긴 애젊은 녀인이였다.

녀인은 너무 아파서인지 끙끙 앓음소리를 내며 입술을 꼭 깨물고 있었고 그의 곁에 어머니임직한 늙은 아낙네가 울상이 되여 앉아있었다.

이들을 보니 고향생각이 간절해졌다. 한옥은 잘있는지, 병이 더 심해지지 않았는지, 딸애는 탈이 없는지, 늙은 스승에 대한 생각까지 겹치면서 집이 몹시 그리워졌다.

《의원이 보기엔 어떻소?》

리제마는 황도연의 물음에 정신을 도사렸다.

녀인의 등창은 화정(옹저 즉 뽀두라지몰림)이라 할수 있었다. 등창이 잘 곪았으면 고름빼기약이나 붙여주면 되겠지만 이건 크게 곪지 않고 병집이 주변으로 퍼져나가 벌겋게 부어오르고있으니 여간 골치거리가 아닌것이다.

《혜암선생님, 제 생각엔 병집을 아예 뿌리채로 뽑아버려야 할것 같소이다.》

《어떻게?》

《〈치종비방〉대로 하면 될듯 하오이다.》

황도연의 얼굴에 미소가 비끼였다.

의서 《치종비방》은 명종(조선봉건왕조 13대임금, 재위기간 1546-1567년)때 명의로 이름난 임언국이 쓴 책이다.

임언국은 당시 피를 내는 수술이 엄하게 금지되였음에도 불구하고 종기치료에서 대담하게 째고 베여내는 치료방법을 내놓음으로써 의술발전에 기여한 의학자였다.

임언국은 《치종비방》에서 농양은 화정과 석종(옹저가 굳어진것), 수종(봉과직염 및 림파선염), 마정(단독 비슷함) 및 루정(2차농양과 루공)으로 갈라놓고 그 증상에 따르는 치료법을 내놓았다.

특히 그는 그때까지 흔히 써오던 종기에 끓는 기름을 쏟아부어서 병집의 퍼짐을 막는 종래의 낡은 방법들을 부정하고 소금물로 종기를 깨끗이 씻어낸 다음 농양을 ＋자모양으로 째서 고치는 새로운 치료법을 공개하였다. 하기에 이웃나라 의원들은 임언국을 가리켜 《실로 경탄을 금치 못하게 하며 동양은 물론 서양에 비교하여보아도 과시할 성과》라고 찬탄해마지않았었다.

황도연은 리제마를 마주보며 잘라말했다.

《난 이 병자를 그대에게 맡기자고 하오.》

제마는 놀랐다. 첫 대면인데도 이런 큰 믿음을 주다니…

그는 황도연의 고무에 마음을 가라앉히고 방안을 둘러보았다.

방 한켠의 화로곁에는 향나무쪼각들과 약쑥이 담긴 그릇들이 있고 싸리광주리에는 큰침(수술칼), 곡침, 삼릉침, 산침들이 가지런히 놓여있었다.

이미 등창을 쨀 잡도리를 하고있었던것이다.

황도연은 광주리곁에 있는 크고작은 놋대야들을 가리켰다.

《저것들엔 소금물이 담겨있소.》

리제마는 두루마기를 벗어놓고 화로에 향쪼각이며 약쑥을 한웅큼 집어넣었다.

인차 짙은 연기가 타래쳐올라 방안을 자욱하게 덮었다.

향이나 약쑥의 연기에는 병을 일으키는 나쁜 기운들이 꼼짝 못한다. 하기에 선조들은 죽은 사람을 다루거나 상처를 처치할 때, 또 돌림병에 든 병자들을 돌볼적에 향쪼각이나 약쑥을 태운것이였다.

리제마는 큰 놋대야에 담긴 소금물에 손을 깨끗이 씻은 다음 작은 놋대야속에 삼릉침을 담그었다가 꺼내들었다.

갑자기 손이 떨렸다. 과연 애젊은 녀인이 살을 째고 저며내는 모진 아픔을 이겨낼수 있을가.

리제마는 이를 사려물었다.

그는 제꺽 양귀비진을 물에 타서 병자에게 먹인 다음 그 기운이 그의 몸에 퍼지기를 잠시 기다렸다.

이윽고 리제마는 황도연을 바라보며 입을 열었다.

《그럼 시작해보겠소이다.》

황도연이 말없이 고개를 끄덕였다.

리제마는 병자의 엉치를 꾹 타고앉아 등창에 삼릉침을 가져다댔다.

《애고-》하는 녀인의 비명소리가 울렸다.

허나 리제마는 서슴없이 삼릉침으로 등창을 찔러 피고름을 조금 뺀 다음 큰침으로 +모양으로 쨌다. 그다음 피고름이 더는 안 나올 때까지 사정없이 눌러짰다.

녀인의 비명소리가 진해졌을 때 그는 썩은 살을 베여냈다.

리제마는 마감으로 상처를 소금물로 여러번이나 꼼꼼히 씻어내고 토란고를 붙이였다.

《잘했소, 아주 잘했소.》

황도연의 칭찬소리에 리제마는 자기가 아직도 녀인을 가로타고앉아있다는것을 알아차렸다.

리제마는 얼굴이 화끈 달아올라 쫓기듯 일어섰다. 로파가 따라일어나서 수건으로 리제마의 얼굴에 질벅한 땀을 닦아주었다.

황도연이 리제마의 손을 부여잡았다.

《전도가 기대되는 그대를 알게 된것이 기쁘오. 이젠 병자가 살아났으니 우리 밖에 나가 이야기를 나눕시다.》

리제마는 황도연에게 이끌려 방을 나섰다.

벌써 중낮이였다.

5

황도연과 겸상을 하고난 리제마는 자기의 생각이 너무도 짧았음을 스스로 인정하지 않을수 없었다.

황도연의 집은 크고 요란해보이는 바깥과 달리 안은 소박하였다. 어느 방을 보아도 가장집물이 보통것이였고 방의 태반은 병자들을 들이는 방이였다. 먹는 음식도 수수하였다. 고기불이같은 기름진 음식은 없어도 산나물이며 남새반찬들이 하나같이 정갈하고 입에 붙었다.

등창을 처치받은 녀인의 늙은 어머니가 슬그머니 귀띔하기를 자기네는 병이 나면 이 집을 찾아오는데 그것은 혜암선생이 가난한 사람들에게는 눅게 약을 내주고 어떤 때는 병을 거저 보아주기때문이라고, 인심이 낭끝인 한성에서는 실로 쉽지 않은 어른이라고 하였다.

그렇다면 황도연을 오해한셈이니 미안한 생각이 들었다. 물은 건너보아야 알고 사람은 지내보아야 안댔는데 황도연이 안동김가와 같은 벼슬아치들을 찾아다니는것만 보고 속단했던것이다.

차를 마시고난 황도연은 장죽에 불을 붙여 물었다. 한모금 맛스럽게 장죽을 빨고난 그는 담배연기를 뿜으며 말했다.

《의원은 담배를 태우지 않으려나?》

《예, 소인은 배우지 않았소이다.》

《그런가. 담배를 배우지 않았다면 피우지 않는것이 좋지. 사실 이 담배란게 심심할 때 좋은것 같지만 사실은 괜한 군일일세.

그건 그렇고, 아까 등창을 째면서 생각한것이 있으면 말해주겠나?》

그러지 않아도 그에 대한 생각을 꺼내려던 참이였다.

《선생님! 제가 종기를 째며 속으로 한탄한것은 일찌기 등창으로 붕어하신 효종대왕(조선봉건왕조 17대임금, 재위기간 1650-1659년)때문이였소이다. 그때 의원들이 자기 구실을 바로하였더라면 어찌 등창따위로 임금을 잃게 하였겠소이까.

사람의 몸에 큰침을 대면 안된다는 무식의 폐단이 나아가서는 임금의 옥체에서 피를 흘리게 하는것은 불충불의한짓이라는 무서운 공리공담으로 번져져 종당에는 나라가 손실을 보았던것이오이다.》

효종대왕이 붕어한 죄는 사실 의원들에게가 아니라 조정벼슬아치들에게 따져야 했다. 바로 그들이 임금의 몸에 칼을 대는것은 대역죄라 떠들어대는 바람에 어의들이 감히 손을 쓰지 못한것이였다.

《다음은 좀 복잡한건데… 창상이나 종기를 고치는 비방은 대체로 명백하여서 여러 병자들에게 그 효험이 별로 차이가 없소이다. 침이나 뜸의 효험도 이와 다를바가 아닌줄 아오이다.》

리제마는 숨이 가빠 잠시 말을 끊었다.

이제 꺼내자고 하는 말이 한성걸음의 기본알맹이라고 할수 있었고 그에 대한 해답을 들으려 애타게 황도연을 찾아다닌것이였다.

《선생님! 소인이 여러해동안 의술을 하면서 도저히 풀지 못한 문제가 있소이다.

약에 대한 효험이 같은 병인데도 병자들에 따라 다른데 왜서 그러한지 그리고 그에 따라 달라지는 약처방을 알고싶소이다.》

《…》

담배불이 꺼진 대통을 재털이에 대고 털고난 황도연은 리제마에게로 눈길을 주었다. 그러나 입은 얼어붙은듯 열리지 않았다.

《선생님! 가르치심을 받고저 하옵니다.》

리제마의 조급해하면서도 간절한 말에 황도연은 길게 한숨을 쉬고나서 입을 열었다.

《안됐소만… 난 그대의 물음에 아무런 대답도 줄수 없소그려.》

《?!…》

리제마는 황도연의 이 말이 진실임을 알수 있었다. 결코 자기가 터득한 비결을 대주기 싫어서 대답을 피하는것은 아닐것이였다.

하다면 그를 찾아 불원천리하고 찾아온 이번 걸음이 과연 헛걸음이였단 말인가!

황도연은 실망의 빛이 력력한 리제마의 눈길을 피하며 뜨직뜨직 말을 이어나갔다.

《지금 그대의 물음에 해답을 줄수 있는 의원은 아마 우리 나라에 아니, 동양에도 서양에도 없을거요. 단언하건대 구암선생(허준)이나 로중례선생이 살아계신대도 그에 대해서만은 뭐 별루 신통한 가르침을 기대하기 어려울거요.

아, 내 나이 10년만 젊었어도 그대와 손을 잡고 한번 파고드는건데… 늙은것이 한스럽소.》

황도연은 안타까와 가슴을 쳤다.

사실 그는 그때 의서 《의종손익》을 집필하고있었다. 몇해안으로 빛을 보게 할 작정이였다.

그는 그 책의 마지막 13권에다 수백종에 달하는 약재들을 서술할 작정이였다. 약재들의 이름도 알기 쉽게 우리 말로 붙여주고 약효며 법제하는 방법이며도 누구나 다 알기 쉽게 가사(약성가)형식으로 써낼 생각이였다.

이 책이 백성살이에 도움이 되는만치 반드시 끝장을 봐야 하는데 사실말이지 황도연은 사람들에 따라 약의 효험이 달라지는것은 알고있었으나 그 원인이며 처방 같은것은 생각지도 못하고있었다.

그런데 리제마는 젊은 나이에 의술에서 반드시 밝혀내야 하는 가장 긴요하고 가장 어려운 일감을 찾아내였다.

리제마의 의술을 알고도 남는 황도연이였지만 그를 도와줄 방도는 도저히 궁냥해낼수 없는게 안타깝기만 하였다.

《〈함흥의원〉! 내가 해줄수 있는 말은 이게 다요. 지금 실정에서는 어쩔수 없는 일이지. 하늘의 도움을 받지 않고서는…》

장죽에 다시 불을 붙여무는 황도연의 생각은 착잡하였다.

리제마가 등창난 녀인을 치료하는것을 보면서 보배덩이가 저절로 굴러들어왔다고 생각했고 그를 수하에 두리라 마음먹었었다. 리제마같이 쟁쟁한 젊은 의원을 수하에 데리고다니면 그 어떤 병자래도 자신있을것 같았다.

그러나 상대해보니 리제마는 어느 한 자리에 붙들어둘 그런 인물이 아니였다. 남달리 머리에 의문이 가득하고 탐구심이 강한 사람은 한자리에 묶어둘수 없는것이기에 어떻게든 도와주고싶었다.

황도연은 문득 충청도 공주에 사는 친구가 생각났다. 고향인 경상도 창원고을에서 어린시절 한 스승으로부터 함께 글도 의술도 배운 그 친구는 젊어 한때 의금부에서 라졸을 지낸바 있는 괴짜였다.

의금부는 임금과 나라를 배반한 대역부도죄인들만 다스리는데로서 6조보다 중시하는 관청이다. 어느 하루도 의금부의 남간뜨락에서는 옥관자, 금관자를 갓에 단 고관대작들로부터 남의 집 종에 이르기까지 대역죄에 몰린 범인들의 비명소리가 그칠새 없다.

원래 의술을 배운데다 호기심이 많아 목이 잘리고 사지가 떨어져나간 범인들의 시체를 처리하는 소임을 오래동안 하다보니 사람의 겉만 보고서도 그 사람의 5장6부가 어떻게 생겼는지를 잘 알아맞추는 친구의 재주가 아까와 한성으로 부르려고 했으나 날마다 술을 동이채로 마시는데다 주정까지 심한 까닭에 손을 들고만 황도연이였다.

리제마가 그 친구를 만난다면 소득이 될수 있지 않을가. 그한테서 뭔가 꼭 도움을 받을수 있을것이다.

황도연은 때마침 공주친구를 생각해낸것이 흡족하여 입을 열었다.

《〈함흥의원〉! 마음을 푹 놓고 내 집에서 좀 지내게.》

《선생님!》

《물론 집떠나면 고생이라고 하네만… 내 집에 머무르라고 하는것은 그대가 의술에 남달리 큰뜻을 둔 의원이기에 한성사람들과 낯도 익히고 나라형편도 아는것이 나쁘지 않을것 같아서이네. 그리고 그사이 그대에게 도움이 되는 사람을 찾을수 있을지도 모르고…》

리제마는 코허리가 시큰하였다.

황도연과 같이 허심하고 남의 재주를 아껴주는 사람은 결코 빈말을 하지 않는 법이다.

《혜암선생님! 고맙소이다.》

6

한해 열두달의 날수가 소털처럼 많아보여도 어떻게나 빨리 지나가는지 벌써 겨울이 달려들었다.

리제마는 오늘도 황도연의 집에서 서둘러 아침밥을 먹고있었다.

자칫하다가는 아침밥을 제대로 못 먹기가 쉬웠다.

한성이라는데가 인총이 죽끓듯 하다보니 찾아오는 병자들이 끝이 없었다.

속탈로부터 눈병, 지어는 검버섯이라는 면간증에 이르기까지 없는 병이 없었다.

아닐세라 숟갈을 내려놓기도 전에 대문을 급하게 두드리는 소리가 들렸다.

언제 나갔는지 황도연이 벌써 대문을 열고있었다.

대문이 열리자 키큰 사내가 숨이 턱에 닿아서 뛰여들었다.

그 사내가 무엇이라 말했는지 황도연은 사색이 되여 리제마에게 소리쳤다.

《〈함흥의원〉! 급한 병자가 생겼네. 이 사람을 따라가주게.》

급한 병자라는 소리에 리제마는 제꺽 행장을 꿍져들고 뛰쳐나갔다.

키큰 사내는 앞에서 달리고 리제마는 그뒤를 바싹 따랐다.

남산골에서 곧추 북으로 달리니 탑동이 나졌다.

어린 조카 단종을 내쫓고 임금이 된 세조가 후날 그 죄를 부처에게서 용서받으려고 척불숭유(불교를 배척하고 유교를 숭상하는것)의 시대에 어긋나게 세운 원각사란 사찰이 이제는 터만 남고 거기에 두개의 탑이 고스란히 솟아있는 탑동이였다. 그 탑동을 지나는 큰길을 따라 한참 달리니 이번에는 창덕궁의 정문인 돈화문이 나졌다.

키큰 사내는 돈화문의 서쪽에 있는 동네로 길안내를 하였다. 계동이다.

계동 한켠에 대문이 활짝 열려진 기와집이 있었다.

키큰 사내를 따라 그 집에 들어선 리제마는 맞이하는 사람들에게 답례를 차릴 사이도 없이 병자부터 찾았다.

병자는 안방에 누워있었는데 생각밖에 두세살이나 났을가 한 어린 사내아이였다.

리제마는 대뜸 그 아이가 경풍발작을 일으킨것을 알아보았다.

아이는 손발이 까드라들고 눈은 우로 치뜬채 이를 악물고있었다.

입술이며 얼굴은 파랗다못해 검퍼렇게 되여있었다.

리제마는 할머니임직한 늙은 녀인이 내여주는 자리에 앉아 아이를 찬찬히 살피였다.

눈의 흰자위는 퍼렇고 이마를 짚어보니 열은 세지 않은데 손발이 싸늘했다.

이런 경풍은 무엇에 크게 놀랐거나 무서워할 때 생긴다.

리제마는 들고온 침통에서 호침 세개를 꺼내 사내아이의 손목에 있는 간사혈과 머리의 백회혈 그리고 이마우의 상성혈에 사법으로 침을 놓았다.

사법이란 약하게 주는 침자극으로 허증을 다스리는 보법과 달리 실증을 대상하는 침구술로서 흥분된 상태의 병을 억제해주는 강한 자극료법이다.

좀 있어 사내아이를 들여다보던 집안사람들속에서 《야!—》 하고 경탄이 일어났다.

금시 죽을듯 의식을 잃고 경련을 하던 사내아이가 한잠 푹 자고난것처럼 눈을 빠끔히 올려뜨고 주위를 둘러보더니 인차 자기 엄마를 알아보고 《엄마—》 하고 가는 목소리를 내는것이였다.

리제마는 어머니의 품에 안긴 아이의 머리를 쓰다듬어주고나서 자리에서 일어섰다.

그때까지 침묵속에 리제마를 지켜보던 한 늙은이가 그의 손을 덥석 그러잡았다.

《의원님! 고맙소.》

리제마는 이런 경우가 흔하다보니 별로 생각없이 말했다.

《웬걸요. 제 인차 우황포롱환을 지어보내겠소이다. 그 약까지 써야 경풍발작을 아예 없앨수 있소이다.》

《허- 이렇게 급하다구야. 이왕지사 예까지 왔던김에 내 병도 좀 보아주지 않겠소?》

키큰 사내가 귀속말로 귀띔했다.

《의원님, 이분이 바로 환재선생님이올시다.》

리제마는 놀랐다. 환재라면 연암 박지원의 손자되는 박규수(1807-1876년)대감인것이다.

리제마는 마음속으로 공경해마지않던 연암의 후손과 만나게 될줄은 몰랐다.

박규수를 따라 사랑방으로 들어가앉은 리제마는 그의 신색을 살피였다.

참말 박규수의 몸에 병색이 진하였다. 눈의 흰자위가 생기가 없이 뿌연것은 이번에 머나먼 청나라의 연경(베이징)을 다녀왔다니까 로상에 생긴 피로가 쌓여서 그럴수 있겠지만 눈까풀이 부어오른것은 심(심장)에 병이 생긴때문이고 입술이 튼것은 불면증으로 잠을 제대로 자지 못해서일것이였다.

《환재선생님, 귀울이가 있겠소이다. 때때로 매미울음소리같은 귀울이가 들리는데 밤이면 더 심할줄 아오이다.》

박규수의 눈이 커졌다.

《정말 귀신같군. 난 그 귀울이때문에 얼마나 시끄러운지 모르겠소. 약도 먹어보고 침도 맞아보았는데 다 소용없더군.

이번 사신길에 명의라는 청나라의원에게 보였더니…》

리제마는 다음말을 기다렸다. 청나라의원들이라면 의술에서는 제노라 하는 사람들이다.

《헛참, 그 사람 하는 말이 귀울이에는 약이 없다는것이 아니겠소?》

리제마는 박규수의 손목을 잡고 맥을 보았다. 짐작한대로 맥은 가늘게 뛰였다.

물어보나마나 박규수는 허리도 다리도 시큰거리고 맥이 없을것이고 그러니 병은 신허증에 속하는 귀울이가 틀림없을것이였다.

청국의원의 말대로 그 나라에서는 이런 귀울이를 가리켜 난치의 병이라고 할수도 있다.

그러나 우리 나라에서는 이미 허임(1570-1647년)이 《침구경험방》에서 귀울이를 고치는 비방을 밝혀놓았다.

귀울이의 진단은 귀와 잇닿아있는 경락의 침혈들에 감촉되는 응어리가 있고 없음을 보고 알아낼수 있다. 만일 응어리가 생겼다면 침을 놓아 그것을 풀어없애야 한다. 그러면 응어리때문에 막혀버렸던 기혈과 진액이 잘 흐르게 되여 귀울이는 곧 없어진다.

리제마는 침을 놓기에 앞서 황도연이 한 말을 상기해보았다.

그는 병을 고치는데서 약이 절반이고 정신이 절반이라면서 명의라면 손을 쓰기에 앞서 병자의 마음을 끌어당길줄 알아야 한다고 하였다. 그래야 병을 더 손쉽게 고칠수 있다고 했다.

《환재선생님은 청나라사람들이 천하명의라고 떠받드는 편작(중국의 전설적인 의원)에 대해서 어떻게 생각하시오이까?》

《글쎄, 갑자기 그런 질문을 받고보니 뭐라고 해야 할는지. 하여간 그런 명의가 세상에 있었던것만으로도 병자들에겐 위안이 될거요.

편작이 뭐라고 말했더라. 그렇지, 생각이 나누만.

병이 가죽에 머물러있을 때에는 달인 약이나 구운 약으로 효험을 볼수 있으며 병이 혈맥에 들어있을 때에는 쇠침이나 돌침이 아니면 효험이 없으며 병이 위장에 들었으면 또한 달인 약으로 효험을 볼수 있지만 그것이 골수에 스민 다음엔 설사 목숨을 맡은 귀신일지라도 어찌할수 없다고 말한것 같소.》

《선생님! 우리 고려의 명의 설경성(1237-1313년)어른은 이웃나라에서 모든 의원들이 난치라며 손을 털고 나앉은 원세조의 병을 말끔히 고쳐주어 박달겨레의 슬기와 재능을 떨쳤소이다.》

박규수는 리제마의 말뜻을 알아차리고 껄껄 웃었다.

《좋소, 좋아. 청국의원들도 못 고친 내 병을 그대가 고치리라는걸 믿겠소!》

리제마는 침착하게 귀울이와 련관되는 침혈들에 하나하나 침을 꽂아나갔다. 귀방울아래의 예풍혈과 손등의 완골혈에서 응어리같은것이 감촉되였다.

리제마가 그 침혈들에 침을 꽂아주고있는데 박규수가 말했다.
《그댄 어느분에게서 침구술을 배웠소?》
《예, 소인은 허임선생에게서 배웠소이다.》
《허임? 허임이 언제적 사람이라고 그분한테서 침구술을 배웠단 말이요?》
허임은 미천한 출신으로서 명의로 이름을 날렸던 삼백년전의 사람이다.
《허임은 이전의 의서들에서 잘못된 경혈(침구멍)들의 자리를 바로잡기도 하고 새 경혈을 찾아내기도 하였소이다. 선생이 저술한 〈침구경험방〉은 독특한 침구보사법을 담고있어 침구의서들가운데서 제일 가치있는 책으로 평가되고있고 이웃나라들에서는 둘도 없는 보배로 여겨 거듭 찍어내고있소이다.》
《아, 알만 하오. 그러니 의서에서 배웠다 그 말이겠군.》
리제마는 침을 꽂은지 일각(15분)쯤 지나서 뽑았다.
《차도가 있소이까?》
박규수는 몇번이나 고개를 기웃거리더니 이어 희색이 만면해졌다.
《허, 조화는 조화로다. 그 몹쓸 귀울이가 땅으로 잦았나 하늘로 날아났나. 과연 그대의 재주엔 귀신도 울고 가겠소.》
《좀 있으면 귀울이가 다시 날것이옵니다. 그렇다고 실망해하실것은 없소이다. 닷새에 한번씩 소인이 찾아와서 침을 놓겠으니 그렇게 몇번 하면 귀울이를 뚝 떼버릴수 있소이다.》
박규수는 리제마의 손을 움켜잡았다.
《그대 혹시 리상로(고려명의)의 환생이 아니요?》
박규수는 자리에서 일어서는 리제마를 굳이 눌러앉히고 점심식사를 함께 하였다.
음식상을 내여가자 박규수는 많은 이야기를 들려주었다.
한성에 박규수만큼 학식이 깊고 견문도 넓어서 대세를 가려보는 눈이 밝은 재사는 많지 못하였다.
박규수는 일찌기 할아버지로부터 실학사상의 영향을 받아 부패하고 낡아빠진 조정을 개혁하고 렬강들처럼 새로운 국가제도를 세워야 한다는 개화의식을 가지고있었다.
그는 청나라의 실태부터 알려주었다.

영국이 강요한 아편전쟁에서 패한 청국은 불평등한 남경조약을 받아들이지 않으면 안되였고 그로 하여 서방렬강들의 싸움판에 끌려들어 녹아나고있다.

이런 속에서 홍수전(1814-1864년)이란 사람이 자칭 《천왕》이라 하고 민란(태평천국농민전쟁)을 일으켜 남경을 점령하였다.

홍수전은 《땅이 있으면 같이 경작하고 밥이 있으면 같이 나누어먹고 의복이 있으면 같이 입고 돈이 있으면 같이 씀으로써 불공평한 일이 없도록 하여 배고파하거나 추워하는 사람이 없도록 하자.》는 《천조전무제도》란것을 공포하여 민심을 얻은 결과로 일시 넓은 지역을 차지하였지만 부하들의 권력싸움이 터져 태평천국은 급속히 쇠약해졌다.

박규수는 한숨을 쉬고나서 청나라의 태평천국을 놓고보아도 백성들을 위한 나라를 세우는 일이 간단한것이 아니라는것을 알수 있다고 하였다.

그는 앞으로 국운이 기울고있는 청나라보다도 태평양건너에 있는 미국이란 나라가 조선에 제일 큰 위협을 줄수 있다고 하였다. 왜냐하면 위력한 병선들을 끌고가서 왜나라를 굴복시킨 미국이 《조선개방안》을 가지고있다는것은 이미 비밀이 아니기때문이며 교활하고 포악한 미국이 왜놈들을 앞세우고 조선에 쳐들어올것은 불보듯 뻔한 일이라는것이다. 그러면서 박규수는 다가오는 전란을 막자면 온 나라가 잠에서 하루빨리 깨여나야 한다고 하였다.

리제마는 그 말에 림재익이며 《포태선생》이 한 말이 생각났다.

그들은 앞으로 꼭 외적들이 쳐들어올수 있다면서 그때에는 솔선 무과에 나가 급제하고 나라와 백성을 지키는 일에 앞장서라고 하였다.

그렇다, 왜놈들이 이 땅에 기여들기 전으로 사람들의 체질과 그에 따르는 약처방을 빨리 밝혀내야 한다.

리제마는 날이 거의 저물어서야 황도연의 집으로 돌아왔다.…

리제마는 날마다 찾아오는 사람들의 병을 보아주면서 틈이 나는대로 박규수가 빌려준 책 《과농소초》를 들여다보았다.

책은 수사본인데 박지원이 송도에서 동쪽으로 수십리 떨어져있는 궁벽한 산골짜기 연암협에 들어가서 자기 손으로 농사를 지어보고 쓴 책이였다. 의서도 병서도 아니였으나 제마는 읽기 시작하자 저도 모르게 책속에 빠져들어갔다.

산이 깊고 험해서 종일 가도 사람 몇명 만나볼수 없고 산새소리만 들렸다는 연암협에다 박지원은 초막을 짓고 뙈기논, 뙈기밭을 일구어 농사를 지었다.

《과농소초》에서 리제마의 심금을 울려준것은 논밭은 풍토가 차이나는데 그에 맞게 농사를 달리해야 한다는 박지원의 주장이였다.

논밭의 풍토는 벌방과 산골이 다르고 한마을에서도 음지인가 양지인가에 따라서 달라지고 지어는 한밭에서도 건습에 따라 달라지니 실농군이라면 마땅히 달라지는 풍토에 맞게 곡식종자도 골라심고 그 가꾸기도 달리하고 농쟁기까지 달리 써야 한다는것이였다.

지금까지 무심히 대해온 땅이 한밭에서도 풍토가 차이난다니 이것이 사람의 체질과 무엇이 다르랴. 또 논밭의 풍토에 맞게 농사법을 달리해야 한다고 하였는데 이것은 사람의 체질에 따라 약을 달리 써야 한다는것과 일맥상통하다.

그러니 농사군들을 도울 생각으로 다년간 산골벽촌에 나가 농사를 지어본 박지원처럼 자신도 병자들을 찾아다니면서 더 깊은 의술을 련마해야 한다고 생각했다.

한곳에 든든히 발을 붙이고 사람들의 체질과 처방을 파고든다면 반드시 그에 대한 해답이 풀려나올수 있을것이다.

그동안 황도연의 밑에서 병치료를 하다보니 의술도 더 닦고 한성의 여러 의원들에게서 터득한바도 적지 않으니 이제는 집으로 돌아가야 할것 같았다.

봄도 되여오는데 집으로 돌아가 새롭게 시작하자!

며칠후 리제마는 한성을 떠날 생각으로 황도연의 방을 찾아들어갔다.

《아, 〈함흥의원〉! 내 그러지 않아도 그댈 부르려고 하였소. 이젠 그대가 사람의 배속이 어떻게 생겼는지 들여다볼 때가 된것 같소.》

리제마가 영문을 몰라하는데 황도연은 웃으며 말을 계속하였다.

《이제는 겨울도 다 지나갔으니 길을 떠나기엔 아주 좋소. 공주에 가면 〈공주기인〉이라고 하는 내 친구가 있소. 한때 의금부에서 라졸을 산 친구인데 거기서 숱한 시체들을 다루다보니 사람들의 속을 귀신처럼 아는 재간을 가지고있소. 그 친구가 그대를 도울수 있

을거요.》

《그렇소이까?!》

그러나 리제마는 그 말에 반가움만을 느낀것은 아니였다. 집식구들이 걱정되였다. 사실 집을 떠날 때 기껏해서 몇달이면 다시 돌아갈줄 알고 떠난 길이였다. 그동안 집에서는 어떻게들 지내는지…

한성에 와있는 동안에도 그의 머리속에서는 항시 이런 걱정이 떠날줄 몰랐다.

더구나 몸이 쇠약해진 스승과 태기를 가진 한옥을 생각하면 가슴이 아파났다.

이런 먼길을 걷지 않고서는 정녕 뜻을 이룰수 없단 말인가.

불쑥 마음속의 다른 리제마가 머리를 쳐들고 꾸짖는것이였다.

그래, 《무병장생 만민복락》을 집에 앉아서 이루려고 했느냐.

객지살이 10년이란들 기어이 할바를 이루고 돌아가야 하지 않겠느냐.

리제마는 흔연히 공주로 떠나기로 마음먹었다.

7

길가의 주막집에서 아침밥을 먹고 차령고개를 넘는 리제마는 큰 기대로 하여 가슴이 울렁거렸다.

사흘걸음에 공주지경에 들어섰으니 늦어도 래일 오후쯤엔 사람의 5장6부가 어떻게 생겼는지를 속속들이 안다는 《공주기인》을 만나게 될것이다. 고재봉이라는 이 사람이 습벽도 괴이해서 반드시 술을 동이질해야만 자기의 재주를 보여준다니 술에 취해야 명화를 그리여 호까지 취옹이라 불리웠다는 김명국(17세기 화가)과 비슷한 사람일게다.

가라말을 끌고 산발을 바라보는 리제마는 한성을 떠나오면서 함흥으로 가는 인편에 공주로 향하게 된 사연을 적은 글월을 집에 보내기 잘했다고 생각하였다.

그 글월을 받아보면 한옥이 집떠난 사내의 일에 대하여 마음이 좀 놓일것이다.

리제마는 기분이 좋아져서 타고가는 말의 잔등에 실려있는 두개의 부담짝을 내려다보았다.

황도연이 고재봉에게 보내는 천필이며 약재들이 담긴 부담짝이였다.

말을 견마잡은 귀동이 앞을 가리키며 물었다.

《선생님! 저기 저앞에 멀리로 보이는 높은 산이 공주고을의 명산인 계룡산이 아니오이까?》

귀동이의 물음에 리제마는 눈길을 들어 앞을 바라보며 고개를 끄덕였다.

《분명 계룡산일게다.》

그때 앞에서 벅적 떠드는 소리가 들려왔다.

리제마도 귀동이도 놀라 소리나는쪽을 바라보았다.

언제 고개길을 내려왔는지 서쪽의 이름모를 산기슭에 마을이 있었다. 초가집들이 줄잡아 수십채 들어앉은 마을인데 온 마을이 벌둥지를 쏘셔놓은듯 소란스럽기 그지없었다. 여기저기에서 개짖는 소리, 쫓겨다니는 닭들의 자지러진 울음소리, 거칠고 걸죽한 욕설소리, 아우성소리, 비명소리…

대뜸 눈에 띄우는것은 삽짝문들을 마구 짓뭉개며 종횡무진으로 마을을 뛰여다니는 무리였다. 하나같이 손에 방망이를 들었는데 흑의를 걸치고 패랭이를 쓴걸 보면 라졸들이 분명했다.

리제마는 분이 치받쳐서 주먹을 불끈 틀어쥐였다. 주인의 마음을 엿보았는지 가라말이 뚝 멎어섰다.

라졸놈들이 후려치는 방망이에 얻어맞아 머리가 터진 사람들, 그놈들의 발길질에 채워 쓰러진 녀인들, 무서워 벌벌 떠는 늙은이들, 울부짖는 아이들…

백성들이 무슨 죄를 지었기에 백주에 라졸들이 달려들어 저러는걸가.

임금을 저주하는 무슨 대역죄라도 지었는가.

리제마는 《제발 이것만은 남겨주사이다.》 하는 녀인의 울부짖는 소리에 정신이 곤두섰다. 리제마가 지켜보는 앞에서 량볼따귀에 강엿덩이를 문듯 심술궂게 생겨먹은 라졸놈이 부엌에 뛰여들어 솥을 뽑아들었는데 녀인은 빼앗기지 않겠다고 그놈의 팔에 매달려 소리치고있었다.

《거긴 누이도 없수?》

《누이? 누인 또 뭐 말라빠져죽은 귀신이야? 내라는걸 제때에 내지

않으니 이렇게라도 하라는게 사또님의 분부시란 말이야!》

리제마는 치를 떨었다. 그러니 관가에서 백성들의 집을 털어내는 악행을 백주에 저지르고있구나.

라졸놈이 녀인을 사정없이 발로 걸어찼다.

《아이쿠ㅡ》

녀인은 모재비로 부엌구석에 나가넘어졌다.

《뭘 꾸물거려? 빨리빨리!》

어디서 나타났는지 《명주바지저고리》가 녀인이 쓰러진 집앞에서 소리쳤다.

새로 지은듯싶은 명주옷을 쭉 빼입은걸 보면 고을사또의 턱밑에 붙어 가렴주구로 백성들의 피땀을 빨아먹는 구실아치가 분명했다.

부추기면 승기를 부린다고 솥을 뽑아드든 라졸놈은 기가 살아서 다시 일어나 팔에 매달리는 녀인의 머리채를 움켜잡고 밖으로 질질 끌어냈다.

리제마는 그 순간 한평생 고된 농사일로 골병들어 쓰러져버린 외가집어른들이 생각났다.

저런 악꾸러기들때문에 나라를 먹여살리는 백성들이 제명을 못살고 쓰러진다.

그냥두면 안된다. 백두산기슭에서 닦은 무술로 백성들을 짓밟고 욕보이는 악한들을 이런 때 징벌하지 않으면 어디에 쓰라는거냐.

리제마가 두팔을 걷어붙이는데 《이놈아!ㅡ》하는 야무진 소리가 곁에서 울리며 귀동이가 쏜살같이 뛰쳐나갔다.

귀동이의 발길이 번쩍하자 녀인의 머리채를 움켜쥔 라졸놈이 악!ㅡ 소리를 지르며 상통을 싸쥐였다. 재차 귀동이의 주먹이 그놈의 명치로 날아들었다.

《헉ㅡ》

라졸놈은 배를 그러안고 푹 꼬꾸라졌다.

갑작스레 일어난 봉변에 어리둥절해섰던 《명주바지저고리》가 《얘들아, 저놈을 묶어라.》 하고 소래기를 질렀다.

여기저기에서 달려온 라졸놈들이 고함을 지르며 귀동이를 에워쌌다.

귀동은 성난 맹호마냥 펄펄 뛰며 달려드는 놈들을 걷어차고 후려쳤다.

백두산기슭에 태를 묻고 무술을 닦은 그의 재주인데 어찌 헛발이 있으랴.

우르르 달려들던 라졸놈들이 연방 비명을 지르며 나자빠졌다.

낯이 새파래서 서있던 《명주바지저고리》가 악에 받쳐 땅바닥에 나딩구는 방망이를 주어들었다.

《명주바지저고리》가 살기를 내뿜으며 귀동이를 겨누고 방망이를 높이 추켜들 때 리제마는 땅을 한번 차고 몸을 날려 어느새 그놈의 손목을 잡아쥐고 힘껏 비틀었다.

《아악―》

귀청을 째는 새된 비명을 지르는 《명주바지저고리》의 손에서 방망이가 툴렁 떨어졌다. 리제마가 어찌나도 세차게 비틀었는지 구실아치는 살가죽이 벗겨진 손목을 싸쥐고 아우성을 쳤다.

리제마는 땅바닥에서 가지처럼 생긴 돌멩이를 왼손에 집어들고 오른손으로 힘껏 내리쳤다. 그 순간 뻑!― 소리와 함께 돌멩이는 쇠메로 내리친듯 두동강이 났다.

그것을 본 라졸놈들은 와들와들 떨었다.

리제마는 두동강이 난 돌멩이를 흔들어보이며 소리쳤다.

《이놈들! 어떤 놈이든 함부로 날뛰다간 이 돌멩이꼴이 될줄 알아라.》

리제마는 《명주바지저고리》를 노려보며 엄하게 물었다.

《이놈아, 어이하여 백성들을 겁탈하는거냐?》

피가 밴 손목을 싸쥐고 《명주바지저고리》는 벌벌 떨었다.

《저, 마을놈들이… 아니, 이 마을 백성들이 몇해째나 군포를 내지 않았소이다.》

리제마는 발을 쫭 굴렀다.

《이놈아, 군포를 턱대지 말아. 자고로 봄에는 나라가 어렵더래도 쌀고간을 열어서 백성들에게 농량을 꿔주게 되여있다.

그런데 네놈들은 백주에 마을에 달려들어 농사일에 바쁜 백성들을 겁탈하다못해 솥까지 뽑아내니 이게 나라님께 충정을 바치는 일이냐?》

귀동이한테 얻어맞고 너부러졌던 라졸놈들이 기신기신 일어나 울상이 된 《명주바지저고리》의 곁에 몰켜들었다.

《똑똑히 듣거라. 다시한번 이따위짓을 하면 누구든 가차없이 큰칼을 씌울테다.》

큰칼을 씌우겠다는 호통소리에 《명주바지저고리》가 자라목이 되였다.

라졸놈들은 저희들끼리 술렁거렸다. 어느놈이 먼저 《저이가 암행어사 아니요?》 하고 수군대자 다른 놈들이 맞장구를 쳤다.

리제마는 차라리 잘되였다고 생각하였다. 권세밖에 무서운줄 모르는 저런 놈들에겐 암행어사로 행세하면서라도 혼쌀을 내는것이 나쁘지 않을것이다.

《너 이놈! 아직도 저 솥을 제자리에 가져다놓게 하지 못할가.》

《명주바지저고리》가 급해맞아 볼따귀가 축 처진 라졸놈을 쏘아보았다. 그놈의 눈찌에 덴겁을 한 라졸놈이 황황히 덤벼치며 솥을 안고 부엌으로 뛰여들어갔다.

리제마는 손을 털며 저력있게 소리쳤다.

《에끼, 이놈들! 보기도 싫다. 썩 사라지지 못할가.》

리제마의 말이 떨어지기 무섭게 달아날 구멍수만 찾던 《명주바지저고리》가 먼저 걸음아 날 살려라 달아나기 시작했다. 그놈의 뒤를 따라 라졸놈들이 큰길로 냅다 줄행랑을 놓았다.

그 꼴을 보며 리제마는 소리없이 웃음을 지었다.

리제마는 귀동이와 함께 큰길로 말을 몰았다.

점점 멀어지는 마을을 돌아보며 리제마는 암행어사란 말이 생각나 이를 사려 물었다.

《춘향전》의 리도령이처럼 암행어사가 되여 탐관오리들을 무자비하게 징벌한다면 얼마나 통쾌할가. 하긴 나라고 암행어사가 못된다는 법 없지. 이제 과거에 나가 급제만 하면 제마 너도 장차 암행어사가 될 수 있을것이다.

8

밤늦도록 길을 재촉하여 다음날 점심녘에 공주읍거리로 들어선 리제마와 귀동은 맞다들리는 사람들에게 고재봉의 집을 물었다.

《고의원》이라고 하니 의아해하던 사람들이 재차 고재봉을 찾는다고 하자 《아, 고봉사!》 하면서 그의 집이 어디쯤에 있다고 알려주었다.
《고봉사》라니? 왜 그렇게 부르는것일가.…
고재봉의 집은 부여고을로 가는 큰길옆의 장거리근처에 있었다.
그 집앞에서 리제마는 어리둥절하였다.
강대나무같이 앙상해빠진 대추나무가 뜨락에 서있는 집을 고재봉이네 집이라고 하는데 정말 이런 집에서 《공주기인》같은 한다하는 의원이 산다는것이 믿어지지 않았다.
삽짝문마저 떨어져나가서 없고 울바자는 그루터기만 있었다.
초가이영이 삭아 퇴비더미같이 되여버린 지붕우에서 말라죽은 쑥대들이 바람에 떨고있었다. 방문이며 부엌문이며 하나같이 찌글써하고 토방은 반나마 무너져내렸는데 처마의 서까래들엔 거미줄이며 그을음같은것들이 엉겨붙어 귀신이 사는 산신당같아보였다.
역시 눈이 휘둥그래있던 귀동이 소리쳤다.
《의원님! 계시오이까?》
《…》
응답이 없는것을 보면 분명 허튼데로 온것 같은게 장거리로 다시 가야 할것 같았다.
리제마가 장거리에 들려 술장사에게 청주 두동이를 보내달라고 부탁했던것이다.
귀동이 지꿎게 소리쳤다.
《주인님! 주인님, 계시오이까?》
집안에서 처녀애의 말소리가 새여나왔다.
《할아버지, 밖에 누가 찾아왔어요.》
《허 — 우리 집에 누가 찾아오겠느냐?》
《틀림없이 우리 집을 찾는 소리예요.》
《그렇다면 나가보려무나.》
방문이 열리더니 《누굴 찾으시나요?》하는 초랑초랑한 목소리가 울렸다.
리제마의 얼굴에 웃음이 실렸다. 눈을 올롱히 뜨고 문앞에 나와선 계집애는 퍽 귀염성스럽게 생겼다.
《너의 할아버님이 의원이시냐?》

처녀애는 고개를 저었다.
《우리 할아버지는 의원이 아니와요.》
그러니 진짜 집을 잘못 찾아왔구나. 그럼 그렇겠지. 한다하는 《공주기인》이 이런 오막살이같은 집에서 살수가 있나.
《그럼 잘있거라.》
리제마가 돌아서려는데 《가만! 길손은 누구를 찾소?》 하는 웅글은 목소리가 방안에서 울려나왔다.
리제마는 이상하게도 그 목소리에 마음이 끌렸다
《예, 함자가 고재봉이라는 의원을 찾소이다.》
방문을 나선 로인이 처녀애의 손목을 잡고 다시 물었다.
《고재봉은 왜 찾소?》
《예, 저는 한성에 계시는 혜암선생님의 제자인데 그분의 친구되시는 고의원을 만나고저 하오이다.》
《내가 고재봉이요.》
리제마는 믿어지지 않아 토방에 선 로인을 한동안 멍하니 바라보기만 하였다.
사람의 배속까지 척척 들여다본다는 의원의 집꼴이 이럴수 있는가. 몸에는 누덕누덕 기운 베옷을 걸치고…
귀동이 슬며시 다가와 리제마에게 조용히 귀띔하였다.
《선생님, 이 집 할아버님이 앞을 보지 못하는것 같소이다.》
《?!…》
《바로 보았네. 난 눈먼 사람일세.》
앞을 못 보는 사람은 귀가 밝다더니 고재봉은 귀동이 귀띔하는 말을 가려들은것이였다.
아, 《공주기인》의 눈이 멀다니. 그래서 사람들이 《고봉사》라고 하였구나.
《의원님!》
리제마는 목이 메여 두손으로 고재봉의 손을 덥석 부여잡았다.
두사람이 손을 잡고 인사말을 나누는 사이 귀동이는 장거리에서 받아온 음식들을 방안에 차리였다. 술동이까지 있어 그만하면 괜찮게 차린 점심상이였다.
음식상에 둘러앉아 리제마가 대접에 술을 붓는데 고재봉이 손을 내

저었다.
《난 술을 못하오.》
리제마는 가슴이 덜컥하였다. 갑자기 무슨 언짢은 일을 당했기에 《술고래》라는 사람이 딱 잡아떼는걸가.
《다르게 생각지 마오. 세상이 날 보고 술도깨비라느니 술이 길다느니 했지만 난 술을 끊은지 오래오. 더구나 오늘이야 혜암이 보낸 귀인을 만난 날인데 이 기쁜 날에 정신이 흐려서야 되겠소?》
고재봉은 수염을 어루만지며 강개한 어조로 말했다.
《혜암이 사람을 보냈으니 이젠 눈을 감아도 한이 없겠소.》
《의원님!》
《고마우이, 먼길을 와주어서. 난 혜암이 사람을 보내오기만을 학수고대해왔소. 내가 앞을 볼적에 써놓은걸 넘겨주지 못한다면 죽어도 어찌 눈을 감을수 있겠소? 이젠 됐소!》
고재봉은 앞을 보는듯 상을 가리켰다.
《먼길에 기갈이 심했을텐데 어서 드소.》
상을 물리자 고재봉은 장죽에 담배불을 붙여물고 살아온 지난날을 털어놓았다.
고재봉은 소꿉시절에 황도연과 이웃에서 살았다. 어려서 량친부모를 다 잃은 그를 가엾게 여긴 숙부가 자기 자식들은 엄두도 못내는 서당에 넣어주었다. 거기서 고재봉은 황도연과 한자리에 앉아 글을 배웠다.
창원고을적으로 의술이 제일 높은 서당선생은 글눈이 뛰여난 그들에게 의술을 가르치였다.
하여 고재봉과 황도연은 승벽내기로 의술을 배웠다. 서당을 마치게 되였을 때 그들은 의원노릇을 할만치 의술이 괜찮았다.
늙어 운명하기에 앞서 서당선생은 총애하는 두 제자를 불러들이고 꼭 명의가 되라는 유언을 남기였다. 그날 두 제자는 눈물을 흘리며 병으로 고생하는 사람들을 구제하는 이름난 의원이 될것을 다짐하였다.
밥술이나 먹는 덕으로 황도연이 만사를 전폐하고 의술을 닦을 때 가난한 고재봉은 낮에는 숙부와 함께 농사를 짓고 밤에는 의서를 읽었다. 그러다가 의금부 라졸로 뽑혀 한성으로 올라갔다. 그 이듬해 고재봉은 함께 군사를 살던 늙은 군졸의 중매로 공주처녀에게 장가를 들었다. 공주처녀는 늙은 군졸의 조카였다.

무슨 액운이 서리였는지 고재봉에게는 무서운 불행이 따라다녔다.

사위의 뒤바라지를 해주던 가시어머니가 먼저 쓰러지더니 뒤따라 무던한 가시아버지까지 세상을 떠났다. 몇해후에는 안해마저 병들어 죽었다. 할수없이 고재봉은 군사를 그만두고 어린 아들이 남아있는 공주의 처가집으로 내려왔다.

홀아비가 된지 얼마 안되여 고재봉은 제대로 먹지 못해서인지 갑자기 앞이 보이지 않았다. 눈뜨고도 볼수 없는 폭맹에 걸렸음을 알았으나 가난에 쪼들리다보니 값비싼 약재들을 구할수 없었다. 앞을 보지 못하고서야 살아 무엇하랴.

고재봉은 죽고싶었으나 그렇게 할수 없었다. 어린 아들을 외로이 남겨두고 어떻게 목숨을 끊을수 있단 말인가.

심봉사가 심청이 기르듯 갖은 고생속에 힘겹게 키운 아들은 장가든 그 이듬해 성쌓는 부역에 나갔다가 무너져내린 바위에 깔려 죽고말았다.

설상가상으로 시름시름 앓던 며느리마저 딸 하나를 남겨놓고 지아비를 따라갔다.…

걷잡을새없이 쏟아지는 눈물이 리제마의 얼굴을 푹 적시고말았다.

세상에 이런 기구하고 불행한 사람도 있을가.

밤이 깊어 자리에 누웠으나 리제마는 온밤 잠들수 없었다.

9

리제마는 며칠째 고재봉의 집 웃방에서 그가 넘겨준 책을 보고있었다.

100매가 넘는 참지를 묶어 만든 두터운 종이뭉테기였다.

지금껏 고금의 의서들을 많이 읽어보았지만 고재봉이 쓴것과 같은 책은 본적이 없었다.

이런 책은 동양에든 서양에든 있어보지 못했을것이였다.

리제마는 벌써 몇번이나 읽어본 책의 서두를 다시 펼쳐놓았다.

고재봉은 서두에 이 책을 쓰지 않으면 안되게 된 동기를 서술하였다. 그 동기가 흥미진진하기 그지없었다.

고재봉이 의금부 라졸로 뽑혀 한성에 올라간지 한해가 지난 어느 여름날이였다.

그날 그는 지금은 고인이 된 우참찬 서유구(1764-1845년)의 집에 불리워가게 되였다.

워낙 인정이 헤프고 의술이 좋은 그는 군사들과 의금부주변 마을사람들속에서 인기가 있었다.

병자가 있으면 제 집 식솔처럼 여기고 뛰여다니며 고쳐주니 의금부의 관리들까지 그를 자기 집으로 청해가군 하였다.

그날도 고재봉은 서유구의 손녀가 갑자기 앓으니 병을 보아주라는 의금부 도사의 분부를 받은것이였다.

고재봉은 한달음에 서유구네 집을 찾아갔다.

의정부(조선봉건왕조시기 최고통치기관)에서 우참찬의 높은 벼슬을 지내는 서유구는 이전에 리조판서, 병조판서를 력임한바 있어 권세가 대단했다.

고재봉의 걸음이 가벼워진것은 이번 기회에 한번 솜씨를 보여주고 벼슬을 얻어볼가 해서가 아니라 백성들을 위해 쌓은 서유구의 공적에 마음이 끌려서였다.

가난한 사람들은 고구마로 끼식을 에우면서 서유구를 생각했고 그를 오늘의 문익점이라고 칭찬들을 했다.

일찌기 호남과 령남의 여러 고을들을 순행하면서 굶주림에 시달리는 백성들의 처지를 가슴아프게 여긴 서유구는 어떻게 하면 흉년을 구제할가 고심하던중 다른 나라에 사신으로 가는 한 친구에게 소출이 높다는 고구마를 부탁하여 들여오게 하였다. 그리고 여러해동안 갖은 애를 다 써서 가져온 고구마의 풍토순화를 성공시켰다.

고구마는 맛도 괜찮고 근기도 있는데다 보다는 다른 작물들보다 가물이 들고 큰물이 져도 소출이 많이 나서 흉년에 가난한 사람들을 살려줄수 있었다. 고구마야말로 흉년에 백성들을 구제하는 귀물이였다.

서유구는 고구마농사에 대한 농서 《종저보》까지 써내여 백성들의 생활에 기여하였다.

이런 사람이 진짜 나라를 사랑하고 백성을 중시하는 충의지사가 아니겠는가.

서유구네 집에 가보니 대여섯살난 계집애가 배를 그러안고 태질하고

있었다. 새우젓밖에는 별다른 음식을 먹인것이 없는데 갑자기 배를 그러쥐고 게우며 설사한다는것이였다.

고재봉은 제꺽 계집애가 곽란(식중독)에 걸렸다는것을 알아차리고 지체없이 양버들나무(뽀뿌라나무)의 가지를 꺾어다 한줌 달여먹였다.

아이는 약물을 받아마신지 한시간쯤 지나자 언제 배를 아파했던가싶게 일어나서 뛰놀았다.

서유구네 집 식구들은 그것이 너무도 신기하여 고재봉의 손을 잡고 명의중의 명의라고 치하하였다. 사랑방으로 고재봉을 불러들인 서유구는 의술을 닦는데 도움이 될거라면서 의서 한책을 내주었다.

서유구의 친구가 청나라에 갔을적에 사온 책이라는것이였다.

의금부로 돌아온 고재봉은 그 책을 펼쳐보았다. 서방의원들의 전기를 묶은 책인데 고재봉에게 깊은 감명을 주었다.

고재봉은 서방이 《천하의성》이라고 하는 히포크라테스(그리스의 의학자, B.C. 460년경－B.C. 377년경)의 의술업적을 읽고 탄복을 금치 못하였다.

인체해부로부터 병을 진단하고 약물의 적용, 병자를 대하는 의원의 자세에 이르기까지 60여편의 방대한 의서를 남기였다니 어찌 탄복하지 않을수 있으랴.

고재봉이 큰 충격을 받은것은 영국의 의학자였던 하비(1578－1657년)가 내놓은 혈액순환에 대한 리론이였다.

죽은 사람의 몸에 칼을 댈수 없다는 국법을 무릅쓰고 시체들을 남몰래 해부해본 하비는 의서 《심장의 운동》을 내놓아 서방에서 천년이상이나 법처럼 물려온 갈레노스(그리스의 의학자, 129－199년)의 리론을 완전히 뒤집어놓았다.

갈레노스는 사람의 몸에서 피는 저절로 동맥과 정맥을 통하여 온몸에 흘러 심장으로 돌아오는데 좌우심실사이의 격벽을 통하여 그 피가 좌심실로 들어온다고 주장하였다.

그러나 하비는 이를 부인하고 심장이 자기스스로 줄어들며 이때 줄어드는 힘에 의하여 피가 심장에서 동맥으로 밀려나가서 모세동맥으로부터 모세정맥으로 흐르며 정맥변의 작용으로 피가 이동한다는 혈액순환의 정설을 내놓았다.

고재봉은 서방에서 사람의 몸에 피가 도는 리치를 알아냈다면 자기는 사람의 5장6부가 구체적으로 어떻게 생겼으며 보다는 그 기능이 어떠한가를 알아내고싶었다. 그것을 알아낸다면 병을 일으키는 원인도 그 치료비방도 밝힐수 있을것 같았다. 고재봉이 그런 마음을 가지게 된데는 자신이 있어서였다.

의금부의 옥에는 숱한 죄인들이 갇혀있었다.

어느 하루도 의금부에서는 죄인들의 울부짖음소리가 그치지 않았다.

고재봉에게는 심문을 당하는 죄인들의 상처를 보아주고 죽은 죄인들의 시체를 매장하는 일감이 맡겨졌다.

태반이 머리나 팔다리가 떨어져나간 시체들이였다.

고재봉은 시체들을 매장하기에 앞서 해부하여보고 그 실태를 빠짐없이 적어두었다. 동시에 그는 목을 치게 되여있는 죄인들과 접촉하여 그들의 체격이며 용모, 살갗상태, 성격 하다못해 좋아하는 음식만이라도 알아내여 써놓았다.

리제마는 글줄의 한 대목에 눈길을 주었다.

《나이 31살, 체격은 큰편이다. 하체는 실하고 상체가 허했으나 옥살이로 몸이 쇠약해졌다. 목은 짧고 가늘며 동작은 굼뜬편이다. 얼굴은 검고 듬직해보인다. 살갗은 두껍고 땀구멍이 크다. 참고 견디는 의지가 세서 매를 칠 때에 비명이 적다. 본인이 하는 말은 맵고 더운 음식, 고기와 술을 좋아한다고 하였다. 죽은 다음 배안을 보니 다른 사람보다 간은 크나 신장과 비장은 엇비슷하고 페는 작았다.》

다음대목은 이러했다.

《나이 35살, 체소하고 하체가 실하나 상체는 허하다. 엉뎅이가 크고 가슴통이 좁다. 얼굴은 둥글고 아련하며 얌전하게 생겼다. 살갗은 부드럽고 살발이 가늘다. 성질은 온순하고 조용하며 결을 잘 주지 않는다. 대체로 더운 음식을 좋아한다. 다른 사람에 비해서 신장이 크고 비장은 작으나 간과 페는 비슷했다.》

리제마는 비로소 5장의 크기가 체격이 크면 크고 작으면 작은것이 아님을 알수 있었다.

5장의 크기가 상체와 하체의 실한가 허한가에 따라 좌우된다는것은 실로 가치있는 발견이 아닐수 없었다.

고재봉은 책의 마감에 자기가 세운 뜻은 5장6부의 구체적인 기능을 알아내여 사람에게 병이 생기는 원인을 밝혀내고 치료처방을 찾아내는것이였는데 그만 가난에 빠져 그끝을 보지 못한것이 한스럽다고 썼다.

이것만 보아도 고재봉이 의술에 얼마나 뜻을 높이 세웠던가를 알수 있었다.

책을 보면 볼수록 고재봉의 남다른 수고가 헤아려져 머리가 숙어졌다.

10

리제마는 귀동이와 함께 중풍에 든 병자를 치료하고 돌아오고있었다.

요즘은 도처의 마을들에서 병을 봐달라고 청해오는 사람들이 많아 눈코뜰새 없었다.

며칠만 공주에 머무르고 함흥으로 돌아가자고 했는데 죽지 못해 살아가는 고재봉의 형편을 보고 발이 떨어지지 않아 하루이틀 늦잡는 사이 명의라는 소문이 나서 발목을 묶인것이였다.…

어느새 봄이 지나가고 여름이 왔다.

리제마는 여전히 공주에 머물러있으면서 사람들의 병을 보아주고있었다.

집에서는 한옥이 눈이 빠지게 기다리겠는데 북행길을 타자니 병자들이 앞을 가로막았고 고재봉이 또한 마음에 걸렸다.

어느 고을이나 다를바 없지만 공주고을은 병자가 더 많은것 같았다. 공주가 벌방의 큰 고을이다보니 인총이 붐비여서일것이였다.

당장 의원의 손길이 가닿지 않으면 잘못될수 있는 숱한 병자들을 두고 제 집 사정이 급하다고 해서 어떻게 떠나갈수 있단 말인가.

그도 그렇고 당장 도와주지 않으면 고재봉의 두 식구가 다 굶어죽고 말것이다.

어떻게 하나 고재봉의 집살림을 추세워주고 가도 가야 한다.

리제마가 이런 생각에 묻혀 머리를 수굿하고 장거리를 지나가는데 《게 섰거라!》 하는 호통소리가 앞에서 울렸다.

리제마는 놀라 눈길을 들었다.

뜻밖에도 안면이 있는 《명주바지저고리》가 앞을 가로막고있었다.

그자의 뒤에 대여섯의 라졸들이 창대를 꼬나들고있었다.

귀동이 앞으로 나가며 소리쳤다.

《왜 남의 앞을 막는거요?》

《명주바지저고리》가 삿대질을 하며 씨벌였다.

《왜냐구? 벌써 잊었니? 관가어르신을 모욕하고도 무사할줄 알았는가. 내 여직껏 네놈들을 찾아다녔다.》

리제마는 입술을 지그시 깨물었다.

이거 함정에 빠졌구나. 이럴줄을 내다보지 못하고 공주에서 오래 묵은것이 잘못이로구나. 자칫하다간 형틀에 매일수 있겠다.

귀동이 성이 나서 맞섰다.

《흥! 가소롭다. 우리 선생님의 머리칼 하나라도 다쳤다간 네놈들의 대갈통이 박살날줄 알아라. 그래도 비키지 못하겠어?》

《뭐가 어쨌어? 얘들아, 요놈부터 오라를 지워라.》

《명주바지저고리》의 호령에 라졸들이 귀동이를 둘러쌌다.

리제마는 그제야 입을 뗐다.

《그래, 나에게서 뭘 바라느냐?》

《곱게 오라를 지고 사또님에게 가자는게다.》

《가만! 너희들이 곱게 가자 하면 내 발이 따를것이요, 오라를 지우겠다 하면 이 주먹이 말을 듣지 않을것이다.》

리제마의 웨침소리에 《명주바지저고리》는 목을 쑥 움츠렸다.

법보다 눈앞의 주먹이 무섭다고 서뿔리 덤비다가는 뼈도 추리지 못할것이였다.

《명주바지저고리》는 한결 기세가 꺾여 떠듬거렸다.

《좋다, 곱게 걸으면 오라는 지우지 않겠다. 그러나 달아날 틈을 노린다면 그땐 목없는 귀신이 될줄 알아라.》

리제마와 귀동은 라졸들의 뒤를 따라 공주관가로 갔다.

길가에서 라졸들에게 끌려가는 리제마를 보고 놀랜 사람들이 떼를 지어 우르르 뒤를 따랐다.

《함흥의원》이 잡혀간다는 소문이 퍼지자 따라오는 사람들의 수는 삽시에 수백명으로 불어났다.

리제마가 관가에 들어서니 동헌뜨락에 형구가 놓여있고 대청마루에는 장죽을 입에 문 고을원이 거드름스럽게 앉아있었다.
리제마와 귀동을 잡아들인다는 전갈을 받고 형구를 차려놓은것이 였다.
리제마는 눈앞이 캄캄했다.
정말로 잘못 걸렸다. 제발로 형구를 지고온셈이 되고말았으니…
《명주바지저고리》는 공주관가의 형방이였다.
형방이 대청마루아래의 퇴돌로 다가가 허리를 굽신거리며 목청을 돋구었다.
《사또님께 아뢰오. 범인들을 잡아왔소이다.》
고을원이 장죽으로 뜨락에 선 리제마를 삿대질하였다.
《어째서 저놈에게 오라도 지우지 않았느냐?》
리제마는 이럴 때 머리를 숙이기 시작하면 죽는 길밖에 없다는것을 깨달았다.
이러나저러나 맞서보아야 한다.
《사또님은 어찌하여 알아보지도 않고 저희들을 나쁜 놈이라고 하는 것이오이까?》
사또가 게거품을 한입 물고 목청을 돋구었다.
《너 이놈! 그래 네놈들이 관장의 령을 받들고 일을 하던 형방에게 매를 안기지 않았단 말이냐? 무엄하게도 암행어사라 한것은 또 무어고? 열백번 릉지처참을 해도 남을 죄란 말이다.》
리제마는 사또를 마주보며 입을 열었다.
《나라법에 농사철에는 대역죄, 살인죄를 내놓고는 송사를 하지 않게 되여있소이다. 그만큼 농사가 중하기때문이옵니다.
나라님께서도 밭에 나가시여 곡식을 뿌리는 봄철에 전해의 빚을 빨아들인다고 사또께서 라졸들을 풀어놓아 마을을 분탕칠하는게 옳은 일이오이까? 소인은 사또님께서 대역죄를 저지른 무리이거나 화적들이 사는 마을도 아닌 곳에 라졸들이 백주에 무리로 달려들어 무고한 백성들을 릉욕하고 가산을 마스고 솥을 뽑아내는것과 같은 악행을 시켰을리는 만무한줄로 아옵니다.
이는 〈경국대전〉(조선봉건왕조의 법전)에 심히 어긋나는 범행이온데 이 일은 전적으로 탐욕무도한 저 형방이 제 배를 불리자고 한짓인줄 알고 말을 한것이옵니다.》

이때 동네의 좌상들임이 분명한 늙은이 서넛이 들어와 뜰에 무릎을 꿇었다.
《저건 웬놈들이냐?》
형방의 낯은 새까맣게 질리였고 사또는 말문이 막혀 붕어처럼 입을 쩝쩝거리며 어느새에 몰려와 관가밖에서 웅성거리는 백성들의 무리를 보고 눈이 휘둥그래졌다.
《사또께옵서 부디 의원님께 벌을 내리지 말아주시오이다. 우리 공주고을의 수많은 병자들의 목숨이 저 의원의 손에 달려있소이다. 그가 없으면 우리 공주땅에 떼죽음이 나게 되오이다. 부디 죄를 다스리지 말기를 청하나이다.》 하고 동네 좌상로인들이 간청했다.
리제마는 눈굽이 축축해짐을 느꼈다.
타지에서 잘 알지도 못하는 백성들이 이렇게까지 도와나설줄은 몰랐다.
사또가 눈만 데룩거리고있는데 귀동이 한걸음 나서며 야무지게 말했다.
《사또님! 우리 선생님은 한성에서 명의로 알려진 혜암선생님의 제자인줄 아오이다. 혜암선생님은 령의정대감, 령돈녕부사대감과 같은 조정대감들과 절친한 사이옵니다.》
리제마는 그만 기분이 잡쳐 《그만하지 못할가?》 하고 소리쳤다. 아무리 헤여나올수 없는 궁지에 빠졌대도 불의한자들의 추한 이름을 내대면서까지 위험을 면하고싶지 않았다.
그러나 일단 열려진 귀동이의 입은 막을수 없었다.
《우리 선생님의 이번 걸음은 환재 박대감어르신께서도 알고계신줄로 아옵니다.》
사또는 자기를 빤히 쳐다보며 들이대는 귀동이를 피해 눈길을 돌렸다.
그러자 제마를 내놓으라고 웅성대는 백성들의 모습이 눈앞을 가로막았다.
상대를 잘못 골라 잘못 다친셈이다. 웬만큼 배짱이 센 놈도 관가에 끌려오면 초죽음을 당한것처럼 후줄근해지기마련인데 저 사람들은 고을관가쯤은 개잘량으로 아는지 기품이 여간 당당하지 않다. 확실히 뒤가 든든해보인다.

공주사또는 땅에 엎드려있는 늙은이들에게로 시선을 내리웠다. 그리고는 느릿느릿 말했다.
《너희들의 말대로 내 알아들었으니 돌아들 가라.》
그것은 리제마와 귀동이에게 하는 말이기도 하였다. 리제마와 더 말해봤자 본전도 건지지 못할것 같았던것이다.
《어서 돌아들 가라!》
그는 손을 내젓고말았다.

11

한옥은 하루종일 조가을을 하며 가끔 동구길을 바라보고있었다.
오늘 아침에도 까치가 울었다. 리제마가 림재익을 따라 이 집에 들어온 첫날에 심은 그 황철나무우에 앉아서 우짖는 까치였다.
이제는 황철나무가 거목으로 자랐다.
아침에 까치가 울면 귀한 사람이 온다고 했다.
어제는 거미가 천정에서 줄을 드리우고 데룽데룽 내려왔었다.
거미가 줄을 늘이며 내려오면 기다리는 님이 온다고 했다.
한옥은 이번에는 거미도 까치도 헛기별을 하지 않을거라고 생각하였다.
그래서인지 정말 오늘 낮에 인편으로 글월 한장이 날아왔다. 그렇게 기다리고기다리는 남편이 써보낸것이였다.
한옥은 기쁨에 눈물을 흘리며 글줄을 더듬었다.
이번까지 두번째로 받았다.
지난해 써보낸 글월에서 리제마는 황도연네 집에 들어서 아무 불편없이 지내며 많은 사람들의 병을 고쳐주고 안면도 넓혔다면서 꼭 만나야 할 기인이 있어서 공주로 간다고 하였다.
오늘 온 글월에서 리제마는 아무래도 공주에 좀더 머물러야 할것 같다고 했다. 《공주기인》의 집살림도 돌봐주고 보다는 공주에 병자들이 많은데 그들의 병이 함흥사람들이 걸리는 병과 좀 다르다고, 바로 그것을 밝혀내면 집떠난 보람이 있을것 같다고 하였다.
마음이 놓인다. 뭐니뭐니해도 객지에서 남편의 몸이 건강하다니 됐고 바라는바를 이루고있다니 됐다.

개꼬리같은 이삭이 무겁게 실린 조대들을 베여나가는 한옥의 머리속은 온통 리제마 생각뿐이였다.

그동안 죽었다는 부고를 띄우지 말라는 외할아버지의 유언을 지켜 장례를 치르고 리씨가문의 대를 이어줄 아들자식도 낳아서 두 아이를 키운다.

생남했다는 소식과 아들의 이름을 지어보내라는 기별을 남편에게 보낼수 있다면 얼마나 좋을가.

고생끝에 락이라고 남편이 뜻을 이루고 돌아오면 그동안 못 누린 기쁨을 한껏 맛보리라.…

한옥이 하루하루 돌아오기를 손꼽아 기다리고있을 때 리제마는 여전히 고재봉의 집에 묵고있었다.

찾아오는 병자들은 줄어들지 않고 오히려 늘어만 갔다.

침 한대면 쑤시던 팔다리가 거뿐해지고 그가 내준 탕약을 몇번 받아마시면 해묵은 속탈까지 뚝 떨어진다고 소문이 나서 공주고을만이 아니라 이웃고을들에서까지 병자들이 찾아온다.

확실히 여기 사람들에게 생기는 병은 북관사람들이 걸리는 병과 차이가 있었다.

함경도사람들은 주로 찬바람, 랭기에 의해 생기는 해소병(기침병)과 풍온(폐염)이 많다면 공주사람들은 더위와 습기로 인한 설사나 리질이 많았다.

그렇다면 지대와 풍토에 따라서 사람들에게 생기는 병도 달라진다는것이 아닌가.

의원이라면 마땅히 한 고을, 한 지역이 아니라 8도강산, 온 나라 모든 고장 사람들의 병을 고치려 애써야 할것이다.

지역에 따라서 사람들이 걸리는 병이 달라진다는것을 확증하면 그것이 사람의 체질에 따라서 약의 효험이 달라지는것을 밝혀내는데 도움이 되지 않을가.

하여간 이것부터 확증하자.

한옥이에게 한두해 더 공주에 머물러있겠다고 인편에 글을 써보냈으니 마음놓고 달라붙자.

하여 리제마는 사람들의 병치료와 함께 의술연구에도 더욱 전심하였다.
　공주고을에도 제노라 하는 의원들이 적지 않았다.
　리제마는 병치료로 바쁜 속에서도 여러 의원들을 만나 의술에 대한 의견도 허심탄회하게 나누었다. 때로는 질병의 발병원인을 가지고 날이 밝은줄도 모르고 격렬한 론쟁을 벌리기도 하였다.
　하지만 그들에게서 사람의 체질을 가르고 그에 맞는 약처방을 지어내는데 필요한 도움은 별로 받을수가 없었다.
　리제마가 팽이처럼 돌아가며 병을 진단하고 약처방을 내주면 귀동이가 처방대로 약을 지어냈다.
　귀동이 하는 일이 한가지 늘어났다. 그것은 약을 받아먹은 병자들의 병이 나아지는 상태를 알아내여 글로 남기는 일이였다.
　리제마가 포태골에서 의술을 배우겠다고 나선 귀동이에게 선참으로 배워준것이 약초를 가려보고 병자의 맥을 짚어보는것이 아니라 글짓기였다.
　글을 잘 알아야 의서에 씌여진 글뜻을 풀어볼수도 있고 자기가 쌓은 의술을 의서로도 남길수 있다는것이 그의 지론이였다.
　리제마는 가난한 사람들의 병은 거저 보아주었지만 부자들한테서는 약값을 꼭꼭 받아냈다. 그렇게 받아낸 돈으로 고재봉의 집을 고쳐지었고 살림밑천도 장만해주었다.
　고재봉이 이제는 타지에서 그만 세월을 보내고 함흥으로 떠나라며 등을 떠밀었지만 그렇게 할수 없었기에 마음먹고 도와줄바엔 좀더 도와주고 명년 봄쯤에 떠나자고 속다짐한 제마였다.
　오늘도 제마는 아침일찍 요기를 하고나서 찾아온 병자들을 방으로 불러들였다. 오늘은 처음부터 녀인들이였다.
　첫눈에 방 한켠에 쭈그리고앉은 두 녀인이 무슨 병으로 찾아왔는지 알수 있었다.
　두 녀인은 다 스물댓살 나보이는데 생김새는 판판 달랐다. 한 녀인은 실로 왜장녀라고 할만 했다.
　허우대가 두드러지게 큰 녀인을 왜장녀라고 한다. 그 녀인은 어찌나 큰지 앉은키도 보통사내보다 반뽐가량은 크고 선키는 리제마보다 머리 하나는 더 컸다. 얼굴은 크고 둥글며 활달해보였다.
　반대로 다른 녀인은 키가 작고 아련하고 얌전하게 생겼다.

두 녀인은 어데가 아파서 왔다는 말은 꺼내지 못하고 죄를 진 사람처럼 고개를 숙이고 앉아만 있었다.

리제마는 그들이 아이낳이를 못해본 녀인들이며 그때문에 왔으리라고 생각했다.

녀인이 아이를 낳지 못하는것은 대체로 병에 걸려서이기도 하지만 한 이불속에 드는 사내의탓이기도 했다.

리제마는 두 녀인을 가까이 나앉게 한 다음 두손으로 동시에 그들의 맥을 짚어보았다.

병세를 물어보지 않고도 짐작할수 있었다.

두 녀인은 다같이 늘 아래배와 손발이 차다고 할것인데 차이가 있다면 체소한 녀인은 웃배까지 차다고 할 때가 많을것이고 키큰 녀인은 잔등이 시리고 팔다리가 가끔 저리면서 아프다고 할것이였다.

그건 다 랭병이 심해서 그렇다. 랭병이 심하니 무자(불임증)에 걸려 아이를 낳을수 없는것이다.

녀인들에게 있어서 랭병은 만병의 근원인데 그것은 늘 고되고 진일에 부대끼다보니 생기는 병인것이다.

안색을 보니 두 녀인이 다 얼굴이 누르끼레하고 여위였다. 그렇다면 어지럼증도 있을것이였다.

리제마는 쑥스러워하는 녀인들을 위로하여 말했다.

《너무 근심들 마소. 이제 약을 좀 쓰면 태기가 있게 될것이고 그러면 시부모님들의 귀염을 받을수 있소.》

두 녀인의 얼굴이 밝아졌다.

아이를 배게 해주려면 랭병부터 떼주어야 했다.

리제마는 약처방을 내리였다.

체소한 녀인은 비위허한증에 해당되는 랭병이니 포부자, 포건강이 들어간 부양조위탕이 좋겠고 키큰 녀인은 풍한증에 속하는 랭병이라 인삼과 차조기잎이 들어간 삼소음이 맞을것이였다.

리제마는 그들에게 60첩씩 약을 지어주었다.

《이 약을 한번에 한첩씩 하루 두번 끼니사이에 달여먹으시오.

될수록 덥게 하고 동침하소. 이 약을 다 쓰고나서 다시 찾아오시오. 그때 다른 약을 내여주겠소. 그 약을 두달가량 받아쓰면 반드시 알 도리가 있을거요.》

약을 받아든 녀인들은 고맙다고 거듭 절을 하고 돌아갔다.

리제마가 숨을 좀 돌릴가 하는데 급한 기척소리에 이어 방문이 열리였다. 귀동이가 들어와 대뜸 꿇어엎드리기부터 했다.

《선생님! 불쌍한 랑자를 살려주사이다.》

《?!…》

리제마는 밑도 끝도 없는 소리에 그를 바라보기만 했다.

귀동은 오전에 효가마을을 다녀오게 되여있었다.

그 마을에 적취에 걸린 늙은이가 살고있다. 예로부터 적취는 고치지 못하는 병으로 알려져있다.

두달전에 효가마을에 사는 젊은이가 자기 아버지를 업고와서 제발 살려달라고 애원하였었다.

리제마는 오독도기를 섞은 약을 그에게 내주었다.

오독도기는 독성이 몹시 세서 벌레까지 죽일수 있었다.

리제마는 옴이나 악창에 바르는 독한 약초로 알려진 오독도기를 대담하게 약처방에 넣어주었다. 옛적의 의서들에도 오독도기를 적취에 썼다는 기록이 있었던것이다.

그 오독도기가 신비한 효험을 냈는지 배아픔이 매우 심해서 고통스러워하던 병자가 미음도 받아먹고 기운이 나서 바깥출입을 한다는 기별이 왔다.

그 말이 믿어지지 않아 제마는 귀동이를 보내여 사실여부를 알아보라고 했었다.

그런데 알아오라는데 대해서는 일언반구도 없이 난데없이 처녀를 살려달라는 소리뿐이다.

《대체 무슨 일인지 바로 말해야 알지?》

그제야 제정신으로 돌아왔는지 귀동은 먼저 효가마을에 가서 늙은 병자를 만나본것부터 이야기를 시작했다.

병자가 병이 차도가 커서 인사를 차리러 오겠다고 한다는 소리에 리제마는 한없이 기뻤다. 지옥사자의 명부에서 또 한사람을 지워버린셈이였다.

그런데 바로 그 옆집에 골병을 앓은적 없이 다리에 병이 들어 일어나앉지도 못하는 처녀가 있다는것이였다. 오늘 아침에 그 처녀가 그런 병을 안고 일생 살바에는 차라리 죽겠다고 하여 큰 소동이 일어났다고 한다.
《그래서 선생님…》
리제마는 자리에서 일어섰다.
《어서 가자!》

12

리제마는 뛰다싶이 앞서걷는 귀동이를 따라 부지런히 길을 재촉했다.

효가마을은 공주 동쪽으로 고재봉의 집에서 10리가량 떨어져있었다. 알아보니 동병상련(같은 병을 앓는 사람들이 서로 가엾게 여기는것.)이라고 적취에 걸려 고생하던 효가마을로인이 자기 병이 눈에 띄우게 차도가 생기자 다리병으로 걷지를 못하는 옆집처녀를 동정하여 귀동이에게 살려달라고 간청하였던것이다.

처녀는 타고난 앉은뱅이는 아니였다.

집이 몹시 구차하여 어렸을적부터 삯빨래를 하였는데 몇해전 멀쩡하던 다리가 점점 쑤셔나기 시작하며 참을수 없이 고통스럽더니 이내 걸을수조차 없었다. 그러다가 나중에는 주저앉아버리게 되였다.

사람이 천냥이면 눈이 팔백냥이라지만 그건 다 두다리가 온전할 때 하는 소리다. 두다리를 쓰지 못하는 사람은 날개잃은 새와 같은데 그런 인생이 얼마나 가긍할것인가.

시집갈 나이에 두발이 묶이워 구들신세를 지고있으니 본인당자도 그렇겠지만 부모된 사람의 가슴엔 재가 한가득 차있을것이였다.

《선생님! 이 마을이오이다.》

양지바른 산기슭에 초가집들이 웅기중기 들어앉았는데 가지가 휘여지도록 감이 주렁진 감나무들로 가려있었다.

처녀의 집은 마을의 한쪽변두리 개울옆에 있었다. 삽짝문이 활짝 열려진 마당에서 사람들이 서성대며 이쪽을 바라보는것으로 보아 인차 오마고 한 귀동이의 말을 믿어 기다리는것이 틀림없었다.

리제마는 방에 들어가 처녀의 곁에 앉았다.

귀동이도 집식구들도 가슴을 조이며 리제마를 지켜보았다.

처녀를 망진(살펴보는 진찰방법)하는 리제마는 가슴이 저려와 숨소리까지 거칠어졌다.

처녀는 열여섯이나 열일곱살 나보이는데 여위고 창백하지만 않다면 절색이라 할만 했다. 꽃같이 한창 피여야 할 나이에 이처럼 된서리를 맞다니…

처녀의 다리는 허벅살이며 장딴지살이 다 빠져버려서 마치나 학의 다리같았다.

사람의 다리가 학의 다리처럼 되는 병을 학슬담(슬관절결핵)이라고 한다.

여직껏 병을 보아오면서 학슬담에 걸린 병자는 책에서나 읽었지 처음 보게 되니 긴장이 앞서고 당황해졌다.

《선생님!》

귀동이 리제마의 이마에 송골송골 돋는 땀을 수건으로 훔쳐주며 나직이 불렀다.

리제마는 중병에 든 병자들을 상대할 때면 온 정신을 모아서인지 땀을 잘 흘렸다. 그럴 때면 귀동이 땀을 닦아주면서 나직이 불러 그의 마음을 늦추어주군 하였다.

리제마는 머리를 끄덕이고나서 또다시 처녀의 무릎을 들여다보았다.

두무릎이 하나같이 험했다. 퉁퉁 부은 그가운데에 구멍이 뚫리고 거기서 멀건 고름이 흘러나왔다. 헌데 구멍의 주위는 거무스름하면서도 푸르스름하고 오래전에 돋아나온듯 한 새살은 오무라들었다.

처녀의 아버지는 손에 땀을 쥐고 물었다.

《의원님! 어떻소이까?》

리제마는 대답을 피했다. 학슬담에 걸린 병자와 처음 맞다들렸어도 어찌 이 병의 예후를 짐작하지 못하랴.

병자는 손을 쓰기엔 너무 늦었다. 지난해 이맘때쯤만 보았어도 걱정 말라고 큰소리를 쳤을것이였다.

한겨울에도 매일같이 개울에 나가 얼음물에서 삯빨래를 하였다니 류담(골관절결핵)을 일으키는 한사가 가죽을 뚫고서 살을 지나 이제는 뼈속에까지 스몄다고 할수 있다.

이대로 내버려두면 기껏 한해나 두해쯤 견디여내겠는지…

리제마는 지그시 두눈을 감았다.

죽은 사람이라 제쳐놓는 적취에 든 병자도 살려낸 의원이 찾아왔다고 식구들은 안도의 숨을 쉴것인데 이렇게 손을 털고 돌아가야 하니 기가 막혔다.

리제마는 온 정신을 모아 머리속에 가득한 의서들을 번져나갔다.

지금이야말로 오늘껏 의술을 다져온 두뇌를 써먹어야 할 때였다.

흔한 병에 따르는 약처방들은 익어져서 그런것을 되살려내는것은 어렵지 않았다.

그러나 아직 한번도 손대보지 못한 병자를 앞에 두니 약처방이 쉬이 떠오르지 않았다.

학슬담에 명처방이 뭐더라. 언제인가 학슬담의 처방을 분명 어느 의서에서 읽어보았는데…

귀동은 두눈을 꾹 감고 앉아 아무 말없는 리제마를 초조하게 지켜보았다.

스승이 병자를 앞에 놓고 입을 다문채 속수무책으로 앉아있었던적이 있었던가. 한번도 없었다. 스승이 자신이 없어 저러는걸가. 그렇다면 처녀는 죽은 목숨이다. 기가 막혔다.

귀동이 안타까운 나머지 처녀를 들여다보며 눈물이 글썽해할적에 리제마는 비상한 의지로 머리를 더듬고있었다.

몇책의 의서를 본 그속에서 약처방을 찾아낸다면 이렇게까지 힘에 부치지는 않을것이나 10여년세월 번지고번진 숱한 의서들속에서 단 하나의 묘방을 찾아낸다는것은 넓은 풀밭에 떨군 바늘을 찾아내는것만치나 어려운 일이 아닐수 없는것이다.

어떻든 처녀가 골병에 들어 기와 혈이 다 허손되였으니 무엇보다 자양에 좋은 보약을 써야 한다. 그것도 기와 혈을 함께 보하는 보약이라야 한다. 그런 보약으로는 인삼이 들어간 십전대보탕이 안성맞춤할것이다. 딱히 어느 의서라고 찍어 말할수는 없어도 하여간 읽어본 글줄이 뇌리에 살아났다. 은시호, 황련이 들어간 청목산이란 처방이였다. 이것을 골자로 하여 다리마비를 풀수 있는 두충같은 몇가지 약재를 더 넣은 새로운 약처방이 풀려나왔다.

리제마는 느슨한 미소를 지으며 눈을 떴다.

《다들 근심마소이다.》

그 말이 떨어지자 처녀의 아버지는 리제마앞에 엎드렸다.

《의원님! 고맙소이다. 고맙…》

말끝을 흐리는 처녀의 아버지를 보는 리제마의 눈에 눈물이 절로 어리였다.

13

어느덧 겨울이 지나가고 강남갔던 제비가 집들의 추녀밑으로 날아들었다.

화창한 봄날과 더불어 기적같은 희한한 소식이 전해져 온 공주고을을 기쁘게 하였다.

글쎄 백사람이면 백사람이 다 잘못될거라며 고개를 저었던 효가마을 처녀가 백첩 약을 먹고 드디여 자리에서 일어섰는데 밀랍같이 창백하던 얼굴에 피기가 돌면서 함박꽃같은 웃음이 피여났던것이다.

리제마는 의술은 인술이라는 말의 참뜻을 다시한번 절감하였다.

귀동이 하루같이 병자의 곁에서 약을 달여먹이고 침도 놓아주고 뜸도 뜨더니 그 지성이 그대로 처녀의 생명을 이어준 불사약으로 되였다.

처녀가 일어선 날 그의 부모들은 딸이 아니라 귀동이를 껴안고 울음을 터치였다.

그길로 처녀의 아버지는 리제마를 찾아와 고마움에 젖은 목소리로 말했다.

《하루 은혜도 백날에 갚을수 없다는데 다 죽게 된 딸자식을 살려준 은혜를 무엇으로 갚아야 할지 모르겠소이다.》

리제마는 꺽꺽 흐느끼며 눈물을 흘리는 처녀의 아버지를 보며 생각했다.

저 사람의 딸에게 귀동이를 장가들이면 어떨가. 눈치를 보면 귀동이도 그 처녀를 좋아하는게 알린다. 그것은 단지 의원으로서 병자를 동정하여 살리려는 마음만 아니라 사내로서 처녀를 보살피고 지켜주려는 진심이 엿보였기때문이다.

귀동이가 살기를 단념한 처녀를 구원해주었으니 이야말로 하늘이 맺어준 연분이 아닌가.

그러고보면 그들은 천상배필이다. 그들이 모여살게 하는것은 스승된 사람의 마땅한 도리이다.

리제마는 웃음을 가득 짓고 입을 열었다.

《그래 그 집에서 보기엔 우리 제자가 어떻소이까?》

《?!…》

《내 생각엔 오늘의 이 일도 하늘의 연분인가 하오이다.》

처음엔 무슨 말인지 몰라 고개를 기웃거리던 처녀의 아버지는 그제야 얼굴이 환해서 부르짖었다.

《의원님! 그 말씀 진담이오이까? 세상에 이런 복도 있담. 의원님의 이 은혜를 눈에 흙이 들어가도록 절대 잊지 않겠나이다.》

그날로 리제마는 귀동이를 불러앉히고 관례식을 차린 다음 이름도 고쳐주었다. 부모들이 지어준 귀동이란 이름은 아명으로 두고 의술로 백성들을 구제하는 우뚝한 봉우리가 되라는 뜻에서 의봉이라고 하였다.

물론 처녀의 집에서도 딸의 머리를 쪽지는 계례식(녀자가 시집갈 어른이 되였다는 례식)을 하였다.

이렇게 되여 의봉은 효가마을로 장가들게 되였다.

리제마는 의봉의 혼례식을 조용히 차려주려고 하였다. 그러나 어떻게 알았는지 동네방네들에서 병을 고쳐주는 의원의 혼례식을 어찌 구메혼인(널리 알리지 않고 하는 혼인)할수 있느냐면서 너도나도 성심성의로 나서주는 바람에 판이 매우 커졌다.

하여튼 일생에 한번밖에 없는 제자의 혼례식을 객지에서나마 섭섭치 않게 차려주었으니 스승된 사람의 도리를 했다고 할수 있었다.…

공주에서 어느덧 세해가 흘렀다.

리제마도 이제는 공주를 떠나야겠다는 생각이 들었다. 고재봉의 집에 머물러있으면서 하려고 했던바를 밝혀냈으니 떠날 명분이 있었다. 3년간 공주에서 병을 보아주면서 확신한것은 사람들의 병이 지대와 풍토에 따라 다르다는것이였다.

바로 그에 맞게 사람들의 병을 대해야 한다. 이것은 농사군들이 농사짓는 리치와 비슷하다. 농사군들은 추운 지대에서는 보리따라기나 류두벼 같은 올벼종자를 심고 남쪽지대에서는 천일벼, 청총벼, 해남벼 같이 바람에도 강한 늦벼종자를 심는다.

이처럼 농사군들은 지대와 풍토에 따라서 그에 맞게 농사를 짓고있으니 의원도 마땅히 병을 고치는데서 그렇게 해야 한다.

지대와 풍토에 맞게 사람들의 병을 다스려야 한다는것이 아직은 사람들마다 차이나는 약효를 해명하는데 별로 도움은 못되지만 이악하게 파고들면 언젠가는 꼭 그 비결을 밝혀낼수 있을것이다.

신심이 있다. 아직은 그것이 실마리라고 장담할수는 없지만 사람들마다 같은 약을 썼을 때 약효가 차이나는것은 사람의 체질이 서로 다르기때문일것이다.

사람의 체질! 바로 이것이 문제해결의 요진통일것이다.

이제는 과녁이 설정되였으니 고향에 돌아가서 사람의 체질을 파고들자.

그사이 고재봉의 집살림도 어지간히 추세워주었기에 리제마는 이제 며칠후에 고향으로 돌아가리라 마음을 먹고 길떠날 행장을 갖추고있었다.

이때 《이 집이 고의원댁입니까?》 하는 목소리를 앞세우고 웬 사내가 삽짝문으로 들어섰다.

《예, 옳소이다.》

의봉이 방을 뛰쳐나가 그 사내를 맞아주었다.

《아, 그러니 면바로 찾아왔구만. 이 집에 함흥에서 온 의원이 들지 않았소이까?》

의봉이 의아해서 대꾸했다.

《예, 그렇소이다.》

《아, 됐군. 난 부여고을에 가는 사람인데 한성에서 혜암선생이 써보낸 글월을 가지고왔소이다.》

혜암선생이라는 소리에 리제마는 갖신도 제대로 신지 못하고 뜨락에 내려섰다.

의봉이 길손에게 안으로 들어가자고 하였지만 그는 바쁘다면서 글월을 꺼내주고는 떠나갔다.

리제마는 글월을 받아들자 급히 펼쳐들었다.

정말 황도연의 활달한 필체였다.

황도연이 집을 멀리 떠나 공주에 내려가있는 리제마의 객지살이를 걱정하여 그의 고향소식을 전해준것이였다.

글을 몇줄 읽어내려가던 리제마는 그만 글월을 떨어뜨리며 부르짖었다.

《선생님이 돌아가시다니. 아!-》

리제마는 혹시 잘못 본것이 아닌가 하여 글월을 주어들었다.

분명 림재익이 3년전에, 그러니 리제마가 집을 떠난 그해에 잘못되였다고 씌여있었다.

《선생님!-》

리제마는 뜨락에 꿇어엎드려 곡성을 터치였다. 이제 더는 자기를 일깨워주고 가르쳐주던 림재익이 없다고 생각하니 서러움이 북받쳐 쾅쾅 가슴을 두드렸다.

《선생님! 그렇게 가시면 소생은 어찌하란 말이옵니까.》

의봉이도 땅을 치며 울었다.

한동안 지나서 마음이 진정된 리제마는 자기를 다잡고 글월을 마저 읽어내렸다.

황도연은 글월에서 한옥이 생남했다는 기쁜 소식도 전해주었다.

그다음의 글줄에서 리제마는 눈이 휘둥그래졌다.

《이보게, 듣자니 장성고을에 명의라 소문난 의원이 있다고 하네. 그는 병만 잘 고치는게 아니라 사람의 생김새를 보고 그 사람의 성미며 가지고있는 병, 앞으로 쉽게 걸릴 병까지 짐작해낸다고 하네.

그를 만나보면 자네의 뜻하는바를 밝혀내는데 도움이 될걸세. 한번 찾아가보게.》

리제마는 슬픔속에서도 번쩍 새로운 앞길이 트이는듯 했다.

《아, 장성에 명의가 있는줄을 난 왜 몰랐을가. 혜암선생님! 고맙소이다. 당장 장성으로 떠나겠소이다.》

14

리제마는 가라말을 팔아 부담짝을 싣고다닐 하늘소 한마리를 사고 남은 돈은 모두 고재봉에게 떨구어주었다.

그의 손녀 을순이와의 리별은 눈물겨웠다. 을순이 이제 겨우 처녀꼴이 잡혔다고는 하나 아직 어린것이 장차 앞 못 보는 할아버지를 모시고 어떻게 살아가겠는지…

리제마는 부모된 심정에서 을순이에게 금은화꽃무늬가 새겨진 은가락지 한쌍을 사주었다.
　녀인들은 두개가 한쌍으로 된 가락지를 흔히 옷끈에 매두었다가 뜻깊은 날에 같은 한손가락에 끼는 풍습이 있다.
　리제마는 은가락지와 함께 의서 《부인대전》을 을순이에게 주었다.
　《을순아, 지금 집에 갖춘 재물이면 두 식구가 몇해는 그럭저럭 살아갈수 있을게다. 너는 글을 배워 책을 읽을수 있으니 이 의서를 통달하여라. 부녀자들의 병을 고칠수 있는 이 의서를 통달하면 얼마든지 녀의가 될수 있다.…
　그럼 네 힘으로도 살아갈수 있다.》
　의봉은 홀로 리제마와 같이 떠났다.
　의봉의 색시는 리제마의 말대로 함흥으로 가서 한옥이와 같이 살면서 남편이 돌아오기를 기다리기로 하였다.
　그들은 새색시를 먼저 떠나보내고나서 《공주기인》과도 하직하였다.
　로상에서 하루밤을 묵고 다시 길을 떠나 어느 한 고개를 넘었는데 앞에서 타령소리가 들려왔다.

　　　　　개천이다 넘어서라 흥
　　　　　한다리를 잘숨하고
　　　　　굴렀다가 성큼 넘어서라 흥
　　　　　오르막길 돌우 밟아라 흥
　　　　　꼬불꼬불 산길이다

　길 앞쪽에 가마를 멘 사람들이 보였다.
　뉘 집의 고운 딸이 가마를 타고 시집가는 모양이였다.
　의봉이 싱글벙글하며 길옆으로 하늘소를 끌어당겼다.
　신랑신부의 행차가 길에 나타나면 나이많은 사람이든 벼슬아치든 그들에게 길을 내여주는것이 조상전래의 풍습이였다.
　이윽고 신랑신부의 이채로운 행렬이 지나가자 리제마는 주위를 둘러보았다.
　좀 있으면 해가 떨어질것이다. 어제 아침 공주를 떠나 80리를 축내고 신기령고개를 넘어와 쉬고 오늘도 그만큼 걸었으니 여기는 론산고을지경일것이다.

리제마는 길옆의 마을을 가리켰다.

《저 마을에 들어가 하루밤 신세를 집세.》

《예.》

리제마가 찾아든 집은 우곤마을의 가녁에 있는 초가집이였다. 초가집이긴 해도 아래웃방이 다 삼간이고 너렁한 사랑방까지 붙어있는 큰 집이였다.

리제마가 안방에서 집주인들과 저녁을 먹고있는데 사람들이 찾아들었다.

알고보니 저녁이면 이 집의 사랑방에 마을사람들이 모여들어 옛말이야기를 듣는다는것이였다.

마을에 유명한 이야기군이 있어서 어떤 날에는 이웃마을들에서까지 사람들이 밀려온다고 집주인은 자랑조로 말하였다.

리제마는 호기심이 동하여 사람들의 이목을 피하려고 갓을 벗어놓고 망건바람에 사랑방으로 건너갔다.

의봉이도 따라왔다.

사랑방은 안방보다 두곱은 실히 커보였다. 이 집이 종가집이라더니 제사날 온 문중이 다 모일것을 타산해서 크게 지은것 같았다.

넓은 방에 사람들이 비좁게 들어앉았다. 리제마는 방 한구석에 자리를 잡고 앉았다.

벽에 매달린 등잔불에 아래목에 앉은 이야기군이 보였다. 두루마기를 입었는데 다북진 수염이 검은것을 보아 아직 예순전 같았다.

《어험―》

이야기군이 헛기침을 한번 짖자 술렁이던 방안이 조용해졌다.

《에― 이제 며칠 안 있으면 봄소나기가 쏟아질걸세. 봄소나기는 삼형제라, 어김없이 세번 쏟아지고야 걷힌다네. 그런데 대체 소나기란 무슨 말인가? 이 자리에 그 말뜻을 아는 사람이 있으면 말해보지!》

방안에는 숨소리만이 들리였다.

《허― 다들 말하기가 싫은가본데 내가 대신 말해주지.》

이야기군은 한손으로 수염을 어루만지며 계속 말을 이었다.

《옛날 어느 무더운 여름날이였네. 어떤 늙은 스님이 시주받은 쌀을 지고 땀을 뻘뻘 흘리면서 가다가 원집(려행하는 사람들이 묵어가는 집)을 만나 그 집 마당에서 쉬고있었네.

그때 농군들이 소를 가지고 밭일을 하다가 거기에 와서 함께 쉬게 되였지.

농군들이 하늘도 무심하게 비를 내려주지 않아서 올농사를 망치게 되였다고 탄식을 하는데 덤덤히 앉아 듣기만 하던 스님이 자기가 입고있는 장삼을 만져보더니 이제 곧 비가 올거라고 하였네.

원참, 하늘엔 구름 한점 없는데 비가 온다고 하니 농사군들은 정신 나간 소리를 한다고 했지.

스님은 고집스레 비가 온다고 하고 농사군들은 그들대로 청청하늘인데 무슨 도깨비같은 소리를 하느냐고 우기고. 그러다가 나중에는 소임자인 농군이 〈만일 스님의 말대로 비가 오면 난 내 집 소를 내놓겠소.〉라고 했다네. 스님은 스님대로 〈비가 오지 않으면 소승은 쌀바랑도 바치고 한두해 그대의 집에서 일해주겠소.〉 하여 내기가 벌어졌지.

시간이 흘러 해가 서산쪽으로 기울려는데 난데없이 하늘로 먹장구름들이 밀려드는것이 아니겠나. 여기에서 번쩍, 저기에서 번쩍 번개불이 일고 천둥소리 요란터니 대줄기같은 비가 억수로 쏟아졌네.

그만에야 농사군들은 머리를 숙이고 스님에게 비가 올줄 어떻게 알았는가고 물었네.

스님은 웃으며 〈소승은 옷을 자주 빨아입지 못하여 늘 땀에 옷이 절어있지요. 땀은 곧 염기라, 그러니 옷에 누기가 닿으면 눅눅해질것이 아니겠소. 아까 장삼자락을 만져보니 몹시 축축하기에 인차 비가 올줄 알은거요.〉 하고 대답했네.

내기에서 진 소임자는 소를 내놓았네.

소고삐를 받아쥐였던 스님이 다시 그걸 주인에게 넘겨주며 말했네.

〈이 소를 도로 드리겠으니 농사를 잘 지으소. 소승에겐 소가 아무 소용없지만 농사군들에게야 소보다 더 요긴한 물건이 있겠소?〉

스님이 쌀바랑을 지고 일어서는데 억수로 쏟아붓던 비가 뚝 그치고 언제 비가 왔더냐싶게 하늘이 청청해졌지.

이런 일이 있은 다음부터 여름날에 갑자기 쏟아지다가 뚝 멎는 비를 가리켜 소를 걸고 내기를 한 비라는 뜻에서 〈소내기〉라고 하였다네.

그후 세월이 흐르면서 〈소내기〉란 말이 〈소나기〉로 변했지.》
《하, 그것 참!》
사람들은 탄성을 올렸다.
리제마도 탄복을 금할수 없었다.
숱한 책을 읽었지만 소나기의 말뜻까지는 알지 못했던것이다.
이야기군의 목소리가 다시 울렸다.
《마수거리얘기는 이만하고 그럼 어제 하던 이야기를 마저 합세. 어젠 리태조(리성계)가 고려의 마지막임금이였던 공양왕을 페위시킨데까지 얘기했지.
에— 임금이 된 리태조는 어느날 심심풀이삼아 개국공신인 삼봉 정도전을 불러 8도사람들을 평가해보라고 분부했다네.
삼봉이라고 하면 개국공신들중에서 제일 똑똑한 똑똑이요, 꾀가 많기로 소문난 꾀바리라 마치 그럴줄 알았다는듯 별로 생각을 더듬지도 않고 입을 열었네.
〈전하! 경기도사람들은 경중미인이라 할수 있고 충청도사람들은 청풍명월, 전라도사람들은 풍전세류에 비길수 있소이다. 그리고 경상도사람들은 송죽대절, 강원도사람들은 암하로불, 황해도사람들은 춘파투석이라 할만 하며 평안도사람들은 산림맹호라 일컬을수 있소이다.〉
삼봉이 한 말을 풀면 경기도사람들은 거울에 비친 미인이요, 충청도사람들은 맑은 바람속의 밝은 달과도 같으며 전라도사람들은 바람앞의 가는 버들이란 뜻일세. 그리고 경상도사람들은 소나무와 대나무와 같은 큰 절개를 가졌다는 뜻이고 강원도사람들은 바위아래의 늙은 부처와도 같으며 황해도사람들은 봄물결에 돌을 던지는듯 하고 평안도사람들은 숲속의 호랑이와 같다 이 말일세.
리태조가 다음말이 마저 나오기를 기다리는데 삼봉은 갑자기 혀가 굳어졌는지 함구무언이겠지. 리태조는 자기가 태여난 함경도에 대해서만은 말하기를 꺼려하는 삼봉에게 아무 말이든 좋으니 어서 생각하는 바를 털어놓으라고 재촉하였네. 그제야 삼봉이 대답하기를 〈함경도는 니전투구올시다.〉 하였다네.
그 말에 리태조의 얼굴이 시뻘개졌네.
어찌 그렇지 않겠나. 함경도사람들은 진흙밭에서 싸우는 개와 같다

하니 이거야말로 리태조가 그렇다는 소리가 아닌가.

눈치빠른 삼봉이 다시 말하기를 〈그러하오나 함경도사람들은 또한 석전경우(돌밭을 가는 소)라고도 할수 있소이다.〉라고 하였다네.

그날 리태조는 기분이 좋아져서 삼봉에게 후한 상을 내리였다네.》

리제마는 여러 력사책들에서 읽어 아는 이야기였지만 마실방에서 구수하게 들으니 감흥이 새로왔다.

그후 률곡 리이(1536-1584년)가 경상도의 험준한 산세를 돌아보고 경상도사람들은《태산교악》(험준한 산비탈과 괴암절벽처럼 성격이 드세고 거칠다는 뜻)이라고 하여 오늘까지 전해지고있다.

이야기군의 이야기는 리제마에게 의미심장히 들리였다.

8도에 따라서 사람들의 성격이 달라진다는 그의 말은 사람들의 체질을 옳게 가르고 그에 맞게 약을 써야 한다는 일깨움인듯 하였다.

그렇다. 사람들의 병을 잘 고치려면 그들의 체질부터 옳게 가려볼줄 알아야 한다. 그럼 어떻게 체질을 갈라보아야 하는가.

《8도체질?!…》

의봉이 《선생님!》 하고 거듭 불러서야 리제마는 마을사람들이 다 돌아가고 너렁한 큰 방에 둘만이 남았음을 알아차렸다.

그날 밤 자리에 누웠으나 리제마는 쉬이 잠들수 없었다.

머리속에는 사람의 체질을 어떻게 가르며 그 체질에 맞게 약재들을 어떻게 구별해놓을수 있을가 하는 생각만 꽉 차있었다.

15

리제마는 닷새만에 장성 길재를 넘어 전라도의 장성고을에 들어섰다.

서쪽으로 문수산, 태청산 같은 높은 산들과 동쪽의 장군봉, 병풍산들이 ㅅ자로 줄기쳐내린 그 한가운데 황룡강을 끼고 펼쳐진 넓은 들판에 장성고을이 자리잡고있었다.

만나는 사람들에게 《장성명의》의 행처를 물으니 그들은 병풍산을 가리키며 저 산 제일 깊은 골안을 찾아가라고 하였다. 그러면서 병풍산 골안이 험한데지만 거기에 이름난 의원이 도를 닦고있다는 소문을 듣고 사방에서 사람들이 찾아들고 명의 또한 여기저기를 찾아다니며 병자들을 치료해준다고 말하는것이였다.

장성 길재만 넘으면 그날로 《장성명의》를 만나리라 생각하였던 리제마는 신고끝에 다음날 점심녘에야 병풍산골안에 다달을수 있었다.

병풍산은 함흥주변의 백운산이나 박달봉 못지 않게 높고 험해보였다.

산의 제일 높은 봉우리를 등에 진 산기슭의 호젓한 개울가에 울바자 없는 초가집이 한채 있었다. 송도3절 서경덕이 한평생 성거산기슭의 화담언덕우에 초가집을 짓고 학문을 닦았다더니 《장성명의》도 깊은 골안에서 의술을 련마하며 제자들을 키우는 모양이였다.

리제마가 초가집마당으로 들어서는데 방문이 열리며 누군가 나오는것이였다.

제마는 놀라 주춤거렸다. 온몸이 그대로 눈사람같은 기이한 늙은이가 앞에 있었다. 옷도 흰눈같이 하얀 무명옷을 입었고 맨 상투바람의 머리도 한오리 검은빛이 없는 백발이였다. 가슴까지 드리운 풍만한 수염도, 긴 눈섭도 다 백설을 떠인듯 했다.

백발로인을 많이 보아왔지만 이 로인처럼 온몸이 새하얀 사람은 처음이였다.

인기척을 느꼈는지 백발로인이 이쪽으로 얼굴을 돌리였다.

리제마는 속으로 감탄을 터치였다. 눈사람같이 하얀 백발로인의 얼굴은 신기하게도 애젊은 사내처럼 혈기가 넘치는 홍안인데 두눈에서는 이상한 광채가 일고있었다.

리제마는 그가 틀림없이 《장성명의》라고 생각되여 깊숙이 허리를 굽히였다.

《어데서 오는 누군고?》

《예, 소인은 함흥사람인데 성은 리씨이고 자는 무평, 호는 동무라고 하오이다.》

의봉이 얼른 보태여 말하였다.

《우리 선생님은 정유년(1837년)생이온데 열살이전부터 4서5경을 읽으셨고 의원을 하신지는 10년을 썩 넘사옵니다.》

리제마는 의봉의 칭찬소리에 얼굴이 붉어졌다.

《아, 그런가. 하여간 반가우이. 벌써 10년 넘게 의원을 해온다니 의술이 보통이 아니겠는데 나를 찾아온걸 보면 무슨 사정이 있는듯 하구

만. 보매 처자도 있는것 같은데 이런 산중에 어떻게 왔소?》

그의 시선이 리제마의 얼굴을 주시하고있었다.

《선생님! 나이가 많고 홀몸이 아닌것이 제자로 되는 일에 무슨 지장이 되겠소이까?》

《음-》

그는 다시한번 리제마의 온몸을 훑어보고나서 뚝뚝하게 말했다.

《나는 꼭 어느 정도 학식을 갖춘 젊은 의원만을 제자로 받아들이오. 지금껏 많지는 않지만 몇몇 젊은 의원들이 자기를 제자로 받아달라고 찾아왔댔소. 허나 그들이 시험에서 미끄러지는 바람에 나도 별수 없었소.

그럼 시험부터 치기요. 내 나이가 얼마쯤 나보이오?》

리제마는 초면에 그것도 선자리에서 시험을 치겠다는 바람에 당황해졌다. 하여튼 세운 법도가 그러하다니 시험에 응해야 했다.

리제마는 온 정신을 모아 그의 얼굴을 뜯어보았다. 백살 나보이기도 하고 그보다 더 많아보이기도 하였다.

리제마가 갈피를 잡을수 없어 대답을 망설이자 그는 한절반 답을 대주는 투로 입을 열었다.

《그대는 혹시 고려 말기 사람인 중순당(라흥유의 호)을 아는고?》

리제마의 입가에 미소가 실리였다.

고려 말기 판전객시사로서 왜나라에 통신사로 간 라흥유는 왜구의 침입을 당장 걷어치울것을 강력히 들이댔다. 그때 왜인들이 구속하자 《내 나이 백쉰살이다.》라고 웨쳐 그들을 놀래웠다. 어떤 왜인들은 백발의 라흥유를 숭상하여 그의 초상을 그리기까지 하였다. 그러나 사실 그때 라흥유의 나이는 겨우 예순이였다.

《대답하겠소이다. 선생님의 년세는 예순살인줄 아옵니다.》

《장성명의》는 고개를 끄덕였다.

《그대가 력사책을 많이 읽었다는것을 알겠소. 그러니 첫 물음엔 대답했다고 할수 있소.

이건 여담인데 지난해 웬놈이 찾아와서 제자로 받아달라고 조르더구만. 암만 봐야 우리네같이 토장내가 아니라 비린내가 나는것 같아 〈난 백쉰살인데 너는 몇살이냐?〉하고 물었지. 그랬더니 그놈은 입을 딱 벌리더니 정신나간 놈처럼 머리를 갑삭대며 스무살이라고 하질 않

겠소. 그놈은 왜관에서 들여보낸 왜놈족속이였소.》

《장성명의》는 잠시 말을 끊고 다시한번 리제마의 온몸을 찬찬히 뜯어보았다.

제마는 그의 번쩍이는 눈길이 자기 몸에 와닿을 때마다 살을 찌르는듯 하여 몸이 부자연스러웠다.

《그대를 보니 원래의 성미는 급한편이였겠소.》

리제마는 속으로 감탄을 금할수 없었다.

확실히 《장성명의》가 사람의 생김새를 보고 그 사람의 성격을 알아맞추는 비상한 재간이 있구나.

리제마는 자기의 급한 성미를 고치려고 애를 쓰던 때가 생각났다.

그때가 열뒤살났을 때였다.

림재익의 집으로 옮겨온지 몇해가 지났는데 어느 하루 갑자기 가슴이 뜨끔하더니 그날부터 때때로 가슴이 바늘로 찌르는듯 아파났다.

림재익에게 보였더니 심통(가슴과 명치부위의 아픔)이라는것이였다.

《애야, 이 병을 빨리 고치지 않으면 목숨이 위태롭다. 그런데 이 병에 제일 좋은 약은 급한 네 성미를 고치는것이다.》

사실 제마의 어린시절 성미는 대단히 급한 축이였다.

너무 빠르게 말해서 남들이 미처 알아들을수 없었고 행동거지도 누가 쫓아오는것처럼 매사에 헤덤볐다.

그날부터 제마는 스승이 지켜보고있다고 생각하며 급한 성미를 고치기에 달라붙었다.

그랬더니 심통이 자기도 모르는 사이에 저절로 없어져버렸다.

《밖에서 치는 시험에서 〈상〉을 맞았으니 안으로 들어가 방안에서 치는 시험을 마저 치르기요.》

리제마는 울렁이는 가슴을 붙안고 그의 뒤를 따랐다. 이제 신선같은 이 어른이 어떤 시험을 치자고 할가.

방에 들어서니 구들에는 구름노전이 깔렸고 들창쪽에 앉은뱅이책상이 있었다. 그우에는 책 두어권과 보통 연적, 벼루가 전부였다.

응당 의서가 가득차있어야 할 책장이 보이지 않았다.

그는 리제마를 뜨스한 아래목에 눌러앉히였다.

《그댄 조정소식을 듣고있소?》

리제마는 어리둥절해졌다. 이런것도 시험거린가?

리제마는 곧 고개를 떨구었다. 조정소식이라야 기껏 항간에서 돌아가는 소리를 좀 얻어들었을뿐이였다. 지난해(1863년) 겨울 열네해동안 룡좌를 부지해오던 병약한 임금 철종이 붕어하고 열한살인지 열두살인지 하는 어린아이가 26대임금으로 등극하였다는것이 리제마가 알고있는 조정소식의 전부였다.

《그대는 새 임금의 등극이 장차 어떤 정국을 가져올수 있다고 생각하는고?》

제마는 아무 대답도 할수 없었다. 일개 의원노릇이나 하는 사람이 어떻게 나라가 돌아가는 형편을 손금보듯 환히 꿰뚫어보고 앞일이 어떻다고 예언할수 있단 말인가.

고개를 들지 못하고 그냥 입을 다물고있자 《장성명의》가 그를 대신하여 대답하였다.

《이제 페정쇄신이 크게 일어날거요, 그것도 인차 한두달안으로! 드디여 썩어빠진 안동김가네의 세도정치는 끝장이 날것이오.》

리제마는 어처구니가 없었으나 내색은 안했다. 안동김가네의 반석같은 세도정치가 끝장이 난다는게 어디 될번 한 소린가. 한다하는 임금들도 외척의 세력에 눌려서 기를 펴지 못했다는데 철부지같은 어린 임금이 무슨 재주로 조정에 그들먹한 안동김가네를 쫓아낸단 말인가.

《지금 어린 임금의 부친인 홍선군대감이 집정하여 섭정을 개시했은즉 변이 날거요. 홍선군대감으로 말한다면 여간 손탁이 세고 야심만만한 수단군이 아니오. 그동안 왕족을 경계하는 안동김가네의 눈길을 피하려고 일부러 술주정군으로, 부랑배로 본색을 가리우고 살아왔거던. 그러면서 남몰래 대궐안에 줄을 늘여 끝내는 조대비(24대임금 헌종의 어머니)를 움직여냈소.

평소에 안동김가네라면 이를 갈던 조대비라 홍선군대감의 뜻대로 임금이 붕어하자 누가 손쓸새없이 대감의 둘째아들 명복이에게 룡상을 넘겨주라는 분부를 내리였소. 그리고 얼마동안 수렴청정을 하다가 홍선군대감에게 실권을 넘겨주었소.》

리제마로서는 경탄할 소식이였다.

어떻게 이런 심심산중에서도 천리밖의 한성일까지 이토록 환할가.

《총각이라면 몇가지 시험을 더 치련만… 그만하겠소. 그대는 의원이

라면서 나한테 무얼 바라기에 그 먼 함흥에서 찾아왔소?》

리제마는 드디어 바라는바를 알수 있겠구나 하고 생각하니 가슴이 활랑거렸다.

《저… 소인이 바라는건 바로 사람의 체질을 어떻게 나누며 사람의 체질에 맞게 약을 쓰는 비결을 알고저 하는것이옵니다.》

《장성의원》은 간절한 눈빛으로 자기를 쳐다보는 제마를 마주 바라보았다. 이내 눈길을 떨구고 잠시 생각에 잠겨있던 그는 감탄조로 말하였다.

《젊은 나이에 그런 일감을 찾았다는건 대단한 일이요. 하지만 내 이 자리에서 단언하건대 그대가 바라는걸 가르쳐줄 사람은 아직 이 세상 어디에도 없을거라는거요.》

그는 눈을 감고 한동안 무엇인가를 생각하더니 다시 눈을 떴다.

《무평! 집을 떠난지 몇해 되였소?》

《한성에서 한해, 공주에서 삼년 묵었소이다.》

《4년이라… 음, 알겠소. 그대는 집을 떠나다니면서 지대에 따른 풍토차이로 하여 사람들에게 생기는 병도 서로 차이가 있다는것을 알아차렸을것이요.》

리제마는 상대를 신통하게 알아맞추는 《장성명의》의 재주에 탄복을 금할수 없었다.

《아마 몇해만 더 객지에서 사람들의 병을 고치느라면 반드시 체질에 따라서 뭔가 깨닫게 될것이요. 물론 집에 돌아가서도 체질을 파고들수 있지만 함흥보다 비할바없이 호구가 많고 병자도 많은 전라도에서라면 지름길이라고 할수 있소.

전라도의 고을들은 대개 벌이 넓고 서해와 남해의 바다바람이 세게 미치고 우리 나라에서 제일 더운지라 이런저런 병이 많소. 그대가 3년만 전라도의 고을들을 찾아다니며 병자들을 돌봐주다가 날 다시 찾아온다면 나도 그땐 힘자라는껏 돕겠소. 그래 어떻소?》

그 말에 리제마는 한동안 억이 막혀 대답이 나가지 않았다. 지금껏 4년이나 객지살이를 했는데 또 3년을 살아야 한단 말인가.

그 순간 리제마의 뇌리에는 잊지 못할 스승들의 모습이 떠올랐다. 《무평》, 《동무》라고 자와 호를 지어주던 림재익과 《포태선생》의 간곡한 당부의 말들이 그의 가슴에 쾅쾅 미쳐왔다.

아, 뜻하는바를 이룰수 있는 길이라면 무엇을 주저한단 말인가.
어떤 대가를 치르더라도 뜻을 이루고 돌아가야 한다.
리제마는 《장성명의》앞에 꿇어엎드려 또박또박 씹어 말했다.
《선생님의 분부를 받들겠소이다.》

16

리제마가 의봉이와 함께 전라도의 여러 고을들을 찾아다니며 사람들의 병을 보아주고있을 때 함흥에서 한옥은 집살림을 돌보느라 바삐 돌아가고있었다. 요즘 한옥은 전에없이 흥에 겨워 저녁늦도록 베낳이를 하였다. 하고싶어 하는 일이여서 지친줄을 전혀 모르고 하였다.

남편 리제마와 귀동이도 아니, 의봉이도 다 성한 몸으로 할바를 꾸준하게 하고있다니 어찌 기운이 나지 않겠는가.

헤여져 몇년동안 소식조차 모르던 남편에 대해 늘 걱정만 쌓였댔는데 이제는 한결 마음이 놓였다.

지난해 기다리던 남편의 반가운 희소식을 안고 애기를 업은 젊은 녀인이 불쑥 나타났다.

의봉이의 색시라는 공주녀인이였다.

남편의 체취가 확확 안겨오는 활달한 필체의 글월을 꺼내주는 공주색시를 붙안고 기쁨의 눈물로 얼굴을 적셨다.

한옥은 집떠난 사내의 일로 너무 마음쓰지 말고 무리하게 일하지 말라고 쓴 대목에서는 목이 메여올랐다.

이제 늦어 한두해안으로 좋은 소식을 안고 집으로 돌아가겠으니 글월을 가지고 가는 의봉이의 색시를 친동기로 여겨 잘 돌봐주라는 글줄을 보면서는 더 힘껏 일하여 자수성가한 집살림을 애아버지에게 보여주리라는 마음을 굳히였다.

아장아장 걷던 달래는 얼마나 컸는지, 그 애가 보고싶어 잠이 오지 않는다고, 또 태여난 자식이 사내면 백성을 위해 살라는 뜻에서 민성이라 불러주라는 대목에서는 글월을 가슴에 안고 울었다.

기쁨과 희열에 넘치여서인지 가끔 몸을 괴롭히던 병도 달아나버린 것 같았다.

그래서 더 직심스레 일손을 잡았다. 이게 다 뜻있는 지아비의 뒤바라지를 하는 일인데 어이 손발이 굼뜨게 놀려지랴.

조와 콩을 심은 떼기밭들에 김이 나올세라 호미질을 하였고 삼밭이 마를세라 도랑물을 끌어들였다.

공주색시까지 두팔걷고 나서주니 흥이 났다.

지내볼수록 그는 마음에 쏙 들었다. 시집에 인사를 올린다면서 함흥에 당도한 그 이튿날로 수백리 먼 포태골로 떠나가는 결기라든가, 시집에서 돌아오자마자 앞치마를 두르고 부엌일을 도맡아하는 주인된 마음이랑 알뜰살뜰한 일솜씨는 사람을 반하게 하였다.

이런 새애기이니 하늘이 굽어보고 살려주었을것이였다.

공주색시는 누에치기에서도 기막힌 일솜씨를 보여주었다. 어렸을적에 샀빨래를 하다가 학슬담에 걸려 죽을 고생을 하였다면서 언제 누에치기까지 익혔는지 제 손으로 뒤뜨락에 잠실을 짓고 누에알을 깨웠다. 그리고 어린 누에들에게 매일 한번씩 고추가루물을 뽕잎에 뿌려 먹였다.

그것이 조화는 참 조화였다. 고추가루물에 젖은 뽕잎을 먹은 누에들은 신기하게도 병들지 않고 무럭무럭 자라서 소담하게 큰 고치들을 틀어주었다. 여느해 같으면 누에의 거의 반수는 병으로 죽어나갔겠는데 올해에는 옹글게 자란 고치풍년이 들었다.

그리고보면 의봉이 색시복을 타고났다. 인물좋고 마음씨 곱고 일 잘하는 색시가 굴러들다니…

비가 많이 오는 여름철의 베낳이는 그저그만이였다. 가물철에는 명주실이나 무명실과 달리 빳빳하고 거친 삼실로 베를 낳으면 먼지가 심하게 일고 실이 잘 끊어지기때문에 이 좋은 장마철에 베낳이를 바싹 다그쳐야 했다.

함경도는 옛적부터 베가 유명한 고장으로서 명천, 경성, 회령, 온성 고을들에서 나는 가는베는 그 질이 하도 좋아 《북포》라는 이름으로 전국에 알려졌다. 북포중의 보름새베(날실을 15새로 하여 짠 베천)는 발이 아주 가늘고 고와 매미날개에 비길 정도였다.

한옥이 낳은 베도 북포라고 소리칠수 있었다. 이런 베 수십필이면 의봉이네에게 집까지는 못해도 기물쯤은 웬만큼 장만해줄수 있었다.

기세좋게 바디질을 해나가던 한옥의 손이 갑자기 뚝 멎었다. 눈길이 베틀의 앞다리를 든든히 련결시킨 롱두머리에 멎어버렸다.

말을 잘 들어주던 베틀이 갑자기 말썽을 부려서 그런것이 아니였다.

어제 저녁에 있은 시동생의 일이 생각나서였다. 복만이 어쩌면 그렇게 되였는지…

원래 시할머니가 지어준 시동생 복만이의 이름은 제학이였다. 그런걸 복만이는 지난해에 자기스스로가 그렇게 고치였다.

뭐 복을 많이 받고싶어서라나…

시아버지 반오는 이태전부터 시름시름 앓더니 지난해부터 자리에 눕고말았다.

그동안 복만은 두번씩이나 한성에 올라가 문과에 나섰댔지만 두번다 과거에서 굴러떨어졌다. 과거에서 두번씩이나 굴러떨어진 락방거자임에도 불구하고 복만은 예로부터 세상을 놀래운 이름난 명사들은 다 과거에서 자기처럼 몇번씩 미끄러졌다면서 다음번에는 꼭 급제를 하되 장원급제를 해서 온 고을이 들썩하게 잔치를 차리겠다고 부끄러운줄도 모르고 희떠운 소리를 하며 다녔다.

그래도 그쯤한것은 저 하나의 수치이니 그런대로 모르는척 할수 있었다.

복만이는 언제부터 돈맛을 들였는지 처가, 외가의 돈까지 가져다가 동네앞뒤로 노란자위같은 땅은 다 사들이고 악착스레 작인들의 고혈을 짜내여 동네사람들의 원성을 사고있었다.

도적놈같은 땅부자놈들도 땅세로 5할(50%)을 긁어가는데 복만이만은 유독 6할로 높여 빼앗아가니 그 행실이 작인들을 굶겨죽이자는것이지 뭔가.

하여 한옥은 어제 앓고있는 시아버지의 병문안을 간 기회에 조용히 시동생 복만이를 만나 말을 꺼냈다.

《달래 삼촌! 올해부턴 땅세를 좀 낮춰받았으면 해요. 시집이야 옛적부터 인심이 후하기로 온 고을에 알려진 집안인데… 삼촌이 적선하는셈 치고 남들처럼 5할로 낮추면 동네인심을 다시 얻을수 있어요.》

거만스레 턱을 쳐들고있던 복만은 별안간 눈알이 새빨개져서 소리질렀다.

《그것도 말이라고 하오? 그따위 뒤웅박차고 바람잡을짓이나 하러 오겠으면 다신 이 집에 얼씬도 마오.》

한옥은 모닥불을 뒤집어쓴듯 하여 어떻게 그 집을 뛰쳐나왔는지 모른다.…

《엄마!》

광문이 빠끔히 열리고 민성의 손목을 잡은 달래가 머리를 들이밀었다.

한옥의 얼굴이 금시 환해졌다.

《엄마! 공주이모가 밥 잡수래요.》

《오냐!》

한옥은 광문을 나가 아들을 번쩍 안아들었다.

《우리 민성이 누나랑 엄마랑 함께 점심을 먹으러 가자요.》

17

어느덧 3년이라는 세월이 흘렀다.

리제마는 지금 세해전 이맘때에 찾아들었던 장성고을의 병풍산골안에 있는 초가집에서 《장성명의》앞에 무릎을 꿇고 앉아있었다.

온몸이 눈사람인듯 하얀 그의 모습은 이전처럼 보이였으나 그의 얼굴을 자세히 들여다보면 눈귀에 잔주름이 퍼그나 늘어났음을 알수 있었다.

《장성명의》는 공손하게 앉아있는 리제마를 물끄러미 마주보았다.

의원들에게는 명의가 될수 있는 두갈래의 길이 있다. 리상로와 같이 비범한 스승에게서 의술을 통채로 물려받는 길이 첫번째 길이라고 할수 있다.

두번째 길은 허임처럼 홀로 고금동서의 의서들을 통달하고 부지런히 병자들을 찾아다니며 의술을 련마하는 길이다.

비범한 명의를 스승으로 모시고 그의 재주를 고스란히 물려받는 길은 인차 명의로서 이름을 날릴수는 있으나 대개 선대가 닦아놓은 틀에서 벗어나지 못하니 새롭고 독특한 비방을 찾아내기는 어렵다.

홀로 의술을 부지런히 닦는 길에서는 아직은 세상이 알지 못하는 특이한 비방을 발견해낼수는 있으나 오랜 세월 남다른 품을 들여야 할것이니 실로 힘든 길이 아닐수 없다.

《그대는 나와 한 약속을 지켰소.》

《장성명의》의 말에 리제마는 고개를 들었다. 그의 두눈에는 공손한 기운이 어려있었다.

《선생님! 선생님의 가르치심이 아니였다면 더 깊은 의술을 몰랐을 것이옵니다.》

《장성명의》는 리제마의 두손을 그러잡았다.

그는 흥분해서 입을 열었다.

《그렇게 말하니 고맙소. 사실 제자로 받아달라고 찾아왔던 젊은이들속에 앉은자리시험에서 〈상〉을 맞은이가 몇이 있었네. 허나 그들은 3년동안 자기 힘으로 벌어먹으면서 고을들을 찾아다니며 사람들의 병을 보아주라는 시험에는 견디지 못하고 가버렸소. 그대야말로 비결을 물려받을수 있는 좋은 제자가 분명하이.》

리제마의 눈에 눈물이 글썽해졌다. 고진감래라고 집을 멀리 떠나 온갖 고초를 달게 여기며 수년세월 병자들을 찾아다닌 끝에 남다른 의술을 지닌 《장성명의》를 만났으니 이것이 바로 림재익의 뜻이 아니겠는가.

《선생님!》

《장성명의》는 진실로 기뻐하며 리제마를 보고 머리를 끄떡이였다.

3년세월 리제마가 전라도에서 이룬것이 무엇이던가.

전라도는 함경도와 달리 벌이 끝간데 없이 펼쳐져있어 마을이 무수하고 인총이 조밀하며 그래서 병자도 많은 고장이다.

몇몇 의원으로써는 그들의 병을 다 보아줄수 없다. 마을마다에서는 골병에 든 사람들이 명의가 나타나기를 손꼽아 기다린다. 늙은이, 젊은이, 아이들, 녀인들, 키큰 사람, 키작은 사람, 실로 각양각색인데 병도 마찬가지였다.

명의라 함은 표증(병이 생긴 부위가 겉에 있고 발병초기에 비교적 경한 증상들이 나타나는 병증)이든 5장6부에 든 리증(중병)이든 다 잘 다스리는 의원을 가리켜 하는 말이다. 표증에는 침이나 뜸의 효험을 기대할수 있으나 리증에는 그것만으로는 힘들다. 꼭 약재의 효험이 동반되여야 한다.

결국 리제마는 각양각색의 병자들과 걸음걸음 맞다들려 그전보다 더 머리를 써야 했다.

그 나날 그는 사람의 체질을 8도로 갈라보기도 하였고 좀더 사색을 깊이하여 산골사람, 바다가사람, 벌방사람으로 갈라보기도 하였으며 키큰 사람, 키작은 사람, 키가 보통인 사람으로 나누어보기도 하였다.

그러나 종시 마음에 드는 체질분류를 하지 못하였다.

하지만 그는 자기가 뜻하는바를 이룰수 있는 가까이에 이르렀다는것만은 확신하였다.

무엇을 보고 그렇게 확신할수 있는가.

맞다들린 병자들을 그전처럼 여러번이 아니라 두세번의 처방만에 병을 고치게 한것이였다.

아직은 딱히 무엇을 자로 하여 그런 효험을 본것인지는 찍어 말할수 없지만 하여간 이전보다 의술이 깊어진것은 사실이고 큰 성과였다.

《장성명의》는 긴장되여있는 리제마의 마음을 늦구어줄 생각에서 화제를 돌리였다.

《난 이번에 한성에 갔다왔소. 혜암이라는 의원이 〈의종손익〉이란 의서를 썼다기에 만나보았소.》

《아니, 혜암선생님을 말입니까?》

《장성명의》는 고개를 끄덕이였다.

《그와 말하다가 〈함흥의원〉소리가 나서 난 자네가 혜암과도 인연이 깊은줄을 알게 되였지. 임자소식을 듣고 얼마나 기뻐하던지.

공주로 내려보낸 후 소식을 몰라 근심했다면서 나에게 그대를 잘 도와달라고 신신당부를 했소.》

《장성명의》는 한성에 머물러있으면서 황도연을 찾아가 의술에 대한 견해도 나누고 그가 쓴 《의종손익》의 원고도 읽어보았던것이다.

《책은 아마 명년쯤엔 찍혀나올거요. 참 잘 쓴 의서요.

혜암은 그 책의 양로법에다 쓰기를 사람이 늙어 예순살에 이르면 늘 고기붙이를 먹어야 하고 일흔살이 되면 기름진 반찬을 빼놓지 말며 여든살에는 진귀한 음식을 더 먹어야 하고 아흔살에 가서는 새참을 빼놓지 말고 꼭꼭 들어야 오래오래 살수 있다고 하였는데 그렇게 할수 있는 세상이 언제나 오겠는지…》

《…》

《내 혜암에게서도 그대에 대한 이야기를 들었고 더우기는 이번 3년간의 고행길을 통해 그대를 더 잘 알게 되였소. 그래 지금껏 내가 터득한 비결을 전부 넘겨주자고 하오. 지금 이 자리에서 말이요.》

리제마는 놀랐다.

어떻게 남이 한생 터득해낸 의술의 심오한 비결을 하루에 배워낼수 있단 말인가.

리제마는 방바닥에 머리를 조아리며 간청하였다.

《선생님! 외람된 말씀이오나 선생님께서 소생을 측은히 여겨주시고 긴 날에 비결을 물려주었으면 하오이다.》

별안간 《장성명의》의 호탕한 웃음소리가 방안을 들었다놓았다.

《난 자네를 믿네. 무평, 그대는 의술만 늘어난것이 아니라 시국을 가려보는 눈도 밝아졌소. 그러니 그대가 전라도에서 지낸 3년간을 어찌 산속에서 도를 닦은 3년과 비기지 못하겠소.

그대는 실로 남들이 천날을 통해 전습할수 있는것을 하루만에 체현할수 있는 술법을 가졌다고 말할수 있소.》

리제마는 《장성명의》의 진심어린 칭찬에 감심되여 고개를 숙이였다.

《그럼 시작하겠소. 사람은 체질에 따라 성격과 심리도 달라지고 그에 따라 병도 달라지게 되오.

보통 키가 크고 하체가 실한 사람은 꾸준하고 참을성도 좋고 매사에 적극적인데가 있는데 동작은 굼뜨오. 이런 사람들은 간실열증이나 폐허한증에 잘 걸리오.

키가 작고 하체가 허한 사람은 대체로 급하고 동작이 빠르며 매사에 세밀한데 위실열증에 잘 걸리오.

키가 작고 하체가 실한 사람은 온순하고 조용한편이고 단정하나 소심한데가 있소. 이런 사람들은 비위허한증이나 수족문란증에 잘 걸리게 되오.》

그는 잠시 말을 끊었다.

사람의 체질에 대해서 알고싶어하는 리제마에게 더 심오한 대답을 줄수 없는것이 안타까운듯 그는 한숨을 내쉬였다.

《무평! 안됐소만 이게 내가 그대에게 넘겨줄수 있는 비결의 전부요.》

《장성명의》의 한마디한마디들은 산울림처럼 공명을 일으키면서 바위에 글을 쪼아박듯 리제마의 뇌리에 깊이깊이 새겨졌다.

《선생님! 미거한 소생의 눈을 번쩍 틔여주어 정말 고맙소이다. 선생

님의 비결이 헛되지 않도록 힘써 사람들의 병을 고치겠소이다.》

《고마우이.》

《장성명의》는 만족감에 휩싸였다. 어찌 그렇지 않겠는가. 수십년 세월속에 터득해낸 비결을 분명히 보다 더 크고 알찬 열매로 가꾸어낼수 있는 젊은 의원에게 넘겨주었으니 왜 마음이 홀가분해지지 않으랴.

예로부터 명의들은 이렇게 말했다.

보배로운 비방은 전수받을 인재가 아니면 넘겨주지 말라. 어질기는 하나 머리가 암매한 둔재에게 물려준 비방은 썩은 흙에 내버려진 옥과 같고 총명은 하나 어질지 못한자에게 전해준 비방은 반드시 사람들에게 재액을 불러다주는 근원으로 되기마련이다.

《어련하겠소만 내 한마디 더 하겠소.

명의라 함은 신선과도 같은 존재이거니 사람의 몸에 든 병도 잘 고쳐야 하지만 사람의 정신에 든 병도 잘 고쳐내야 하오.

허나 이미 욕심병에 깊이 들어서 권세와 재물에 환장이 된 정신병만은 아무리 명의라도 고쳐줄수 없소. 그런 병은 너무 늦었거던.》

리제마는 한마디라도 놓칠세라 그의 말에 귀를 강구었다. 그러면서도 방금 그가 넘겨준 그 비결이 막아놓았던 물동을 터치듯 그동안 모지름을 써온 체질의 대문을 활짝 열어줄것 같아 가슴을 조이였다.

《이제는 어디로 갈 작정인가?》

리제마는 그의 물음에 외곬으로 흐르는 생각을 털고 앞일을 그려보았다.

전라도의 여러 고을들을 찾아다니며 사람들의 병을 보아주던 나날 의주에도 이름난 의원들이 많다는 소리를 몇번이나 들었다. 그래서 앞으로 의주에도 가볼 생각이였었다.

《내친 걸음에 의주에 들려볼가 하나이다.》

《의주에?》

《예, 의주에도 신비한 처방을 아는 명의들이 있다는것 같소이다.》

《장성명의》는 고개를 끄덕이였다.

확실히 리제마는 간단한 사람이 아니다. 자기의 뜻을 이루자고 다년간 집떠나 고생길을 걸은것을 보아도 그렇고 이제 또다시 의주에로의 먼길을 택한것을 보아도 그래 결심품은 이 길에서 물러설 사람이 결코 아니다.

이런 사람이 큰일을 치른다.

《부디 먼길에 조심하오.》

리제마는 자기의 마음을 알아주는 《장성명의》가 고마왔다.

그가 아니였다면 두세번의 처방만에 사람들의 병을 고치는 오늘에 이르지 못했을것이였다

공주에서 《공주기인》을 처음 만나던 일이 어제일인듯 떠올랐다.

그 나날 그는 단지 《공주기인》네의 어려운 집살림이나 바로잡아주기 위해 애쓴것이 아니였다.

헤아릴수 없는 병자들의 질병도 고쳐주고 지대에 따라 달라지는 병에 대한 약처방도 밝혀냈다.

공주뿐아니라 그 주변 여러 고을들의 의원들과도 만나 의술을 교제하며 더욱 련마해나갔다.

그 과정에 사람의 체질을 8도에 따라서도 나누어보고 용모나 체격에 따라 이렇게 저렇게도 갈라보면서 고심을 하였다.

공주에서의 3년이 사람들의 병이 지대와 풍토에 따라서도 달라진다는것을 밝혀낸 나날이라면 전라도에서의 3년은 각양각색의 사람들을 상대하면서 그들의 생김새며 성미 같은것을 따져 제나름대로의 체질을 갈라보고 약을 쓴 나날이였다.

전라도의 여러 고을들을 떠돌아다니면서 그는 지금처럼 의원들이 체질을 가르지 못한채 향방없는 약처방을 내려가지고서는 언제 가도 사람들을 병마로부터 구제하기 어렵다는것을 다시한번 통절하게 느끼였다.

《그래, 언제 떠나려나?》

《선생님! 래일 떠날가 하오이다.》

《래일이라… 잠간만!》

그는 밖에 대고 소리쳤다.

《이 사람! 이리 들어오게.》

방문이 열리고 키큰 사내가 들어섰다.

너부죽한 얼굴에 눈섭이 짙은 잘생긴 젊은이였다.

그는 리제마에게 큰절을 차리였다.

리제마가 답례를 차리고서 의아해하자 《장성명의》가 말했다.

《이 젊은인 배기달이라고 하오. 원평마을 배부자의 서자인데… 의술을 배워 좋은 일을 하겠다고 그냥 찾아오누만. 보다싶이 난 고목이라 이제 누굴 더 가르치겠나. 그대가 마음에 들면 데려가주게.》

배기달이 머리를 조아리며 사정했다.

《선생님! 소생을 버리지 말아주소이다.》

리제마는 서자라는 소리에 동정이 북받쳤다.

《일어나앉으소.》

《선생님!》

18

리제마에게 있어서 배기달은 어느모로 보나 매우 적합한 제자라고 말할수 있었다. 큰 키에 잘생긴 용모 그리고 의봉이와 달리 입이 무겁고 침착한데다 온화한 성격이였다.

흠이라면 붙임성이 적어보이는건데 지내보니 그와 정반대였다.

틀진 몸가짐을 가진 그가 어찌나도 사람들과 잘 어울리고 림기응변하는지 첫날부터 그의 덕을 입게 되였다.

배기달은 한시바삐 의주땅에 가고싶어하는 리제마의 마음을 헤아려 자기가 길안내를 맡아나섰다. 그는 륙로로 가면 시일이 많이 걸리고 힘도 든다면서 장성고을과 이웃한 부안진(전라북도 부안군)의 줄포로 리제마를 이끌었다.

줄포에 이른 그는 하늘소를 팔자고 하였다.

의봉은 하늘소를 팔면 행장을 지고다녀야 하니 그래서는 안된다고 하였다.

행장을 지고다니지 않게 할뿐아니라 선생님도 걷지 않게 할수가 있다는 배기달의 주장보다 당장 로자가 급해서 리제마는 하늘소를 팔게 하였다.

기달은 제꺽 맞춤한 장사군을 톺아서 너무 비싸다고 할 정도로 돈을 픔픔히 받고 하늘소를 팔았다. 그리고 어떻게 선을 놓았는지 때마침 해주로 떠나려고 하는 장사배를 찾아내였다.

그 덕으로 리제마는 배에 올라 아름다운 서해풍경까지 구경하면서 편안히 해주에 갈수 있었다.

해주는 황해도감영이 있는 큰 고을이여서 호구도 많고 번화했다.

리제마를 객주집에 들게 하고 점심식사를 끝내자 배기달은 잠간 고을형편을 알아보겠다면서 밖으로 나갔다.

의봉이까지 해주바람을 쏘이겠다며 밖에 나가다보니 홀로 방에 남은 리제마는 곧 깊은 생각에 묻히였다.

사람의 체질을 어떻게 구분하는것이 옳은것일가?

배를 타고오면서도 오직 그 한생각뿐이였다. 집을 떠나 8년동안 보다 더 련마한 의술을 더듬느라니 뭔가 떠오를듯말듯 하였는데 바다길에서 한절반은 찾아냈다고 할수 있었다.

때로는 전혀 뜻밖에 횡재를 한다고 배군들의 걸죽한 육담소리를 듣다가 무릎을 치게 되였다. 육담의 진진한 이야기속에 음기니 양기니 하는 말마디들이 기발한 생각을 일으킬줄이야.

음과 양, 바로 그것이였다.

황도연을 찾아가던 길에서 만났던 송도의 늙은이가 소의 입천정에 난 비구개공에 나무가지를 꽂아넣고나서 하던 말이 떠올랐다.

그때 그는 소도 5장6부를 가진 짐승이여서 음양조화가 문란해지면 병에 든다고 하였다.

업은 아이 찾는다더니 세상리치가 너무도 뻔한 음양에 대해서도 미처 몰라보았던것이 아닌가.

이것을 미리 알아보았더라면 장성에서 아니, 공주에서 벌써 사람의 체질을 가르는데 확신을 가지고 좋은 결과를 보았을것이다.

만물이 서로 대립되는것은 음과 양이 존재하기때문이다.

불이 양이면 물은 음이고 낮이 양이면 밤은 음이다. 봄, 여름이 양이면 가을과 겨울은 음이고 더운것이 양이면 추운것은 음이다. 마른것이 양이면 습한것은 음이고 밝은것이 양이면 어두운것은 음이다.

하듯이 사람의 몸에도 음과 양이 존재한다.

사람의 웃몸이 양이면 아래몸은 음이고 몸겉이 양이면 몸안은 음이다. 5장이 음이면 6부는 양이고 심장과 폐장이 양이면 간장과 비장, 신장은 음이라고 할수 있다. 말소리가 높고 빠르며 맑으면 양이고 그 반대이면 음이다. 목소리가 높고 거칠면 양이고 그 반대이면 음이다.

그렇다, 음양의 리치를 사람의 체질을 가르는 자막대기로 쓴다면 사람은 양인과 음인으로 나눌수 있다.

양인에는 웃몸이 실한 사람, 페와 비장이 크고 동작이 빠른 사람, 성격이 활달한 사람, 땀이 적게 나는 사람(땀이 적게 나므로 오줌량이 많은 사람) 등이 속해야 한다.

반대로 음인에는 아래몸이 실한 사람, 간과 신장이 큰 사람, 동작이 굼뜬 사람, 성격이 온순한 사람, 땀이 잘 나는 사람들이 속해야 한다.

여기까지는 순간에 생각이 일사천리로 내달렸다. 그러나 사람을 크게 양인과 음인으로만 갈라놓은것은 석연치 않아보였다. 너무나 단조로운것이 마음에 들지 않았다.

(그럼 어떻게 해야 마음에 찰가?)

리제마는 승려들이 명상에 잠길 때면 똑바로 앉아있듯 방 한가운데 자리를 잡고서 사색을 거듭하였다.

한나절이 지났다.

리제마는 끝내 더 좋은 궁냥을 해내지 못한채 사색을 포기하고 일어섰다.

그때 인기척이 나고 두 제자가 방에 들어섰다. 배기달은 얼굴에 기쁜 기색을 감추지 못하고있었다.

웬만해서는 자기의 기분을 잘 나타내지 않던 그가 저렇게 기뻐하는걸 보니 뭔가 좋은 일이 생긴 모양이였다.

《선생님! 한가지 말씀을 올려도 되겠소이까?》

리제마는 배기달의 물음에 고개를 끄덕여보였다.

《장거리에 나갔다가 해주감영의 판관나리네 집사정을 듣게 되였소이다.

그 량반이 지난해 새로 후실을 맞아들였는데 그 계집이 천하절색이라 하옵니다. 색시가 고우면 가시집말뚝에도 절을 한다고 판관나리는 후실의 말이라면 하늘의 별까지 따다줄 기세라고 하옵니다.

후실에게는 병든 아비가 있는데 그 아비때문에 판관이 되게 머리를 앓는다고 하옵니다. 후실이 아비의 병을 고쳐달라고 쫴나 들볶는다나요.

그래 소생이 그를 찾아가 만나보았소이다. 우리 스승이 그 어떤 병도 다 고치는 명의라고 하자 그 량반은 값을 후히 치를테니 가시아비만 고쳐달라는것이였소이다. 그래서 병을 며칠내로 당장 고쳐줄테니 말 한필을 내라고 했소이다.》

리제마는 그만 기분이 잡쳐 방바닥을 두드렸다.

《그만하게. 말많은 집에 장맛이 쓰다고 내 잘났다 떠들고다니면 잘 되는 일이 없네.》

배기달은 풀이 죽어 기여드는 목소리로 대꾸했다.

《잘못했소이다, 선생님.》

의봉이 한걸음 나섰다.

《선생님, 이 친구가 선생님의 뜻을 잘 모르다나니 그런 약속을 했는데 이번만은 용서해주셨으면 하옵니다. 그리고 차라리 잘된것 같소이다. 판관이라면 관찰사의 손발노릇하는 량반인데 말 한필이 대수겠소이까.》

리제마는 마음같아서는 의봉이도 되게 꾸짖고싶었지만 이왕 배기달이 약속까지 하였다니 판관네 집을 찾아가보기로 하였다.

《두번다시 이런 일이 있으면 그땐 누구든 용서치 않겠네.》

배기달의 길안내를 받아 하인청과 행랑채까지 붙어있는 판관네 집에 이르렀다.

후실을 얼핏 보니 한성거리에서도 뽐낼만큼 잘생긴 녀인이였다.

몸매도 보기 좋고 고운 얼굴에서는 교태가 찰찰 넘치고있었다. 그러니 판관이 오금을 못쓸만 하다는 생각이 들었다.

본채뒤에 있는 집에서 가시아비가 거처하고있었다.

방에 들어선 리제마는 놀라지 않을수 없었다. 키가 구척같이 크고 몸이 실한 거인이 방에 누워있는데 이렇게 몸집이 실한 거인은 많이 보지 못한 제마였다.

병자가 애원조로 말했다.

《이보게, 의원! 날 살려주게나. 허리가 어찌나 쑤시는지 움직일수 없는데다 어깨까지 아파나서 팔을 쓰지 못하니 이건 완전히 신수 멀쩡한 송장일세그려.》

보건대 병자는 활달하고 과격한데다 노여움이 많을 늙은이였다.

제마는 병자곁에 앉으며 《로인님, 옷을 좀 벗어야겠소이다.》 하고 말했다. 그러자 판관의 후실이 병자의 몸에서 옷을 벗겨냈다.

웃몸을 벗고나선 병자를 보고 리제마는 다시한번 놀라지 않을수 없었다.

병자나 늙은이치고 이렇게 살집이 좋은 사람은 처음이였다. 긴 목이 어찌나 굵은지 머리가 작아보일 정도이고 떡판같은 잔등에서는 척추뼈가 보이지 않았다. 웃몸과 달리 허리쪽에서는 갑자기 가늘어졌고 엉덩이도 작은게 웃몸은 실하고 아래몸이 허한 늙은이였다. 살갗은 희고 윤택한게 정말 쉽지 않은 체격이였다.

《로인님, 아픈 어깨쪽의 팔을 좀 뒤로 가져가보소이다.》

병자는 왼쪽팔을 뒤로 뻗치였으나 겨우 허리쪽으로 한뽐을 못 지나쳐 《아이쿠-》하고 신음소리를 내며 팔을 떨구었다.

《그럼 이번에는 앞쪽으로 올려보소이다.》

병자는 가슴부위까지 팔을 올렸으나 또 신음소리를 냈다.

리제마는 병자가 배를 깔고 눕게 한 다음 허리부위를 조심스레 눌러보았다.

《아이쿠- 누르는대로 다… 다 아프오. 젊었을적에 다친 허리를 제때에 손쓰지 않았더니 해마다 다친 때가 되면 이렇게 아프다오.》

리제마는 한숨을 쉬였다.

요통증(허리아픔)이 말썽거리였다. 의서대로 하면 요통증은 하루이틀에 고칠수 없는것이다.

질러가는 길이 먼길이라더니…

판관의 후실은 한숨짓는 리제마를 쳐다보며 안타깝게 물었다.

《의원님, 힘들겠소이까?》

리제마는 고개를 저었다. 일단 병자와 맞다들렸으면 어떤 일이 있어도 고쳐주어야 하는것이다.

리제마는 먼저 능숙한 솜씨로 병자의 왼쪽어깨를 눌러서 제일 아파하는데를 세군데 찾아낸 다음 록두알만 한 뜸봉으로 여러장씩 뜸을 놓았다. 그다음 허리부위에 참대부항단지를 세게 붙여놓고 두손으로 그것을 틀어잡은채 우아래로 끌고다녔다.

《아이쿠, 아- 아…》

병자는 신음소리를 냈지만 리제마는 아랑곳 않고 열심히 부항단지를 허리에서 끌고다녔다.

몸에 붙여놓은 부항단지를 이리저리 끌고다니면서 병을 다스리는것은 시간이 급할 때 리제마가 쓰는 특기중의 하나였다.

그러던 리제마에게 불쑥 묘한 생각이 머리를 쳤다.

《장성명의》는 사람의 체질을 크게 세가지로 키크면서 아래몸이 실한 사람과 키가 작으면서 웃몸이 실한 사람, 키가 작으면서 웃몸이 허한 사람으로 갈라보았다.

그러고보면 그는 키가 크고작은가를 기본자막대기로 하여 사람의 체질을 갈라보았다고 해야 할것이다.

그런데 이 병자처럼 키가 크면서 웃몸이 실한 사람을 말해주지 않았다.

왜 그랬을가. 그건 분명 이 사람과 같은 특이한 체질을 가진 병자가 드물어서였을것이다. 10여년이상 수많은 병자들을 보아왔지만 웃몸이 실한 거인은 별로 보지 못했다. 공주에서 맞다들었던 아이를 낳지 못해 애쓰던 왜장녀가 이 병자와 체격이 비슷한 사람이다.

병자들속에 이런 체격을 가진 사람들이 적은것은 실지 이런 체격의 사람들이 적은데도 있고 병에 적게 걸리는데도 있을것이다.

건강한 사람들속에서 웃몸이 실한 거인들을 드문드문 보지 않았던가.

키라는 자막대기와 음양이란 자막대기를 합쳐쓰면 어떻게 될가.

키가 크고작은가에 따라 양인은 태양인과 소양인으로, 음인은 태음인과 소음인으로 갈라볼수 있을것이다. 이것이 옳은 판단일가.

옳은듯싶다.

공주와 전라도에서의 체험이, 《장성명의》의 가르침이 바로 오늘을 가져왔다고도 말할수 있을것이였다.

리제마는 하마트면 병자의 잔등을 철썩 후려칠번 하였다.

아! 하늘이 나를 돕느라고 해주에 들려가게 하였구나.

리제마는 한순간에 사람의 체질을 4상인으로 갈라놓았다는것이 믿어지지 않았다.

그는 입속으로 《태양인, 소양인, 태음인, 소음인》을 뇌이며 더 열성껏 병자의 잔등에서 부항단지를 끌고다녔다.

19

갈길이 몹시 급했지만 리제마는 며칠간 해주감영의 판관네 집에 머무르면서 늙은이의 병치료에 전심하였다.

그의 덕으로 허리가 쑤시고 어깨가 아파 죽겠다던 판관의 가시아비는 병을 털고 일어나앉았다.

그런데 고약스럽게도 판관은 약속을 지키지 않았다. 그는 가시아비의 병만 고쳐주면 주겠다던 말대신 노새를 내놓았다.
 배기달과 의봉이 분이 나서 해보겠다는걸 리제마가 제지시켰다.
 가시아비의 병을 고쳐준것이 결코 말 한필을 내주겠다는 판관의 약속때문이 아니였다.
 중병에 든 병자이기에 의원으로서 치료해주었을뿐이다.
 하여간 의주걸음이 지체되긴 했지만 큰 횡재를 한셈이다. 허리병자를 치료해주다가 《4상인》이라는 새로운 발견을 하였으니 이런 큰 횡재가 어데 있단 말인가.
 그 기쁨을 안고 북행길을 다그쳐 해주를 떠난지 며칠만에는 대동강을 낀 평양의 창포마을에 들어설수 있었다. 리제마는 동네앞의 개울가에 창포숲이 우거져 창포마을이라고 부른다는 이 마을의 주막집에서 하루밤을 쉬여가기로 하였다.
 의봉이와 기달은 저녁숟갈을 내려놓기 바쁘게 바람을 쏘인다며 밖으로 나갔다. 그것은 기실 스승에게 조용한 시간을 내여주기 위해서였다.
 어디선가 소쩍새의 울음소리가 들려왔다.
 리제마는 홀로 방에 앉아 생각에 묻히였다.
 사람의 체질을 4상인으로 갈라놓은것이 타당할가. 다르게는 구분할수 없을가.
 다시 생각해보자.
 사람의 키가 크면 태이고 작으면 소다. 양인은 웃몸이 실하고 음인은 아래몸이 실하다. 양인은 아래몸이 허하고 음인은 웃몸이 허하다.
 이런데로부터 다음과 같은 결말이 떨어졌다.
 태양인은 키가 크고 상체는 실하나 하체가 허한데로부터 허리가 가늘고 다리가 약하다. 목은 길고 굵다.
 해주감영의 판관네 가시아비같은 사내가 태양인이고 공주의 왜장녀같은 녀인이 또한 태양인일것이다.
 태양인은 그 수가 아주 적어 보기 드물다.
 태음인은 키가 크며 상체가 허하고 하체가 실하다보니 허리가 굵고 다리가 든든하다. 목은 짧고 가늘다.
 소양인은 키는 보통이거나 작다. 하체가 허하고 상체가 실하므로 가슴통이 넓고 엉뎅이는 작다.

소음인도 키는 작은편이다. 상체가 허하니 가슴통이 좁고 하체가 실하여 엉뎅이가 크다.

이런 해답을 찾게 된것은 공주와 전라도에서 천태만상의 병자들을 상대해본 결과일것이다.

4상인을 가르는데서 성격과 심리도 크게 좌우된다.

태양인은 성격이 활달하고 과격하며 노여운 마음이 동하기 쉽다.

태음인은 꾸준하고 참을성이 좋으며 진취적이고 대담하면서 동작은 굼뜬편이다.

소양인은 급하고 동작이 빠르며 세밀하고 쾌활한데가 있다.

소음인은 온순하고 조용하며 단정하고 사람들과 잘 어울리나 소심한데가 있다.

이런 해답을 이끌어낼수 있는것은 《장성의원》의 비결과 함께 다년간 사람들의 병을 보아주면서 그들의 성격과 심리를 주의깊게 살핀데 있다.

《공주기인》이 물려준 책에서 또 하나의 해답이 풀려나왔다.

그는 죽음을 당한 《죄인》들의 내장을 들여다보니 페, 간, 비, 신의 크기가 사람의 체질에 따라서 차이난다고 하였다.

그에 따르면 4상인을 페, 간, 비, 신의 크기에 따라 다음과 같이 가를수 있다.

태양인과 태음인은 웃몸에 있는 장기 즉 페와 간의 크기에 따라서 갈라진다.

양인은 우에 있는 장기가 크고 아래에 있는 장기는 작다. 반대로 음인은 우에 있는 장기는 작고 아래의 장기는 크다.

태양인은 페가 크고 간이 작으며 태음인은 페가 작고 간이 크다.

소양인과 소음인은 아래몸의 장기들인 비장과 신장의 크기에 따라서도 갈라낼수 있다.

두개의 장기중에서 보다 우에 있는 비장이 크고 아래에 있는 신장이 작으면 소양인이고 반대로 비장이 작고 신장이 크면 소음인이다.

대개 일이란 한고리가 풀려나오면 다른 고리들도 련이어 풀려나오기 마련이다.

용모를 보고서도 4상인을 가를수 있을것이다.

태양인은 얼굴이 둥글고 활달해보이며 태음인은 듬직해보이면서 살갗이 검다. 소양인은 앞뒤머리가 약간 나오고 눈정기가 있고 날카로와보인다. (리제마는 소양인에 속하는 자기의 용모를 물론 참작하였다.) 소음인은 얼굴이 둥글고 아련하며 얌전하게 생겼다.

이제 의주에 가서 의주명의들까지 만나고보면 좋은 답을 더 찾아낼수 있을것이다.

문득 들려오는 타령소리에 리제마는 생각에서 벗어났다.

      천년달고에 만년지추라
      에—헤이 달고
      백두산에 계수나무
      에—헤이 달고
      옥도끼로 찍어내고
      에—헤이 달고
      금도끼로 다듬어서
      에—헤이 달고
      …

마을에서 새 집을 짓는 모양이였다. 환한 달밤이니 집터를 다지는 달구질을 하기에는 그저그만일것이였다.

수백근짜리 달구로 사람들이 거기에 달린 손잡이줄을 하나씩 잡아당겨 공중으로 들어올렸다가 떨구는 달구질을 할 때면 흥타령이 절로 나오는 법이다.

조금 지나서 누구인가의 기척소리에 이어 방문이 벌컥 열렸다.

《선생님!》

키작은 의봉이 앞서고 그뒤로 키큰 배기달이 들어왔다. 무슨 일이 있었는지 그들은 몹시 흥분되여있었다.

리제마는 속으로 웃음을 지었다.

어쩌면 두 제자가 그리도 상반되는지. 의봉이 소양인이라면 기달은 태음인이다. 의봉은 언제나 급하고 덤비며 쾌활하고 동작이 민첩하다. 의봉이 가슴이 넓은 상체에 비해 하체가 그닥 허해보이지 않는것은 그가 어려서부터 산판달리기로 몸을 단련해서일것이다.

반면에 키 큰 기달은 상체가 허하고 하체가 실한것이 두드러지게 알린다. 목은 가늘고 짧으며 동작이 굼뜨다. 매사에 덤비지 않고 침착하며 꾸준함이 엿보인다.

의봉이 먼저 입을 열었다.

《선생님, 환재어른이 여기 평양에 평안도관찰사로 부임되여왔다고 하옵니다.

재작년 여름 대동강에 〈셔먼〉호란 외선이 기여들었댔는데… 대양 건너에서 기여든 미국놈병선이라고 했소이다. 미국놈들이 함부로 날뛰면서 사람들을 해치기에 평양백성들이 그놈의 병선을 불태워 대동강물속에 처박았다고 하오이다.》

리제마는 금시초문이여서 놀라왔다.

이번에는 기달이 입을 열었다.

《마을사람들이 집터를 다지고있었는데… 대동강에 기여든 미국놈들이 마을을 불살랐을 때 집을 잃은 사람들에게 새 집을 지어주는것이라 하옵니다.》

리제마는 무릎을 치며 부르짖었다.

《장하구나, 장해! 오랑캐는 평양사람들처럼 주먹으로 버릇을 가르쳐야 하는거다.》

리제마는 《셔먼》호를 불태운 평양사람들에 대한 찬탄을 금치 못하였다.

《선생님! 래일 관찰사대감을 찾아뵙지 않겠소이까?》

의봉의 물음에 리제마는 머리를 저었다.

나라일로 바쁜 대감의 시간을 어찌 빼앗을수 있단 말인가. 그것도 그렇고 미국오랑캐들 쳐부신 통쾌한 소식을 들었는데 더욱 분발하여 갈 길을 다그쳐야 한다.

《래일 아침은 더 일찍 길을 떠날수 있도록 차비를 잘하게.》

《알겠소이다.》

20

노새에 짐을 싣고 여러날째 부지런히 길을 다그친 리제마와 그의 일행은 마침내 의주지경에 있는 고려시기에 쌓은 고려장성을 지나 고을거리로 들어섰다.

《의주고을이다!》

흥분하기 잘하는 의봉이 먼저 환성을 올렸다.

리제마는 의주가 이렇게까지 번화한 큰 고을인줄은 알지 못하였다. 어림짐작으로도 의주고을이 공주고을이나 송도는 말할것도 없고 함흥고을보다도 커보였다.

한성의 절반을 뚝 잘라다가 떠옮겨놓은듯이 여겨졌다.

그런데 리제마는 의주고을을 앞두고부터 배가 점점 아파나서 심기가 매우 불편하였다.

아침으로 길거리주막에서 먹은 단고기에 체기를 받은것이였다.

그렇다고 로상에서 갈길을 지체하고싶지 않았다. 이제 의주에 들어가 주막집에 자리를 잡고 몇군데 침을 놓으면 쉽게 고칠수 있었기때문이였다.

그때까지 그런대로 아픔을 참아내자.

리제마는 아픔을 내색하지 않고 고을거리를 살펴보았다.

모름지기 번화한 의주거리에 사는 사람들의 다수는 변강장사로 리속을 얻고 사는 장사군들과 그들의 심부름군들일것이다.

당시 청나라와 교역을 하는 물품이 한해에 60만냥을 넘는데 그 태반이 의주로 통한다고 했었다.

의주는 두 나라 장사군들의 활무대라고 할수 있으니 그래서 거리가 이렇듯 번화하고 인총이 붐빌것이다.

《선생님! 의봉형이 저기서 기다리고있소이다.》

리제마는 견마를 잡은 기달이의 귀띔소리에 그가 가리키는쪽을 바라보았다. 언제 앞서갔는지 기와집들이 즐비하게 들어앉은 거리 한켠의 우뚝한 집앞에 의봉이 서있었다.

그는 리제마의 몸이 불편하다는것을 알고있었다. 하여 의봉은 스승을 음식료법으로 병을 잘 고친다고 아근에 소문이 자자한 의주주막집에 모시고 병부터 치료하려고 생각한것이였다.

리제마가 큰 기와집으로 다가가자 젊은 녀인이 대문안에서 나오며 절을 했다.

의봉이는 먼저 인사가 통했는지 웃으며 그 녀인을 가리켰다.

《선생님, 이 집 주인이오이다.》

리제마는 어줍게 답례를 차렸다. 주막집녀주인은 젊고 날씬한 몸매에 반달같은 두눈이 유난한 미인이였다.

녀인은 상냥하게 웃으며 말했다.

《의원님, 루추한 집에서 쉬여가겠다고 하니 고맙소이다.》

리제마는 어줍게 두손을 마주잡고 대꾸했다.

《페를 끼치게 되여 미안하오이다.》

《원, 별말씀을…》

녀인은 고운 반달눈을 깜박이며 리제마의 행색을 찬찬히 살피였다.

리제마는 점직할 정도로 눈여겨보는 주막집녀주인의 눈길을 피해 고개를 숙이였다.

《엄마-》

대문안에서 아이들이 와- 달려나와 녀인을 에워쌌다. 그중 제일 큰 계집애가 《엄마, 일곱째가 배고파해요.》 하고 말하자 좀 작은 계집애가 《어서 젖을 먹여요.》하고 보챘다.

리제마는 놀라운 눈길로 그들모녀를 바라보았다.

주막집녀주인에게는 딸만 일곱이였다. 아들자식을 보자고 무진 애를 썼지만 거퍼 딸만 낳은 모양이였다.

《아이, 요것들! 손님앞에서…》

녀인은 얼굴을 살짝 붉히더니 《의원님! 안으로 드시와요.》하고 말했다.

마침 점심때여서 부엌쪽에서 음식냄새가 풍겨왔다.

방에 자리를 잡자 인차 점심상이 들어왔는데 사람들앞에 놓인 음식이 서로 달라서 리제마를 놀라게 하였다.

태음인인 배기달에게는 좁쌀밥에 소고기국, 두부, 고사리무침, 버섯반찬이 놓였고 소양인인 의봉이앞에는 보리밥에 돼지고기국, 록두묵, 새우튀기, 록두나물이 놓여있었는데 같은 소양인인 리제마 자기앞에는 멀건 메밀죽 한그릇뿐이였다.

리제마는 의문이 가득하였다.

그렇다면 주막집녀인이 사람의 체질은 물론 병증까지도 가려보고 그에 맞게 음식을 낸다는것이 아닌가.

마치나 병을 잘 고치는 명의처럼 이 리제마의 얼굴을 보고 단고기를 먹고 체했다는것을 알아냈으니 정말 놀라운 일이다. 게다가 단고기 먹고 체했을 때는 메밀죽이 명약이라는것도 알고있지 않는가.

사람의 체질을 가려보고 그에 맞는 갖가지 음식을 차려내는 까닭에 이 집에 찾아드는 길손도 많을것이고 음식값도 비쌀것이다.

리제마의 심중을 알수 없는 의봉이 말했다.

《이보시오, 주인님! 왜서 우리 선생님에겐 죽뿐이요?》

녀주인이 미소를 지으며 대답했다.

《들지도 않을 음식을 차려선 뭘하겠소이까. 음식이란 먹기 편하게 해주는 일인데… 보아하니 여기 의원님은 단고기를 자시고 체한것 같은데 이 메밀죽이 약이랍니다.》

의봉이 놀라 녀주인에게 물었다.

《주인님! 우리 선생님이 속이 편치 않다는걸 어떻게 알았소이까?》

《서당개 삼년에 풍월한다는 아, 그거 〈당구풍월〉이란 말 모르세요? 자, 그럼 맛나게들 자시세요.》

녀주인은 대답을 피해서 방에서 나갔다.

리제마는 제자들에게 말했다.

《어서 들게. 나도 먹겠네.》

리제마는 따끈따끈한 메밀죽을 후후 불며 먹었다.

메밀죽을 다 먹고나서 한동안이 지나자 뜨끔뜨끔하던 배가 편안해지는감이 들었다.

저녁무렵에는 배아픔이 씻은듯이 없어지고 먹고싶은 생각이 간절했다.

리제마는 차츰 흥분으로 달아오르는 생각을 걷잡을수 없었다.

이 집 녀주인은 사람의 체질을 가려보고 그에 맞게 음식을 차려주는 것이 분명하니 그에게는 자기나름의 비방이 있을것이였다.

리제마는 제자들을 둘러보며 물었다.

《점심에 자네들은 서로 다른 음식을 들었는데 뭔가 생각되는것이 없는가?》

의봉이 제꺽 그 의미를 알아차리고 대답했다.

《선생님! 그러지 않아도 다른 방에서 먹는 길손들의 음식상을 엿보았는데 그 차이가 헨둥하게 알리오이다. 틀림없이 무슨 까닭이 있소이다.》

《옳게 보았네. 그 까닭을 꼭 알아내야겠네.》

배기달이 벌떡 일어섰다.
《선생님! 그건 념려마소이다. 소생이 당장 알아보겠소이다.》
그러나 방을 나갔던 배기달은 얼마후에 서리맞은 호박잎꼴이 되여가지고 돌아왔다.
상냥하던 녀인이였으나 그 말을 꺼내자 여지없이 거절했다는것이였다.
리제마는 처음에는 매우 불쾌하였으나 곰곰히 따져보니 응당 그럴수 있겠다는 생각이 들었다. 가문에서만 전해오는 비방을 아무에게나 척척 대줄수 있겠는가. 그렇다면 그게 무슨 비방이겠는가. 그런데 무턱대고 대달라고 했으니 이 얼마나 렴치없는짓인가.
밖에 나갔댔는지 두 제자가 방문을 열고 들어왔다.
《선생님! 주변사람들한테서 말을 들어보니 이 집은 병난 사람들을 약쓰지 않고서도 고쳐주는 집이라고 소문났소이다. 몇백리밖에서까지 병자들이 우정 찾아와 이 집에 드는데 갈 때는 병이 나아서 가는 사람이 많다고 하오이다.》 하고 의봉이 말하자 결에 선 배기달이 말을 이었다.
《그런데 어찌 비방을 숨기는지 숱한 사람들이 그걸 알아내려다가 종시 허탕을 쳤다고 하오이다. 관속에다 넣어가지고 가려는 모양이라고 욕하는 정도이오이다.》
《허- 그건 지나치군.》
리제마는 혀를 찼다.
《자기 가문에서 귀히 전해오는 비방을 쉬이 내놓지 않는다고 그런 욕을 하면 쓰나?》
의봉과 배기달의 눈이 둥그래졌다.
《아니, 선생님! 그럼 이 집 혼자만 알고 다른 사람들에게 알려주지 않는게 옳단 말이오이까?》
《비방이란건 아무에게나 척척 알려주는게 아니여서 비방인게고… 또 그걸 아무한테나 알려준대서 그대로 할수 있는 사람이 몇이나 있을상싶나? 보물은 주인을 똑바로 만나야 보물로 되는걸세. 그런데 이 집 녀주인이 우리를 얼마나 알아서 묻는대로 대주겠나? 몸이 편치 않은걸 고쳐주었으면 고맙게 여겨야지. 안 그런가?》
《…》

리제마는 이 집에서 며칠 더 묵기로 마음먹었다.

며칠을 묵으면서 《의주기인》(리제마는 안주인을 그렇게 불렀다.)이 손님들에게 차려주는 음식상을 눈여겨보느라니 그의 비방을 대체로 알만 했다.

리제마가 보기에 이 집에서는 소음인으로 보이는 사람들에겐 기장밥에 국은 닭고기국 아니면 단고기국을 내고 반찬으로는 도루메기구이와 미나리무침을 빼놓지 않았다.

어쩌다 찾아드는 태양인부류의 사람들에게는 먹음직스러운 메밀국수를 차려주었다.

리제마는 녀주인의 음식비방을 좀더 자세히 알아보려 여러날 주막에 머물렀지만 그 이상 소득은 없었다.

이쯤하면 음식비방도 알만큼 알았다고 생각한 리제마는 주막을 떠나기로 마음먹었다.

주막을 떠나기에 앞서 리제마는 《의주기인》을 묵고있는 방으로 청해들였다.

《주인님, 그동안 신셀 많이 졌소이다. 숙식비도 치르고 또 한가지 의원으로서 생각되는바도 있어 조용히 만나자고 했소이다.》

《의주기인》은 어서 말하라는 뜻으로 상글상글 웃어보였다.

리제마는 몸가짐을 바로하고 정색해서 입을 열었다.

《주인님! 며칠간 이 집에서 머무르면서 정말 귀중한걸 많이 배워 기쁘오이다.》

무슨 긴요한 부탁인가 하여 심중해서 듣던 《의주기인》은 리제마의 진심어린 태도에 영문을 알수 없어했다.

《주인님! 사실 난 사람들의 체질에 맞는 약처방을 구할가 해서 몇해째 여기저기를 찾아다니는 의원이오이다.

의주고을에 명의들이 많다기에 왔다가 우연히 이 집에서 사람의 체질에 맞게 음식을 내주는걸 보고 탄복하였소이다.

그동안 주인님의 음식처방을 눈여겨보았는데 짐작되는것이 있소이다.

나도 집으로 돌아가면 이 집에서 하는것처럼 사람들의 체질에 맞는 약처방을 내기 위해 힘쓰렵니다.》

리제마는 잠시 말을 끊고 《의주기인》을 눈여겨 바라보았다.

그 눈길에 점직한지 그가 고개를 떨구었다.
사실 리제마는 이 집에 머무르는 동안 《의주기인》에게 아들이 태우지 않는 원인을 따져보았다. 그리고 비로소 그 원인을 밝혀냈던것이다.
제마는 다년간 많은 녀인들을 치료하고 관찰하면서 얻은 비방을 그에게 알려주었다.
《의주기인》은 부끄러운지 얼굴을 붉히였다.
《이제 아들이 태여나서 그 애가 크거들랑 함흥으로 보낸다면 제 힘자라는껏 의원으로 키우겠습니다.》
리제마가 숙식비를 치르고 나오려는데 《의주기인》이 그를 불러세웠다.
《잠간만!》
《왜 그럽니까?》
잠시 고개를 숙이고 무엇인가를 생각하던 그는 결단한듯 떨리는 목소리로 말했다.
《의원님! 제가 덜된 녀자였나이다. 그렇게 백성을 위해 뜻을 높이 세우신 의원님을 몰라보고… 제 집 리속만 지키려 했소이다.
이제 무얼 더 숨기겠나이까. 의원님에게 우리 집 음식처방이 소용되신다면… 절 따라나와주사이다.》
리제마는 《의주기인》을 따라나섰다.
그는 리제마를 음식광으로 이끌었다. 음식광에는 갖가지 음식을 담은 그릇들이 시렁우에 주런이 놓여있었다.
《의원님, 음식이 입에 달다고 하여 되는대로 먹으면 오히려 몸에 해를 끼칠수 있소이다.
무우나 파는 꿀이 든 음식과 함께 먹지 말아야 하고 소고기는 밤과 같이 먹지 말아야 하오이다. 물고기와 새우반찬은 과실과 함께 먹으면 나쁘고 돼지고기와 고구마는 감과 함께 먹으면 좋지 않소이다. 단고기장은 록두나물과 먹지 말아야 하고 무우는 과실과 같이 먹으면 나쁘오이다.
돌아가신 시어머님께서 이르시기를 음식감에는 음과 양이 있는데 고기, 물고기, 닭알은 음이고 낟알, 남새, 산나물, 과실은 양이라고 했소이다.

또한 사람이 음에 속하는 음식을 많이 먹으면 일시 몸에 좋을듯 하나 나중에는 병에 걸리기때문에 음에 속하는 음식보다 양에 속하는 음식을 많이 먹어야 한다고 했소이다.》

리제마는 빠르지도 느리지도 않게 정찬 목소리로 말을 하는 《의주기인》에게 마음이 끌려들었다.

《시어머님은 음식을 내는데서 류사한것을 가지고 류사한것을 보충해주는 이류보류의 리치를 어기지 말아야 한다고 당부하셨소이다, 말하자면 찾아든 길손을 살펴보고 페나 심, 간이 쇠약해보이면 그 사람에게 짐승의 허파나 염통, 간으로 만든 음식을 내주어서 몸을 추세워야 한다는것입니다.

시어머님은 또 〈소의 소〉의 리치도 잊지 말라고 하셨소이다. 이 말은 좋은것도 지나치면 오히려 해롭다는 뜻이오이다. 아무리 좋은 맛을 내는 음식감이나 양념감이라 해도 그 량을 지나치게 많이 쓰면 해로우니 적당히 먹여야 장기를 든든하게 해줄수 있소이다.》

리제마는 탄복을 금치 못하였다.

《의주기인》은 리제마를 친근하게 바라보며 계속 말을 이었다.

《의원님처럼 책을 많이 보시는분들은 눈을 아껴야 하는데… 말하기는 쉽지만 잘되지 않는 일이오이다. 시어머님이 이르시기를 사람은 나이가 들면 눈부터 나빠지는데 그것은 눈을 잘 볼수 있게 하는 〈기〉가 부족해지기때문이라고 하였소이다. 눈을 밝게 해주는 〈기〉는 근간에 심어먹는 양배추라든가 시금치에 많고 강냉이에도 있으며 다래에 제일 많다고 하셨소이다.》

리제마는 듣는 말들이 하나같이 주옥같고 새로와 가슴이 활랑거렸다.

《가끔 우리 집을 들려가는 의원님들이 하는 말을 들어보니 적취병에 든 사람은 열에 아홉은 죽는다고 하옵니다. 우리 집에는 음식을 조화롭게 먹이면 그 병에 걸리지 않는다는 비방이 있소이다. 고기나 물고기, 남새를 지내 오래 끓여먹지 말며 변질된 음식이나 불에 탄 고기는 엄해야 하며 될수 있는 한 음에 속하는 음식은 적게, 남새와 과실을 많이 먹이는것이 적취를 막는 비방이오이다.》

리제마는 지금 스승앞에 서있는듯 한 심정이였다.

《의원님, 우리 집의 음식비방은 말로만 전해오는 까닭에 긴말을 아니할수 없소이다. 아마 지금부터 말하려는 비방이 의원님께서 바라시는것 같은데… 이미 의원님은 십중칠팔은 파악했을것이오이다.

사실 우리 집 음식비방은 사람의 생김을 보고 그에 맞게 내는 음식을 달리하는것이오이다.》

《의주기인》이 펼쳐놓은 이야기는 리제마에게 4상인으로 갈라본 사람의 체질에 맞는 비방으로 들려왔다.

그가 내놓은 비방을 풀이하니 이런 결말이 나왔다.

태양인은 주로 마른 음식을 좋아한다. 몸에는 메밀음식이 좋고 붕어탕, 대합조개반찬, 나물로는 련못에서 나는 순채나물, 과실로는 감과 앵두가 맞는다.

소양인은 생생한 음식과 남새반찬을 좋아하며 보리밥, 피쌀밥, 팔밥, 록두묵, 오이반찬, 새우튀기, 가재미탕, 굴회, 닭알, 돼지고기, 수박, 딸기가 몸에 맞는다.

태음인은 덥고 매운 음식 그리고 고기와 술을 좋아한다. 찹쌀, 좁쌀밥, 두부, 밀가루음식이 좋고 가지반찬, 고사리무침, 다시마반찬, 버섯반찬, 소고기, 잉어탕, 호박반찬, 배, 살구, 능금, 오얏이 몸에 맞는다.

소음인은 대체로 더운 음식을 좋아한다. 흰쌀밥, 기장쌀밥이 좋고 파, 마늘, 후추, 미나리김치, 엿, 명태국, 도루메기탕, 닭고기국, 꿩고기탕, 단고기장, 비둘기고기, 참새고기볶음이 몸에 맞는다.

이것을 놓고보면 사람이 좋아하는 음식에도 음양의 리치가 통함을 알수 있다.

양인은 몸을 더워하는데로부터 찬 음식을 좋아하고 음인은 몸을 차하는데로부터 더운 음식을 좋아한다.

《의원님! 이것이 우리 집 비방의 전부인줄 아옵니다.》

리제마는 너무 기뻐 말이 나가지 않았다.

의주걸음에 행운이 있기를 바랐지만 호박이 넝쿨채로 떨어진듯 한 이런 횡재까지는 생각하지 못하였다. 마치나 10년 적공이면 한가지 성공을 한다는 말이 리제마 자기를 두고 생긴 말 같았다.…

리제마는 《의주기인》의 주막집을 나와 여러날동안 의주에 사는 의원들을 찾아다녔지만 사람의 체질에 따라 약을 쓰는데서는 별로 이렇다할 도움을 받지 못하였다.

그는 비로소 4상인에 맞는 약처방을 밝혀내는것은 전부 자기가 해야 할 일감임을 절감하였다.

실로 어깨를 짓누르는 무거운 일감이였다.

사람의 체질을 네가지로 갈라놓은것은 무병장생의 길에서 첫걸음에 불과하다. 그것은 사실상 하나의 조그마한 씨앗이나 다를바 없다.

조그마한 씨앗 하나를 땅에 묻어서 알찬 열매를 맺을수 있는 큰 줄기로 자래운다는것은 심기보다 더 아름찬 일일수도 있다.

허나 그를 이루는 길에서 10년 아니, 한생을 바친대도 절대로 물러서지 않으리라.…

제 3 장

환멸에 찬 벼슬길에 올라

1

1873년(계유년)의 정월이 왔다.

리제마가 고향으로 돌아온지 어느덧 5년이라는 세월이 흘렀다.

그 5년동안 리제마는 날마다 사람들의 병을 치료하면서 4상인에 따르는 약처방을 적지 않게 밝혀냈다.

이제 몇해만 더 애를 쓴다면 그 어떤 확실한 결론을 찾아낼것 같았다.

그런데 날로 시국이 뒤숭숭해지면서 그의 마음을 불안케 했다.

유미렬강들의 끊임없는 침입속에 1871년에 1 200여놈의 침략군을 실은 미국침략함대가 대포를 쏘아대며 강화도에 기여든 신미양요가 일어났다.

나라의 여러곳에 외적과 화의를 반대하는 척화비가 세워졌는데 비문은 이러했다.

《서양오랑캐들이 침범하니 싸우지 않으면 화친하자는것이요, 화친을 주장하는것은 나라를 파는것이다.… 우리의 천만년 자손들에게 이

것을 경고하노라.》

게다가 날마다 들려오는 더 흉흉한 소문은 서양오랑캐들을 쫓아버리니 왜놈들이 기여들려 한다는것이였다.

구름이 잦으면 비가 온다고 요즘 오랑캐들이 날치는 꼴이 여간 심상치 않았다.

명치유신으로 국력을 키운 왜놈들이 오만하게도 무력으로 조선을 정복한다는 《정한론》이란것까지 들고나왔다니 미구에 전란이 닥쳐들것은 불보듯 뻔한 일이였다.

그런 속에 리제마는 지난해 여름 다음해 한성에서 여는 무과시험을 위한 예비시험인 향시를 함흥감영에서 가을에 실시한다는 방을 붙인것을 보았었다.

이런 때 내가 의술만 해서 되겠는가. 스승 림재익이 등을 떠밀어 포태마을로 보내고 《포태선생》이 나에게 무술을 가르쳐준것은 바로 오늘을 내다보았기때문인것이다.

아마 림재익이 살아있었다면 《무평! 지금이야말로 〈무병장생 만민복락〉보다 〈강병부국지초석〉이 요구되는 때일세. 잠시도 지체하지 말게.》 하였을것이였다.

어느날 집에 들어온 리제마는 마당에서 네굽이 쭉 빠진 백마를 보고 놀랐다.

《이건 무슨 말이냐? 누가 왔느냐?》

13살난 딸 달래와 11살이 된 아들 민성이 리제마의 앞으로 달려와서 대꾸했다.

《아버지가 탈 말이래요.》

《뭐? 내가?》

《엄마가 그랬어요.》

리제마는 고개를 끄덕이였다.

한옥이 비록 말 한마디 없었으나 나의 생각을 알았고 내가 가야 할 길을 내다보았구나.

고마운 안해였다. 아니, 어찌 보면 안해라기보다 누이같이, 스승같이 느껴지기도 했다.

무과의 길로 떠나자. 나라가 위태한데 뭘 더 망설인단 말인가. 무과에 급제하고 무관이 되여 나라를 지키면서도 얼마든지 의술로써 백성들을 구제할수 있으리라.

하여 36살의 리제마는 무과를 보러 한성에로의 길에 올랐다.

…

언제 돌아올지 모르는 고향마을이 점점 멀어지니 리제마의 마음은 몹시 쓸쓸하였다.

안해와 아이들을 언제면 다시 보게 될는지…

한사코 따라나선 두 제자와 함께 길을 가니 쓸쓸한것이 한결 나았다.

한성에 올라온 리제마는 황도연의 집을 찾아갔다.

황도연과 그의 식구들이 몹시 반가와하였다.

밤늦도록 황도연의 방에서는 불이 꺼질줄 몰랐다.

《자네 정말 무과에 급제할 자신이 있나?》

확실히 황도연은 미덥지 못해하는 눈치였다.

하긴 리제마가 체소한데다 나이도 어지간하게 많으니 그가 그럴만도 하였다. 그보다는 명의로 소문난 리제마가 중년의 나이에 의술을 버렸다는 점이 더욱 놀라왔던것이다.

리제마는 13년만에 만난 황도연의 머리가 반백임을 보고 자기도 나이가 많음을 인정하지 않을수 없었다.

《선생님! 그건 념려하지 않아도 되오이다.》

리제마는 무과에 자신이 있어서보다 시국의 요구앞에 자기를 내세워야 한다고 생각하였다.

백두산기슭에서 3년세월 닦은 무술을 버리지 말라는 《포태선생》의 당부대로 무술련마를 소홀히 한적이 없었다. 틈이 나는대로 달리기며 권법을 하였고 한해에 몇번은 말타고 활쏘기며 창던지기를 숙련했었다.

이번에 한옥이 백마를 마련해준 후부터는 거의 매일이다싶이 말타기와 무술을 련마하였다.

홍안의 시절보다는 숨이 차고 몸동작도 굼뜨게 알렸으나 이렇게 한달나마 직심스레 맹훈련을 하였더니 과연 포태산기슭에서 애써 배운 무술기법들이 하나, 둘 회복되여나갔다.

그러니 어찌 무과급제를 어려워하겠는가.

황도연은 그의 말을 듣고서도 미타한지 고개를 기웃거리며 말했다.

《한성에서 치는 무과는 도들에서 치는 향시하고는 다르네.》

리제마는 빙그레 웃음을 지었다.

지난해 가을 그는 함흥감영에서 치는 무과의 향시에 나가 우수한 실력으로 당선되였다.

황도연이 머리를 끄덕이며 말했다.

《자신이 있다니 마음놓이네. 그건 그렇고, 자네는 지난해 써보낸 글월에서 4상의술이 애를 먹고있다고 했는데… 이제는 자신이 생겼나?》

4상의술소리가 나오자 리제마는 흥분을 금할수 없었다.

《그동안 4상인을 구별하는데서 중시해야 할 생리비결을 새롭게 확정하였소이다. 체질상 차이점으로 하여 쉽게 생길수 있는 병도 다르고… 그리고 4상인으로 체질을 가르고 그에 따라 약을 쓰니 효험이 놀라울 지경이였소이다.

그렇게도 말썽을 부리던 우리 집사람의 심비증이 눈에 띄게 나아졌소이다. 체질상 우리 집사람은 태음인이였소이다.

그래서 율무쌀, 밤, 석창포, 오미자, 맥문동, 무우씨, 도라지, 마황으로 약처방을 지어 써보았더니 놀라웁게도 얼굴에 혈색이 오르면서 애를 먹이던 심비증의 증세가 퍽 수그러졌소이다.

동시에 부종도 뚝 떨어졌소이다.》

황도연은 연신 머리를 끄덕거리더니 크게 웃었다.

《그러니 무평의 부인이 4상의술의 덕을 선참으로 받았소그려.》

리제마는 뒤이어 4상체질에 약을 써본데 대하여 이야기했다.

황도연은 연신 고개를 끄덕이며 듣더니 마침내는 찬사를 아끼지 않았다.

《자네야말로 진짜의원일세. 사실 난 한생을 의원답게 살아왔다고 자부해왔네. 의서도 써냈겠다, 숱한 병자들도 고쳐주었겠다, 그런데 지금 다시 돌이켜보니 마음이 허전하네.

난 사람의 체질에 맞게 약을 써야 한다는걸 몰랐으니… 의원구실을 바로하지 못하였네.》

《선생님!》

《내 생각엔 자네의 4상의술이 이제 앞으로 새로운 길을 열어놓을걸세.》

리제마는 황도연의 칭찬에 몸둘바를 몰라하였다.

황도연은 앉은 자세를 고치며 무겁게 말했다.

《그런데 지금 당장은 무과에 나가겠단 말이지? 어찌겠나. 시국이 시국이니만치 자네같은 의생보다 장검을 쥔 무관이 더 요긴할수도 있지. 난 자네의 뜻을 지지하네.》

《선생님!…》

2

다음날 아침, 리제마는 박규수를 찾아가기에 앞서 두 제자를 방으로 불렀다.

《기달은 한 며칠 처가집에 가있으라구. 처자들이 얼마나 기다리겠나.》

기달의 처가는 한성에 있었다. 몇해전 함흥에서 북포를 가져가는 한성장사군의 눈에 들어 그의 딸에게 장가를 들었는데 어느덧 두 딸을 두었다.

그동안 몇번이나 함흥으로 처자를 데려오려 했었지만 한성으로 올라오라는 가시아버지의 반대로 뜻을 이루지 못하였다.

《그리고 의봉은 이 집 일을 거들어주면서 날 기다리게.》

제자들에게 할바를 분부한 리제마는 황도연의 집을 나섰다.

황도연이 하는 말이 평안도관찰사를 하다가 한성으로 올라와서 대제학에 이어 우의정벼슬을 하는 박규수는 요즘 간풍(고혈압)이 도져 의원들의 치료를 받으며 집에 있다는것이였다.

어서 가서 손을 써보자.

이런 생각을 하면서 리제마는 박규수의 집대문을 열고 뜨락에 들어섰다.

《뉘신지요?》

부엌에서 늙은 녀인이 나오며 물었다.

《저… 함흥에서 온 의원이옵니다.》

늙은 녀인은 리제마를 찬찬히 뜯어보며 다시 물었다.

《함흥에서 온 의원이라면… 10년전 이 집에 왔던적이 있지 않수?》

《예, 꼭 13년이 되였소이다. 그런데 그걸 다 어떻게…》

《아이구, 이런 희한한 일이라구야. 그러지 않아도 노상 의원님 소릴 했는데…》

박규수 부인은 안방쪽에 대고 소리쳤다.

《증손아범! 어서 나오게.》

안방문이 열리고 젊은 사내가 마루에 나와섰다.

《할머님! 왜 그러시오이까?》

《이 사람아, 귀인이 오셨네. 옛적에 자네를 침놓아 살려주신 의원님이 찾아오셨어.》

젊은 사내는 버선발로 마루를 뛰쳐내려 뜨락에 엎드렸다.

《선생님! 박씨가문의 장손이 큰절을 드리오이다. 그때 소인을 살려주어 정말 고맙소이다.》

리제마는 뜻밖의 일에 당황했다.

《아. 어서 일어나오.》

리제마는 젊은이의 손을 잡아일으켰다.

침 몇대를 놓아준것이 무슨 큰 은혜라고 10여년세월을 잊지 않고있었단 말인가. 이 하나만 놓고보아도 이 집의 가풍을 바이 알수가 있었다.

《누가 왔다고?》

사랑채에서 울려나온 석쉼한 목소리였다.

리제마는 옷매무시를 바로하고 사랑채로 다가갔다.

사랑방퇴돌우에 목화(벼슬아치들이 관복차림을 할 때 신는 목이 긴 갖신) 몇컬레가 놓여있는것으로 보아 벼슬하는 사람들이 병문안을 온 모양이였다.

《〈함흥의원〉이 왔으면 어서 맞아들이게.》

방안에서 울려나오는 석쉼한 목소리의 임자는 아마 박규수일것이였다.

사랑방문이 열리자 세사람의 모습이 보였다. 사모를 쓰고 흑단령(검은색의 둥근 깃옷)을 입은 젊은 사내들이였다.

방 아래목에 박규수가 앉아있는데 이마에 흰 띠를 동인것을 보아 머리가 아픈 모양이였다.

리제마는 박규수에게 꿇어엎드려 절을 하였다.

《아, 〈함흥의원〉이 옳구만. 그땐 새파란 젊은이였는데… 집에선 다들 무고한가?》

《예.》

리제마는 의원된 본분이 떠올라 바로앉으며 물었다.

《대감님! 소인이 병을 좀 보아도 되겠소이까?》

《고마우이.》

리제마는 박규수의 맥을 짚어보았다. 맥은 힘이 없고 고르롭게 뛰지 않았다.

박규수는 지금 머리가 흐리터분하고 눈이 나오는감이 있으면서 눈알이 아프고 잘 보이지 않을것이였다. 게다가 어지럽고 허리와 무릎이 시리며 쑤실것이고….

리제마는 들고온 약통을 열었다.

병자는 보건대 태음인일것인즉 마침이였다. 태음인에게 말을 잘 듣는 태음조위탕 약처방을 이미 찾아낸터이고 이 약처방으로 간풍에 든 태음인을 몇명 고쳤던것이다.

태음조위탕에서 오미자를 빼고 도꼬마리와 진득찰을 대신 넣어주면 간풍에 더 효험이 있을것이였다.

리제마는 약을 봉지에 담으며 입을 열었다.

《대감님! 이 약을 자시면 효험이 있을것이오이다.》

《고마우이. 허— 이 정신 봤나. 자네들을 인사시키지 못했군. 여보게들, 이 사람이 내가 늘 말하던 〈함흥의원〉일세.》

리제마는 자기를 지켜보는 세 사내들에게 머리를 숙이였다.

《리제마라고 하오이다.》

세 사내들중에서 박규수의 곁에 앉은 사내가 맞절을 하며 먼저 입을 열었다.

《저는 김옥균이옵니다. 당연 스물두살이오이다. 아직 벼슬은 없소이다.》

눈에서 광채가 일고 칼칼하게 생긴 그의 풍모가 만만치 않겠다는 생각을 자아냈다.

21살에 과거에서 장원급제를 하였다고 박규수가 곁에서 말해주었다.

《전 홍영식인데 당년 18살이오이다.》

리제마는 홍영식의 가슴에 흉배가 없는것을 보고 벼슬전이라는것을 짐작하였다.

홍영식은 전 령의정 홍순목의 아들이며 철종의 사위였다.

《전 박영교인데 24살이오이다.》

그의 가슴에도 흉배가 없었다.

박영교는 전 병조판서 박원양의 아들이였다.

리제마는 고령의 박규수에게 이렇게 젊고 쟁쟁한 제자들이 있다는것이 반가왔다.

《리공! 이 젊은이들은 애국충정을 지닌 인재들이 조정을 차지해야 한다고 주장하네.

사실말이지 인재를 떠난 부국강병이란 어불성설이지.》

박규수는 리제마의 손을 잡고 친근하게 말했다.

《10년이 넘도록 한성걸음을 안하던 그대가 다시 나타난걸 보면 필경 무슨 긴요한 일이 있는것 같은데…》

리제마는 얼굴을 붉히며 입을 열었다.

《대감님! 실은 저… 무과에 나가려고…》

박규수의 눈에 놀라움이 비꼈다.

《대감님! 국운이 위태로와지는 이런 때 가만 앉아있을수가 없어서…》

박규수의 얼굴이 밝아졌다.

《아! 그대는 소시적에 백두산가까이에서 무술을 닦았다고 했지. 임자말이 옳네. 지금 나라는 말이 아닐세. 조정이나 군대에 무예를 똑똑하게 아는 사람이 없어. 장수감이 없단 말일세. 기막힌 일이지. 〈죽창한화〉를 읽은적이 있나?》

리제마는 고개를 들었다.

《읽은적이 있소이다. 그 책에서는 본조에 들어와 훌륭한 장수들이 삼국시대에 비해 훨씬 적은것은 조정이 장수감들을 길러낼줄 모르기때문이라고 지탄하였던것 같소이다.

조정이 군사들의 직위를 그가 세운 전공에 따라 승진시키지 않고 백성들의 고혈을 긁어낸 군량을 얼마나 바쳤는가에 따라 출세시키니 그렇게 승진한자들은 하나같이 일단 지위만 얻으면 오로지 자기 목숨을 돌보고 아끼는것밖에는 아무것도 바라지 않아 장수감이 나올래야 나올수 없다고 하였소이다.》

리제마의 조심스러운 대답소리에 박규수는 무겁게 한숨을 내쉬며 고개를 끄덕였다. 사실 《죽창한화》의 이야기는 자기가 대신으로 있는 오늘의 조정에 대한 비난이였다.

《그래, 잘 기억하고있구만. 그 책이 조정의 비위를 심히 상하게는 하였지만 실은 바른 소리일세. 그런데…》

박규수의 안색이 어두워졌다.

《꼭 무과에 나가야겠나?》

리제마는 박규수가 자기 마음을 몰라줄것 같아 조급해졌다.

《대감님! 소인의 생각은 지금처럼 률곡선생이 내놓은 10만양병의 지론을 계속 외면하다가는 반드시 큰 변을 당한다는것이옵니다.

물론 지금 나라사정이 어려운것만은 사실이옵니다. 국고도 비였고 백성살이도 눈뜨고 볼수 없이 비참하고… 그렇다고 해서 군사를 소홀히 하면 안될줄로 아오이다.

량반이나 상민을 가림없이 일치동심하여 전민이 군병이 된다면 닥쳐오는 전란을 막아낼수 있소이다. 집집마다 군량을 내고 모두가 무술을 배우고 총 잘 쏘는 군사 10만을 양병하면 기필코 나라는 부강해질수 있소이다. 이런 국가중대사는 말로는 안되는 일이기에… 그래서 의원일을 그만둔것이옵니다.》

침울해있던 박규수의 눈이 번쩍했다.

《옳네, 옳게 보았네.》

김옥균이 리제마의 손을 와락 잡았다.

《오늘 뜻을 같이할 사람을 만난것 같소이다. 무과에 나가 꼭 급제하여 무관직을 받도록 하소이다. 조정쇄신의 뜻을 이루면 공을 기어이 찾겠으니 그때 손잡고 같이 일해보기를 바라오이다.》

《고맙소이다.》

3

장독교라는 가마에 실려 어데론가 끌려가는 리제마는 자기가 귀신에게 업혀가는것 같기도 하고 도깨비에게 붙들려가는것 같기도 하여 마음의 안정을 찾을수 없었다.

가마를 메고 풍우같이 내달리는 사내들은 하나같이 몸집이 실하고 우락부락해보이는 힘장사들이였다. 저승사자들에게 실려가는듯싶은 환각까지 들었다.

이 사람들은 무엇때문에 나를 어데로 실어가는것일가. 아무리 따져보아야 이 넓은 한성바닥에서 의원이나 하는 사람을 붙잡아 싣고갈만한 인물이 짚이지 않았다.

한성에서 아는 사람이란 황도연과 박규수 두사람뿐이다. 병을 보아준 사람들은 다 10여년전 사람들이니 그들이 나를 기억할리 없다. 이번에 한성에 올라와 황도연의 집에 머무르고있으면서 박규수대감을 내놓고는 일체 외인들과 담을 쌓고 무과에 나갈 차비만 하였으니 알 사람이라고는 더우기 하나도 없다.

그런데 누가 이 리제마를 알아서 이렇게 독수리 병아리 채가듯 하는것일가?!

그는 자기가 꼭 흉몽을 꾸는것 같아 아침일을 돌이켜보았다.

오늘도 첫새벽에 일어나자바람으로 밖에 나가 달리기를 하고 들어왔다. 그다음 아침밥을 먹고 병서를 펼쳐놓았는데 밖에서 떠드는 소리가 나더니 대문이 활짝 열리며 장독교가 들이닥치였다.

뒤면은 벽으로 되고 량옆에 창을 낸 장독교는 앞쪽에 문이 있는데 벼슬아치들이 타는 가마였다. 어떤 벼슬아치가 아침부터 병을 보이러 왔는가 하여 방문을 열고 내다보니 빈 가마였다.

가마를 멘 교군군들앞에서 해사하게 생긴 사내가 물었다.

《이 집에 든 함흥에서 온 의원이 뉘시오?》

리제마는 별생각없이 대꾸하며 뜨락에 나섰다.

《나요.》

그 사내는 잠시 리제마를 훑어보더니 굽석 선절을 차리였다.

《의원님! 가십시다.》

《가다니, 어데루?》

《그런건 묻지 마소이다.》

사내가 손짓하자 교군군들이 리제마앞에 가마를 들이댔다.

리제마는 웬일인가 하여 마루에 나와선 황도연을 쳐다보았다.

황도연은 난색을 지으며 고개를 저었다. 그러니 그도 누가 찾는지 전혀 짐작이 가지 않는다는것이였다.

교군군들은 리제마를 거의 떠밀듯이 가마에 밀어넣고 쏜살같이 달리기 시작했다. 이 골목, 저 골목으로 요리조리 빠지는 바람에 정신이 어리뻥뻥해졌다.

다시 생각해보니 그닥 좋지 못한 일로 해서 실려가는것 같지는 않았다. 붙잡아다 죽이거나 곤죽을 먹일 작정이면 죄인을 실어가는 함거따위를 들이대지 호화스런 장독교일리 없는것이다.

그렇다고 어떤 병자에게 데려가는것 같지도 않았다. 병자에게 데려간다면 하다못해 약통이나 침통을 꺼내오라고 했을것이였다.

에라, 범에게 물려가도 정신만 차리면 산다 했는데… 어디 맞서보자. 백두산가까이에서 다진 무쇠주먹이 있는데야.

리제마는 주먹을 으스러지게 틀어쥐고 옆창으로 밖을 내다보았다.

가마는 요란한 솟을대문으로 들어가고있었다. 해사하게 생긴 사내가 소리쳤다.

《내리시오이다.》

가마에서 내려선 리제마는 놀라지 않을수 없었다.

그전에 본 장동의 김좌근네 집보다 더 큰 집이 아닌가.

《여기가 어데요?》

리제마가 묻자 사환군은 씩 웃더니 《여긴 안국동인데 차차 알게 되오이다.》 하고 앞을 가리켰다.

《자, 저쪽으로 가시오이다.》

리제마는 사환군을 따라 후원에 있는 별채로 향했다.

사환군은 대웅전같이 웅장한 별채앞에서 소리쳤다.

《〈함흥의원〉 대령했사옵니다.》

그다음 사환군은 리제마를 이끌고 방으로 들어갔다.

방에 들어선 리제마는 현훈증이 났다.

번쩍거리는 자개박이옷장이며 책장, 이불장들이 한 벽을 가리웠고 또 한 벽에는 기이한 꽃이며 새, 나무를 그린 열두폭병풍이 서있었다.

바닥에는 공작새며 꿩을 수놓은 화려한 돗자리가 깔렸는데 아래목쪽에 강마른 사람이 앉아있었다.

눈길은 강마른 사람이 아니라 그가 의지한 안석(방안에 앉아있을 때에 몸을 기대는 크고 두툼한 받치개)이며 장침(모로 기대앉아서 팔꿈치를 괴는데 쓰던 베개 비슷한 물건), 보료(솜이나 짐승의 털로 속을 넣고 비단천으로 싸서 선을 두르고 곱게 꾸며 만든 두툼한 요)로 끌리였다. 지금까지 본것은 《수》,《복》자를 수놓은 비단을 씌운것들인데 이것들은 하나같이 연누런 밤색바탕에 검고 둥근 점들이 꾹꾹 찍힌

표범가죽을 씌웠다.

대단한 벼슬아치였다.

사환군이 리제마의 귀에 대고 속삭였다.

《의원님! 리조정랑어르신께 절을 드리시오이다.》

리제마는 깜짝 놀랐다. 정5품의 정랑벼슬이나 하는 사람이 궁궐같은 이 집의 주인이란 말인가.

《의원님, 무슨 생각을 하고있소이까? 어서 민대감어른께 인사를 드려야지요.》

리제마는 더욱 놀라왔다. 5품관에게 정2품이상의 높은 벼슬아치를 공경하여 부르는 대감이란 호칭을 함부로 쓰는건 무슨 해괴한 일인가. 바른대로 부르려면 나으리라 해야 할것이였다.

그러나 다음순간 리제마는 소름이 끼치였다. 방금 사환군은 저 사람을 민대감이라고 하였다.

그렇다면 이 집주인이 왕비일파의 두목중의 하나인 민겸호가 아닐가. 분명하다. 그래서 이런 호화로운 집을 쓰고살것이다.

민겸호는 3공6경이 굽신거려야 하는 왕비 민씨의 오래비였다.

왕비는 자기의 팔다리로 여기는 민겸호에게 더 높은 관직을 주고싶었겠지만 벼슬한지 오래지 않았으니 백관의 시비를 꺼려 잠시 그를 리조정랑자리에 앉혀놓았다고 한다.

보다 왕비의 첫째가는 심복은 양오래비이자 대원군의 처남인 민승호였다. 민승호는 민겸호의 친형이였다.

왕비는 어려서 량친부모를 다 잃고 민승호의 집에서 자랐다.

안동김가네를 몰아내고 조정을 장악한 대원군은 외척들의 세도정치를 끝장낼 심산에서 일가친척이 별로 없는 민씨를 며느리로 삼았다.

1866년에 왕비로 책봉된 민씨는 민승호를 병조참의에 앉히도록 힘을 썼다.

음으로 양으로 세력을 기른 왕비는 1873년 마침내 대원군을 밀어내고 조정정사를 민승호에게 맡기였다.

이것이 화가 되여 병조판서로 승진된 민승호는 그 이듬해 대원군일파가 보낸 뢰물을 펼쳐보다가 그안에서 폭탄이 터지는 바람에 즉사했다.

그러나 그것은 아직 후날의 일이였다.

벼슬품계는 어떻든 민겸호는 왕비와 형 민승호를 등에 업고 막강한 권세를 부릴것이였다.

《어서요.》 하는 사환군의 재촉에 리제마는 방바닥에 꿇어엎드렸다.

《의원 리제마 문안드리오.》

그때까지 안석에 비스듬히 기대앉아 까딱않던 민겸호가 움지럭거렸다.

《자네가 리제마인가? 소문은 들었어, 용한 의원이라고.… 내가 복이 없는지 벌써 여러해나 병을 앓고있는데… 황도연이 지어준 약도 먹어보았지만 말을 안 들어. 그런데 함경관찰사가 자네만은 내 병을 고칠수 있다고 하더군.》

지난해 함흥감영에서 치는 무과의 향시에 나갔던 리제마는 병을 보아달라는 관찰사의 부름을 받았었다. 그때 그는 한성에 있을 때부터 앓았다는 관찰사의 병을 어렵지 않게 고쳐주었다.

그 일을 가지고 관찰사가 민겸호에게 자랑을 한 모양이였다.

《나를 살려주게.》

리제마는 침착하게 민겸호의 안색을 살피였다. 여윈 얼굴은 시꺼멓고 거친데 두눈만은 반들거렸다. 맥을 보니 힘이 느껴지지 않았다.

리제마는 정신이 곤두섰다. 병자가 간적(간암에 해당되는 병)에 걸린것 같아서였다.

리제마는 민겸호를 눕게 하고 그의 배를 조심스럽게 만져보았다. 오른쪽옆구리에서 간이 크게 만져졌는데 결이 울퉁불퉁하였다.

틀림없는 간적의 시초였다.

민겸호당자로서는 정말 천행이 아닐수 없었다. 한두달만 더 병을 길렀어도 천하명의일지라도 어쩌지 못할것이였다.

고양이뿔외에는 무엇이나 다 가진 사람도 간적에 들다니, 그것도 아직은 마흔살전인데…

하긴 과도하게 술과 기름진 음식으로 포식을 하면서 더 많은 재물을 긁어들이려 악을 박박 썼겠으니 간적이 피해갈수 없지.

민겸호는 일어나앉으며 물었다.

《쾌 고칠만 한가?》

리제마는 천천히 고개를 끄덕였다. 적취에 든 병자까지 고쳐냈는데 간적의 시초를 어찌 어렵다 하랴.
《저… 약재가 걱정이오이다. 급히 오다보니…》
《그건 념려말게. 내 집에 천하 어떤 약이든 다 있으니 처방만 바로 내려주게.》
민겸호는 으시대며 떠들었다.
사환군이 례장함보다 좀 작은 궤를 안아왔다.
십장생무늬가 있는 값진 자개박이궤였다.
궤안에는 서우뿔, 사슴뿔, 산삼 같은 희귀한 약재들이 가득하였다.
리제마는 사환군에게 잇꽃, 단삼, 현호색, 오독도기, 삼릉 같은 약재들이 들어간 약처방을 써주었다.
《이 처방대로 하루 두첩씩 몇달 약을 쓰면 꼭 알 도리가 있소이다.》
민겸호의 입이 귀밑으로 돌아갔다.
《이제야 살것 같군. 나만 살리라구. 그럼 내 자네가 바라는건 뭐나 다 들어주지. 이봐, 그걸 가져오라구.》
민겸호가 손짓하자 사환군이 목침만큼 큰 값진 함을 리제마앞에 내놓았다.
《그안에 곰열이 들어있네. 강계부사가 내 병에 쓰라고 올려보낸건데 진짜인지 가짜인지 어디 알수가 있어야지. 요즘놈들은 서로가 속여먹을내기라 어느놈도 믿을수 없다니까.》
리제마는 입이 쓰거웠다. 제 속이 시꺼머면 남의 속도 검은줄로 안다는 말이 민겸호를 두고 생겨난 말 같았다.
하여간 흥미가 동하여 리제마는 물을 떠오라고 일렀다. 인차 사환군이 보시기에 물을 반쯤 떠왔다.
리제마는 주먹만 한 곰열에서 좁쌀알만큼 떼내여 손끝으로 보드랍게 부스러뜨린 다음 보시기에 떨구었다.
곰열가루는 보시기안에서 인차 진한 유백색을 내며 녹더니 채 녹지 않은것들은 밑굽바닥에 가라앉았다.
소열이나 양열은 곰열보다 천천히 녹고 유백색도 그리 진하지 않다. 또 물에 안 녹는 껍진한것이 곰열보다 많다. 돼지열은 소열보다 빨리 녹고 색갈도 진하나 곰열보다는 천천히 녹으며 색도 연하다. 그리고 물에 풀리지 않는것도 소열보다는 적고 곰열보다는 많다.
《진품이 맞소이다.》

민겸호의 입이 함박만 해졌다.

《내 오늘 기뻐하는건 말썽많은 병도 고칠수 있게 되였고 곰열도 진품인줄 알게 되여서보다는 중전마마를 잘 받들수 있는 인재를 찾아내서일세. 그래 자네 무과에 응시하려 한다는게 사실인가?》

《그렇소이다.》

《그러니 빈소문은 아니였군. 허참, 누구도 견줄바없이 뛰여난 명의가 고작 우직한것들이나 나가는 무과에 뜻을 두다니.

난 자네만 동의한다면 발벗고 나서서 내의원의 어의로 내세워주겠네.》

《대감! 리공은 의원이기도 하오나 무예에 능한 무인이라는데 본인의 뜻대로 무과에 급제시켜 우리 금위영에 보내주사이다.

지금과 같이 어수선한 때 리공 같은 무인은 중전마마를 지키는 일을 맡아보아야 하오이다.》

리제마는 비로소 장지문을 사이에 두고 방이 또 있으며 반쯤 열려진 문사이로 그안에 몇사람이 앉아있는것을 볼수 있었다.

사환군이 리제마의 귀에 대고 귀띔했다.

《방금 말한 저 어른이 금위대장이올시다.》

민겸호는 조대비의 5촌조카인 금위대장 조녕하에게 손가락질을 하며 웃었다.

《자넨 언제 봐야 욕심자루가 지내 크거던.》

《일욕심이 많은거야 장점이라고 할수 있소이다.》

조녕하의 곁에 앉은 량반이 한마디 하였다.

《저 어른이 심순택형조정랑이오이다.》

사환군의 귀띔소리를 들으며 리제마는 은근히 속이 떨렸다.

그러니 이 방에는 이마빡에 2품이상 벼슬아치들이 망건에 붙이는 금관자는 달지 못했어도 민가패의 쟁쟁한 거두들이 모인셈이였다.

심순택의 웅글은 목소리가 방안을 울렸다.

《소꼬리보다 개대가리가 낫다고 문무를 겸비한 인재한테야 물산이 풍요한 고을을 맡겨줘야 어울리지요.》

《옳거니!》 하고 무릎을 치고난 민겸호는 조녕하를 바라보며 말했다.

《내 다 생각이 있네.》

4

　래일은 무과시험을 치는 날이였다.

　리제마가 병조에 나가 무과응시자명부에 오른 자기 이름을 확인하고 거처지에 돌아오니 황도연이 자기 방으로 오라고 찾았다. 리제마가 방에 들어가 자리에 앉으니 황도연은 무과에 나가려면 나라의 군사형편도 알아야 한다며 이런 말을 들려주었다.

　한성물정에 밝은 황도연이 울분을 터뜨리며 말하기를 이제는 중앙군인 5영까지도 명색뿐이라고 하였다.

　근래에 와서 군사들을 먹이고 입힐 돈이 없어 반수는 번을 들이지 않고 군포를 물게 하였는데 그나마 번드는 군사수는 그 수의 절반도 되나마나하다는것이였다.

　다른 영들의 사정은 금위영보다 더 한심한데 군, 현들에 소속되여있는 군사는 눈을 뜨고 못 볼 형편이라는것이였다.

　속오군(량인, 량반들로서 훈련을 받을만한자들로 무은 부대)에 올라있는 군사들은 코흘리개아이들의 이름을 올려서 군사수를 굼때고있는 형편이며 남아있는 군사들은 교련을 제대로 받지 못하여 제식동작 하나 변변히 할줄 모른다는것이였다.

　그런데도 왕비일파는 백성들에게서 빨아내는 군포를 군비로가 아니라 저희 패거리의 향락과 치부에 탕진하고있다고 황도연은 개탄하였다.

　왕비일파는 군영에 번드는 군사들에게 달마다 봉급대신 주게 되여있는 네말의 료미마저 뚝 잘라내서는 먹자판을 벌리고 외국사신들의 접대에 쓰는 판이였다.

　그래서 감영이나 병마절도사영, 수군절도사영들과 제진들에는 이전에 만들어놓았던 활과 창만이 남아있다고 하는 황도연의 말에 리제마는 분노를 참을수 없었다.

　이번에 한성에 올라와 다시 살펴보니 조정이 썩어가고있다는것이 알린다.

　이런 판에 어찌 나라를 지키는 군사가 녹아나지 않겠는가. 내 기어이 무과에 급제하고 어느 군진에 나가 거기만이라도 본때있게 꾸려 나라방비의 본보기가 되게 하리라.…
다음날 훈련원에서는 무과시험을 열었다.
리제마는 배기달이 견마를 잡은 백마우에 앉아 의봉이를 앞세우고 황도연의 집을 나섰다.
황도연의 아들 황필수도 여러 친구들을 데리고 따라나섰다.
훈련원은 대묘의 동남으로 동대문의 근처에 있었다.
아침부터 훈련원의 넓은 마당은 구경군들이 둘러싸고있었다.
근래에 와서 무과도 문과처럼 한해에 한번씩 해마다 3월에 열었다.
훈련원에서 주관하는 원시와 각 도들에서 치는 향시를 초시라고 하는데 이 시험들에서 각각 70명, 120명을 뽑으며 복시(2차시험)에서는 190명이 참가하여 33명을 급제시키는 문과와 달리 28명을 뽑는다.
마지막으로 임금이 지켜보는 앞에서 전시를 열고 갑과에 3명, 을과에 5명, 병과에 20명으로 급제자들의 등급을 매긴다.
무과시험에서는 먼저 무술을 치고 그다음 지정된 유교경전인 4서5경 가운데서 어느 한책, 군사관계의 7서중에서 한책, 《통감》, 《병요》, 《장감박의》, 《소학》 가운데서 응시자가 마음에 드는 책을 하나 골라잡아 읽게 하며 《경국대전》의 리해정도도 알아본다.
오늘은 복시를 치는 날이였다.
황필수가 훈련원의 담장가까운데에 자리를 잡아주었다. 몇백년 묵었을 큰 느티나무아래였다.
백마의 고삐를 잡은 기달은 어깨를 으쓱이며 훈련원을 바라보았고 의봉은 혹시 미흡한 점이 없나 하여 리제마의 행색을 더듬고있었다.
좀 있어 군령을 알리는 놋쇠로 만든 커다란 솔발을 흔드는 종소리가 마당쪽에서 울려왔다.
솔발을 한번 흔들면 대오를 정돈하라는 신호였다.
리제마는 응시자들이 모이는 마당으로 뛰쳐갔다.
훈련원에는 주부(종6품의 벼슬 또는 그 직위에 있는 사람)만도 38명이 있는데 그들이 전부 떨쳐나와 응시자들을 10명씩 19개의 렬로 정렬시켰다.
이어 표범의 꼬리를 새긴 표미기가 있는 좀 높은 둔덕으로 벼슬아치들이 주런이 나와앉았다.
그 둔덕에서는 마당을 한눈에 굽어볼수 있다. 표미기를 세운데로는 보통사람들의 출입을 허용하지 않는다. 주부들의 허락없이 자의대로 그쪽으로 가는자는 리유불문하고 군법으로 제지시킨다.

대오의 맨 앞장에 선 리제마는 둔덕우의 벼슬아치들속에서 박규수며 민겸호도 알아보았다.

응시자들속에서 수군대며 하는 말이 령의정까지도 나왔다는것이였다. 그러고보면 조정벼슬아치들이 거의다 나온 모양이였다.

나팔소리와 함께 포소리가 한방 울렸다. 동시에 대렬앞에서 기를 흔들었다. 몸을 돌리라는 신호였다.

응시자들은 일제히 기발이 가리키는쪽으로 몸을 돌리고 느리게 치는 북소리를 령으로 삼아 마당 한켠으로 움직여갔다.

또 한번 울린 징소리에 대렬은 멈춰섰고 련이어 울리는 바라소리에 응시자들은 그 자리에 주저앉았다.

이제부터는 한자리에 앉아쉬면서 차례대로 나가 무술시험을 치르어야 했다.

《기사요!-》하는 주부의 구령소리에 앉아있던 첫렬이 일어섰다.

그러니 오늘 무과시험은 기사라고 하는 말타고 하는 활쏘기로 시작이라는것이였다.

응시자들은 35보사이로 폭이 1자 되는 둥근 과녁을 5개 세운 그앞으로 말을 달리며 한순(5대)의 화살을 쏘아야 하는데 한발 맞힐 때마다 5점을 받는다.

리제마는 첫렬 첫번째에 선 까닭으로 오늘 무술시험에 선참으로 나서지 않으면 안되였다.

기달이 끌고온 백마우에 뛰여올라 등에 멘 동개에서 활을 뽑아들었다.

시작하라는 주부의 기발신호에 따라 리제마는 채찍을 휘둘렀다.

순간 백마는 껑충 뛰여오르더니 앞으로 질주하였다.

리제마는 날래게 활에 대우전을 먹여들고 첫번째 과녁을 지나치려는 순간 만궁으로 당겼던 시위줄을 탁 놓았다.

핑!-소리에 이어 사람들속에서 환성이 터져올랐다.

리제마는 명중이라고 들끓는 군중의 환성에 귀기울일새없이 두번째 과녁을 겨누었다.

핑!-

또다시 환성이 터져올랐다.

핑!- 핑!- 핑!-

잠간사이에 리제마는 쏜살같이 말을 달리면서 5개의 과녁마다에 화살을 면바로 쏘아박았다.

그의 뒤로 응시자들이 차례로 말을 달리며 화살을 날리였다.

그다음의 무술시험은 기창이라 하는 말타고 하는 창쓰기였다. 말을 달리면서 25보간격으로 세개 세운 짚으로 만든 허수아비의 면상에 창을 곧바로 찌르면 그때마다 5점을 받는다.

리제마는 기발신호에 따라 채찍을 들어 힘껏 말을 때리고는 두손으로 길이가 15자 5치(약 470cm)되는 장창을 머리우로 높이 쳐들었다. 그리고는 날쌔게 장창을 겨드랑이에 끼웠다가 즉시로 돌려 오른쪽겨드랑이에 끼고 첫번째 목표를 향해 짓쳐나갔다.

거의 서너보까지 다가간 순간 리제마는 번개같이 손을 놀려 창을 내찔렀다.

창은 면바로 면상을 꿰찔렀다.

리제마는 말의 배허벅을 걸어차며 창을 뽑아가지고 왼쪽겨드랑이에 끼고 두번째 목표를 향해 달렸다.

이번에도 정통으로 꿰찔렀다.

마지막과녁도 면바로 찔렀다.

백두산가까이에서 배운 무술을 잃지 않으려고 짬짬이 되풀이했고 이번 무과시험을 앞두고는 바싹 달라붙어 련마했더니 과연 기대에 어긋나지 않았다.

리제마는 몸을 돌려 왼쪽을 바라보면서 창으로 뒤를 가리키고는 다시 오른쪽으로 몸을 돌려 창을 바꿔쥐고 출발선으로 돌아왔다.

자기자리로 돌아오니 언제 왔는지 김옥균이 웃으며 맞아주었다.

《고려의 한희유공을 보는것 같소이다.》

제마는 얼굴을 붉히였다.

한희유(?-1306)라면 말타고 활쏘기와 창쓰기를 잘하여 세상에 알려진 고려의 장수였다.

그런 장수에게 비기다니, 안될 말이다.

좀 있어 다른 응시자들의 활쏘기며 창쓰기도 전부 끝났다.

《달리기요!-》하는 주부의 웨침소리가 울리였다.

그러니 이번 차례는 300보달리기였다.

달리기는 한렬에 10명씩 서서 동시에 뛰여야 한다. 8되가량의 물이 들어있는 구리병에서 가는 구멍으로 물이 다 나가는 동안 270보를 달리면 1등인 《1주》, 260보를 달리면 2등인 《2주》, 250보를 달리면 3등인 《3주》의 성적을 받는다.

리제마와 함께 뛸 9명의 사내들은 하나같이 혈기왕성한 20대의 젊은이들이였다.

나이도 많고 키도 작은 그가 이들을 당할는지…

제마는 곁에 선 젊은이들과 함께 주부들이 가져온 쇠갑옷을 꺼입었다. 쇠패쪽들이 물고기의 비늘처럼 촘촘히 덮인 무거운 쇠갑옷을 꺼입고 머리에 검은색가죽투구를 눌러쓰고 활과 화살이 든 동개까지 등에 멘 다음 몸을 흔들어보니 무거운 나무짐을 진듯 불편했다.

리제마가 선 선두렬이 회가루를 뿌려 그은 출발선에 나서자 주부는 기발을 흔들었다.

그 순간 응시자들은 있는 힘껏 땅을 차며 앞으로 내달렸다. 마치나군마들이 짓쳐나가는듯 자욱한 흙먼지가 타래쳐올랐다.

한치를 다투면서 내달리는 사람들이 백보를 넘어서자 차이가 생기였다.

선두에서 달리던 리제마는 이를 사려물고 안깐힘을 썼지만 점차 떨어지기 시작하였다. 200보에서는 중간으로 밀려났다.

선두사람이 300보를 넘을 때 징소리가 귀따갑게 울렸다. 구리병의 물이 다 빠져나간것이였다.

달리기에서 리제마는 아쉽게도 3등인 《3주》의 성적을 받았다.

첫렬에 이어 다음렬들이 꼬리를 물고 마당을 달리였다.

마감으로는 《력》이라고 하는 힘내기였다.

50근짜리 모래자루를 량손에 하나씩 들고 내처 160보를 달리면 1등인 《1력》, 130보를 가면 2등인 《2력》, 100보를 가면 3등인 《3력》의 성적을 받는 력에서 리제마는 젖먹은 힘까지 다했으나 겨우 2력에 들어가고말았다.

무술을 놓고 오랜 세월 의원을 하다보니 몸이 약해진탓이였다.

황필수가 벙글벙글 웃으며 위로의 말을 하였다.

《잘했소. 나이든 사람이 한창내기들과 겨루었다는것도 자랑스러운

일이지만 두번씩이나 25점, 만점을 받았으니 급제는 떼여놓은 당상이요.》

리제마는 오늘 비로소 이제는 한풀 꺾인 나이든 시기임을 가슴아프게 깨달았다.

지금부터가 뜻하는바를 실현하는 길이겠는데 어느덧 기력이 쇠진한 나이에 들다니, 그것이 한스러웠다.

5

다음날에도 무과시험은 계속되였다.

리제마는 《옛글의 강받기》란 시험에서 잃은 점수를 만회하리라 마음먹고 시험받는 방으로 들어갔다.

리제마가 병서를 한책 지정하고는 묻는대로 좔좔 외우고 그 어떤 질문에도 막힘없이 일사천리로 내리엮자 시험관들의 눈이 모두 휘둥그래졌다.

한 시험관은 자기는 《옛글의 강받기》를 한생 주관해오는데 리제마처럼 그 어떤 질문에도 척척 거침없이 대답하는 사람은 처음 본다면서 군사를 다지는데 생각이 있으면 말해보라고 하였다.

리제마는 자기의 주장을 서슴없이 털어놓았다.

《오늘날 천하의 나라들은 앞을 다투어 신식군대를 기르고있소이다. 우리 나라도 나라사정이 어렵더래도 신식군대의 골간을 이룰수 있는 무관을 따로 길러내는 학당을 내와야 한다고 생각하오이다.》

시험관들은 그 말에 동감을 표시했다.

복시를 치른지 며칠 지나 무과급제자들이 발표되였고 뒤이어 훈련원에서는 임금이 지켜보는 앞에서 치는 전시가 열리였다.

전시는 28명 무과급제자들의 등수를 가르는 마지막겨루기였다.

리제마도 28명에 들어 전시에 참가하게 되였다.

훈련원의 장관인 도정이 직접 시합을 주관했다.

첫 시합은 가지런히 세운 황소를 뛰여넘는 내기였다.

이미 말을 세워놓고 뛰여넘기를 련마한 리제마는 황소 5마리를 넘었다.

다른 응시자들은 대체로 소 4마리를 뛰여넘었다.

다음시합은 권법이였다.

응시자들은 어리둥절하여 도정을 쳐다보았다.

옛적에는 권법으로 4명을 당하면 상등, 3명을 이기면 중등으로 쳐주었지만 권법이 무과에서 제외된지는 오랬었다.

지금 와서 갑자기 권법을 하겠다는건 무슨 소리인가.

리제마는 왜놈들의 침입이 기정사실화된 오늘날 무예를 중시하는 기풍을 세우려고 권법을 다시 내왔을것이라고 생각하였다.

모두가 눈이 둥그래가지고 웅성거릴 때 리제마가 웃동을 벗으며 《다섯명!》하고 소리쳤다.

전복을 차려입은 늙수그레한 주부가 리제마에게로 다가왔다.

《다섯명을 감당할수 있겠나?》

나이도 어지간하고 체소한데다 그보다는 달리기와 힘내기에서 성적이 씨원치 못한데 괜히 그러다 망신을 당할수 있다는 암시였다.

리제마는 빙그레 웃어보였다.

그래도 늙은 주부는 머리를 절레절레 저으며 동정의 눈길을 주었다.

어디에서 기다리고있었댔는지 몸집이 우람하고 힘꼴이나 쓰게 생긴 5명의 사내들이 마당으로 달려나왔다.

임금을 호위하는 어영청에서 뽑혀나온 군사들이였다.

리제마는 그들과 어떻게 격투를 하였는지 잘 생각나지 않았다.

요란한 박수갈채가 일어서야 리제마는 상대들을 모두 물리치고 자기가 이겼다는것을 알았다.

임금은 리제마에게 비단을 상으로 내렸다.

전시가 끝난 후 훈련원에는 과거급제자들을 발표하는 방이 나붙었다.

그날은 3월 보름이 지난 그 다음날이였다.

리제마는 울렁이는 가슴을 붙안고 급히 방을 훑어보았다. 최우수등급인 갑과 다음의 을과급제자들속에서 자기 이름을 보았을 때 그는 저도 모르게 눈물을 흘렸다.

황필수가 친구들을 데리고와서 축하해주었다.

그는 5명의 을과급제자들은 적어도 8품벼슬은 받고 5영의 무관직은 갈데 없다며 기뻐하였다.

며칠후 과거급제자들에게 관직이 차례졌다.

그런데 리제마에게만은 아무 기별도 없었다.

관직을 받은 급제자들은 의기양양해서 귀향하였다.

황필수가 무소식이 희소식이라고 위로해주었지만 리제마는 별의별 생각이 다 들었다. 이거 서얼차대(서자와 그 자손을 차별하는것.)를 하자는것인가, 아니면 북관내기라고 차별하자는것인가.

선기가 나기 시작해서야 병조에서 찾는다는 기별이 왔다.

병조에 나가니 정랑이란 량반이 맞아주면서 리조에 가라는것이였다.

리제마는 더럭 의심이 들었다.

무과급제자를 왜 리조에 가라는것일가.

우두커니 서있는 리제마를 보고 병조정랑은 고개를 끄덕였다.

《그댄 복이 있는 사람이요. 장원급제자도 바라보기 힘든 벼슬을 받게 될테니까. 하여간 임지에 가면 군사일을 잘 살펴주오. 이제 리조에 가면 고신(임명장)을 내줄거요.》

어떤 벼슬을 주려고 리조에 가서 고신을 받으라는것일가.

리조에 가니 이미 안면을 익힌 리조정랑 민겸호가 맞아주었다.

《그댄 확실히 명의일세. 그대가 내린 약방문대로 약을 지어먹었더니 몸이 거뿐해졌거던.

병이 다 나았단 말일세. 은혜는 은혜로 갚으랬다고 내 어찌 은인을 몰라보겠소? 자, 나를 따라오게.》

리제마는 의기양양해서 앞서걷는 민겸호의 뒤를 따랐다. 뜻밖에도 민겸호는 광화문안으로 들어가는것이였다.

리제마는 몹시 긴장하여 난생처음 들어와보는 경복궁을 눈여겨볼 여유도 없었다.

문득 《진해현감 들랍신다!―》하는 큰소리가 지척에서 울리였다.

진해현감은 어데 있는것일가.

그 자리에는 리제마와 민겸호 둘뿐이였다.

민겸호가 리제마의 팔을 잡아주며 나직이 귀띔했다.

《이보게, 진해현감! 처신을 잘해주게.》

리제마는 너무 놀라 그냥 서있었다.

해변이나 변경지대 고을원은 리조에서 병조와 의논하여 무예를 갖춘 무관을 임명하기도 한다.

새로 부임된 고을원들은 임금에게 하직인사를 하는 자리에서 《수령

7사》(고을원들의 의무로 되는 7가지 일)를 외워바쳐야 한다.

농사일과 누에치기를 잘하게 하며 호구수를 늘이며 향교를 추켜세우며 군사관계의 정사를 잘하며 부역을 고르게 시키며 송사를 간소하게 하며 아전들의 롱간질을 없애겠다는것이 《수령7사》의 내용이다.

진해현감이라고 생각하니 리제마에게는 문득 하나의 장면이 떠올랐다.

어느해인가 어느 마을에 들려 사람들의 병을 보아주고있는데 박우물집에 중병에 걸린 병자들이 있다는것이였다.

급히 그 집을 찾아들어가니 정말 어둑침침한 방에 두 늙은 내외가 누워있었다.

외아들은 변방군진에 군사로 나갔다가 돌아오지 못하였고 며느리와 하나밖에 없는 손자는 병들어 죽었다는것이였다.

리제마가 그들의 맥을 보려 하자 로파가 고개를 저으며 입을 열었다.

《이보시오, 의원님! 괜한 품을 들이지 마우. 우리가 걸린 병은 병이 아니고 굶어서 생긴 병이라우. 의술로는 굶어서 죽게 된 병을 고칠수 없수다.》

령감이 로파의 말을 이었다.

《우리 며느리도 그렇고 손자애도 굶어서 죽었소. 우리같은 가난뱅이들은 약이 없어 죽는것이 아니라 쌀이 없어 죽는거요.》

그때 리제마는 의술의 허망함을 느꼈었다. 의술은 백성들에게 선차적인 먹는것이 풀려야 소용되는것이 아니겠는가.

백성들을 못살게 구는 고을원이며 아전놈들의 못된짓을 없애버릴수만 있다면…

그런데 오늘은 뜻밖에 제가 진해현감이라는 고을원이 되였다.

분명 민겸호가 손을 썼을것이였다.

고을원이라면 임지의 군사일도 돌봐야 하는 중임도 있으니 나라를 지키는 일도 내밀면서 한 고을에서나마 가난을 구제하여 백성들이 잘살게 할수 있지 않을가. …

리제마는 민겸호가 꿇어엎드리는것을 보고 자기도 그의 뒤에 무릎을 꿇고 엎드렸다. 그다음 민겸호가 한대로 머리를 조아리며 목청을 돋구었다.

《신 진해현감 리제마, 현신하여 상감마마께 문안드리오이다.》
얼마후 앞쪽에서 응답소리가 울렸다.
《진해현감은 임지로 내려가 일을 잘하라.》
《황송하오이다. 상감마마의 성은에 충정으로 보답하겠소이다.》
리제마는 다시한번 절을 하고 민겸호를 따라 궁을 나섰다.
밖에 나서니 온몸이 땀으로 화락하게 젖어있었다.
민겸호가 다가와 리제마의 등을 두드리며 말했다.
《난 자네가 중전마마께 충정을 바치리라고 믿네.》
리제마는 그제야 민겸호에게 불려갔을 때 그가 주위사람들에게 나도 다 생각이 있다고 한 말뜻을 깨달았다. 그때 벌써 민겸호는 리제마에게 고을원자리를 내줄 생각을 하고있던 모양이였다.
리제마는 고신을 받아가지고 병중의 박규수를 찾아갔다.
전후사연을 다 들은 박규수는 일이 아주 잘되였다며 기뻐하였다.
그는 리제마에게 지난해 진해의 제포수군진에 부임해간 수군첨절제사에게 보내는 글월을 써주었다.
글월을 내주면서 박규수는 진해수군첨절제사는 젊어 한때 자기 문하에서 배운 제자인데 병약하나 사람됨이 대바르고 청렴한 무관이라고, 그와 손을 잡고 진해앞바다에 외적이 얼씬하지 못하게 하라고 당부하였다.
리제마는 다음날 황도연과 작별하고 떠났다.
고을원으로 부임되여갈 때 나라에서는 타는 말 한마리, 짐말 두마리에 따라다니는 시중군 4명을 붙여주는데 리제마는 말만 받고 시중군들은 돌려보냈다.
두 제자가 있는데 시중군이 또 있어 무엇하랴.

6

리제마는 진해고을에 려장을 풀어놓기 바쁘게 제포에 자리잡은 수군진부터 찾았다.
이전 현감들 같으면 부임지에 도착하자마자 부임턱을 받아먹는다, 6방관속들과 고을의 부자들에게서 인사턱을 받아먹는다, 기생점고를 한다 하고 복닥소동이 났겠는데 리제마의 거동은 너무도 조용했다.

수군진을 돌아본 리제마의 마음은 울적하였다.

이렇게까지 한심할줄은 몰랐다.

나라법대로 하면 제포의 수군진에는 수군 80명이 타는 큰 병선인 대맹선 1척, 수군 60명이 타는 중맹선 5척, 30명의 수군이 타는 소맹선 10척, 도합 16척이 있어야 하는데 기껏 소맹선 일여덟척이 갈펄에 나앉아있을뿐이였다.

알아보니 신관 수군첨절제사는 오자마자 병이 심하게 번져 웅천에 병치료로 가있고 오백여명의 수군이 있어야 하는 진에는 겨우 백수십명의 군사가 전부라는것이였다.

나이가 58살이라고 쓴 둥근 패쪽을 허리에 찬 늙은 군졸이 하는 말은 군량이 없어 군사들에게 급료를 잘 내여주지 않는데다가 이제는 병선들이 낡고 파손되여서 새로 무어야 하기때문에 군사들의 태반이 벌이를 하느라 사방으로 흩어져갔다는것이였다. 지난해 다른데로 출세하여간 절제사가 군사들이 벌어들인 돈을 몽땅 꿍쳐가지고 갔다는것이였다.

제포거진이 어떤 요충지인지 모른단 말인가.

제포거진은 옥포, 평산포, 지세포, 영등포, 사량, 당포, 조라포, 적량, 안골포의 수군만호들을 관할하여 경상도 남쪽바다의 거의 절반을 지켜야 하는 중요한 거점이였다.

임진왜란때 왜군은 부산포에서 진해고을과 이웃한 웅천앞바다로 해서 전라도 진포의 명량해협으로 빠져나가 북상하려고 하였다.

그때 리순신장군이 제포의 앞바다에서 왜놈수군 10만을 족쳐 그놈들의 기도를 꺾어놓았었다.

그런 수군의 요충지가 쑥대밭으로 되여가고있으니 이런 기막힌 일이 또 어데 있겠는가.

다음날 리제마는 웅천에서 병치료를 하고있는 제포의 수군첨절제사를 찾아가 박규수대감의 글월을 전해주었다.

스승이 써보낸 글월을 읽고난 수군첨절제사는 리제마의 손을 잡고 마음은 수군진에 가있는데 몸이 말을 듣지 않으니 분하다고 탄식하였다.

열이 계속 나고 맥이 없고 입맛이 없으니 음식을 제대로 들지 못하고 어떤 때는 각혈까지 한다는것이였다.

수군첨절제사의 병을 보니 페로(페결핵)였다.
다행히도 그에 맞는 처방인 팔물군자탕이 있어 제꺽 약을 지어주고 돌아왔다.
그 다음날부터 리제마는 제자들과 함께 잠행으로 마을들을 돌아보았다.
그래도 곡창이라 할수 있는 벌방고을이여서 산골보다 백성살이가 썩 나을줄 알았는데 별반 차이가 없었다. 벼고장인데도 벼짚이영을 새로 올린 집도 얼마 없고 게딱지같은 초가집들은 울바자 하나 변변치 않았다. 끼식때 마실 물을 청해 찾아들어가면 어느 집에서나 솥에서는 멀건 시래기죽이 끓고있었다.
마가을인데도 농사군들이 낟알구경을 제대로 못한다니 이게 웬일이냐.
올망졸망한 아이들은 하나같이 무릎이고 팔꿈치고 다 드러난 거친 베옷을 걸쳤고 그러기는 로인들도 마찬가지였다.
남해가는 나라에서 제일 더운 고장이여서 목화가 잘 자라고 모시농사도 잘되여 집집마다 천짜는 소리 그칠줄 모르는데 사람들이 헐벗다니 웬일이냐.
반면에 오막살이같은 초가집들의 한복판에 덩실 솟아있는 6방아전들이며 리정 같은 구실아치들, 땅부자들의 기와집들을 찾아들어가면 한성의 대감집들을 보는듯 얼이 나갔다.
국법을 유린하고 한갖 구실아치에 불과한자들이 수십간, 지어 호방같은자는 쉰간에 달하는 큰 집을 쓰고사는데 후원에 련못까지 있었다.
고간마다에는 옥같이 하얀 흰쌀이며 피륙들이 가득가득하고 방에는 부산포에서 밀매해들여온 값진 박래품(다른 나라에서 들여온 물품)들이 그들먹했다.
이럴수가 있는가.
좀더 알아보니 작은 고을에 무슨 6방관속이 그리도 많은지…
나라에서는 군보다 작은 현에는 아전을 18명, 일수(심부름군)는 28명으로 정해주었다.
그런데 진해현에는 아전이 서른을 넘었고 일수도 두곱이나 되였다.
라졸수도 여러명이면 되는데 스물을 넘고 기생수도 열을 넘었다.
장공인도 그렇다.

나라에선 현에 옻칠쟁이, 야장인, 화살만드는 공인, 목공을 각각 1명씩 두어 관가에서 소용되는 일을 시키라고 하였는데 수십명이나 부리여서는 그들이 만든 기물을 아전것들이 나누어가지고있었다.

배기달의 말에 의하면 제포쪽으로 나가는 길가에 주막집이 하나 있는데 거기에 앉아있으면 고을형편을 더 잘 알것 같다고 하였다. 리제마가 그의 말이 못미더워 뜨아해하자 배기달은 어떻게 알아냈는지 《에그나》라는 그 주막집의 래력을 늘어놓았다. 주막집은 간판이 《에그나》가 아니고 그 집 녀주인이 유별난 녀인이여서 그렇게 불리운다고 하였다.

마흔고개에 이른 녀주인은 말끝마다 《에그나》라는 말을 붙이는 습관이 있는데 언젠가 주막집을 털어먹으려고 관가에서 나온 심보고약한 구실아치가 그 말을 언질삼았다.

《네가 말끝마다 〈에그나〉라고 수작질을 한다는데 그건 태평성대를 비웃지 못해하는 수작이 분명하다.》고 하면서 까박을 붙이였다.

그때 주막집녀주인은 이렇게 대꾸했다.

《쉰네는 8도강산을 떠돌아다니며 한성에 가서도 〈에그나〉란 말을 빼놓은적이 없지만 그걸 트집잡아 야료를 부린 사람은 없었소이다.》

그런 일이 있은 다음부터 주막집은 《에그나》라고 불리웠는데 그 집 음식맛도 괜찮고 대접도 후해 사람들이 잘 모여든다는것이였다.

거기에다 녀주인의 딸이 고을에서 첫손가락에 꼽히는 인물로 노래 잘하고 춤도 잘 추어 이전 현감이 관가의 기적에 올리고 기생으로 만들어놓았다고 한다. 그래서 더 많은 사람들이 찾아든다던지…

하여튼 《에그나》 집에 가면 오고가는 말들을 다 들을수 있다고 하였다.

리제마는 평복차림으로 제자들과 함께 《에그나》집을 찾아가보았다.

가보니 기생노릇을 하는 딸은 어느 부자집 생일잔치에 불리워가서 없고 녀주인이 맞아주었다. 인사성도 밝고 붙임성도 있고 친절하기란 이루 말할수 없었다.

녀주인의 얼굴이고 몸매고 다 고운걸 보아 한창 피여나는 꽃다운 젊은 나이의 딸이 얼마나 곱겠는가를 바이 짐작할수 있었다.

길손들이 꽉 들어찬 넓은 방의 한구석에 앉아 술대접을 받으며 귀를 강구니 들을 말이 적지 않았다.
 듣는 말중에 리제마의 분통을 터지게 한것은 관가에서 동헌 뒤뜨락에 옥을 차려놓고 파종시기든 김매기철이든 상관않고 때없이 백성들을 잡아다가 행패를 부린다는것이였다.
 나라법에는 농사철기간에는 송사까지도 못하게 되여있어 해마다 춘분일에 무정(송사의 정지)을 하였다가 추분날에 무개(송사의 시작)를 실시하도록 되여있다.
 그런데 여기 아전들에게는 국법이 어느 려염집아낙네의 푸념소리만치도 못해보이는 모양이였다.
 며칠동안 《에그나》집을 출입하면서 고을형편을 속속이 꿰뚫은 리제마는 드디여 첫 정사를 하기로 마음먹었다.
 대개 일의 성패는 그 시작을 어떻게 떼는가에 달려있는것이다.
 그러기에 앞서 리제마는 마을들에 기별을 띄워 각 마을 리정들이 몇사람씩 데리고 관가로 나오게 하였고 그간 약을 먹고 차도가 생겨 제포에 나와있는 수군첨절제사에게는 수군사 스무나문명을 보내달라고 청하였다.
 6방관속, 라졸, 장공인, 기생들도 빠짐없이 관가에 모이도록 조치를 취하였다.
 하여 당일 아침부터 관가뜨락에는 비집고들어설 틈도 없이 사람들이 모여들었고 삼문밖에서는 남녀로소 백성들이 무슨 일이 있나 하여 장사진을 쳤다.
 리제마는 동헌대청마루에 위엄을 차리고 엄한 기상으로 자리를 잡고 앉았다. 그앞의 섬돌아래 좌우로 6방관속들, 리정들, 라졸들이 벌려섰다.
 뜨락가운데에는 보기만 해도 소름끼치는 6개의 형틀이 차려있고 그 곁에는 길이가 3자 3치되는 형장들이 무져있었다.
 6방관속들, 라졸들, 리정들은 희색이 돌아 기세가 올랐고 일수, 장공인, 백성들은 겁에 질렸다.
 이제 신관사또의 입에서 어떤 불호령이 떨어지겠는지…
 리제마의 싸늘한 눈길이 형방을 더듬었다.
 《옥에 갇혀있는 〈죄인〉들을 끌어오라.》
 급창이 되받아넘겼다.

《예잇! 〈죄인〉들을 끌어오랍신다-》

라졸들은 우르르 뛰쳐가더니 인차 목에 칼을 찬 《죄인》들을 떠밀고 발로 차면서 몰아왔다.

한 스무명쯤 돼보이는 《죄인》들은 매맞아 옷이 찢어지고 얼굴이며 드러난 몸부위들은 퉁퉁 붓고 시퍼런 멍이 들어있었다.

라졸들은 《죄인》들을 형틀뒤에 무릎을 꿇어앉히였다.

리제마는 애써 끓어오르는 격분을 다잡았다.

《저 〈죄인〉들이 지은 죄를 고하라.》

급창이 또 되받아넘기자 기다렸다는듯 형방이 고소장을 뒤적이며 숨쉴새없이 읽어내려갔다.

《죄인 기덕은 4년째 조세를 절반밖에 내지 않았고 환자 역시 몇해동안 전혀 갚지 않아서 도합 서른다섯섬 다섯말의 나라쌀을 떼먹었는바…》

《가만! 조세를 얼마로 정했는고?》

호방이 대답하였다.

《다섯할로 했사옵니다.》

《다섯할?》

리제마는 더욱 분이 치밀어올랐다.

나라법에 조세는 1할로 받게 되여있었다. 나라사정이 어려우면 2할로도 받아들일수 있는데 5할이라니 이런 불법무도한짓이 어데 있단 말인가.

백성들은 5할로 조세를 바치는것이 나라법인줄로 알고있을것이였다.

그렇다면 5할로 빼앗아들인 조세의 태반은 어데로 사라져버렸는가. 가깝게는 제포의 수군진에조차 군량을 제대로 내주지 않았는데…

《죄인 오달은 삼년째 군포를 전혀 내지 않았는데…》

리제마의 귀에는 더는 형방의 지껄임이 들려오지 않았다.

그는 어서 《죄인》들에게 형벌을 내려 신관사또의 위엄을 떨쳐주십사 하는 눈길로 쳐다보는 형방을 못 본척 하고 소리쳤다.

《〈죄인〉들은 듣거라. 너희들은 지은 〈죄〉를 인정하느뇨?》

《죄인》들은 모두 머리를 땅바닥에 떨구고있었다.

《이놈들아, 갑자기 귀머거리들이 됐어?》

라졸들은 당장 《죄인》들에게 몽둥이를 휘두를듯 눈알을 부라리며 꿱꿱댔다.

《사또님!》

한 늙은 《죄인》이 머리를 번쩍 쳐들었다.

《소인네들이 살아있는것이 〈죄〉올시다. 어서 그 〈죄〉나 면하게 해주시오이다.》

이번에는 그곁의 젊은 《죄인》이 소리쳤다.

《소인네들이 사람으로 태여난것부터가 〈죄〉인줄 아오이다. 어서 그 〈죄〉를 면하게 해주시오이다.》

그 말속에는 무서운 항변이 웅어리져있었다.

쨩!-

벼락치는듯 한 소리에 사람들은 와뜰하며 일제히 소리가 난 대청마루로 시선을 모았다.

대청마루를 힘껏 내려친 리제마의 주먹이 부르르 떨리고있었다.

그의 주먹이 담장아래에 늘어선 수군사들을 겨누었다.

《여봐라! 너희들 저 살팽이같은 라졸들부터 차례로 형틀에 포박해라!》

수군사들은 하늘땅이 뒤바뀐듯싶은 형세에 잠시 얼떨떨하여 움직이지 못하였다.

《난 현감으로가 아니라 거진의 병권을 쥔 수군첨절제사를 대신하여 너희들에게 군령을 내리는거다.

남의 집에 뛰여들어 갖은 행패를 다하고 나라를 먹여살리는 농사군들을 〈죄인〉이라 차고 때려 병신을 만드는 저놈들을 그냥 내버려두면 나라가 망한다.》

그러지 않아도 라졸이라면 평소에 이를 갈던 수군졸들이라 리제마의 령에 원한이 끓어올라서 그놈들에게 달려들었다.

라졸들은 사시나무떨듯 하며 형틀에 끌려나가 묶이웠다.

리제마의 호령이 또 떨어졌다.

《너희들 수군사들의 손이 조금이라도 떨린다면 군령으로 너희들을 엄히 다스릴테다. 간악한 아전놈들과 한짝이 되여 백성들을 못살게 군 저놈들에게 볼기 쉰대씩 쳐라.》

바지를 벗겨내린 라졸들의 궁둥이로 형장이 된바람을 일으키며 날아들었다.

철떡! 철떡!…

라졸들은 아우성을 쳤다.

《살려주사이다, 사또님―》

리제마는 눈을 꾹 내리감았다.

저자들이 어떤 놈들인가. 저놈들의 근본을 헤쳐보면 거의다 일하기를 죽기보다 더 싫어하고 공것이라면 회물도 마실 그런 몹쓸 뿌리에서 돋아난것들이다. 놀부같은 한량(량인의 상층부)이나 몰락한 량반족속들, 밴들거리는 향리(지방고을에서 세습적으로 내려오는 아전)족속들이 저놈들의 뿌리이다. 저런 놈들에게 라졸역을 지은것부터가 잘못이다. 량반들에게는 꼬리흔드는 삽살개요, 백성들에게는 사나운 이리가 저놈들이다.

《아이쿠, 살려주사이다.》

리제마는 라졸들의 떠나갈듯싶은 울부짖음소리에 손을 쳐들었다.

그와 동시에 수군사들의 손에서 형장이 굳어졌다.

《그놈들을 잠시 내치고 이젠 리정놈들을 끌어올리라!》

리제마는 형틀에 묶여 버둥거리는 리정들을 노려보며 소리쳤다.

《이놈들! 족제비도 낯짝이 있다고 했다. 어떻게 한마을에서 한우물을 떠마시고 살면서 동네사람들에게 그렇게 못된짓을 할수 있단 말이냐? 우로는 아전놈들을 섬기고 아래로는 라졸놈들과 작당하여 백성들의 등껍질을 두벌, 세벌 벗겨 자기 배를 불렸으니 네놈들도 혼쌀나야겠다.》

리정들도 형장아래서 피멍이 들어 뜨락에 내던져졌다.

마감으로 리방, 호방, 형방, 공방, 병방, 례방들이 끌려나왔다.

그들은 벌써부터 초죽음이 되였다. 매도 먼저 맞는 놈이 낫다고 남이 매맞는것을 실컷 구경하였으니 5장6부까지 문드러진듯 하여 와들와들 몸을 떨었다.

그들속에서 리방이 기여드는 목소리로 간청했다.

《사또님! 소인네들을 용서해주사이다. 소인들은 관가에 매인 몸이라 구관사또님의 분부를 거역할수가 없었소이다.》

량반들을 업어넘기는 일에 찌들대로 찌든 아전들이라 반드럽기는 3년 묵은 물박달나무방망이 한가지였다.

리제마는 주먹을 힘껏 틀어쥐였다.

참새도 무리가 크면 논밭을 쭉정이로 만들고 쥐도 무리가 크면 쌀고간을 녹여낸다. 벼슬을 타고앉은 큰 도적들과 간악한 시골아전들이 패당을 뭇고 백성들에게는 임금의 령이라 하여 토색질을 일삼고 임금에게는 우직한 백성놈들이 조세마저 내지 않으련다고 속여 임금과 백성을 리간시키고 그 중간에서 리득을 차리는 까닭에 국운이 기우는것이다.

리제마의 노성이 찌렁찌렁 동헌뜨락을 울리였다.

《리방, 듣거라. 너는 이전 현감들을 기만하여 국법을 어기고 아전, 리정, 라졸들의 머리수를 곱으로 불구고는 그 대가로 뢰물을 챙겨먹고 그들의 잘못을 눈감아주고 그 대가로 재물을 받아먹었으니 너야말로 고을도적의 장본인이라 아니할수 없다. 호방, 너는 조세를 무려 5할로 걷어들여 큰 도적, 작은 도적끼리 나누어먹었으니 그 죄가 어찌 가볍다 할소냐.

공방, 너는 장공인들을 많이 두고 그들의 피땀으로 배를 불리웠고 무엄하게도 국법을 유린하고 구실아치, 라졸들이 집을 장상대신의 집인듯 크게 짓는데도 모르쇠를 하였으니 네놈도 어찌 무사할소냐.

형방, 너는 악한 놈들로 라졸을 늘이고 골목백성들을 기습하여 행패질을 일삼았으니 그로 하여 전답이 묵어나고 개울이 메워지고 호구가 줄어들게 하였다.

병방, 너는 군총의 수를 거짓으로 불구어서 군포로 네 몸을 살찌웠으니 네놈도 무사치 못하겠다.》

리제마는 다음말이 나가지 않았다.

주색질로 상전들을 음란과 타락에로 유인한 례방이 지은 죄는 다른 아전들의 죄보다 가볍다고는 못할것이였던것이다.

《례방, 네놈은 인륜을 고의로 어지럽혔으니 십악죄(10가지 극형죄)를 면치 못하겠다.

이놈들아, 죄는 지은데로 간다고 했다. 네놈들은 오늘 지은 죄값을 톡톡히 치르어야겠다.

얘들아, 저놈들을 사정두지 말고 되우 쳐라.》

수군사들의 눈에서 불이 일고 손에서는 형장이 맵짜게 오르내렸다.

철떡! 철떡!…

6방아전들도 혀를 빼물고 뜨락에 나딩굴었다.

그러나 리제마의 분기는 조금도 가라앉지 않았다.
《이놈들아, 네놈들이 백성들을 겁탈하여 빼앗아들인 일체 전답이며 재물을 모두 몰수한다. 집도 국법에서 허용한대로 삼간을 남기고 허물어내도록 할것이다. 여봐라, 저 도적놈들을 옥에 가두고 죄없는 백성들은 놓아주어라.》
수군사들이 달려들어 아전, 리정, 라줄들을 옥으로 끌고갔다.
눈물을 흘리면서 기뻐하는 백성들을 보고서야 리제마는 가슴이 후련해졌다.
리제마는 그 자리에서 각 마을마다 신망이 있는 향리들을 추천하게 하였다.
국법에 6방관속은 향리들속에서 뽑게 되였으니 그것을 어길수는 없었다. 그다음 파발을 띄워 첫 송사의 판결정형을 경주에 있는 경상도 관찰사에게 알리였다.
리제마가 진해고을에 내려와서 펼친 첫 정사의 소식은 그날로 날개를 타고 온 고을에 쫙 알려졌다. 이 소식을 들은 백성들은 이제야 고을에 진짜명관이 왔다고 기뻐하였고 부자들은 기가 죽어버렸다.

7

리제마는 일찌기 요즘처럼 바삐 돌아친적은 없었다.
《광제창생》의 큰뜻을 펼쳐가는 길이기에 낮에 이어 밤을 새우면서 일해도 힘든줄을 몰랐다. 리제마가 진해현감으로 부임되여 두번째로 펼친 정사는 간악한 무리를 쫓아낸 자리에 비교적 인망이 있고 대가 바른 사람들로 앉힌것이였다.
그리고 이전 구실아치들의 큰 집을 헐어낸 재목으로는 아이들이 모여 글을 배우는 서당이며 길손들이 묵어가는 원집을 짓게 하였다.
동시에 마을들을 돌아다니며 악독한 전횡을 일삼는 부자놈들을 엄하게 징벌하였다.
그날도 리제마는 고을에서 제포의 수군진으로 향하는 길가의 마을을 돌아보고있었다. 앞으로는 비옥한 논판이 펼쳐져있고 뒤에는 나지막한 야산을 낀 마을이였다.
리제마가 판가에 새로 받아들인 6방아전들을 거느리고 한무리의 닭들이 한가로이 노닐며 무엇인가를 쪼아먹고있는 논판을 바라보는데 문득 가까이에서 욕지거리소리가 들려왔다.

소리나는쪽을 바라다보니 논뚝길에서 웬 사나이가 어떤 녀인에게 꽥꽥거리며 욕설을 퍼붓고있었다.

《이 거렁뱅이같은 쌍것이 백주에 감히 내 논에 침범하여 낟알을 훔쳐갈수가 있는가 말이다. 이 도적년아-》

낟알을 훔쳐간다는 소리에 리제마는 놀라 다시한번 논판을 둘러보았다.

분명 논판에는 벼대 한대 서있지 않았고 벼단 하나 남은것이 없었다. 그저 한무리의 닭들이 제 세상인듯 싸다니고있었다.

리제마는 그제야 저 녀인이 논임자인 사내의 논판에서 벼이삭을 줏다가 봉변을 당했다는것을 알아차렸다.

세상에 저런 피이한 일도 있는가. 닭이며 지어는 참새나 기러기 같은 날새들도 마음대로 쪼아먹는 논판에 흘린 벼이삭을 사람은 주어먹을수 없단 말인가.

리제마는 울컥 분이 치밀어올라 그들에게로 다가갔다.

값진 비단옷을 쭉 빼입고 살이 피둥피둥한 사내는 낯모를 사람들이 다가오자 더욱 기승이 나서 녀인의 손에 들려있던 자그마한 베자루를 빼앗았다. 그리고 그것을 꺼꾸로 쳐들었다.

한웅큼의 벼이삭이 쏟아져 땅바닥에 딩굴었다.

논임자는 입에 게거품을 물고 벼이삭을 사정없이 짓밟았다.

리제마는 즉시 논임자의 멱살을 부여잡고 논판에 처박고싶었다.

《이건 무슨 행패인가?》

리제마의 큰소리에 논임자는 마깝잖은 눈길로 그를 바라보았다.

형방이 논임자에게 소리쳤다.

《사또님께서 나오셨소!》

그 말에 논임자는 즉시 온 얼굴에 아첨기를 담고 리제마에게 깊숙이 절을 차렸다.

《사또님! 미처 몰라봐서 죄를 지었소이다.》

리제마는 역겹게 낮추 붙는 논임자를 등지고 녀인을 바라보았다.

누덕누덕 기운 베옷을 입은 녀인은 두려워서 벌벌 떠는데 몸은 바싹 여위고 얼굴은 별에 타서 새까맸다.

물어보지 않아도 녀인의 처지를 알수 있었다.

리제마는 논임자에게 물었다.

《이 앞논이 그대의것이겠소?》

《예, 예, 그렇소이다.》

《그대의 집은 어느 집이고 저 녀인의 집은 어느것인가?》

논임자는 기세가 나서 대꾸하였다.

《사또님! 소인의 집은 동네 복판에 있는 기와집이고 저 녀인의 집은 저기…》

논임자의 손이 마을에서 유일하게 높이 솟아있는 고래등같은 기와집에 이어 마을 한켠의 초가집들쪽을 가리켰다.

《사또님! 소인네 집에 잠간 들려가주셨으면 하오이다.》

리제마는 살망을 피우는 논임자를 엄한 눈길로 지켜보며 말했다.

《내 몇가지 묻겠소. 그대 조상들중에 나라를 위해 목숨을 바친분이 있는가?》

논임자는 어안이 벙벙해서 입을 열지 못했다.

《임진왜란때 의병에 들어 목숨을 바친 조상이 있는가 말이요?》

《저… 없는줄로 아오이다.》

《그럼 백성을 위해 좋은 일을 한 조상은 있는가?》

《그… 그것도…》

리제마의 눈에서 분노에 찬 섬광이 번쩍였다.

《이 논벌을 누가 가꾸었는가? 그대가 땀흘려 농사를 지었는가?》

《저, 작인들이…》

그 순간 리제마의 노한 소리가 논임자를 깜짝 놀라게 하였다.

《이놈! 그런데도 뭐 작인녀인이 날짐승이나 주어먹는 흘린 낟알을 조금 주었기로서니 죄인취급을 하는거냐? 뭐, 저 작인녀인이 도적이라구?》

논임자가 기절초풍을 하는데 리제마의 호된 추궁은 그치지 않았다.

《이놈! 네놈이 나라와 백성을 위해 무슨 공을 세웠다고 이 앞벌을 독차지하고 작인들의 고혈을 빨아먹는단 말이냐. 땅세를 5할로 빼앗아 먹으면서도 성차지 않아 가렴주구로 작인들을 뜯어먹다못해 나중에는 흘린 벼이삭 한줌에 사람을 릉욕하니 너야말로 진짜도적이다. 네놈처럼 큰 기와집에서 좋은 옷을 입고 기름진 음식으로 배를 불리는자들이 많기에 백성들이 가난한것이다.

이놈! 네 죄를 알겠느냐?》

논임자는 그만 혼이 빠지고말았다.

새로 부임되여오자 첫 정사로 백성들에게 못살게 굴던 아전무리를 송두리채 들어낸 강직한 사또에게 걸려들었으니 꼼짝 못하고 녹아나게 되였다.

리제마는 형방과 호방에게 작인들을 불법무법으로 부려먹은 논임자의 죄목을 하나하나 묶으라는 분부를 내리였다.

이렇게 되여 심보고약한 논임자놈은 응당한 징벌을 받게 되였다.

이 하나의 사건으로 하여 고을안의 부자들은 보다 기가 죽었고 백성들은 살 때가 왔다고 기뻐하였다.

리제마가 세번째로 펼친 정사는 제포의 수군을 돕는 일이였다.

현감부터가 고을 북쪽에 있는 장벽산에 올라가 병선을 무을 목재를 찍어내니 백성들이 너도나도 떨쳐나섰다.

국법에는 토지 8결당 농사군 한사람씩 부역에 끌어낼수 있게 되였는데 그것도 한해에 6일을 넘길수 없었다.

만일 그 법을 어기고 부역을 초과해시키면 고을원이 벌을 받게 되여 있었다.

허나 그건 다 법전에나 씌여있는 종이장속의 법이고 실은 그 법을 만든 사람조차 백성들에게 과중한 부역을 들씌웠다고 하니 다른 벼슬아치들이야 더 말해 무엇하랴.

그러나 진해고을 백성들이 나라를 지키는 일인데 누가 시키고말고 할수가 있느냐면서 한사람같이 나서주어 수십척의 크고작은 병선을 무을수 있었다. 리제마는 밤이면 병서들을 펼쳐놓고 군사를 파고들었다.

리제마는 현재로선 비할바없이 우세한 왜적선과 싸워이기자면 넓은 바다가 아니라 밀물과 썰물차이가 심하고 수심이 얕은 좁은 바다에서 불의에 기습전을 들이대야 한다고 생각하였다. 이 전법이 바로 임진왜란때 왜적선을 무리로 남해에 처박은 리순신장군의 전법이였다.

리제마는 곧 수군첨절제사를 만나 자기 생각을 털어놓았다.

제진의 병선들을 부산포에서 제포에로, 통영에서 제포에로 통하는 좁은 수로에 매복시켰다가 왜적선이 침범하면 불의에 기습하여 격파하자는 리제마의 의견을 수군첨절제사는 아주 신묘한 전법이라며 쾌히 받아들였다.

넷째로 놓치지 않고 취한 조치는 부산포에 둥지를 튼 왜놈들이 고을 지경에 얼씬 못하도록 한것이였다.

그것은 박규수의 의견이기도 하였다. 정초에 박규수는 부산포의 왜관에 있는 왜놈들이 박래품을 더 많이 들이밀려고 날로 기승을 부리는데 각성을 높여야겠다는 글월을 보내왔다.

그렇다, 박래품이 쓸어들면 나라가 피폐해진다. 없어도 살수 있는 박래품대신 조선의 기름진 옥백미가 헐값으로 빠져나가니 이런 억울한 손실이 어데 있으랴.

하여 리제마는 라졸들로 진해고을로 들어오는 길목들을 모조리 막게 하였고 수군첨절제사에게 부탁하여 바다길도 차단하게 하였다.

그리고 간교한 왜놈장사군들을 붙잡으면 지체없이 관가로 끌어오도록 하라는 령을 내렸다.

그래서인지 진해고을로는 왜놈들이 그림자 하나 얼씬하지 못하였다.

리제마가 고을정사를 돌보는 바쁜 속에서도 놓치지 않은것은 또한 백성들의 병을 보아주는 일이였다.

관가에 약방을 차려놓고 정사를 보다가도 병자가 생겼다면 급히 찾아가 병을 보아주군 하였다. 제자들에겐 날마다 마을들을 돌아다니면서 병치료를 하게 하였다.

백성들의 병을 보아주니 일거량득이 아닐수 없었다. 사람들이 병이 나아서 일 잘하니 좋고 그들에게서 마을형편을 알게 되여 정사에 참작하니 좋고… 의술을 배우길 얼마나 잘했는가.

이로써 고을민심은 안정되였고 백성들은 흥이 나서 할바를 찾아했다.

오늘도 리제마는 《농사는 천하지대본》이라고 쓴 천폭을 펄럭이며 농악소리 울리는 속에 김을 매는 마을들을 돌아보고나서 어슬녘에 동헌으로 돌아왔다.

방문을 열고 들어선 리제마는 갑자기 눈이 부시여 그 자리에 굳어졌다.

초불이 환한 속에 요염하다고 해야 할지 아름답다고 해야 할지 하여간 화려한 치마에 삼회장저고리를 받쳐입고 연지곤지로 단장한 어여

쁜 녀인이 살며시 일어나 동백기름이 찰찰 흐르는 칠흑머리를 숙이는 것이 아닌가.

리제마는 정신을 펄쩍 차렸다.

어느놈이 미인계로 자기를 노리고있지 않는가 하는 의심이 더럭 들었다.

리제마는 천천히 아래목에 자리를 잡고 앉아 금시라도 품을 파고 안길듯 교태를 머금은 녀인에게 랭랭한 눈길을 보냈다. 그 눈길에 녀인은 요염한 얼굴을 붉히더니 고개를 떨구었다.

리제마는 엄한 기색으로 녀인에게 물었다.

《그댄 누군가?》

《소녀는 고을기생 〈에그나〉인줄 아나이다.》

《에그나?》

그렇다면 주막집 딸이라는것인가. 어미가 《에그나》라고 불리운다니 딸도 그렇게 불리울것이였다.

리제마에게 《에그나》집은 좋은 인상을 남겨주었다.

사람들이 많이 모여드는 그 집의 덕으로 고을형편을 낱낱이 알게 되여 첫 정사를 바로할수 있었고 그후에도 두 제자들이 가끔 그 집에 나가 고을의 돌아가는 형편을 알아와서 그시그시 정사를 펼치는데 도움을 받았다.

리제마는 속으로 탄식해마지않았다.

물어보나마나 이 녀인은 누가 시켰든 자청했든지간에 현감의 수청을 들자고 이 방에 들어왔을것이였다.

아, 얼마나 많은 녀인들이 천한 기생으로 되여 순결을 더럽히는가. 이들을 구해내는것도 《광제창생》이다.

이윽고 리제마는 미소를 머금으며 입을 떼였다.

《네 모친에게 자식이라고는 너 하나뿐이 아니냐. 내가 너의 이름을 기적에서 지워주겠으니 집에 돌아가거라.》

리제마는 문득 수군첨절제사의 밑에서 전령노릇을 하는 총각이 생각났다. 똑똑하고 대바른 군졸이여서 색시를 얻어주겠다는 롱말까지 했었다.

그 총각군졸과 짝을 무어주면 좋지 않을가.

《좋은 서방을 만나서 모친을 잘 모시게.》

《사또님!》

젊은 《에그나》는 눈물이 가랑가랑하여 그에게 큰절을 드리고는 방문을 나섰다.

8

오늘 리제마는 아침일찍 제포에 나가 그동안 수군첨절제사의 병이 얼마나 나았는가를 알아보았다.

확실히 팔물군자탕이 첨절제사에게 맞는 약이였다.

처음 병을 보았을 때에는 한해쯤은 약을 써야 몸이 추설줄 알았는데 몇달만에 병이 거의다 나았다.

체질에 맞는 처방이 확실히 중요하였다.

고칠 가망이 보이지 않아 락심했던 첨절제사는 하루가 다르게 몸이 추서자 수군일에 달라붙었다.

고을현감으로서는 수군일에 관여하지 않아도 되고 란시에도 수군첨절제사가 아니라 병마절도사의 령을 받게 되여있지만 누가 하라고 해서 수군일을 돕겠는가.

날이 갈수록 왜적선들이 우리의 바다에서 보다 더 날뛰고있는데…

하여 리제마는 오늘 오전도 첨절제사와 함께 병선에 올라 제포수군의 교련을 보고 점심무렵에 말을 타고 관가로 향하였다.

천천히 말을 몰아가느라니 집생각이 떠올랐다.

생각같아서는 한옥을 데려오고싶었다.

장가든지 스무해가 넘는다지만 한옥이와 함께 산 날은 불과 몇해밖에 되지 않았다.

허나 한옥을 데려올 결단만은 내리지 못하겠다. 제자들도 색시를 멀리 떠나 사는데 어찌 스승이란 사람만이 안사람을 데려다가 편안을 바라겠는가.

한옥을 데려오는 일은 좀더 두고보자.

《아이구, 사또님! 귀체만강하셨나이까?》

리제마는 자기를 부르는 소리에 생각에서 깨여나 눈길을 주었다.

벌써 고을거리였다. 《큰에그나》가 달려나와 엎드려 절을 하고있는데 그의 곁에 《작은에그나》도 엎드려있었다.

리제마는 말에서 내려 부드럽게 말했다.
《일어들 나오.》
두 녀인은 일어나서 두손을 모아잡았다. 《큰에그나》(리제마는 주막집녀인을 그렇게 불렀다.)가 먼저 입을 열었다.
《사또님께서 제포에서 돌아오시기만 눈이 빠지게 기다렸나이다.》
《허― 무슨 일이 생겼소?》
《사또님께서 중매를 서주었으니 인사를 드리고싶었나이다. 그전날에 오셨을 때는 미처 사또님을 몰라보고 푸대접을 하였는데 오늘 다 봉창하겠나이다.》
리제마는 《작은에그나》를 바라보며 웃음지었다.
리제마는 《작은에그나》를 기적에서 빼고 전령총각과 혼례를 치르게 해주었던것이다.
《혼례식날에는 찾아오겠소. 그때 한상 잘 차려내오.》
리제마는 못내 아쉬워하는 그들모녀를 뒤에 떨구고 관가로 돌아왔다.
동헌에 이르렀는데 웬 녀인이 대문밖에서 서성대고있었다.
오늘은 녀인들과 맞다들리는 날인가?!
리제마는 말에서 내리며 물었다.
《무슨 일때문인고?》
흠칫 놀라더니 녀인은 당돌하게 대꾸했다.
《소녀는 의원님을 뵈오러 왔나이다.》
리제마는 놀라며 녀인을 뚫어지게 바라보았다.
진해현감 반년에 사또 아닌 의원이란 소리를 한번도 듣지 못했다.
도대체 어디서 온 누구일가.
녀인의 손에서 보꾸레미가 스르르 떨어졌다.
《선생님! 소녀를 모르겠나이까? 〈공주기인〉집 손녀 고을순이 삼가 인사를…》
리제마는 깜짝 놀랐다.
이 녀인이 정말 을순이란 말인가. 《공주기인》의 어린 손녀가 어느덧 부인이 되다니… 헤여질 때 열한살인가, 열두살이였지.… 세월의 무정함이 왈칵 가슴에 파고들었다. 아, 딸애도 이렇게 자랐겠구나. 민성이도… 한옥이는 늙고.… 새삼스레 고향을 떠나 흘려보낸 세월의 기나

김이 가슴을 저미여들었다.
《자, 들어가세!》
리제마는 보꾸레미를 집어들고 앞에 섰다.
고재봉이 세상을 떠났다는 소식은 이미 황도연에게서 들었었다. 안타깝게도 고재봉의 일점혈육인 손녀의 행방을 알지 못한다고 황도연은 한탄했었다.
그동안 을순이 어데서 어떻게 살았을가. 방에 들어서자 을순이 보꾸레미속에서 빨간 비단천에 꾸린것을 꺼내들었다. 그것을 받쳐든 을순이의 손이 가볍게 떨리고있었다.
좀 있어 을순은 비단천을 헤치고 꺼낸 한쌍의 은가락지와 책 한권을 내려놓았다.
《소녀는 선생님이 진해현감으로 부임되셨다는 소문을 들은 날 머리를 얹었사옵니다. 소녀는 이 은가락지를 신물(뒤날에 표적으로 삼기 위해 주고받는 물품)로 삼고 선생님이 과거에 급제하여 뜻을 성취할 날을 손꼽아 기다려왔사옵니다.》
리제마는 멍하니 을순이를 건너다보기만 했다.
안될 일이였다. 량친부모를 다 잃은 불쌍한 소녀를 동정하여 부모된 심정에서 가락지를 사준것이지 그것을 신물로 여기라고 준것은 아니였다.
리제마는 이제라도 잘못 든 정을 뚝 떼주어야겠다고 생각하였다.
《이 사람, 임잔 어째서 자기 신세를 망치려고 하는가. 나로 말하면 헤여질 때 벌써 처자가 있었고 이제는 나이도 마흔난 사람인데 이러면 안되지. 이제부턴 나를 아버지라 여기고 그런 마음을 싹 지워버리게.》
을순이의 얼굴이 해쓱해졌다.
《선생님, 그런 말씀 마소이다. 선생님이 아니였다면 소녀는 이미 굶어죽은지 오랬을것이옵니다. 소녀를 살려주신 은혜에 보은하고저만 아니고 백성을 위해 세운 뜻 높으신 선생님을 몸가까이 모시고 손발이 되여 돕고저 왔는데… 머리를 얹은 마음 지워버리라 하심은 소녀보고 죽으라는 분부인줄로 아옵니다.
진정 소녀가 죽기를 바라옵니까?》
리제마는 그만 말문이 막히였다. 죽기를 마다하지 않고 간직한 녀인의 진정은 그 어떤 힘으로도 돌려세울수 없는 법이였다. 을순이의 절절한 음성이 방안을 울리였다.

《명필 양사언(1517-1584년)의 어머님은 소시적에 우연히 집에 찾아든 늙은 선비가 희롱하여 준 두자루의 부채를 간수하고 그 선비를 사모하여 후에 찾아가 한생을 바치였다고 하나이다.

하물며 선생님은 소녀를 살려주셨을뿐아니라 어떻게 살아야 한다는것까지 가르쳐준 은인이십니다. 소녀는 달리는 할수가 없습니다.》

리제마는 자기로서는 어쩔수 없는 처지에 놓이였음을 느꼈다.

그는 나직이 물었다.

《그댄 지금까지 어떻게 살아왔나?》

《소녀는 선생님이 주시고간 의서 〈부인대전〉을 외우고 할아버님이 남기신 의서들을 읽으면서 의술을 닦았나이다.》

《음-》

《소녀는 선생님이 당부하신대로 여기저기 찾아다니며 부인병을 고치면서 나라에 녀의가 있어야 함을 통감했소이다.》

리제마는 말없이 한숨만 내쉬였다.

세조때 조정에서 부인병을 고치는 녀의를 길러내는 조치를 취했었다. 고을관청들에서 애젊고 똑똑한 관비들을 한성에 불러올려 부인병에 대한 의술을 배워주고 그들을 다시 제 고을들에 내려보내여 녀인들의 병을 보아주게 하였다. 그런데 그후 녀의들이 풍기를 문란시킨다는 당치 않은 구실로 녀의제를 폐지하였다.

뜨거운 박동이 세차게 느껴졌다.

그를 곁에 두는것은 의원으로서 팔 하나를 얻는것과 같았다.

마침 방자 하나를 물색하려던 참인데 복이 저절로 굴러든셈이였다.

나라법에 녀인도 방자로 쓸수 있다 하였으니 을순이를 그 자리에 박아서 고을녀인들의 병을 보아주도록 한다면 함께 있어도 인륜에 어긋나는것으로 되지 않을것이였다.

《을순이, 잘 왔네.》

《선생님!》

9

　　배기달은 동헌뒤에 있는 별채의 방에 홀로 누워 멍청하니 천정만 쳐다보고있었다. 오늘 그가 몸이 말째다는 핑게를 대고 마을들을 돌아다니며 병자들을 돌보는 일을 맡은 의봉이를 따라가지 않은것은 까닭이 있어서였다.
　　어제 저녁 배기달은 리제마에게 불리워가서 된꾸중을 들었다. 비록 목소리는 높지 않았고 오히려 부드럽게 울렸지만 기달에게는 목을 조이는듯 하였었다.
　　《사람이란 정직하게 살아야 한다. 더우기 제자는 스승앞에서 티끌만큼도 속이는 일이 없어야 한다.》
　　그 말에 기달은 속이 한줌만하게 조여졌다. 스승이 무엇을 념두에 두고 그런 말을 했는지 알고도 남음이 있었던것이다.
　　그 일을 알고있는것은 의봉이와 을순이 두사람뿐이였다.
　　기달은 의봉이고 을순이고 닥치는대로 두들겨패고싶었다.
　　그래 가난한 백성들 집에서 돈을 좀 받아먹었기로서니 그게 무슨 큰 잘못이라고 스승에게까지 고해바친단 말인가.
　　스승을 모시고 소갈데, 말갈데로 따라다니는것은 앞으로 잘살아보자고 해서가 아닌가.
　　뛰여난 의술을 고스란히 물려받아 명의라는 이름도 떨치고 만금재물도 취하려고 해서이다. 병자들을 살려내고서 그 대가로 돈을 받는거야 응당한 일이 아닌가. 가난한 사람이라고 해서 약값을 물지 않아도 된다는 법은 없다. 더우기 처자가 있는 사람인데 돈을 받아야 그들을 먹여살리지 않겠는가. 오죽했으면 한성의 안해가 돈을 벌어들이지 못하는 지아비를 따라갈수 없다고 하였겠는가.
　　기달은 머리를 싸쥐였다. 올봄 처가집에 갔던 일이 생각났다.
　　사실 기달은 이번에는 어떻게 하나 가시아버지를 잘 구슬려서 안해를 함흥의 스승집으로 내려보내도록 하리라는 마음을 먹고 처가집을 찾아갔었다.
　　그런데 가시아버지는 장죽으로 마루를 두드리며 이렇게 꾸짖었다.
　　《이 사람, 내가 자넬 사위로 삼은것은 자네가 스승의 의술을 넘겨

받아가지고 한성에 올라오길 바래서였지 노상 하늘소처럼 스승의 집이나 짊어지고 정처없이 떠돌아다니라고 해서가 아닐세. 빨리 의술을 배워가지고 내 집으로 오든가 아니면 영영 내 딸을 보러 오지 말든가 량자택일을 해야겠네.》

지금까지 배운 의술이면 어디에 가서든 밥술쯤 넉넉히 빌어먹을수는 있다. 허나 천하에서 으뜸가는 의술을 가지려면 싫든좋든 스승에게 잘 보여야 한다. 스승이 이룩한 신비한 의술인 4상의학을 말끔히 알아낼 때까지 고생을 좀더 하면 되겠지만 그렇다고 그때까지 어떻게 노상 맨입으로야 견딜수 있단 말인가. 그래서 가난한 집들에서도 병치료를 할 때면 돈을 좀 과하게 받았는데 큰 변이나 난것처럼 꾸짖으니 이거 야단이다.

공든 탑이 하루에 무너진다고 스승에게 잘못 보였으니 다 허사로 되고만셈이 아닌가.

《이 일을 어찌하면 좋단 말인가?》

락심하여 머리를 싸쥐고 몸부림을 치던 기달은 불쑥 두손을 맞잡으며 《됐다.》 하고 소리쳤다.

화를 복으로 만들랬다고 그동안 병자들에게서 받아들인 얼마간의 돈을 제포의 수군에게 보내주자. 그러면 수군일로 마음을 놓지 못하는 리제마가 얼마나 좋아하겠는가.

이것이 바로 환심을 사서 스승이 제일가는 제자로 여기게 하는 명처방이라 할수 있겠다.

기달은 급히 돈자루를 찾아들고 방문을 열었다.

기달이 돈자루를 들고 제포의 수군첨절제사를 찾아가고있을 때 리제마는 말을 달려 고을을 한바퀴 돌아보고 동헌으로 돌아오고있었다.

그만하면 고을일이 괜찮게 되여가고있는셈이였다.

마을사람들속에서 신망이 있는 향리들에게 6방일을 맡겨주었더니 어찌나 열성을 내여 고을정사를 돌보는지 백성들이 다들 좋아했다. 그들이 애쓴 공이 있어 농사군들이 마음놓고 일해 밭들에는 보리이삭이 무겁게 실리였고 논벌에는 벼포기가 우줄우줄 아지를 치며 무성해졌다. 로인들이 하는 말이 올해는 근래에 보기 드문 풍년이 들것 같다니 풍년이 들면 백성들에게도 득이요, 나라에서도 득인것이다.

농사군들이 김매기에 열이 난 논밭을 바라보면 시흥이 절로 나군 하는 그였다.

제포의 수군일도 잘되여나가고있었다.

뭐니뭐니해도 첨절제사가 건강해진 몸으로 수군진을 돌보고있으니 이보다 더 기쁜 일이 어데 있을것인가.

작은 병선들로 바다를 오가면서 경계를 하고 섬들마다에는 망군(망을 보는 사람)을 두어 적정이 나타나면 봉수를 올리게 하자고 했더니 그는 군말없이 동의했다.

고을백성들의 병을 고쳐주는 일도 잘되고있었다.

날마다 제자들이 마을들을 찾아다니며 병자들을 돌봐주고 을순이까지 나서서 녀인들의 부인병을 고쳐주었다. 리제마도 틈틈이 사람들의 병을 보아주면서 4상의학에 보탤수 있는 또 한가지 비방을 찾아냈다.

4상인에 따르는 약재의 부작용을 알아낸것이였다.

부자와 계지는 태음인들에게서 살갗에 두드러기를 돋게 하고 석고는 또 목이 마르게 한다.

칡뿌리는 소음인에게서 구역질이 나게 하고 감수는 설사를 시키는가 하면 령사는 또 팔다리를 싸늘해지게 한다. 포부자는 소양인에게서 열이 나면서 두드러기를 돋게 한다. 그러니 4상인을 가르기 까리까리한 때는 이런 약을 먹여보면 알수 있을것이였다.

정말 기분이 좋았다.

《사또님!》 하는 부름소리가 뒤에서 울렸다.

례방이 량수거지를 하고 서있었다.

《사또님, 동생분이 오셨소이다.》

리제마는 도무지 무슨 말인지 몰라 눈을 크게 떴다.

《동생이라니?》

《함흥서 동생분이 사또님을 뵈오러 찾아왔소이다.》

고개를 기웃거리던 리제마의 얼굴이 점차 밝아졌다.

그럼 복만이가 왔다는 소리가 아닌가. 함흥에서 예까지 얼마인데 그 먼길을 찾아오다니. 그러고보면 복만이가 형이 보고싶어서 찾아왔을것이다.

나이가 들더니 마음이 달라진 모양이다. 서형이라고 형대접을 아예 안하려 들더니…

동헌뜨락에 들어선 리제마는 급히 사방을 둘러보았다.

복만이 어데 있을가?!

마당에는 동생이 보이지 않았다. 혹시 기다리기에 지쳐 마중나오다 길을 어긴것이 아닐가.

을순이 다가와 나직이 아뢰였다.

《선생님, 동생분은 지금 선생님방에 계시오이다. 먼길에 피곤하다기에…》

《그런가?》

방문을 열고 들어서니 참말 복만이 네활개를 펴고 코를 골면서 정신없이 자고있었다.

리제마는 세상 모르게 자는 복만을 보자 련민의 정이 북받쳐 그의 머리맡에 앉았다.

형이 얼마나 보고싶었으면 남해가 한끝에까지 달려왔을가.

리제마는 한시급히 말을 나누고싶어 복만이의 몸을 흔들었다.

《동생! 동생!》

복만이 꿈틀거리며 눈을 뜨더니 벌떡 일어나앉으며 무릎을 꿇었다. 그리고 방바닥에 머리를 조아렸다.

《형님! 불초한 동생이 문안인사를 드리오이다.》

리제마는 가슴이 뭉클하였다.

복만에 대한 노여움이 눈녹듯 사그라져버렸다.

적자랍시고 형을 서자라 천시하고 집재산을 독차지하고 배우라는 글공부가 아니라 난봉질로 가문의 망신을 시키고 작인들의 등가죽을 벗겨내고 그를 말리려드는 아버지와 형수에게 맞서고 과거에서 두번씩이나 떨어진 락방거자임에도 불구하고 수치도 모르고 세도집들에 뢰물을 먹이고…

《형님! 불효한 이놈때문에 아버님이… 아버님이…》

리제마는 아버지란 소리에 가슴이 철렁하였다.

《아버님이라니? 이 사람! 아버님에게 무슨 일이 생겼나?》

복만은 방바닥에 머리를 짓쪼았다.

《형님! 이놈을 죽여주소이다. 아버님이… 세상을… 떠나셨소.》

《무엇이?》

몇해전 일흔살 생일을 쉴 때 백살은 념려없다 하시였고 지난해 집을 떠나올 때도 정정하여 동구길에까지 따라나와 꼭 뜻을 이루고 돌아오라 절절히 당부하시던 아버지였다.
　리제마는 복만이의 어깨를 움켜쥐고 흔들며 소리쳤다.
《아버님이 언제, 어떻게?》
《두달전에… 중풍으로…》
《아!- 이 일을 어쩌면 좋단 말인가.》
　리제마는 자리에 주저앉고말았다. 비통한 부고는 그를 몸져눕게 하였다.

10

며칠간 몸져누웠던 리제마는 아침해살이 비쳐들자 간신히 일어나앉았다. 방문이 열리고 을순이 겸상을 차린 밥상을 안고 들어왔다.
　리제마는 음식을 보자 입안이 소태처럼 쓰거워옴을 느꼈지만 아무 내색없이 웃목에 쭈그리고앉은 복만을 불렀다.
《동생! 밥을 들자구.》
　복만이 성큼 밥상에 나앉았다.
　리제마는 벼껍데기를 씹는것처럼 입맛이 없어 밥 한숟갈에 물 서너 숟갈을 입에 떠넣었다.
　그는 밥그릇을 절반도 축내지 못하고 수저를 내려놓았다.
　곡상으로 높이 담은 밥 한그릇을 말끔히 바닥낸 복만이 입술을 문대며 숭늉사발을 쥐였다.
　리제마는 복만이 숭늉까지 다 마시고나자 을순이에게 말했다.
《상을 물리게.》
　을순이 눈물이 글썽해서 입을 열었다.
《선생님! 이렇게 음식을 들지 않으면 몸이 견디지 못하오이다. 선생님께서 몸져누우셨다는걸 알고 백성들이 다들 걱정하오이다. 제발 고을정사를 생각하시고 음식을 드시오이다.》
《음-》
　리제마는 고을백성들이 떠오르자 정신이 번쩍 들었다. 잠시나마 가난구제의 뜻을 잊고 사사로운 일에 사로잡히다니… 떠나가신 아버지도 세운 뜻을 미루어놓는 효도는 바라지 않을것이다.

리제마는 복만이앞에 무릎을 꿇고 《동생!》 하고 불렀다.

복만이 펄쩍 놀라 급히 그를 마주 향해 엎드렸다.

《형님! 왜 이러시오?》

《동생! 내 동생에게 간절히 부탁할 말이 있소. 들어주겠소?》

《형님! 어서 분부를 하소. 그 어떤 분부라도 다 따르겠소.》

《그건… 죄많은 형을 대신하여 동생이 아버님의 묘를 잘 돌봐주었으면 하는거요.》

복만은 희색이 돌아 머리를 쳐들었다.

《그 일때문이라면 념려마소. 아, 우리 가문에 어쩌다 벼슬사는 큰 사람이 나왔는데 사사일로 해서 사또자리까지 바쳐야 효도겠소? 나도 자식이니 려묘살이는 근심마소.》

리제마는 몹시 감동되여 복만이의 손을 꼭 싸쥐였다.

돌아간 부모의 묘곁에 초막을 짓고 3년상(어머니인 경우 1년상)을 마칠 때까지 묘를 돌보며 고인의 명복을 비는 일이 려묘살이였다. 이 기간 상제는 오직 죽만 들어야 했다.

《형님! 제 여기에 온것도 실은 제가 형님을 대신하여 려묘살이를 하고싶어서였소. 형님분부가 없이야 동생이라는 사람이 어떻게 형님을 제껴놓고 려묘살이를 맡아하겠소?!》

《동생!》

리제마는 격정으로 하여 목이 꽉 잠기였다.

《그런데 형님! 저…》

복만이의 얼굴이 천천히 어두워졌다.

《동생! 무슨 일인가? 어서 말하라구.》

복만이 떠듬거리며 말을 이었다.

《저… 이놈이 암둔하고 어리석다보니… 가사를 망탕 처분하다가 그만 재산을 몽땅 잃고말았소이다.》

《그건 무슨 말인가?》

《친구를 잘못 사귀는 바람에 그만… 그놈의 꾀임에 넘어가 장사를 함께 하기로 하고 전장을 몽땅 팔아서 그 돈을 들이밀었댔소이다. 그런데 그놈이 그 돈을 전부 가지고 어디론가 사라져버렸소이다. 설상가상이라고 아버님의 장례를 치르느라고 남은 가산을 팔다보니… 모친의 입에까지 풀칠하게 되였소이다.》

복만의 눈에서 닭똥같은 눈물이 뚤렁뚤렁 떨어졌다.

리제마는 가슴이 탁 막히는듯 하여 입술을 깨물었다.

사실 서자는 가문의 재산을 상속받을수 없어 리제마는 집재산에 관심을 가진적이 없었다. 어떻든 가문을 유지해나가기에 넉넉한 재산이라는것만은 알고있었다.

그런데…

리제마는 애써 마음을 진정하고 입을 열었다.

《동생! 너무 근심말게. 아무렴 산 사람의 입에 거미줄 치겠나?》

리제마는 즉시 붓을 들어 한옥에게 글을 썼다.

동생 복만이에게 밭도 나누어주고 천필이 있거든 있는대로 다 내주라는 글이였다.

그리고 호방을 불러들였다.

《내게 남은 록봉으로 천필이 얼마더라?》

호방은 잠시 속구구를 하더니 대꾸하였다.

《사또님, 명주 세필하고 베 열세필이온데 남은것이 없소이다.》

명주 세필과 베 열세필은 나라에서 현감에게 내여주는 한해록봉이였다.

실은 가끔 헐벗은 사람을 보면 록봉에서 잘라 옷감을 내주라고 분부하였으니 그 천이 남아있을리 만무한것이다.

지금 호방은 상전의 딱한 처지를 헤아려 무슨 변통을 생각하였을것이였다.

쌀도 주어보냈으면 좋으련만 현감의 록봉으로 차례지는 곡식 34섬은 두 제자와 을순이 달려먹으니 오히려 부족할것이였다.

《호방, 내 동생이 오늘 떠나가겠다니 내가 타는 백마에 상감께서 하사하신 비단도 실어주게.》

호방은 놀라와하더니 마지못해 《분부대로 하겠소이다.》 하고는 밖으로 나갔다.

호방이 왜 그러지 않으랴. 백마는 무과에 꼭 급제하여 나라를 지키는 무관이 되라고 한옥이 장만해준 말인데 형의 몫까지 합쳐 효도를 바치려는 동생에게 천금인들 아끼랴. 현감일을 잘하라고 나라에서 내준 말도 있으니 그 말을 타면 될것이다.

리제마가 써준 글월을 가슴에 품은 복만이 방바닥에 넙적 엎드렸다.

《형님! 고맙긴 한데… 이왕이면 크게 인정을 써주시우.》
리제마는 잘못 듣지 않았나 해서 물었다.
《인정이란건?》
《꼭 꼬집어말해야 알겠수? 진해고을이라고 하면 물산이 풍요하기로 소문난 고장이고 게다가 형님은 고을민심을 크게 얻었다는데 사또분부 한마디면 돈 만냥쯤이야 대수겠수? 그러니 만냥쯤 내주소.》
리제마는 어처구니가 없어 복만이를 멍하니 쳐다보았다.
《형님! 형님이 관가돈을 돌려쓰면 어련히 아전들이 도루 채워넣지 않으리요. 바다에 손을 뻗치면 야광주라는 진주보석이 들어오고 들에 손을 내밀면 옥백미가 굴러오고 마을들에 손을 대면 포목이 바리로 실려오겠는데 뭘 주저하우?》
리제마는 불끈 화가 치밀었으나 곧 자제했다.
얼마나 궁지에 빠졌으면 이러랴. 그러나 아무리 동생이 가난에 빠졌어도 어떻게 나라의 재물에 손을 댈수 있단 말인가.
《동생! 동생은 심히 잘못 생각하고있네. 백성들이 피땀흘려 마련한 나라고간에 함부로 손을 대는것은 나의 뜻도, 선친들의 뜻도 아니질 않나.》
복만은 얼굴이 시뻘겋게 달아올라가지고 어성을 높이였다.
《형님생각이 잘못됐소. 형님이 청렴하게 산대서 그걸 누가 알아나 줄것 같수. 그러다 남는것은 가난밖에 없수다. 손에 권세가 쥐여졌을 때 살 궁리를 해야 하우. 남들이라구 형님만 뜻이 못해서 벼슬살 때 한생 먹고살 재물을 긁어들이겠수? 나라요, 백성이요 하는것은 사실 권세를 잡자고 하는 감언리설이고 권세를 쥔 다음에야 제 집안을 살리는것이 세상리치가 아니겠소?!》
리제마는 금시 자기앞에 큰 뱀이 똬리를 틀고있는듯 하여 소름이 쫙 끼쳤다.
《형님! 어서 호방을 불러들여 분불 하소. 돈 만냥만 내주면 다신 형님에게 도와달라는 청을 안하겠소.》
리제마의 주먹이 방바닥을 내리쳤다.
《그만하지 못할가?》
복만은 더는 자기의 뜻이 통하지 않겠다는것을 깨달은듯 발끈 성을 내며 자리를 차고 일어섰다.

《에익, 내가 어리석었지. 그래도 형이라고? 흥! 그래 거기가 언제 한번 아버지한테 효도한적 있소? 허구한 날 잔소리 많은 아빌 내 혼자 모셔왔는데도 거기선 부조도 안하겠대, 려묘살이도 안하겠대, 흥! 이제 두고보시우. 천벌을 받지 않나. 거긴 우리 가문사람이 아니요. 하긴 내 언제 서자인 거길 형이라 여긴적이 있다구, 흥!》

불그락푸르락대던 복만은 방문을 걷어차고 뛰쳐나갔다.

리제마는 고역을 치른듯 온몸이 나른해서 겨우 앉아있었다.

11

선한 길로 돌려세울수 없는 복만이의 행악은 도리여 리제마에게 나라와 백성을 돌보는 길에서 물러서지 말아야겠다는 결심을 더욱 굳혀주었다.

그래도 복만이 천필을 실은 말을 끌고갔다니 돌아가신 아버님앞에 다소나마 면목이 서는것 같았다. 리제마는 쇠약해진 몸을 돌볼 새없이 또다시 마을들을 찾아다니며 고을정사도 돌보고 사람들의 병도 보아주었다.

농사일로 흥성이는 백성들의 모습은 그에게 더할나위없이 힘과 약이 되였다.

땅이 꺼지게 잘된 곡식을 베여들이는 백성들을 보니 먹지 않고도 배가 불렀다.

게다가 제포앞바다에 띄워놓은 고기배들에서는 어물이 실려나오고 새로 앉힌 염분들에선 소금이 쏟아져나오니 마음이 흐뭇했다.

백성들이야말로 한없이 근면하고 성실하다. 백성을 다스리는자들이 인을 본으로 삼고 도를 지키고 덕을 펼치면 그들은 생업에 헌신하기마련이다. 이것이야말로 부국하는 리치가 아니겠는가. 나라를 먹여살리는 백성들을 잘 돌봐야 할것이다. 가난구제를 본업으로 여기면 고을원일지라도 얼마든지 백성들을 잘살게 하는 무릉도원을 이룰수 있다.…

이런 생각에서 리제마는 농사작황의 등급을 매기는 일을 아전들에게만 맡겨두지 않았다.

현감인 자신부터가 마을들에 나가 로인네들과 젊은이들을 만나보고 그들의 의견을 들었다.

만나는 사람들마다 한결같이 올해는 농사가 제일 잘된 해라고 엄지손가락을 뽑아들었다.

농사가 제일 잘된 상상년이면 농사군들은 토지 한결당 조세를 스무말 바쳐야 한다. 결당 조세가 스무말이면 농사가 보통정도로 된 중중년에 비해 여덟말을 더 바치는것으로 된다.

농사는 농사군들만큼 잘 아는 사람들이 없으니 그들이 상상년이라면 상상년인것이다.

하여 진해고을은 전해보다 조세를 몇곱으로 바치게 되였다. 제자들의 소행도 힘이 되고 약이 되였다.

글쎄 기달이 그렇게 웅심이 깊을줄이야…

기달이 병을 보아주고 받은 돈을 모아두었다가 제포의 수군일에 써달라고 보내주었으니 얼마나 기특한가. 제자들을 생각해서라도 고을정사를 더 잘해야겠다.

조세를 바치느라 바삐 돌아가는 마을들을 돌아보고 동헌으로 향해가던 리제마는 관가앞의 느티나무아래에 서있는 을순을 띄여보고 말을 멈춰세웠다.

《왜 여기 있나?》

《선생님을 기다리던 참이오이다.》

《날?》

하필 만날데가 없어서 이런 길가에서 기다릴건 뭔가. 혹시 무슨 일이라도 생겼는가.

《선생님! 방금 주막집에 갔다오는 길이옵니다.》

리제마는 고개를 끄덕이였다.

오늘 아침 을순이가 주막집을 다녀오겠다고 하였던것이다.

《그 집에 무슨 일이 생겼나?》

《아니오이다. 녀주인의 딸이 꼭 선생님께 알리라는 말이 있어서…》

《그런가?》

《어제 웅천장사군들이 주막집에 들려 하는 말이 진해현감이 글쎄…》

《어서 말하게.》

《글쎄, 경주감영에 묵돈을 뢰물로 바쳤다고…》

《내… 내가?》

리제마는 억이 막혀 입술이 푸들거렸다. 세상에 아니 땐 굴뚝에서 연기가 나는 법도 있는가. 어떤 심술사나운자들이 그런 허망창한 수작까지 내돌리는것일가.

《그래서?》

《그 사람들 말은 호방이 그 일을 맡아했다고…》

《호방이?》

리제마는 입술을 깨물었다. 확실히 누군가가 모해를 하려는것이 분명하였다.

이런 때를 가리켜 혀아래에 도끼가 들었다고 하는것이다.

관가에서 내쫓긴 아전놈들의 작간일가. 민심을 흉흉케 하는자들을 잡아치워야 한다.

리제마는 동헌에 들기 바쁘게 호방을 대청으로 불러들였다.

보통키에 무던하게 생긴 용모로 하여 호감이 가는 호방은 여느때나 다름없이 단정한 몸가짐을 하고 퇴돌아래에 와섰다.

《자네 돌아가는 소문을 좀 아나?》

호방은 놀라는 기색을 지었다. 지금껏 리제마가 한번도 시국형편을 가지고 물어본적이 없어서였다.

《진해고을 사또가 감영어른들에게 뢰물을 먹였다는 소문이 나돈다는데 자넨 그걸 어떻게 생각하나?》

별안간 호방이 땅바닥에 털썩 주저앉았다.

《사또님! 그건 헛소문이 아니오이다.》

리제마는 와뜰 놀라 마루를 차고 일어섰다.

《뭐라구?》

《미리 사또님께 사실을 말할수 없었소이다.》

《어찌된 일인지 어서 말하라, 어서!》

《며칠전 웅천관가로 오라는 기별이 있어 가보니 관찰사어른이 보낸 호방비장과 형방비장이 내려와있는것이 아니겠소이까. 그 사람들은 우리 고을에서는 만냥을 내라고 하였소이다. 만냥으로 관찰사와 병마절도사에게 가을인사를 차려야 한다고…》

《가을인사? 생전 처음 듣는 소리다.》

《곡식을 거두어들이는 가을에는 의례히 웃사람에게 뢰물을 바쳐야

한다는것이오이다.》

《그, 그래서?》

《그래서 소인은 다음날로 돈바리를 끌어다 바쳤소이다.》

리제마는 정신이 아찔하였다. 그러니 아니 땐 굴뚝에서 연기나랴 하는 말이 맞았구나. 이제 이 사실을 고을사람들이 알면 이 리제마를 보고 뭐라고 하겠는가.

《누가 너에게 그런 권한을 주었느냐? 누가?》

호방은 땅바닥에 머리를 조아리며 부르짖었다.

《사또님! 소인 목을 치시오이다. 어느때건 떨어지게 된 목인데… 차라리 지금 떨어지는것이 마음 편하오이다.》

《누가 그따위 푸념소리나 듣겠다더냐? 왜서 그런 망탕짓을 했느냐 말이다.》

리제마는 성이 나서 대청마루를 오락가락하였다.

《사또님! 알건 아셔야 하오이다. 지금 뢰물이 없이 어떻게 벼슬을 부지할수 있소이까. 하관이 상관에게 뢰물을 먹이는것이야 오늘날 세상리치인데 만약 이를 어기면 사또님이 무사할수 있소이까?》

리제마는 더 참을수 없어 발을 굴렀다.

《너 이놈! 날 어떻게 보고 그런 망발을 하는거냐?》

그쯤하면 기가 죽어야 하는데 호방은 고개를 쳐들고 낮으나 힘살배긴 어조로 대꾸했다.

《사또님께 한가지 묻고저 하오이다. 사또께서 뢰물을 바치길 금물로 여기시다가 상관들의 미움을 받아 파직된다면 그것이 누구에게 해가 되겠소이까? 사또님대신 이전 현감들처럼 탐오밖에 모르는 악한 량반들이 고을에 내려온다면 백성들에게 고통밖에 차례질것이 있겠소이까. 그럴바엔 차라리 내키지 않더래도 뢰물을 바치고 사또께서 계속 그 자리를 부지하는것이 백성들에겐 득으로 되오이다. 비장은 사또들의 포폄(관리의 업적평가)은 오로지 뢰물의 많고적음에 따른다고 하였소이다.》

리제마는 맥이 빠져 마루에 주저앉았다. 허무한감이 온몸을 휘감았다.

아, 이것도 아니로구나. 호방의 말은 하나도 그른데 없다. 벼슬길에서는 아무리 청렴하게 살자 해도 그렇게는 안된다. 사모쓴 도적놈들이 사방에서 대문같은 큰 입을 벌리고 먹자고 달려드는 한 언제 가도 세상은 바로잡힐수 없다.…

12

꽃피는 봄이 왔다지만 리제마는 조금도 즐겁지 않았다. 날마다 들려오는 시국소식은 불안하기만 하였다.

박규수가 보내준 글월에는 김옥균이 사간원의 정언(임금의 언행과 정사를 간하는 관청의 정6품벼슬)으로 승진하였고 그가 은밀히 충의계를 무었다는 반가운 소식과 함께 불길한 소식들도 적혀있었다. 불길한 소식이란 다소나마 군력을 기르는데 힘쓰던 대원군이 왕비일파에 의해 조정에서 밀려났고 한성에서는 왜놈들과의 《국교회복》을 위한 굴욕적인 교섭이 진행되는 속에 올 정월에 왜군을 가득 실은 7척의 왜적선들이 부산포에 닻을 내렸다는것이였다.

박규수는 글월에서 오늘의 형세로 보아 불원간 왜놈들이 전란을 일으킬듯 하니 그 어느때보다도 제포의 수군일을 잘 도와야겠다고 강조하였다.

진해앞바다는 전라도앞바다로 통하는 수로의 길목이자 진주로 들어가는 륙로의 길목을 막는 관문이라고도 할수 있었다. 제포를 적에게 빼앗기면 적들은 손쉽게 우도병마절도사가 있는 합포(마산)를 기습하여 진주로 쳐들어갈수 있고 바다로는 서쪽의 거제도와 통영사이의 좁은 물목인 견내량을 제압하여 전라도수군의 목을 조일수 있었다.

리제마는 매일같이 제포에 나가 이제는 병이 깨끗이 나은 수군첨절제사와 함께 수군들의 교련모습을 보아주군 하였다.

그만하면 수군사들의 배다루는 솜씨도, 적병선을 기습하는 솜씨도 괜찮다고 할수 있으나 걸린것은 확실히 병기였다. 서양포로 장비한 왜적선과 맞서려면 병쟁기를 갱신해야 했다.

생각다못해 수군첨절제사는 한성에 가보겠다고 하였다. 무위소(왕궁의 수비를 담당한 군사기관)에 친구들이 있는데 거기서 만드는 7련발 조총과 사거리가 긴 화포들을 구해오겠다는것이였다. 좋은 일이였다. 조정에 안면이 넓은 사람이니 아무렴 무위소에서 만든다는 병기야 가져오지 못하겠는가. 수군첨절제사는 한성으로 떠나면서 돌아올 때까지 제포의 수군일을 리제마에게 맡기였다.

누구보다 마음이 통하는 사람이고 해전에도 밝은데다 현감의 직분에 관내의 군사일도 돌보게 되여있으니 리제마를 내놓고 다른 사람에게는 제포를 맡기지 못하겠다는것이 그의 주장이였다.

하여 리제마는 수군첨절제사가 돌아올 때까지 제포에 나가살지 않으면 안되였다.

리제마는 오늘도 아침부터 지휘선인 판옥선에 올라 병선들이 싸움진을 펼치는 교련을 보아주고있었다. 그런데 《에그나》집 사위인 전령이 달려와 큰소리로 고하였다.

《사또님! 봉화가 오르고있소이다.》

급히 눈길을 돌려 남쪽을 살피니 정말 가마섬켠에서 짙은 연기가 타래쳐오르고있었다.

앞쪽바다에 수상한 배가 나타났다는 신호였다.

리제마는 즉시 구리빛거폭(지휘봉)을 추켜들고 출전령을 내리였다. 북소리가 울리자 판옥선을 선두로 한 병선들이 기치를 펄럭이며 가마섬을 향해 질주했다.

판옥선의 이물우에 우뚝 선 리제마의 손에서 거폭이 오르내렸다.

《학익진을 펴라!》

전령이 리제마의 령을 되받아넘기고 기수가 기발을 휘둘러 병선들에 신호를 보냈다.

병선들은 일제히 판옥선을 선두로 하여 두줄로 학이 나래를 펼친듯싶은 학익진을 이루었다.

임진왜란때 리순신장군은 학익진으로 왜적선들을 무리로 쳐부셨다.

노군들은 기세드높이 노질을 하고 포수, 조총수, 궁수들은 이를 갈며 앞을 노려보았다.

가마섬을 가까이 하니 봉화는 10여리앞에 있는 보기섬에서 오르고있었다.

그렇다면 수상한 배는 보기섬쪽에 있을것이였다.

드디어 수상한 배가 걸려들었다. 보기섬근처에 돛을 내린 큰 배 한척이 있었다. 국기도 병선기도 띄우지 않아 어느 나라 배인지 알수 없었다.

리제마는 부르짖었다.

《전속 앞으로!》

아군의 화포는 사거리가 멀지 않아 될수 있는 한 빨리 이양선에 가까이 접근해야 우세를 차지할수 있었다.

이양선의 갑판우에서 오가는 사람들의 형체가 똑똑히 보이자 리제마는 거폭을 높이 쳐들었다.

《포 한방을 쏘아 어느 나라 배인지 정체를 밝히게 하라!》

리제마의 군령에 판옥선에서 화포가 불을 토했다.

쾅!—

요란한 포성에 이어 이양선앞에서 물기둥이 솟구쳐올랐다. 그러자 이양선에서 국기와 함기가 서서히 떠올랐다.

허연 백판에 피덩어리같이 벌겋고 둥근 자국이 꾹 박혀진 기발을 보았을 때 리제마의 눈에서 시퍼런 불이 번쩍였다.

저건 왜나라의 국기가 아닌가. 만일 조금이라도 반항한다면 침략선 《셔먼》호를 대동강에 처박은 평양사람들처럼 무자비한 불벼락을 안기리라.

리제마는 거폭을 틀어잡고 웨쳤다.

《위협포격을 들이대면서 왜놈배를 포위하라!》

병선들은 즉시 포문을 열었다.

쾅!—

쾅!—

포성이 바다를 뒤흔들고 왜적선의 지척에서 연방 물기둥이 솟구쳤다. 왜적선의 왜놈들은 불의에 나타난 조선병선들을 보고 아우성을 쳤다.

지금껏 가고싶은대로 개싸다니듯 했지만 걸치는것 하나 없었는데 하늘에서 내려왔는지 정예한 병선들이 불길을 토하며 에워쌌으니 청천벽력이 아닐수 없었다.

리제마는 적들이 혼비백산해있는 틈을 타서 지체없이 왜적선을 기습해야 한다고 생각하였다.

《빨리 저놈 배에 배를 붙여라!》

군사들이 나는듯이 왜적선의 선체에 다리를 놓았다.

리제마는 지체없이 다리를 타고 왜적선의 갑판우에 올라섰다.

그의 뒤로 창검이며 조총을 꼬나든 수군사들이 와— 함성을 지르며 왜적선에 짓쳐올랐다.

정신이 들었는지 왜놈들이 갑판으로 쓸어나왔다. 순간이라도 우물쭈물한다면 신식총을 가진 왜놈들에게 우세를 떼울수 있었다.

리제마는 《나를 따르라!》 하고 소리치며 군교인듯싶은 왜놈을 향해 비호같이 달려들었다.

어느새 군교인듯싶은 놈의 목을 한팔로 감아쥔 리제마는 총을 쏘려는 왜놈을 발길질로 쓰러눕히고 벽력같이 소리쳤다.

《맞서는 놈은 죽여버릴테다!》

왜말을 아는 전령이 리제마의 말을 류창하게 통역하였다.

성난 맹호같이 달려든 조선군사들의 기습에 왜놈들은 선손을 떼우고 말았다.

갑판에 몰켜선 왜놈들은 조선군사들에게 두팔을 붙잡히워 총을 쏠수 없었다.

리제마는 목을 조여서 기절할번 했던 군교놈을 놓아주며 호령했다.

《너희 대장에게 길잡이를 해, 어서!》

전령이 통역하자 그제야 살았다고 생각했는지 군교놈은 머리를 갑삭이며 앞서걸었다.

그놈을 앞세우고 어느 선실에 들어가니 시꺼먼 전복을 입은 왜놈들이 소총을 꼬나들고 당장 쏠듯 살기등등해있었다. 리제마의 뒤에서는 조총과 검을 틀어쥔 군사들이 그놈들을 노려보았다.

리제마는 놈들의 어깨우에 별모양의 작은 쇠쪼각들이 붙어있는것을 보고 이놈들이 왜적선의 두목들임을 짐작하였다.

이제 조금이라도 약한 기색을 보인다면 놈들은 소총을 발사할것이다. 그러면 피를 보게 될것이다. 아군의 손실이 없이 왜놈들을 제압하자면 대담무쌍해야 한다.

리제마는 선실벽에 걸려있는 왜검을 띠여보고 눈 깜빡할 사이에 손을 놀려 그것을 벗겨들었다.

《얏!-》하는 기합소리와 함께 리제마의 손에서 왜검은 두동강이 나고말았다.

왜놈들은 전률했다. 그 어떤 적수의 목도 단숨에 버일수 있다는 단단한 왜검이 조선장수의 손에서 수수대인듯 여지없이 동강나버리다니…

리제마는 량손에 동강난 왜검쪼각을 하나씩 들고 태연히 걸상에 걸터앉았다.
《우리와 맞서려는자가 있다면 이 칼신세를 면치 못할줄 알라.》
전령이 사기나서 통역하였다.
《병쟁기를 거두라.》
리제마의 호령에 왜놈들은 소총을 내려놓았다.
《누가 이 배의 우두머리인가?》
기가 죽은 왜놈들은 서로 눈치를 보더니 그중 한놈이 한걸음 나섰다. 어깨우에 별쪼각이 다른 놈들보다 많은것으로 보아 배의 함장이 틀림없었다.
리제마는 그놈의 멱살을 잡아 바다에 처넣고싶었으나 분노를 다잡았다.
《나는 우리 조정의 전권을 맡은 수군첨절제사의 수하군장이다. 너희들은 누구의 허락을 받고 우리 바다에 들어왔는가?》
전령이 통역해주었다.
《우린 천황페하의 칙령을 받고 조선과 〈국교회복〉을 할 중임을 맡은 사절단을 부산포에 건네다주고 돌아가려던중 먹을 물이 떨어져서 음료수를 보충하러 이 섬에 들린거요. 그런데 어이하여 귀측은 우릴 원쑤처럼 여겨 포를 쏘고 위협하는가?》
리제마는 두동강난 왜검을 선실바닥에 내던졌다.
챙강—
볼꼴없이 나딩구는 왜검동강을 보고 왜놈들은 공포에 질렸다.
리제마는 함장놈을 노려보며 저력있게 말했다.
《하나 묻겠다. 너희들은 도적이 도적이야 한다는 말을 아는가? 너희 섬나라에선 도적이 들면 대문을 활짝 열고 맞이하는가?》
함장놈은 대답이 궁한지 한참 끙끙대다가 대꾸했다.
《조선은 우리 일본과 국교를 맺으면 덕을 볼수 있소.》
리제마는 함장놈의 뱁새눈을 쏘아보며 부르짖었다.
《허튼소리말아, 덕으로 말하면 옛적부터 너희들이 우리 덕으로 살아왔다.》
함장놈은 낯짝이 수수떡같이 벌개졌지만 입만은 다물지 않았다.
《귀국은 사실 약소국이고 후진국이요. 때문에 문명한 우리 일본에

의지해야 잘살수 있으며 청나라의 침략도 막을수 있소.》

리제마는 어이가 없어 웃음을 터뜨렸다.

과연 쪽발이란게 보통 간교하고 겁질기지 않다더니 정말 못돼먹은 종자들이였다.

《너희 나라에선 너같이 암둔한자들만을 골라서 벼슬에 등용하는가?》

함장놈이 눈을 껌벅이며 대꾸했다.

《그건 무슨 뜻이요?》

《그 뜻을 참말로 모르겠는가? 너희들이 자랑스럽게 말하는 그 일본이란 나라이름을 누가 지어주었는지 도대체 너는 알고나 덤비는가? 바로 일본이란 나라이름은 까마득한 옛적 삼국시기 우리 조상들이 지어준거다. 그때 너희 조상들이란건 부끄럼을 타는 가운데거나 겨우 가리고 옷은 어떻게 지어입는지, 곡식은 어떻게 심어먹는지도 몰랐어. 그걸 다 우리 조상들이 바다를 건너가서 일일이 배워주었단 말이다. 그것도 모르고 누굴 보고 약소국이다, 후진국이다 하며 자길 문명하다 줴치는거냐?》

함장놈은 메사한지 한눈을 팔다가 나비수염을 쓸며 대꾸했다.

《우리 일본은 산업에서 동양의 으뜸이요. 조선은 우리의 산업을 받아들여야 부흥할수 있소.》

《천만에! 너는 그렇게도 조선사람들을 모른단 말이냐? 바로 이 바다에서 리순신장군이 이끈 거북선들이 여길 쳐들어온 너희 조상들을 모조리 수장시켜버렸다.》

그만에야 함장놈은 벙어리가 되였는지 메기입을 쩍 벌리고 아무 말도 못하였다.

리제마는 자리에서 일어서며 엄포를 놓았다.

《긴말할것 없다. 우린 우리 조정에서 너희 배를 받아들이라는 령을 받지 않았으니 당장 물러가라. 그것이 싫다면 싸우는 길이다. 그래 우리와 맞서보겠는가? 일각(15분)의 여유를 줄테니 물러가지 않으면 너희 배를 묵사발 만들테다.》

리제마는 쿵!- 쿵!- 발소리를 울리며 위풍당당히 함장실을 나섰다.

병쟁기를 비껴든 군사들이 리제마를 호위하여 판옥선에 올랐다.

판옥선에 오른 리제마는 거폭을 추켜들었다.
《남쪽길을 열어주라!-》
병선들은 질서정연히 왜적선의 좌우에서 물러나 앞을 틔워주었다.
군사들은 분노의 눈길로 왜적선을 쏘아보았다. 왜적선은 불맞은 놈처럼 수라장이 되였다.
쨱쨱 고아대는 욕지거리들이 어지럽게 울리고 닻을 올린다, 돛을 펼친다며 야단법석거렸다.
이어 왜적선은 아군이 내준 남쪽길로 배고동을 길게 울리면서 황급히 질주했다.
얼마후 왜적선은 주먹만큼 작아졌다가 시야에서 사라져버렸다.

13

벌써 선기가 났다.
삼경이 지나도록 잠자리에 누운채 궁싯거리던 리제마는 끝내 일어나 이부자리를 개여놓고말았다. 이밤 어떻게 잠들수 있단 말인가.
이밤은 진해에서의 마지막밤이였다. 밤이 지나고 날이 밝으면 진해고을을 떠나야 했다. 다시는 돌아올수 없는 길로 떠나야 했다.
부임되여올적에 한생 이 고장에 눌러앉아 살리라고는 생각지 않았어도 이렇게 빨리 떠나야 할줄은 몰랐었다.
진해현감으로 부임한지 해수로는 3년이라지만 바로 따지면 두달이 모자라는 2년이다. 나라법에 고을원의 임기는 출근일수로 1 800일(집안식구를 데려오지 않았을 경우는 900일)을 채워야 다른데로 조동될수 있다고 정해있다.
물론 국법을 어겼을 때는 부임되여온 그해로도 쫓겨갈수 있다.
그러나 쫓겨가는것도 아니고 2년도 못돼서 더 높은 관직에로 출세하여가니 꿈만 같았다.
지금은 바야흐로 논밭들에서 벼이삭, 조이삭들이 한창 패는 좋은 시절이였다. 농사작황을 보면 올해도 지난해 못잖은 풍년이 들것 같았다.
풍작을 걷어들이는 풍요한 가을을 보고 가면 좋으련만…
그러나 지체말고 새 임지로 가라는 임금의 어지를 받은 몸이니 한시인들 지체하랴.

리제마는 벌써 몇번째나 어제 있은 일을 돌이켜보았다.

그제 오후 파발이 달려와 래일 아침 웅천관가로 올라오라는 웅천군수의 분부를 전해주었다.

진해현은 작은 고을이다보니 웅천군에 속해있어서 진해현감은 웅천군수의 관할을 받아야 했다. 그렇다고 현감의 직분이 웅천군수에게 종속되여있는건 아니였다. 작은 고을의 현감일지라도 큰 고을의 군수나 마찬가지로 관찰사와 절도사에게 매여있다.

사실 진해현감이 웅천군수와 만나는 일은 한해에 기껏 몇번 정도였다. 그것도 조세를 받아들인다거나 군사일과 같은 큰 일감이 아니라 다리를 새로 놓고 도로를 보수하는 등 부역을 내는 일로 마주할뿐이였다.

가을걷이때가 되여오니 도로를 손질하자고 불렀을가 하고 생각하며 웅천관가뜨락으로 들어서니 마침 웅천군수가 대청마루로 나오고 있었다.

리제마는 례법대로 군수를 향해 섬돌아래에서 몸을 구부리며 절을 차렸다.

리제마의 절을 읍으로 답례한 웅천군수가 야릇한 웃음을 지어보였다.

《오늘은 공을 내가 부른게 아니고 한성에 상경하셨다가 곧장 여기로 행차하신 관찰사대감께서 부르신거요.》

리제마는 가슴이 두근거렸다.

작은 고을의 현감으로서 관찰사를 만나는 일은 한해에 한번 있을가 말가한 일이였다.

대개 관찰사들은 조정대신들가운데서 특별히 임금의 령을 받고 한개 도를 맡아 내려오는 까닭에 그 행차가 요란하고 엄하여 감히 낮은 벼슬아치들은 함부로 가까이 할수 없는 법이였다.

관찰사가 무엇때문에 한성에서 내려오자바람으로 불렀을가. 혹시 조정에 불리워가서 왜병선을 놓아보낸 일로 추궁을 받은것은 아닌가. 그럴줄 알았으면 왜적선의 일을 관찰사에게도 미리 알렸을걸…

리제마는 왜적선을 쫓아보낸 일을 그날로 한성에 가있는 수군첨절제사에게만 전령을 보내 알리였다. 수군과 관련된 일이니 수군첨절제사가 알아서 뒤일을 조처하리라 생각해서였다.

그런데 다시는 우리 바다에 기여들지 않겠노라 다짐하고 도망친 왜적선이 또다시 우리 바다에 기여든것이 아닐가. 그럴수도 있다. 그렇다면 한성에 올라갔던 관찰사가 왜적선의 행처를 알아가지고 그 병선을 놓아 보낸 당자를 문책하려고 곧장 웅천으로 내려왔을것이다.

이제는 벌을 받는 길밖에 없다.

리제마는 긴장한 기분으로 웅천군수를 따라 동헌으로 들어갔다.

두마리의 학과 구름이 뚜렷한 흉배를 보는 순간 리제마는 관찰사를 알아보고 그앞에 꿇어엎드렸다.

등받이교의에 앉은 관찰사가 꿇어엎드린 리제마를 잠시 굽어보고나서 비둔한 몸을 일으켰다.

그의 입에서 《교지!》 하는 웅글은 목소리가 울려나왔다.

리제마는 놀라 머리를 방바닥에 조아렸다.

교지라면 임금의 어명을 적은 글월이란 뜻인데 관찰사는 어명이 적힌 종이말이를 펼쳐들었을것이였다.

관찰사의 무뚝뚝한 음성이 동헌을 울리였다.

《진해현감이 백성들을 잘 보살펴 민심을 크게 얻었으니 농사도 잘 짓고 풍속도 고르게 하고 군사일도 잘 도왔다고 한다. 실로 갸륵한 일이로다.

진해현감은 〈수령7사〉의 어느 하나도 소홀히 하지 않아 포폄때마다 매번 상을 받았다고 한다. 능히 후진의 본보기로 삼을만 하니 고원군수를 제수하노라. 무인년 ×월 ×일》

리제마의 얼굴에서 땀이 비오듯 떨어졌다.

관찰사에게서 문책을 받고 엄한 벌이 떨어질줄 알았는데 뜻밖에도 군수로 임명한다니 이럴 때도 있는가. 국법대로 하면 관찰사와 병마절도사가 의논하여 등급을 매기는 열차례의 업적평가에서 매번 다 《상》을 받아야만 벼슬이 한품계 올라갈수 있다. 열차례중 두번 《중》을 받으면 록봉이 없는 관직에로 돌려지고 세번 《중》을 받으면 파직을 당해야 한다.

그런데 한 품계도 아니고 두 품계나 뛰여넘어 고원군수를 받았으니 어찌 황송하여 몸이 떨리고 땀이 나지 않겠는가.

리제마는 눈앞이 어지러워서 바닥에서 이마를 떼지 못하였다.

이런 때 큰소리로 《성은에 망극하오이다.》라든가 《충정으로 보은하겠소이다.》라고 해야 한다는것을 알면서도 리제마는 입이 떨어지지 않았다.

《일어나게.》

리제마는 관찰사의 거듭되는 재촉소리에 정신을 차리고 자리에서 일어섰다.

《상감께선 그대의 공로를 가상히 여겨 큰 고을을 맡겨주셨으니 일을 더 잘하리라고 믿네. 자, 받게. 고신일세.》

리제마는 관찰사가 내여주는 고신을 받아들었다.

고신의 표지에 《교지》라는 두글자가 현판의 글인듯 두드러지게 보였다.

교지란 4품이상의 벼슬을 내릴 때 신하에게 하사하는 임금의 임명장이다.

고신을 펼치니 글자들이 선명하게 안겨왔다.

《신 리(제마)를 종4품의 고원군수로 봉하노라. ××년 ×월 ×일》

날자를 가리키는 그우에 주먹같은 옥새날인이 있었다.

《리공에겐 시간이 없네. 〈해유〉(인계문건)는 념려말고 래일 임지로 떠나야겠네. 당분간 새 현감을 보낼 때까지는 웅천군수가 진해정사를 겸해보도록 하겠네.》

리제마는 아연했다. 아무리 부임지로 가는 일이 촉박하더래도 며칠쯤은 말미를 주어야 하질 않겠는가.

나라법에 고을원이 바뀔 때면 구관사또는 신관사또에게 공무를 인계하고 인계정형을 문건으로 작성한 《해유》를 호조에 바쳐야 한다. 그러면 호조에서 《해유》를 검사하고 리조로 통지하며 리조에서는 그 통지를 받은 후에라야 구관사또에게 다른 자리로 옮겨가도록 허락한다.

굳이 나라법을 어기면서까지 부임지로 가라고 등을 떠밀어보내는 까닭이 무엇일가.

리제마의 생각을 들여다보기라도 한듯 관찰사의 다음말은 제법 부드러웠다.

《본관은 공같이 청렴결백하고 문무를 겸비한 부하를 남에게 주고싶지 않네. 그러나 나라사정을 먼저 생각할줄도 알아야지. 상감께선 고원일이 근심되시여 자네를 지체말고 떠나보내라 하셨네.》

리제마는 고개를 떨구었다.

잠시나마 사사기분에 잠겨 의혹을 가지다니…

리제마는 그 자리에서 대궐이 있는 한성을 향해 절을 하는 례를 차린 다음 관찰사와 웅천군수를 하직하고 진해로 말을 달려왔다.

그리고 즉시 6방관속들을 모이게 하였다.

호방을 보니 얼굴이 뜨거웠다. 그가 경주감영에서 달라는대로 재물을 꿍쳐준 덕에 포폄에서 매번 상을 받은것이 아닌가.

사실 고을정사를 보면 겉으로는 잘되고있는것 같으나 속은 이전과 별로 다른게 없었다. 여전히 관찰사와 병마절도사 같은 큰 도적들에게 재물을 실어다 바쳐야 하고 그런데로부터 가렴주구를 피할수 없었다. 이것이 량반세상의 법도라 그 누가 없앨수 있단 말인가.

리제마는 한탄조로 말했다.

《벼슬사는 사람치고 한자리에 머물러있을수는 없는것이고… 반드시 옮겨감은 정해진 리치라 난 래일 여길 떠나야 하오.》

6방관속들의 얼굴에 모두 실망이 어렸다.

리제마는 가슴이 알알하였다. 그래도 여기 모인 사람들은 백성들을 동정하여 될수록 그들에게 해되는 일은 하지 않으려고 애쓴다. 그런데 이들과 헤여져야 하다니…

《자고로 얻은 지위는 버리기 쉬우나 나라와 백성을 위해 일할수 있는 지위를 얻긴 힘들다고 하였네. 난 처음 자네들을 불러냈을적에 하고싶은 말은 다했고 손잡고 일해오면서 뜻도 통해왔네. 그러니 무슨 말을 더 할텐가. 그래도 한마디 한다면 그대들은 그전처럼 세상을 등지고 살면 안된다는것일세. 오늘과 같이 사방에서 오랑캐들이 우릴 먹자고 호시탐탐 노리고있는 때에 세상을 외면하면 죄로 될걸세. 난 그대들이 나라와 백성을 먼저 생각할줄로 아네.》

6방아전들도 라졸들도 눈물이 그렁그렁하였다.

《한가지 당부할것은 내가 고을을 떠나간다는 말을 당분간 하지 말아주게. 지금은 태평시절이 아니니 민심이 흔들려선 안되네.》

리제마는 곧 웅천군수에게 인계해줄 문서들을 리방에게 맡기고 호방을 불러서는 이런저런 일로 관가재물을 당겨쓴것을 자기의 남은 록봉으로 메꾸도록 하였다.

워낙 그시그시 정사를 끊고맺고 깐지게 해온 리제마에게는 인계와 관련하여 별로 할 일이 없었다.

하여 오후 일찌감치 관속들을 들여보내고 제포에 나가 수군들과 하직인사를 나누었다.

팔물군자탕을 장복하여 페로를 말끔히 털어버린 수군첨절제사는 자기 집안에서 물려온다는 보검을 내여주며 눈물을 흘리였다.

갑자기 밥익는 냄새가 풍겨왔다. 밥익는 냄새에 생각에서 깨여난 리제마는 눈길을 들었다.

방문으로 동터오는 빛이 휘연하게 비쳐들고있었다.

그러니 밤을 꼬바기 지새운것이였다.

리제마는 기지개를 한껏 켜고 일어섰다.

진해고을만큼 정을 쏟아붓고 심혈을 기울인 고장이 있었던가. 앞으로도 있을것 같지 않았다.

정든 사람들, 정든 땅을 그대로 두고 떠나가야 하니 마음이 뻐근하였다.

해뜨기 전에 아침을 먹은 리제마의 일행은 조용히 동헌을 나섰다. 사람들이 길을 오가기 전으로 고을을 벗어나기 위해서였다.

일행이라야 그전보다 방자 겸 밥시중을 맡은 을순이 하나 더 늘었을뿐 끌고가는 짐도 이전과 다를바 없어 타는 말 한필, 부담짝을 실은 짐말 두필이 전부였다.

삼문을 나선 리제마는 너무도 놀라운 광경에 우뚝 굳어지고말았다.

판가의 앞마당이 인산인해가 아닌가.

《사또님!》

군중속에서 등굽은 로인이 초립동이총각애의 손을 잡고 나와 꿇어엎드리는것이였다.

리제마는 그들을 알아보았다. 두해전 어느 마을에 앉은뱅이아이가 있다기에 가보니 정말 일여덟살 났을가 한 총각아이가 방을 기여다니고있었다.

너무도 가슴이 아파 그날부터 몇달간 틈을 내여 침도 놓고 약도 먹였더니 놀라웁게도 일어나 걷는것이였다.

그 총각이 할아버지의 손을 잡고 나타난것이였다.

《사또님! 가지 마소이다. 사또님이 가시면 우린 한지가 되오이다.》

로인의 말에 여기저기서 사람들이 부르짖었다.

《가지 마소이다.》

《사또님!》

사람들이 우르르 밀려나와 로인의 뒤에 꿇어엎드렸다. 태반이 병을 치료하던 나날에 얼굴을 익힌 사람들이였다.

《가지 마소이다.》

리제마는 로인의 손을 잡아일으켰다.

《로인님! 너무 걱정마소이다. 6방관속들이 다 고을을 위해 의로운 일을 찾아하려는 사람들이니 백성살이를 잘 알아줄것이오이다. 부디 앓지 마시고…》

리제마는 눈물이 앞을 가리워 더 말을 잇지 못하였다.

이때 《사또님!》 하는 어떤 녀인의 쟁쟁한 웨침소리에 이어 인파를 헤치고 다가오는 사람이 있었다.

《에그나》집의 모녀였다. 그들의 뒤에 수군첨절제사의 전령이 서 있었다.

주막집녀주인이 술주전자를 들고 자기 딸이 받쳐든 술잔에 술을 부으며 눈물이 글썽한 눈으로 입을 열었다.

《사또님! 이렇게 떠나야 하오이까?》

리제마는 할말이 없었다. 빈번히 《에그나》 주막앞을 지날 때면 그집 모녀가 달려나와 들어가자 하였는데 그때마다 다음번엔 꼭 허리띠를 풀어놓고 술대접을 받겠다며 만류했었다.

《사또님! 술을 받으시오이다. 사또님께서 병을 고쳐주시고… 사또님께서 돌봐주신 고을사람들을 대신해서 부었나이다.》

《작은에그나》가 맑은 술이 찰랑이는 술잔을 내밀었다.

리제마는 술잔을 받아들었다.

《마시겠소. 고을사람들에게 복이 들기를 바래서, 〈에그나〉집에 태여날 아기의 복을 바래서 마시겠소.》

리제마는 술잔을 입에 가져갔다.

아, 정든 사람들과 헤여지기란 어려운 법이로구나.

14

고원관가에 려장을 푼지 여러날이 흘렀건만 리제마는 동헌밖을 나설 줄 몰랐다.

임지에 지체말고 가라는 어명을 전달받은터여서 황도연이 있는 한성이 아니라 김해, 경주, 강릉, 문천을 거치는 동해가의 제일 곧은 역참길로 걸음을 재촉하여 고원에 온 리제마였다.

천수백리나 되는 먼길을 열흘만에 왔다 하면 사람들은 혀를 찰것이였다.

그 먼길을 다그쳐오면서 머리에서 떠나지 않은것은 첫 정사를 어떻게 떼겠는가 하는 그것이였다.

진해에서 겪은것을 보아도 첫시작을 잘 떼야 앞일을 마음먹은대로 펴나갈수 있었다.

과연 고을실정은 어떨는지…

부임지에 들어서니 새 군수가 부임되여오기를 기다렸다면서 책방(원에게 종속되여 문서와 사무를 맡아보는 아전)이 고을어귀에서 맞아주었다.

리제마는 진해현감을 하면서 책방을 두지 않았었다.

작은 고을에서 문서놀음까지 남의 손을 빌려 하고싶지 않아서였다.

책방은 신관사또의 행차가 너무도 단출한데 놀라 입을 짝 벌리였다.

나라법에 4품관의 행차는 말이 세필에 따라다니는 수종군이 5명이나 그건 다 말로 하는 법이고 실지로 큰 고을의 군수행차는 앞뒤로 전배후배사령까지 두고 길이 미여질 정도로 마필과 수종군들이 따라다녔다.

허나 리제마는 수종군이라고는 사내 하나에 녀인 하나가 전부였다. 정배가는 량반의 행차와 무엇이 다른가.

리제마는 오는 도중 한성소식도 그렇고 보다는 처가에서 기다릴 처자를 그리는 기달의 마음을 헤아려 그를 한성으로 보냈던것이다.

책방의 안내를 받아 관가에 들어선 리제마는 인사를 차리려 몰려든 사람들을 보고 놀라지 않을수 없었다.

원, 이다지도 관속이 많다니…

국법에 큰 고을일지라도 아전을 22명 미만으로 두게 되여있었다.

진해에서는 18명 두라는 아전도 많아 그 수의 절반을 데리고 정사를 하였는데 고원관속은 쉬나문명이나 되였다.

그들의 인사를 받는데만도 퍼그나 시간이 걸렸다.

호장(호방의 우두머리), 리방(리방의 우두머리), 수형리(형방의 우두머리), 공방, 례방에 이어 호리(호방의 아전), 호적색리(호적을 맡은 아전), 도창색리(조세를 관할하는 아전), 입번형리(형방의 아전), 감옥색리(옥을 맡은 아전), 군기색리(군기문건을 다루는 아전), 군안색리(군사를 맡은 아전), 창리(창고를 맡은 아전)…

어찌 그뿐이랴.

향청의 우두머리 좌수라는 량반이 인사를 차리자 그뒤로 좌우별감들, 도관, 감관, 창감이라는 사람들이 줄레줄레 절을 하였다.

다음날에는 리정들이 찾아와 인사를 한다는데 수십이나 되였다.

리제마는 고원이 크긴 크구나 하는 생각을 새삼스럽게 하였다.

하긴 고원은 삼수, 문천, 단천, 함흥과 함께 함경도적으로 5명밖에 안되는 군수가 다스리는 큰 고을이였다.

리정들이 물러가자 좌수가 또 향청의 량반자들을 주런이 달고와서 한나절이나 시간을 빼앗았다.

좌수는 이전 군수들의 잘못을 늘어놓았는데 불만이 보통이 아니였다.

그의 말에 의하면 최근 몇해어간에만도 여러명의 군수들이 바뀌였는데 거의가 파직이라는것이였다. 구관사또 역시 한성에 불리워가서 파직되였다는것이였다.

해마다 군수를 번드는 군졸 바꾸듯 했으니 어찌 고을일이 바로 될수 있으랴.

좌수는 이전 군수들이 하나같이 무식하고 탐욕스러워서 오로지 재물 모으는 일밖에 몰랐다고, 그만큼 향청에서 간했건만 리청의 간악한 아전들을 끼고 백성들의 등가죽을 벗기다가 우아래로 원망을 사서 망했다고 사설을 늘어놓았다.

리제마는 고원이 진해와 사정이 다르다는것을 간파했다.

진해현은 웅천군에 소속된 작은 현이다보니 6방아전들이 일을 보는 리청만을 두었었다.

그러나 고원은 큰 고을이여서 옛적부터 향청이 있었다.

향청은 고을의 토착량반들이 모여 사또의 정사를 뒤받침해주는 곳을 말하였다.

향청의 우두머리는 향장이라고 하는 좌수인데 그는 고을원이 없을 때 사또의 직분을 대신하고 고을원이 있을 때에는 고을의 정사와 아전들의 일에 참녜하면서 리방과 병방의 공무까지 관할하게 되여있었다.

좌수밑에 있는 좌별감은 호방과 례방을, 우별감은 형방과 공방의 일을 관할하며 도관, 감관, 창감은 그시그시 좌수의 분부를 받아 6방의 어면 일을 분담하여 관할했다.

향청은 이처럼 고을원의 정사를 도우면서 아전들의 전횡을 막고 이와 동시에 백성들에게 유학을 주입하고 고을의 풍속을 바로잡는 일을 하는 토착량반들의 거처지였다.

그런데로부터 새로 부임되여오는 사또들은 임지의 실정에 어둡다는데로부터 조세를 걷어들이고 군역을 지우는 등 일체 정사를 보고받고 결론만 주면서 그 실행은 향청에 맡기기가 일쑤였다.

향청의 량반들은 리청의 아전들을 자기 수중에 넣고 고을원까지 마음대로 움직이려 했다.

향청의 무리가 물러가자 리청의 아전들이 찾아왔다.

그들은 이전 군수들이 부임되여오는 족족 자기 임기를 채우지 못하고 파면된것은 다 향청때문이라고 울분을 터뜨렸다.

아전들은 향청것들이 우에 뢰물을 듬뿍 먹이고 토관직벼슬을 산 하나같이 음흉하고 야심많은자들이여서 이전 군수들이 그들에게 눌려 기를 펴지 못했다고 실토했다.

나라법에는 전국적으로 평안도의 몇개 고을과 함께 함경도에서는 영흥(금야), 회령, 경원, 종성, 온성, 부령, 경성, 경흥고을들에만 토호들에게 토관직벼슬을 주게 되여있었다.

고원은 리성계의 고향인 영흥부와 이웃한 고을이여서 별도로 토관직을 내주었는지도 모를 일이였다.

하긴 감사자리까지 팔고사고하는 판에 그까짓 명색에 불과한 토관직벼슬을 사는것쯤이야 애들 장난에 불과한것이였다.

아전들은 좌수는 토관직벼슬에서 으뜸가는 정5품의 통의랑을, 좌우별감들은 종6품인 봉직랑의 고신장을 샀다면서 향청이 고을원이 직접 맡아보는 리청일에 간참하지 못하도록 애초에 눌러놓아야 한다고 간청하였다.

그들의 청에 일리가 있었다.

원이 자기 주견대로 정사를 보려면 리청이 향청에 눌려있으면 안된다. 고을원은 향청이 없이도 고을을 다스릴수 있지만 리청이 없이는 곤난하다. 더우기 리청과 향청이 제멋대로 날치면 녹아나는것은 백성들이다.
 아전들의 말을 들어보면 리청의 일은 비교적 째인편이였다.
 고을법에 6방아전들은 향청에서 고을원에게 추천하게 되여있다.
 그렇게 추천되여 6방아전이 된 그들이 《배은망덕》하게 향청에 등을 돌려댄것은 왜서일가.
 아전들을 내보내고나서 생각해보니 짚이는것이 있었다. 향청과 리청이 앙숙지간이 된데는 틀림없이 리득을 놓고서일것이였다. 백성들에게서 앗아들이는 재물을 둘러싸고 서로 더 많이 차지하려는 개싸움이 그들사이를 절치부심하는 사이로 버그러지게 하였을것이 분명하였다.
 탐욕스런 무리일수록 리득을 다투는 싸움을 치렬하게 벌리기마련이니까.
 조정에서 부임되여오는 군수들은 량반행세를 하면서 도적재물을 한몫 크게 차지하려는 향청것들을 미워할수밖에 없다. 그만큼 군수의 입으로 들어가는 몫이 작아지니까.
 군수가 향청것들을 미워하니 향청것들은 힘을 합쳐 뢰물을 먹이고 삶아놓은 함흥감영의 벼슬아치들에게 군수의 잘못을 고발하여 파직시키도록 했을것이다.
 향청을 서뿔리 다치다가는 도리여 봉변을 당할수 있다. 토관직을 사가진 토호들은 아전과 다르다.
 아전들이 량반을 고발하면 역모경우를 내놓고 자식이 아비를 고발한 죄목에 걸려 극형을 당해야 한다.
 그러나 토호들은 명색이 량반이여서 고을원쯤은 얼마든지 고발할수 있다.
 그러다보니 세력이 약하거나 손탁이 세지 못한 이전 군수들이 향청과 다투다가 파직되였을것이다. 어떻게 하면 향청을 눌러놓고 정사를 뜻대로 해나갈수 있을가.
 이런 생각으로 리제마는 동헌밖을 나가지 않고 며칠째 방에만 박혀있었다.
 해가 서녘으로 기울무렵인데 문밖에서 기척소리가 나고 《선생님!》한다. 의봉이였다.
 아침에 나간 의봉인데 점심이나 얻어먹고 다니는지…

고원에 짐을 풀어놓은 다음날부터 의봉은 고을형편을 알아본다며 동분서주하고있었다.

《들어오게.》

방문이 열리고 의봉이 들어와 무릎을 꿇었다.

《선생님! 오늘은 팔봉산쪽에 나갔댔소이다. 백성살이랑 농사형편이랑 다른 마을처럼 눈이 딱 감기오이다.》

그럴것이다. 해마다 군수 하나씩 내려와서 뜯어갔겠으니 백성살이가 거덜날수밖에…

농사도 그렇다. 향청, 리청이 승벽내기로 백성들을 못살게 굴겠으니 무슨 재미로 농사군들이 농사에 열성을 내여 일하겠는가.

게다가 고원은 진해와 달리 춥고 지세도 높고 산이 많아 논밭이 적은데 그나마 돌투성이에 척박하여 곡식이 잘되지 않는다고 한다.

《선생님! 여긴 별나게 길목마다 라졸들이 지켜서서 오고가는 행인들의 보짐을 뒤지고 낟알이면 피쌀, 좁쌀 가림없이 모조리 털어내오이다.》

리제마의 볼편이 씰룩거렸다.

《그건 왜?》

《방곡령을 어긴 죄라 하오이다.》

《방곡령?》

분이 나서 어성을 높였던 리제마는 불쑥 떠오르는 생각이 있어 무릎을 쳤다.

《그렇지! 이젠 됐다.》

의봉은 스승의 속을 알수 없어 눈을 깜빡거렸다.

《이 사람! 예로부터 도적은 뒤로 잡으라고 했겠다?!》

의봉은 영문을 몰라 부담짝을 뒤지는 리제마를 지켜보았다.

부담짝에서 허줄한 두루마기를 꺼내든 리제마가 웃으며 말했다.

《자네도 제꺽 헌옷으로 갈아입게. 그리고 을순이에게 기장쌀 스물댓근을 자루에 담아달래서 망태기에 넣어오라구. 이 일은 일체 다른 사람이 몰라야 하네.》

《선생님! 도대체…》

《이제 알게 돼. 마침 해가 떨어질 때라 잘됐어.》

의봉은 점차 깨도가 되는지 싱글벙글하며 방을 나섰다.

...
어슬녘에 동헌의 뒤문으로 은밀히 나가는 두사람이 있었다. 둘다 머리에 수건을 질끈 동이였는데 바지저고리차림의 앞선 사람은 꽤 묵직해보이는 망태기를 어깨에 메였고 허줄한 두루마기차림의 뒤따르는 사람은 등이 좀 굽었다.

그들은 부자지간이 아니면 적어도 한동네에서 오는 젊은이와 늙은이로 보였다.

두사람은 큰길에 나서자 고개를 수굿하고 좀 빨리 걸었다.

앞선 사나이가 먼저 말을 걸었다.

《선생님! 저기에-》

《또또!》

《이런 실수라구야. 아버님, 저기 저앞에 라졸놈들이 장승처럼 버티고 선게 보이지요?》

《보인다. 좀더 가다가 저놈들앞에 거의 이르거든 넌 갑자기 돌따서서 저아래로 통하는 소로길로 뛰거라. 뛰되 너무 빨라도 안되고 너무 느려도 안된다.》

《알겠소이다.》

의봉의 뒤를 따르는 리제마는 이제 벌어질 광경을 그려보며 입술을 깨물었다.

까짓것, 바라는걸 이룰수만 있다면 이보다 더한 광대놀음일지라도 마다하지 않겠다.

옛적에 박문수란 사람이 유명해진것은 그가 백성살이에 기여를 해서도였지만 그보다는 암행어사시절에 광대놀이같은 아슬아슬한 일을 잘 꾸며가지고 사람들을 해친 범인들을 꼭꼭 잡아냈기때문이 아닌가.

《아버님, 라졸놈들이 우릴 지켜보고있소이다.》

의봉의 흥분한 목소리에 리제마는 머리를 끄덕거렸다.

《몇걸음 더 가다가 엉거주춤해 섰거라. 그러다 놀란듯이 홱 돌아서서 뛰거라.》

《예.》

의봉의 걸음이 천천히 멎었다. 그다음 잠시 서서 두리번거리더니 돌아서며 소리쳤다.

《아버님, 라졸들이예요.》

리제마는 어깨에 멘 망태기를 두손으로 쥐고 냅다 달아빼는 의봉이의 뒤를 휘청대며 따랐다.

《야! 이놈들아, 게 섰거라. 서지 못할가?》

드디여 라졸들에게 걸려든것이였다.

쿵쿵쿵!…

잦은 발걸음소리가 더 크게 들려오는것으로 보아 라졸들이 다우쳐 따라온다는것이 알리였다.

리제마는 얼핏 뒤를 돌아보았다. 방망이를 손에 든 라졸 두 녀석이 산토끼를 쫓는 사냥개처럼 겅중겅중 뒤쫓아오고있었다.

의봉이 소리쳤다.

《아버님, 빨리요.》

리제마는 라졸녀석들이 들으라고 큰소리로 대꾸했다.

《이녀석아! 어디 다리가 말을 듣느냐?》

리제마가 소로길을 들어서서 얼마 가지 못했는데 등뒤에서 역한 술내에 절은 거친 숨소리와 함께 어깨박죽으로 방망이가 날아들었다.

《아이쿠!》

리제마는 라졸녀석이 후려친 방망이에 얻어맞고 길에 꼬꾸라졌다.

《요 쌍놈의 두상태기, 뛰여야 벼룩이란걸 몰라?》

그녀석은 쓰러진 리제마의 덜미를 부여잡고 씨근벌떡거렸다.

《아버님!》

의봉이 달려와 리제마를 몸으로 덮었다.

《그럼 그럴테지. 엄지를 잡으면 새끼도 잡게 되는게 바로 사냥이란 말이야, 흐흐흐.》

다른 라졸녀석이 헐썩이며 의봉이의 어깨에서 망태기를 벗겨냈다.

《아이구, 나리님들! 그것만은 안되오이다.》

리제마는 라졸녀석의 팔에 매달려 애원했다.

《요놈의 두상이 룩모방망이맛을 설친가부지?》

그놈은 또 리제마의 등을 호되게 내리쳤다.

《어이쿠-》

리제마는 또다시 길바닥에 쓰러졌다.

《이보게, 이걸 보라구. 또 쌀이야. 오늘은 참말 재수가 좋은데. 깨

끗하게 잘 쓿은 기장쌀이 또 생기구.》
　한 녀석이 탄성을 지르자 다른 녀석도 어디 보자며 망태기를 안아들었다.
《히야! 이거 서른근이 잘되겠는데. 좋아, 좋아.》
　리제마는 두 녀석의 발치앞에 엎드렸다.
《나리님들! 가긍한 촌늙은일 불쌍히 여겨주사이다. 래일이 바로 소인의 장손아기가 태여난지 초이레되는 날이오이다. 그러니 빈손으로야 아기를 보러 갈수 없지 않소이까?》
《초이레?!…》
　두 녀석이 동시에 중얼거렸다.
　초이레라는건 삼칠일맞이의 의례에 속하는 날이다.
　예로부터 7이라는 수를 길수로 여겨오는 까닭에 아이가 출생하여 7일, 14일, 21일 되는 날들에 례의를 차린다.
　그 첫 7일되는 날을 초이레라 하며 이날에 아기에게 새옷과 새 포대기를 갈아주고 할아버지가 처음으로 손주와 대면한다.
《흥! 잘은 논다. 가난뱅이들에게도 초이레가 있는가? 있으면 있는대로 먹고 없으면 없는대로 굶고 사는것이 백성살이인데 무슨 놈의 인사차림을 하겠다는거야?》
　뚱뚱한 녀석이 비웃으며 하는 수작이였다.
《나리님들! 우리 새애기가 본가집에 가서 몸을 풀고 먹지 못해 젖이 나오지 않는다는데 쌀을 가져다주지 않으면 쌍초상이 날수 있소이다.》
　이번에는 키다리녀석이 지껄였다.
《우린 그따위는 몰라. 두상은 관가에서 방곡을 하라는걸 몰라?》
《방구요?》
《세상물정엔 깜깜이구먼, 두상! 관가에서 방을 내붙이기를 백성놈들은 한알의 낟알도 들고다니지 말라는거야. 만일 관가법을 어기고 네놈들처럼 쌀되박이나 지고 다닐 땐 쌀을 빼앗기는건 더 말할것도 없고 볼기를 맞게 되여있어.》
　뚱뚱보의 수작에 리제마가 대꾸했다.
《아무리 관가법이래도 사람이 만들었겠는데… 쌀을 좀 가지고 다녀야 백성들이 살아가지 않겠수. 어떻게 부모란 사람이 자식을 빈손으로 찾아가볼수 있으며 또 자식이 빈손으로 부모를 뵈오러 갈수 있겠소이까. 쌀을 팔아야 그릇가지도 사다 쓸게 아니요?》

키다리가 줴쳤다.

《챠, 이 두상 봐라. 불순한 수작을 탕탕하고. 너 이놈! 임금에게 대들자는거냐? 그 세치 혀때문에 긴 목이 날아나고싶어?》

뚱뚱보가 이사이로 침을 찍 뱉고나서 씨벌였다.

《그따위 촌무지렁이한테 무슨 말이 통할텐가? 관가로 끌고갑세.》

《그럽세. 야, 일어서라.》

뚱뚱보가 의봉이의 뒤덜미를 움켜잡았다. 리제마는 키다리의 다리를 부여안고 간청했다.

《나오리, 죽어가는 사람들을 살려주사이다.》

《시끄럽다. 가난뱅이주제꼴에 무슨 놈의 새끼들을 줄레줄레 내질러 낳아서…》

의봉의 덜미를 움켜잡은 뚱뚱보가 좀 누그러진 목소리로 말했다.

《두상 말을 듣고보니 사정이 딱하구만. 이제 관가에 끌고가면 옥에 갇히겠고 그다음은 형틀에 묶여 매를 맞겠는데… 그렇게 되면 쌀은 쌀대로 털리우고 매는 매대로 사서 맞아 병신이 될수 있으니 이거야말로 형틀을 지고 와서 매맞는 격이 아닌가.》

《그러게 말일세. 그럼 늙은 두상을 봐서 슬쩍 놓아보낼가?》

《그렇게 하세. 우리가 남을 위해 꾸중을 좀 들읍세.》

리제마는 쌀망태를 안아들고 굽석 절을 하였다.

《고맙소이다, 고맙소이다. 놓아주신 은덕을 두고두고 잊지 않겠소이다. 애야, 이젠 돌아가자꾸나.》

뚱뚱보가 쌀망태기를 나꾸어채며 소리쳤다.

《챠, 물에 빠져 죽게 된 놈을 건져놓으니까 내 보짐 내라 한다더니. 이놈의 두상 마음보가 억척보두 한가지일세.》

《그러게 말이야. 야, 두상! 우리가 뭐 할짓이 없어서 개멸듯 하며 밤낮 길을 지키는줄 알아? 우리도 먹어야 산단 말이야.》

《아따, 그런 말은 렴치없는 이 두상에겐 통하지 않아.》

뚱뚱보가 리제마의 멱살을 움켜잡고 올러멨다.

《야, 이 두상놈아, 관가에 가서 죽도록 매를 맞겠니? 아니면 쌀을 내놓고 곱게 물러가겠니?》

그 순간 의봉이 번개같이 몸을 날려 뚱뚱보와 키다리의 명치를 두발로 걷어찼다.

《헉―》

두 녀석은 배를 끌어안고 굳어졌다.

의봉이의 천둥같은 목소리가 울렸다.

《이놈들아, 똑똑히 봐라. 네놈들앞에 계시는분이 새로 부임해오신 사또님이시다.》

사또라는 소리에 두 녀석은 기절초풍을 하였다.

그러지 않아도 새로 온 사또가 이전 사또들과 달리 부임연도 차리지 못하게 하고 무슨 구상을 하는지 동헌을 나오지 않는데 아마 남해가의 진해고을에서 했던것처럼 엄한 정사를 하려는것 같다고, 신관사또는 함흥사람이여서 고원실정에도 밝고 조정에도 세도줄이 있어 여간 배짱이 세지 않다는 소문이 나돌아 은근히 속을 떨던 라졸들이였다.

리제마는 옷에 묻은 흙을 툭툭 털었다.

금시 호랑이처럼 날치던 라졸들은 고양이앞의 쥐모양 설설 기며 땅바닥에 넙적 엎드렸다.

방곡은 이미 수십년전에 고을들에서 큰 장사군들이 쌀을 다량으로 사서 다른 고을로 가져다 비싸게 팔아먹는것을 막자고 내온 법이였다. 그런것을 근래에 왜놈들의 쌀략탈이 우심해지자 그를 막으려 방곡을 엄하게 실시하도록 하였었다.

그런데 간악한 라졸놈들이 나라법을 코에 걸고 백성들이 조금씩 가지고다니는 쌀까지 빼앗아서는 제 배를 불리고있는것이다.

의봉이 두 녀석의 뺨을 불찌가 번쩍 일게 몇대씩 붙이였다.

《이놈들! 어서 쌀망태를 지지 못할가?》

두 녀석은 허겁지겁 쌀망태를 집어들었다.

리제마의 호령이 떨어졌다.

《너희들의 집으로 가보자.》

날이 어두워 쌀망태를 진 라졸들을 앞세우고 가는 리제마를 유심히 살펴보는 사람들은 없었다.

두 녀석이 멈춰섰다. 뚱뚱보가 기여드는 목소리로 여쭈었다.

《사또님! 이 집이 소인네 집이올시다.》

반달이 내리비치는 집은 시골집치고는 요란했다. 크지는 않아도 기와

집에다 빙 둘러친 울담에 기와를 얹은 대문까지 붙어있었다.
《앞서라!》
리제마는 두 녀석을 따라 대문안으로 들어섰다.
뜨락도 제법이였다. 마루앞에 긴 섬돌이 놓여있고 뜨락을 빙 돌아가면서 도회지의 부자집들처럼 잘 다듬은 돌로 쌓았다.
안방문이 열리고 안주인인듯싶은 녀인이 초롱불을 들고 뜨락으로 나섰다.
《아유, 오늘도 한짐 가져오셨구려.》
긴치마를 차려입은 녀인의 몸에서 진한 향내가 풍겨왔다.
《이봐요, 저 사람들은 누구예요? 나중엔 어데서 굴러먹던 거렁뱅이까지 끌어들이고…》
두 녀석의 얼굴이 새까매졌다.
리제마는 그자들을 못 본척 하고 안방을 들여다보았다.
초불이 환한 방에 옷가지를 넣어두는 자개박이 3층장이며 번쩍이는 장농들이 일식으로 갖춰있고 한켠에는 패물이며 술병들이 들어있는 4층짜리 사방탁자가 있었다.
방에 누워자는 아이들도 비단이불에 묻혔는데 얼굴에 살이 투실투실하였다.
한갖 라졸이나 해먹는 놈이 집을 이렇게 잘 꾸리고 처자들을 잘 입히고 잘 먹이자니 얼마나 많은 백성들의 보짐을 털어냈겠는가.
《다음집으로 가자!》
라졸들은 쌀망태를 들고 다시 길잡이를 섰다.
키다리네 집은 기와집은 아니나 방이 여러개 붙어있는 큰집이였다.
그런데 방에는 뚱뚱보네와 달리 기껏 장농 한개에 이불 두어채일뿐 이렇다할 기물이 보이지 않았다.
《넌 왜 집이 이 모양이냐?》
리제마의 물음에 우물쭈물하던 키다리가 긴말을 늘어놓았다.
《사또님! 소인네는 대대로 물려오는 땅마지기나 있어 밥술을 멸구지 않았소이다. 허나 죽도록 일하여도 살림살이형편은 해마다 어려워지기만 했소이다. 그래 더 생각해볼것 없이 땅마지기도 가산도 팔아 향청에 먹이고 라졸자릴 샀소이다.
이젠 들인 밑천을 봉창하려고 했는데…》

리제마는 탄식이 나갔다.

키다리의 말에서 또 하나 깨닫게 되는것이 있었다.

원래부터 재물과 권세를 탐내여 구실아치가 되는 놈팽이도 있고 남에게 굽신대기 싫어 권세를 따르는 놈도 있다.

이랬든저랬든 나라와 백성을 아끼는 마음이 전혀 없는 놈들이 갈길은 오로지 백성잡이를 생업으로 여기는 길이다.

아, 나라에 재물을 낳는 사람이 많아야지 그걸 뜯어먹고 사는 도적의 무리가 늘어나면 국운이 기울기마련이거늘…

15

하나를 보면 열을 알수 있다고 백성들의 보짐을 털어먹고 살던 라졸들을 통해서 향청에 도사린 몹쓸 무리의 죄행을 낱낱이 알아낸 리제마는 드디여 첫 정사를 열었다.

향청, 리청을 모두 모이게 하니 동헌뜨락이 터져나갈것 같았다.

바다일이 다르고 산일이 다르다고 리제마는 첫 정사를 진해처럼 하고싶지 않았다. 진해에서는 첫 정사를 《고려사》에서 읽은대로 하였다.

《고려사》에는 고종때 김지석이란 사람이 제주부사로 부임되여가서 탐오한 아전들을 전부 쫓아내고 청렴한 사람 10명을 찾아내여 고을일을 맡겼더니 정사가 깨끗한 물과 같았다고 씌여져있었다.

김지석이 한것처럼 진해에서는 탐학한 구실아치들을 전부 몰아내고 마을마다에서 신망이 있는 사람들을 추천하게 하여 새롭게 리청을 꾸리였다.

소도 언덕이 있어야 비빈다고 그때 그렇게 할 배심을 가진데는 뒤에 든든한 세력이 있어서였다.

솔직히 말해서 박규수의 제자라는 제포거진의 수군첨절제사가 없다면 그런 용단까지는 내리지 못했을것이였다.

고원은 진해와 달랐다. 고을에는 고약한 두 무리가 엄청나게 크고 우와 결탁되여있어 그걸 다 갈아치우려다가는 뜻밖의 랑패를 볼수 있었다.

이런 때는 리치를 따져 할바를 똑바로 정해주고 향청과 리청의 갈등을 타산하여 키잡이를 잘한다면 큰 품을 들이지 않고도 백성들에게 유익한 정사를 해나갈수 있을것이였다.

대청마루에 자리를 잡은 리제마는 위엄있게 동헌뜨락을 굽어보며 섬돌아래에 선 좌수에게 말했다.

《일찌기 성현들이 이르기를 한집안에 두 주인이 있을수 없다 하였소. 사공이 많으면 배가 산으로 올라간다는것은 삼척동자도 아는것이요. 내가 말하고저 하는것은 향청과 리청의 일감에서 구분이 있어야겠다는것이요. 관장의 결심은 이렇소. 리청은 관장의 분부에 따라 고을 정사를 맡아하고 향청은 리청일에 간참마오. 향청은 향약일을 잘 맡아주어야겠소.》

향청의 좌수이하 토착량반들의 얼굴이 새까매졌다. 그들은 일이 이렇게 번져질줄은 전혀 예측하지 못한것이였다.

지금껏 그 어떤 군수도 향청을 내놓고 하대하지는 못하였다.

원래 향청의 직분은 향약을 잘 움직여나가는것이였다. 하기에 향약의 우두머리인 도약정은 향청의 좌수가, 부약정은 별감이 맡고있는것이다.

향약은 유교의 도리를 지키는 일을 골자로 하는 약조를 지어놓고 그에 따라 고을안의 유교질서를 세우는 모임이였다.

리제마가 향청을 고을정사에서 배제해도 좌수는 할 말이 없게 된다. 사또가 리청만으로도 고을일을 할수 있다는데야 부디 끼여들겠다고 할 명분이 없는것이다.

더우기 사또가 북관실정에 환한 함흥내기인데다 이미 명의로서 백성들의 신망이 높으니 내놓고 맞서다가는 큰코를 다칠수 있었다.

리제마는 향청것들을 꾹 눌러놓은 다음 리장을 불러 리청에서 솎아낼 아전들의 이름을 알리게 하였다.

리장은 보다 백성들의 원성을 크게 산 아전들의 이름을 쭉 내리불렀다.

리제마는 이미 고을실태를 료해하고 리청의 아전수를 국법대로 22명만 두게 하려고 마음먹었었다.

다북쑥도 삼밭에 나면 곧아진다고 그래도 어진 마음이 있다는 22명을 잘 신칙하면 그런대로 고을정사를 펴나갈수 있으리라.

다음은 수형리가 나서서 리제마가 일러준대로 라졸전원을 몰아내고 마을들에서 평이 좋은 사람들로 다시 꾸린다고 알리였다.

리제마는 이렇게 첫 정사를 시작하였다.

다음날부터 리제마는 6방아전들을 앞세우고 마을들을 찾아다니며 페행을 일삼던 무뢰배들을 찾아내여 엄하게 징벌하는 일을 내밀었다.

그랬더니 백성들은 10년 묵은 체증이 떨어진것처럼 속시원하다고 좋아했다.

동시에 진해때처럼 관가에 약방을 내오고 제자들과 함께 사람들의 병을 보아주었다.

이로써 고을민심은 리제마에게 쏠리였다.

어느 정도 고을정사가 평정되자 리제마는 의봉을 함흥에 보냈다. 생각같아서는 의봉이와 함께 가서 한옥이도 자식들도 만나보고싶었다.

허나 아직은 고을일에 마음놓을수 없으니 후에 찾아가기로 하였다.

한 열흘정도 쉬고 오라고 일러보냈건만 의봉은 며칠만에 돌아왔다.

그가 가져온 소식은 리제마를 격분케 하였다.

글쎄 이복동생 복만이가 생각했던것보다 더 몹쓸놈일줄이야. 복만이 그놈이 재산을 다 잃고 제 어미 입도 겨우 풀칠하게 되였다고 한 말은 새빨간 거짓소리였던것이다.

대대로 물려오는 전답도, 그놈이 기를 쓰고 사들인 땅도 그대로 있을뿐아니라 함흥앞바다에서 나는 어물을 독차지하고 산골마을들에 넘겨 더 큰 부자가 되였다는것이였다.

그런 부자놈이 형이 써준 글월을 내대고 한옥이한테서 땅마지기를 떼여받아 팔아먹었고 재물이 아까와 성의없이 매장한 아버지는 생각지도 않아 민성이가 대신 려묘살이를 한다는것이였다.

분이 치미는대로라면 만사를 제쳐놓고 한달음에 달려가 복만이놈의 사등뼈를 분질러놓고싶었다.

닥쳐들었던 엄동의 추위가 어느 정도 가라앉자 목마르게 기다리던 배기달이 한성소식을 가지고 나타났다.

그는 밀봉한 황도연의 글월을 꺼내놓았다.

황도연은 글월에서 먼저 고을정사로 바쁜 그속에서도 리제마가 의술로 사람들을 구제하고 보다는 4상의술을 중단없이 파고든다니 정말 기쁘다고 하였다.

그다음 시국정세를 구체적으로 알려왔다. 글월에서 그는 왜나라와의

《국교회복》을 반대하던 박규수대감이 올가을에 터진 《운양》호사건으로 하여 그만 울화가 치밀어올라 자리에 누웠는데 병이 몹시 위중하다고 하였다. 그러면서 그는 도적이 매를 든다고 간악한 왜놈들이 조선수군에 의해 《운양》호가 피해를 입었다며 숱한 병선들을 끌고 부산에 기여들었는데 일이 심상치 않다고 하였다.

황도연은 또한 글월에서 리제마에게 민겸호일파를 조심할것을 권고하였다. 그는 임기도 되기 전에 리제마를 고원군수로 돌려놓은것이 여간 께름직하지 않다고 하였다.

조정의 권세를 독차지한 민겸호네들이 진심으로 고을정사에 힘쓰는 리제마를 크게 써줄것 같으면 6조라든가 하다못해 도의 감영으로 조동시켰지 한성에서 먼 산골고을로 떠나보내지는 않았을것이라고 황도연은 썼다. 일리가 있는 조언이였다. 그러고보면 황도연은 정사에도 밝은 사람이였다.

지금까지는 고원군수에로의 부임을 임금의 성덕인줄로만 여겼는데 황도연의 조언을 받고보니 리조정랑 민겸호의 음흉한 골상이 떠오르면서 뭔가 석연치 않은 생각이 들었다.

하여간 황도연의 부탁대로 매사에 조심하자.

이런 생각에서 리제마는 여느날과 마찬가지로 호방과 형방을 뒤에 달고 고을 동쪽에 있는 비우봉일대를 돌아보고있었다.

겨우내 거름무지가 늘어난 밭들에서는 해토와 더불어 사내들이 떨쳐나 밭갈이를 하고있었다.

백성들은 관가에서 못되게만 굴지 않으면 땅에 온 정신을 쏟아붓는 근면하고 성실한 사람들이였다.

밭갈이로 흥이 난 마을들을 돌아보며 원거마을에 이르렀는데 웬 녀인이 행차의 앞을 가로막으며 꿇어엎드리는것이였다.

리제마가 멈춰서니 녀인이 울며 아뢰였다.

《사또님! 억울한 하정을 보살펴주사이다.》

리제마는 말에서 미끄러져내렸다.

녀인이 여러군데 깁기는 하였으나 깨끗하게 손질한 치마저고리를 차려입은걸 보면 사또가 오기만을 기다린 모양이였다.

날마다 마을들을 돌아다니며 길가에서 송사도 들어주고 병자도 보아주니 이 녀인도 그를 모르지 않을것이였다.

언제 뛰여왔는지 원거마을 리정이 깊숙이 허리굽혀 절을 차리고는 리제마에게 나직이 귀띔하였다.

《사또님! 이 녀인은 홀로 사는 홍과부올시다.》

리제마는 고개를 끄덕이며 홍과부에게 말했다.

《일어서서 무슨 일인지 얘기하오.》

천천히 일어선 홍과부는 두손을 모아잡고 떠듬떠듬 말했다.

《사또님! 쇤네는 몇해동안 최부자네 송아지를 받아다가 애지중지… 반작소를 길렀는데… 며칠전에 최부자가 통채로 앗아갔소이다. 세상에 이런 억울한 일이…》

리제마의 눈섭이 꿈틀거렸다.

반작소라는것은 부자들이 자기 송아지를 남에게 맡겨서 기르게 하여 어미소로 자란 다음 팔아 원래의 송아지값은 빼고 나머지 돈을 두몫으로 갈라 한몫을 기른 사람에게 주는것을 말한다.

《최부자가 반작소를 통채로 앗아간 리유는 뭔가?》

홍과부가 눈물을 흘리며 대꾸했다.

《황소가 몹시 말랐다고… 그런 소를 팔았댔자 송아지값밖에 안된다면서…》

《뭣이?》

리제마는 치를 떨었다.

다 큰 소가 아무리 말랐기로서니 송아지와 같을수 있단 말인가.

이것은 필경 홀로 사는 녀인을 편들어줄 사람이 없다고 업신여겨 생억지를 부린것이리라. 그런 놈은 더 엄히 다스려야 한다.

《형방! 리정! 듣거라. 이 녀인과 함께 가서 최부자와 반작소를 끌어오라.》

리제마의 분부에 그들이 마을로 달려갔다.

괜히 백성들을 관가로 오가게 하여 농사일에 지장줄것 있는가.

말을 타고 마을들에 나가 실정도 알아보고 송사도 풀어주면 일거량득이라 할수 있었다.

인차 황소를 앞세우고 한무리의 사람들이 나타났다.

황소를 보니 눈두덩이에 주먹만 한 검은 점이 박힌 놈인데 몸집이 실한것이 힘깨나 쓰게 생겼다.

《사또님!》

최부자임직한 살진 사내가 땅바닥에 꿇어엎드렸다.

리제마는 어렵지 않게 최부자가 반작소를 어이하여 통채로 앗아갔는지 짐작이 갔다.

물어보나마나 욕심사나운 최부자는 힘꼴을 쓸것 같은 황소를 자기 집에 매두고싶어 생억지를 부렸을것이였다.

《너, 이놈!》

리제마의 입에서 노성이 울려나왔다.

《나라에서 법을 만드는것은 백성들을 이끌기 위해서고 형벌을 가하는것은 간악한짓을 금하기 위해서다. 법과 형벌을 바로 쓰지 않으면 악독한 놈들이 판을 치게 되고 백성들이 피해를 입게 된다. 너 최부자는 법과 형벌을 무시하고 반작소를 통채로 앗아갔으니 어찌 무사할소냐?》

최부자는 버티여야 소용없음을 깨닫고 벌벌 떨었다.

《네가 지은 죄로 하여 너는 소값을 바로 치르는것은 두말할것도 없고 볼기를 맞고…》

리제마의 말이 끝나기도 전에 최부자는 아우성을 쳤다.

《사또님! 죽을 죄를 졌소이다. 한번만 용서해주사이다.》

리제마의 눈에 흰자위가 많아졌다.

《무슨 용서?》

《소를 통채로 돌려주겠소이다. 제발 볼기만은… 말아주사이다.》

리제마의 목소리가 좀 누그러졌다.

《네가 두번다시 악독한짓을 않겠다면 볼기맞는 일은 생각해보자.》

《고맙소이다.》

최부자는 허겁지겁 일어나 소고삐를 홍과부의 손에 들려주고 손이야 발이야 빌었다.

《잘못했소이다. 내 잘못했소이다.》

최부자는 보건대 몹시 약바른 놈 같았다. 동네사람들앞에서 혼쌀을 먹였으니 한동안은 머리를 쳐들지 못할것이였다.

리제마는 최부자를 엄하게 쳐다보며 말했다.

《리정은 마을정사를 잘 살펴야겠소.》

《명심하겠소이다.》

소고삐를 쥐고 감격하여 어쩔줄 몰라하는 홍과부를 주시하던 리제마는 눈을 찌프렸다.

홍과부의 고삐쥔 한쪽엄지손가락이 벌겋게 부어있지 않는가. 분명 생손앓이를 하는것 같았다.

설겆이를 하다가 손가락을 찔린 모양이였다.

《닭알 몇알쯤은 있겠지?》

홍과부는 얼른 대답했다.

《예? 예! 그저 분부만 하소이다. 몇알이 아니라 몇꾸레미라도…》

《내게 소용돼서가 아니네.》

리제마는 홍과부의 고삐쥔 손을 가리켰다.

《닭알을 구해다가 손가락이 들어가도록 구멍을 뚫고 흰자위를 조금 뽑아낸 다음 식초를 몇방울 넣어 섞고 앓는 손가락을 들이밀게. 하루정도 손가락을 닭알속에 넣고있으면 생손앓이가 씻은듯이 나을거네.》

《사또님!》

홍과부는 감지덕지하여 리제마에게 거듭거듭 허리를 굽혀 절을 하였다.…

리제마는 다음날에도 마을들을 돌아보고 땅거미가 깃들무렵 동헌으로 돌아왔다.

방문을 열고 방에 들어서니 늘 맞아주던 을순이대신 알지 못할 녀인이 정중히 허리를 굽히는것이였다.

《그댄 누군가?》

《소녀 행수기생 란초라고 하옵니다.》

얼굴을 보니 괜찮게 생겼는데 웬일인지 창백하고 이마에 땀방울까지 돋아있었다.

진해때처럼 기생점고를 하지 않았으니 기생의 우두머리 행수기생을 알리가 없었다.

《방자는 어데 갔는가?》

방자란 을순이를 두고 하는 말이였다. 을순은 진해때처럼 고을녀인들의 부인병을 보아주면서 리제마의 밥시중이며 옷시중을 맡아하고있었다.

《방자는 저기… 건너마을에 산파로 갔사옵니다. 그 집에서 밤을 새

울수도 있다면서 소녀에게… 사또님의 저녁진지를…》

아래목을 보니 상우에서 칠첩반상이 이채를 뿌리고있었다.

매일 삼시 세끼 어떤 일이 있어도 칠첩반상을 차려주는 을순이였다.

리제마가 밥상에 나앉자 행수기생이 술잔에 술을 붓고는 가야금을 붙들었다.

가야금타기를 제지시키려고 행수기생을 바라보던 리제마는 놀랐다.

행수기생의 얼굴이 방금전보다 더 창백하고 이그러져보여서였다.

(병이 심하구나.)

리제마는 가야금을 안은 행수기생의 팔을 당겨 손목을 잡았다.

《사또님!》

행수기생은 리제마의 품에 몸을 기대며 앓음소리를 냈다. 급히 맥을 보니 가늘게 느껴지는데 행수기생은 한손으로 배를 그러안고있었다.

산파로 간 을순이를 불러다 병을 보이게 할수도 없었다.

리제마는 주저없이 행수기생을 눕힌 다음 병을 보기 시작했다.

행수기생은 두손으로 배를 그러안고 신음소리를 냈다.

리제마는 행수기생의 손을 배에서 떼여내고 배를 조심스럽게 눌렀다.

《애고-》

《언제부터 배가 아팠나?》

《며칠됐나이다. 가끔 배가… 배가 꼬이는듯 아프다가는 멎고… 메스껍소이다.》

리제마는 행수기생의 배에 귀를 가져다댔다.

예리한 배끓는 소리가 들리였다.

틀림없는 관격(장불통증)이였다.

정신이 번쩍 들었다.

배아픔이 관격인줄 모르고 오진하면 사람을 죽게 하기 십상이였다.

《이보라구, 내가 시키는대로 해야겠네.》

리제마는 행수기생을 안아일으켰다.

《무릎을 굽히고 두손으로 방바닥을 짚고. 그렇지! 그대로 좀 있어야겠네.》

리제마는 꿇어엎드린 행수기생의 량쪽배에 손을 대고 문질렀다.

처음에는 우아래로 그다음은 오른쪽에서 왼쪽으로 문지르기를 한식경쯤 하였다.

《자, 이젠 반듯하게 눕게.》

리제마는 드러누운 병자의 중완혈과 족삼리혈 등에 침을 꽂았다. 배아픔이 좀 멎었는지 행수기생이 입을 열었다.

《사또님! 고맙소이다.》

《자넨 이 병이 얼마나 무서운 병인줄 모르는군. 시간을 끌면 끌수록 고치기 힘들고 죽을수도 있네. 하여간 급한 고비는 넘겼으니… 이제 복숭아씨, 당귀 같은것이 든 도인승기탕을 쓰면 병을 깨끗이 고칠수 있네.》

《사또님! 고맙소이다. 사또님, 한말씀 올려도 되겠나이까?》

《어서!》

《사또님처럼 밤낮없이 정사를 보시면 몸이 견디겠소이까? 왜 저희 기녀들을 가까이 하지 않나이까?》

《허- 그게 단가?》

《사또님, 사실 소녀는 좌수나리의 분부대로 사또님의 일거일동을 엿보던중 사또님께 식사를 드리라는 방자의 청을 받고 이 방에 들었나이다.》

《허- 그런가?》

《지금 향청과 관가에서 쫓겨나간 아전들이 서로 작당하여 사또님을 해치려 하고있소이다.》

리제마는 벙긋 웃었다. 그런 말은 처음 듣는것이 아니였다. 마을들에 나가 병을 보아줄 때면 병자들이 그런 말을 귀띔해주었었다.

《사또님, 웃어넘길 일이 아니오이다. 옛말에 많은 사람의 입에 걸리면 쇠도 녹고 모다붙어 헐뜯으면 뼈도 사그라진다고 했소이다.

좌수나리를 조심하소이다. 쩍하면 돈을 꿍져가지고 함흥감영의 판관을 찾아가는데… 이전 군수들도 다 그 입에 걸려 잘못되였나이다.》

고마운 녀자이다. 선을 따르고 악을 미워하는 이런 사람들이 있는데 어찌 간신배들을 두려워할소냐.

리제마는 밤깊도록 행수기생에게 약을 달여먹이였다.

16

지루한 겨울이 가고 봄이 왔다.

리제마는 날이 밝자 밥을 먹고 동헌을 나섰다.

오늘도 마을들을 돌아볼 생각이였다.

천천히 동헌뜨락을 거닐며 어느 마을쪽으로 가볼가 하고 궁냥하는데 의봉이와 기달이 말을 끌어왔다.

《오늘은 좀 쉬게. 날마다 병자들을 찾아다니느라 고생이 많았는데…》

《예.》

리제마는 곧 괜한 말을 했다고 후회하였다. 쉬라고 해서 쉴 제자들이 아니였다. 거처지에 들면 약을 짓고 밖에 나서면 병치료에 전심하는 제자들이였다.

리제마는 말갈기를 쓰다듬으며 하늘을 쳐다보았다.

해가 동산마루로 거슬러오르고있으니 좀 있으면 관속들이 나올것이였다.

국법에 관리들은 해가 길 때면 묘시(5-7시)에 출근하였다가 유시(17-19시)에 퇴근하며 해가 짧을 때는 진시(7-9시)에 나왔다가 신시(15-17시)에 들어가도록 되여있었다.

요즘은 봄철이니 아직 낮이 짧아 진시에 아전들이 관가로 나와야 했다.

문득 《아뢰오-》하는 웅글은 소리가 삼문밖에서 들려왔다.

활짝 열려진 삼문밖의 퇴돌아래에 누군가 엎드려있었다.

그러니 오늘도 아침부터 송사로구나.

어제는 첫아침에 중평마을의 늙은이가 찾아와 하소연을 하였다.

같은 마을에 사는 리부자가 자기 손자 하나를 빚값이라며 끌고갔는데 3년전에 꿔다 먹은 피쌀 두말에 그럴 법이 있느냐며 눈물을 흘리였다.

마을에 나가 리부자의 빚문서를 까보니 거기에는 피쌀 두말이 아니라 기장쌀 두섬 두말이라고 씌여있었다. 기장쌀 두섬 두말을 3년안에 갚지 못하면 아이 하나를 종으로 내놓겠다는 서약서에 늙은이의 손도

장까지 박혀있었다.
 마을사람들에게 알아보니 리부자가 지금껏 남에게 기장쌀은커녕 피쌀도 두말이상은 꾸어준적이 없다는것이였다.
 리제마는 까막눈인 농사군들을 속여 거짓계약서를 꾸며낸 리부자의 죄를 밝혀내고 엄히 다스렸다.
 오늘은 어떤 상소를 하려고 아침일찍 사람이 찾아왔을가.
 대문으로 다가가니 퇴돌아래에 엎디여있는 사람은 관평마을 리정이였다.
 마을에서 신망이 높다기에 새로 리정으로 앉힌 사람이였다. 읍에서 서쪽으로 백수십리나 먼 마을에서 아침일찍 찾아오다니…
 《일어나게.》
 리정은 허리를 구부정하고 서서 대꾸했다.
 《마을에 분쟁이 생겨 어제 저녁 읍에 와서 잤소이다.》
 《무슨 분쟁인가?》
 《소인은 두해전에 관평마을로 이사를 가다보니 아직 마을실정에 어둡소이다. 마을의 백부자와 관가에 조세를 바치는 농군 세사람이 밭을 가지고 다투는데… 농군들은 백부자가 해마다 자기들의 밭을 한이랑씩 빼앗아가졌다고 들이대고 백부자는 그런 일이 없었다고 우기는데… 소인으로서는 판결해주기 어렵소이다. 그래서…》
 《알만 하오. 그런 일이라면 어찌 천리인들 마다하겠소.》
 리제마가 말을 끌고 길에 나서니 방금 나온 아전들이 꿇어엎드려 아침인사를 하였다.
 《다들 일어나게. 형방은 나를 따르고 다른이들은 자기 일을 보게.》
 리제마는 형방과 리정을 뒤에 달고 서향길을 다그쳤다.
 지세가 갈수록 힘해지고 올리막이 많아서 해가 서녘으로 기운무렵에야 관평마을로 들어섰다.
 별나게도 북쪽으로 흘러내리는 룡흥강가에 마을이 자리잡았는데 백산, 강계산, 제비산 같은 큰 산들을 배경으로 하고 강줄기를 따라서 전답이 펼쳐져있었다.
 리제마는 하루밤을 쉬고 일을 보았으면 하는 리정의 청을 물리쳤다.
 어서 판결을 내려주어 사람들의 맺힌 한을 풀어주어야 했다.
 인차 리정이 백부자와 농사군들을 밭으로 데려왔다.

명주바지저고리를 입은 몸집 좋은자가 백부자일것이고 누덕누덕 기운 베옷입은 농사군들이 분쟁을 일으킨 당자들일것이였다.

그들은 리제마를 보고 황급히 땅바닥에 꿇어엎드렸다.

리제마는 다시한번 밭을 둘러보았다.

분쟁처리가 될 밭은 강변에서 시작하여 자그마한 야산중턱에 이르렀는데 한이랑의 기장이 꽤 길어 백장(한장은 3.03m)은 실히 돼보였다.

이랑을 잘 지은 밭에서는 구수한 흙내가 풍겨왔다.

리제마는 눈길을 돌려 궁둥이가 실한 백부자에게 물었다.

《네가 이 밭 주인이겠다?》

《그… 그렇소이다.》

백부자는 개기름이 질벅한 얼굴에 아첨기를 가득 담고 리제마를 쳐다보았다.

《어찌된 일인지 백부자부터 고하라.》

《예, 소인네 밭은 강뚝에서 시작하여 두결인데 3등전입지요. 그리고 저 세사람의 밭은 소인네 밭과 이어서 산자락에까지 붙어있는데 꼭 같은 두결이오이다.

소인은 병인년에, 그러니까 열세해전에 황갑동이한테서 이 밭을 샀소이다. 그런데 다음해 저 세사람이 와서는 관가의 허가가 있었다면서 소인네 밭을 이어 땅을 개간했소이다.

그때는 이 우로 온통 잡덤불투성이였소이다. 소인은 왜 진작 그 땅을 일굴 생각을 못했던가 후회를 하고 다음해부터 한이랑씩 강쪽으로 밭을 일구어나갔소이다. 그렇게 해오기를 10년이라 오늘날엔 열이랑이 더 늘어났소이다.

그런데 이런 생벼락이 어데 있겠소이까? 저 세사람이 소인의 밭을 탐내서 서로 짜고들어 열이랑을 제것이라며 내놓으라 하니 실로 통분하기 그지없소이다.》

리제마는 농사군들에게 물었다.

《이번엔 그쪽에서 이실직고하라.》

세사람은 서로 마주보더니 그들중 나이많아보이는 늙은이가 대꾸했다.

《사또님, 언감생심 소인네들이 세도가 등등한 백부자의 밭을 탐내여 거짓고소를 하겠소이까. 소인네들은 해마다 백부자가 한이랑씩 밭을 올리갈아 제것으로 차지하는것을 눈을 펀히 뜨고 보면서도 뻐꾹소리 한번 못했소이다. 관가와 친한 백부자에게 접어들다가는 거꾸로 어진 사람을 험구했다는 죄에 걸려들가봐서였소이다. 하는수없이 벙어리 랭가슴 앓듯 하면서 백부자가 한이랑을 빼앗으면 소인네들은 산쪽으로 한이랑을 일구고 그렇게 하기를 10년에 이르렀소이다. 소인네들은 관가에서 백성들의 묵은 원한을 풀어준다기에…》

《알겠다.》

리제마는 천천히 발걸음을 가로질러간 밭최뚝을 따라 옮기였다.

말을 들어보면 량쪽의 주장이 다 그럴듯해서 선자리에서 판결해주기 어려웠다.

땅이라… 땅은 농사군에게만 소중한것이 아니다. 땅이야말로 자자손손 물려주어야 할 나라의 소중한 재부이다. 땅에 피땀을 묻고 사는 농사군들은 그 땅을 가지고 롱간을 부릴줄 모른다.

어떻게 해야 땅에 진심을 바치는 농사군들이 옳다는것을 보증하겠는지…

하여간 무슨 흔적이 있을것이다. 바람이 지나간 자리에도 흔적이 남기마련인데 농사군들의 자취가 생생한 땅에 흔적이 없을리는 만무하다.

밭이 끝나는 산중턱에까지 밭최뚝을 따라서 올라간 리제마는 다시 돌아내려오면서 찬찬히 흔적을 더듬었다.

농사군들의 말대로 한해 한이랑씩 밭을 올려 개간한 흔적은 뚜렷했다. 밭최뚝이 끝나가는 웃쪽일수록 새로 추어낸듯 한 돌무지들이 그대로 있었으나 아래로 내려갈수록 그전에 추어낸 돌무지들은 흙에 묻혀 걷기에 지장이 없어보이였다.

백부자네 밭최뚝에서는 돌무지 하나 찾아볼수 없었다. 강변에는 돌이 더 많은데 왜서 백부자가 새로 일구었다는 강뚝쪽의 밭최뚝에는 돌무지가 없을가.

리제마는 다시 밭최뚝을 따라 밭웃쪽으로 발길을 돌리였다. 불쑥 발에 걸채는것이 있었다.

돌부리겠지 하고 무심히 굽어보는데 나무그루터기였다.

둘레가 두뽐은 실히 잘되는 나무밑둥을 보았을 때 리제마는 뇌리를 치는것이 있었다.

리제마는 뾰족한 돌멩이를 찾아쥐고 나무밑둥을 파헤치기 시작하였다.

형방과 리정이 달려와 도와주었다.

서너치 깊이로 파헤쳐보니 뽕나무밑둥이였다. 뽕나무라면 누군가가 심었을것이였다. 아마 여름철에 밭일을 하다가 쉬는 그늘나무로 심었을것이였다. 길가의 그늘나무로는 크게 자라는 느티나무가 좋고 밭머리의 그늘나무는 키가 크지 않은 뽕나무 같은것이 좋은것이다.

리제마는 짚이는것이 있어 뽕나무밑둥으로부터 열이랑을 우로 세여갔다.

열한번째 밭이랑에 멈춰선 리제마는 백부자를 불렀다.

그때까지 흠흠해있던 백부자는 눈이 휘둥그래가지고 뛰쳐왔다.

《여기까지가 네 밭이렷다?》

《그… 그렇소이다.》

이때라고 리제마는 백부자에게 들이댔다.

《너는 왜 뽕나무를 베여버렸는가?》

《베… 베여버리다니요?》

형방이 쩔쩔매는 백부자를 몰아댔다.

《사또님께 바로 아뢰이지 못할가?》

《예, 예, 그… 그… 그건…》

리제마는 쓰겁게 웃으며 말했다.

《내가 대신 말해줄가? 너는 일부러 네 땅이 끝나는 밭머리에 있던 뽕나무를 베여버렸다. 너는 저 사람들이 밭을 개간할 때 벌써 밭을 야금야금 떼여먹을 나쁜 마음을 먹었다. 그래서 후날 말썽이 일어나면 뽕나무가 우환거리라고 여겼던거다. 어찌 그뿐이랴. 넌 저 사람들이 새로 일군 밭쪽의 밭최둑에 무져있는 돌무지를 보지 못했느냐. 너도 저 사람들처럼 새로 밭을 일구었다면서 네 밭쪽에는 왜 밭에서 추어낸 돌무지가 없는거냐. 그래도 사실을 바로 아뢰이지 못할고?》

백부자는 발명했댔자 죄만 커질것 같아 리제마의 발치앞에 꿇어엎드렸다.

《사또님! 죽을 죄를 지었소이다. 용서해주사이다.》

리제마는 나직이 물었다.

《밭 한이랑에서 해마다 곡식이 얼마씩 났는지 바로 아뢰여라.》

완전히 압도당한 백부자는 대답하기에 급급했다.
《보통 열아홉되는 났소이다.》
《좋아, 백부자는 들거라. 너는 저 세사람들에게 이제 당장 네가 빼앗아가졌던 밭 열이랑을 넘겨주어라. 알겠는가?》
《예, 예.》
《그리고 일천 마흔다섯되, 다시말해서 열섬 너말 닷되의 곡식을 내여주어라.》
백부자는 눈이 희뜩 뒤집힐듯 하였다.
《사또님! 소인이 그렇게 많은 곡식을 내주어야 하오이까?》
리제마는 엄하게 소리쳤다.
《너는 셈도 셀줄 모른단 말이냐? 생각해보아라. 열번째 이랑은 네가 지난해 빼앗았은즉 한해 부쳐먹었다. 그러니 한이랑으로 되지만 아홉번째 이랑은 두해 부쳐먹었기에 두이랑으로 된다.
여덟번째 이랑은 세해 부쳐먹었으니 세이랑으로 된다. 이렇게 셈을 세여나가면 마지막이랑은 10년이나 부쳐먹어 열이랑으로 되는거다. 그것들을 모두 합치면 쉰다섯이랑이 된다.
너는 네 입으로 한이랑에서 한해 열아홉되의 곡식을 걷어들였다고 했다. 쉰다섯이랑에 열아홉을 곱하면 그것이 바로 네가 뱉아놓아야 할 곡식이로다.》
백부자는 고개를 푹 떨구었다.
《너는 래일로 곡식을 전량 저 사람들에게 내주어라. 만일 조금이라도 늦잡으려 한다면 그땐 형벌로 엄히 다스릴줄 알아라.》
《예, 예, 분부대로 따르겠소이다.》
백부자는 념불 외우듯 정신없이 뇌이였다.
리제마가 사위를 둘러보니 어느새 해가 저물었다.
리제마는 나머지 일감을 리정에게 맡기고 귀로에 올랐다. 돌아갈 길은 멀고 험했지만 백성을 위해 걷는다고 생각하니 마음이 가벼웠다.

17

어느날 리제마가 해질녘에 동헌으로 돌아오니 책방이 마주나와 방금 인편에 받았다면서 봉인한 종이말이를 내주는것이였다.

황도연이 보낸 글월이였다.

이번에는 또 어떤 소식을 보내왔을가.

리제마는 몹시 궁금하여 동헌방에 들기 바쁘게 봉인을 뜯고 종이말이를 펼치였다.

급히 글을 읽어내려가던 리제마는 소스라치게 놀라 종이말이를 떨구었다.

세상에 이럴수도 있는가. 뭐, 왜놈들에게 굴복하여 《조일수호조규》(일명 《강화도조약》)라는걸 맺었다구?!…

리제마는 혹시 잘못 보지나 않았는가 하여 다시 종이말이를 집어들고 들여다보았다.

틀림없었다.

그의 입에서 비통한 음성이 새여나왔다.

《아, 나라에 망조가 들었구나.》

리제마는 종이말이의 글줄들을 뚫어져라 들여다보았다.

1876년(병자) 2월 3일(양력 2월 27일).

7척의 군함에 800여명의 병력을 싣고 조선에 기여든 일본침략자들은 조선봉건정부에 강요하여 강화도에서 침략적이며 예속적인 불평등조약인 《강화도조약》을 체결하였다.

《강화도조약》으로 하여 조선은 왜나라에 부산포를 포함한 10개 지점의 항구를 개방해주며 왜인들은 조선의 항구에서 조선국법에 저촉되는 죄를 져도 자국의 법으로 《조사판결》을 받게 되였다.

아, 이거야말로 조선의 수치가 아닌가.

리제마는 억이 막혀 숨을 쉴수 없었다.

세상에 맞불어 싸움 한번 안해보고 적에게 굴복하는 나라도 있는가.

리제마는 날이 밝는줄도 모르고 한자세로 앉아 통탄하고 또 통탄하였다.

일개 평백성도 아니고 큰 고을의 군수라는 사람이 나라가 망해가는 꼴을 눈을 편히 뜨고 앉아보기만 해야 한다고 생각하니 기가 막혔다.

차라리 벼슬이고 뭐고 다 집어치우고 어느 산속깊이로 들어가 숨어버리고싶었다.

허나 가난에 쪼들리는 불쌍한 백성들의 모습이 떠오르자 힘이 진할 때까지 그들을 돌봐야 하며 때가 오면 반드시 의병을 일으켜서라도 나라와 겨레를 지켜내야 한다는 마음으로 자기를 다잡았다. 하여 그는 이전보다 더 분발심을 안고 고을정사를 돌보는 일에 힘을 다했다.

여름이 가고 가을에 이르러 고원땅에 대풍이 들었다.

가을걷이를 와닥닥 해제낀 마을들에서는 조세를 바치느라 분주했다.

덕지강가에 자리잡은 군자창은 고을에서 제일 큰 창고이다.

해마다 여기에 조세를 받아두었다가 갑산진이며 혜산진 같은 군진들에 군량으로 실어보냈다.

군량을 대지 못하면 군수가 목을 바쳐야 하는 까닭에 력대로 고을원들은 농사가 안될수록 더욱 악을 쓰고 백성들을 털어냈다.

요즘 리제마가 매일이다싶이 군자창에 나가보는것은 군량을 제대로 받아들이지 못할가봐 걱정되여서보다 창리 같은 쌀창고에 붙어사는 아전들이 롱간질을 부릴수 없게 하기 위해서였다.

리제마는 걸음을 다그쳐 군자창에 이르렀다.

넓은 군자창의 마당에 곡식섬을 가득 실은 달구지들이 붐비고있었다. 리제마가 마음이 흐뭇해서 곡식섬을 부리는 사람들을 지켜보고있는데 등뒤에서 책방의 목소리가 울렸다.

《사또님!》

리제마가 고개를 천천히 돌려 보니 책방이 두손을 모아잡고 서있었다.

관가를 나서면서 그동안 송사한걸 문건으로 꾸며놓으라고 책방에게 이르고 나왔는데 갑자기 무슨 일이 생겼는가.

《사또님! 방금 한성에서… 례조에서 좌랑이란 어른이 오셨소이다.》

《례조에서?!…》

모를 일이다. 주로 외교나 향교 등을 맡아보는 례조에서 무엇때문에 좌랑(정6품)이란 사람을 이런 산골고을에까지 내려보낸단 말인가. 향교나 향약의 실태를 알아보자고?!

리제마는 책방을 뒤에 달고 시답지 않은 걸음을 다그쳤다.

동헌뜨락에 들어서니 한성풍의 맵시나는 관복을 쭉 빼입은 량반이 섬돌아래에서 오락가락하고있었다.

리제마는 공손한 자세로 그에게 다가가 선절을 두번 하였다.

《먼길을 오시느라 고생했겠소이다.》

리제마의 인사말에 례조좌랑은 시를 읊듯 대꾸했다.

《산천구경이 하도 좋아서인지 몸도 마음처럼 가볍기만 하오이다.》

례조좌랑은 울퉁불퉁하게 생겼는데 입술이 지나치게 두툼한것으로 하여 몹시 미욱해보였다.

《실은 함흥본궁에 가서 가을철제사를 차리고 한성으로 올라가던 길에 리조참판대감의 분부가 있고 해서 잠간 들렸소이다.》

리제마는 어안이 벙벙해졌다.

리조참판이라니? 그가 이 리제마를 어떻게 잘 안다고 사람까지 보낸단 말인가.

례조좌랑은 리제마의 심중을 들여다라도 본듯 다시 입을 열었다.

《리공은 대단한 인물이요. 리공께서 임금님의 외숙부이자 중전마마의 제일 큰 총애를 받으시는 리조참판 민대감어르신과 자별한 사이라니 참말 앞날이 창창하오.》

리제마는 흠칫 놀랐다.

그러니 다름아닌 민겸호가 리조참판이 되여 자기 심복을 보냈구나. 왕비의 날개가 되여 적수들을 제끼는 선두에서 날뛰던 민승호가 대원군에 의해 폭사당했으니 그의 동생 민겸호가 제 패당의 큰 두목이 되였을것이다. 헌데 민겸호가 왜서 사람을 보냈을가.

례방이 다가와 리제마에게 귀띔하였다.

《사또님! 안에 모실 차비가 다 되였소이다.》

리제마는 례조좌랑에게 말했다.

《마침 점심이라 안에 들어가십시다.》

례조좌랑을 앞세우고 동헌방에 들어선 리제마는 내심 놀라지 않을수 없었다.

오늘까지 살아오면서 이렇게까지 상다리가 부러지게 잘 차려낸 음식상은 보지 못했었다. 일여덟사람이 둘러앉아도 넉근할 큰 교자상우에 울긋불긋한 음식이 가득했다. 물고기음식도 갖가지이고 산짐승고기음식, 집짐승고기음식도 갖가지였다.

지어는 민겸호네 집에서 본적 있는 료화라는 음식까지 올라있었다. 밀가루에 기름과 꿀을 섞어만든 료화는 유밀과 한가지인데 주로 궁중에서 내는 별식이였다.
 례조좌랑이 본궁제사에 참가하였다더니 거기에서 꿍져가지고 온것일가.
 그런것 같지는 않았다. 언제인가 례방은 고을거리에 한성의 어느 대감집에서 부엌데기를 하던 녀인이 와 사는데 음식솜씨가 기막히다고 칭찬한적이 있었다.
 하여간 자기 상전의 체면이 깎일세라 애쓴 6방아전들의 성의가 엿보였다.
 례조좌랑은 당연한 대접이라는듯 스스럼없이 음식상에 나앉았다.
 리제마는 음식상이 너무 요란하다보니 혼례식날 큰상에 불려나간 신랑처럼 불편스레 웅크리고앉았다.
 방문이 살며시 열리고 행수기생이 동료기생 하나를 달고 들어왔다.
 그들은 깍듯이 절을 차리고서 행수기생은 리제마의 곁에, 다른 기생은 례조좌랑의 곁에 앉았다. 례조좌랑의 입이 가로 째졌다.
 《허— 한성기생들도 울고 가겠는걸. 좋아, 좋아.》
 기생의 가는 허리를 한팔로 감아안은 례조좌랑은 유식을 뽐내려는지 우쭐해서 말했다.
 《한성에서 먼 여기 산골고을에서 진수성찬을 마주하고보니 천하시재 오산(차천로, 1556—1615년)이 쓴 〈성종의 일화〉가 생각나오.》
 기생이 례조좌랑의 입에 술잔을 가져다대며 애교를 부렸다.
 례조좌랑은 더욱 우쭐해서 떠들었다.
 《하긴 산골사람들이 그런 기이한 일화야 알수가 없지.》
 리제마는 례조좌랑의 허세에 입이 쓰거웠지만 《성종의 일화》는 생각해보았다.
 성종때 어떤 사람이 어느 도에 감사로 나갔다가 승선(어명을 받아 아래에 전하는 벼슬)이 되여 임금을 면대한적이 있었다.
 성종은 그날 승선에게 그대가 감사로 있을적에 음식대접을 놓고 고을원들의 업적을 평가했다고 하는데 그게 사실인가고 물었다.
 승선은 그렇다고 숨김없이 대답했다.
 임금은 기분이 언짢아서 배를 불리는 음식대접이나 받은것을 가지고 어떻게 고을원을 평가할수 있느냐고 책망하였다.
 《상감마마! 음식을 차리는 일조차 입에 맞지 않게 하는 사람이 다

른 일에서야 더 말해 무엇하겠소이까?》

그만에야 성종은 노기가 풀려 《듣고보니 그렇겠소.》 하고 수긍하였다고 한다. …

기생을 껴안고 《성종의 일화》에 대해 한참 열변을 토하고난 례조좌랑은 제 흥에 겨워 계속 떠들었다.

《마가을에 찾아와서 북관미녀를 끼고앉아 뜻 통하는 사또와 산해진미를 마주하니 어찌 술맛이 달다 하지 않으리오. 자, 리사또! 마음껏 즐기자구.》

례조좌랑은 제가 주인인듯 큰소리를 쳤다.

그 꼴이 쓰거워 리제마는 빈입을 다시였다.

어쩜 노는 꼴이 저다지나 방자할가. 민겸호의 턱에 붙어 돌아가는 량반자들은 다 저런가. 나이로 보나, 벼슬품계로 보나 한참 아래인 작자가…

리제마의 심중을 엿보았는지 행수기생이 그의 손에 술잔을 들려주었다.

리제마는 억지로 술 한잔을 마시고나서 행수기생을 눈여겨보았다.

행수기생의 얼굴에 피기가 도는것을 보니 마음이 좀 누그러졌다.

행수기생에게는 관격만이 아니고 몇가지 잡병이 있었다. 어려서부터 고생하며 자랐다더니 그래서 잡병에 든 모양이였다. 약을 내주어 그 병을 거의다 고쳤으니 이제야 고운 얼굴이 활짝 피여나는것 같았다.

리제마는 행수기생의 도움을 적지 않게 받았다.

진해에서는 《에그나》집의 모녀가 그의 눈과 귀가 되여주었는데 고원에서는 행수기생이 향청것들과 판가에서 쫓겨나간 이전 구실아치들의 못된짓을 제때제때에 알려주어서 배심이 든든하였다.

향청것들이 마주앉기만 하면 온갖 뒤시비질을 하다못해 나중에는 사또란게 도처에 처첩을 두고서도 부족하여 부인병을 봅네 하고 과부집들에까지 버젓이 드나들며 고을의 풍기를 문란시킨다는 말까지 내돌렸다는데 정말 몹쓸놈들이였다. 하긴 몹쓸놈이니 그런 몹쓸짓밖에 꾸며낼 일이 있겠는가.

《리사또!》

례조좌랑이 혀꼬부라진 소리를 하였다.

《민대감으로 말하면 리조참판이라지만 실은 조정의 제일가는 큰 어른이지요. 민대감앞에선 리조판서든 형조판서든 다 설설 긴단 말이요. 삼정승도 그렇지요.

그러니 리사또야말로 인복을 타고났단 말이요. 민대감이 아니였다면 리공이 어떻게 진해현감에 고원군수를 할수 있었겠소?》

례조좌랑은 눈이 개개 풀려가지고서도 기생을 껴안고 그냥 지절댔다. 꼴이 술과 계집밖에 모르는 소인배같았다.

《리사또! 리사또에 대한 민대감의 기대가 몹시 크오. 우린 한집안이라 내가 온건… 리사또가 좀 해야 할 일이 있어서요. 쌀 오… 오천… 석, 오천석이 당장 소용되오.》

리제마는 꿈을 꾸는것 같았다. 저 사람이 누굴 놀려보자는건가. 아니면 취중에 헛소리를 줴치는걸가. 쌀 오천석이 뉘집 아이이름인가 하나부지. 쌀 오천석이면 군사 천명을 한해 먹여살릴수 있다.

리제마는 이 자리에 더 앉아있어서는 안되겠다는 생각이 들었다.

《좌랑! 그댄 취했으니 맑은 정신에 다시 마주앉기요. 얘들아, 이 어른을 잘 돌봐드려라.》

리제마는 팔을 휘두르며 만류하는 례조좌랑을 방에 남겨두고 밖으로 나왔다.

밖에 나섰으나 숨막히도록 답답하기는 매한가지였다.

세상에 큰 도적이 있다 해도 이런 큰 도적도 있는가. 이제 보니 민겸호 그놈이 여간 어벌찬 큰 도적이 아니다. 나중에는 나라까지 삼켜먹자고 할 큰 도적이다. 어떻게 한다?!…

다음날 아침 해가 하늘공중에 높이 떠올라서야 술에 곤드레만드레 취해있던 례조좌랑이 깨여났다.

밤새 쌀 오천석의 일로 해서 잠을 제대로 자지 못한 리제마는 마침내 결단이 서서 판속들을 삼문밖에 대기시켜놓고 대청마루로 례조좌랑을 불러냈다.

이제는 안면을 익혀 허물없는 친구로 여겼던지 례조좌랑은 인사말도 없이 리제마의 곁에 와앉으며 먼저 입을 열었다.

《그만하면 산골대접치고는 궁색하지 않구만. 계집들이 착착 감겨 얼마나 꼬리를 잘 치는지 데리고놀 맛이 있었소. 리사또! 내게도 인심을 써주구려. 밤새 내 시중들던 고 계집을 내주면 그 신셀 잊지 않

겠소.》

리제마는 시시껄렁한 수작에 눈살을 찌프렸다.

《그건 그렇고, 어제 취중에 내 하자던 얘길 다 못한것 같은데… 민대감께선 리사또를 고을에 두기엔 아까운 인물이라고 하였소. 내의원의 제조(우두머리)자리나 호판, 병판자리를 주어야 한다고 하셨소.

옛말에 인정은 바리로 싣고 진상은 꼬치로 꿴다고 했는데 민대감이 믿어줄 때 그 뜻을 따르면 립신양명을 할수 있소. 그러니 쌀 오천석을 내주겠지요?》

리제마는 잠시 대답을 피했다.

례조좌랑의 말대로 민겸호의 욕심을 채워준다면 진짜 6조판서로까지 될수 있을는지도 모른다.

쌀 오천석이면 당상관벼슬도 넉근히 살것이다.

리제마는 민겸호의 검은 배속을 좀더 들여다보고싶었다.

《민대감은 그 많은 쌀은 해서 뭣한다오?》

례조좌랑은 천진한 물음이라는듯 껄껄 웃었다.

그는 시골량반의 생각이 기껏 그렇지 뭐 하는 야릇한 미소를 짓고 말했다.

《조정을 주무르자면 그까짓건 새발의 피요. 중전마마가 하루에 써버리는 재물이 얼만줄 아오? 자그만치 만냥이야, 만냥! 병약한 세자의 무병을 바래 전국의 명산대찰들에서 비는 제사에만도 수십만냥이 들지요. 그 많은 돈을 대자니 민대감이 오죽이나 고달프겠소?》

리제마는 억이 막혔다.

수군에는 신식병선 한척 변변히 없고 군사들마저 굶주리는데 국모라는 녀인은 방종과 방탕을 일삼아서 강물처럼 돈을 퍼쓰니 이래가지고서야 나라가 일떠설수 있는가.

《허— 참말 딱하오. 우리 고을의 쌀은 한성으로 내여가지 못하게 되여있는줄을 모르지 않겠는데.》

《거야 왜 모르겠소. 국법에 고원쌀은 북관의 군량으로만 쓰게 되여있다는걸! 허나 국법도 조정이 만든것인데 그런것 가지고는 념려마오.》

리제마는 될수 있으면 말로 민겸호의 청을 물리칠가 해서 입씨름에 말려들었다.

《쌀 오천석을 한성으로 끌고가자면 배길로는 안되는것이고 륙로로도 엄청나게 품이 많이 들겠는데…》

례조좌랑은 씩 웃었다.

《별걱정을 다 하오. 리사또! 쌀만 내놓소. 그럼 내 말 한마디에 랑성포의 병선들이 덕지강으로 밀려올거요. 그 쌀을 병선들에 싣고 원산진에 가면 얼마든지 돈으로 만들수 있소.》

《어떻게?》

《챠, 이렇게 어둡다구야. 원산진앞바다엔 조선쌀을 사러 온 왜나라장사배들이 가득하오. 왜인들이란 쌀이라면 오금을 못쓰오.》

리제마는 하마트면 례조좌랑의 귀뺨을 후려칠번 하였다.

나라의 방곡령까지 시골아낙네의 푸념소리처럼 여기는 민씨네야말로 진짜 나라를 망쳐먹자고 달려드는 역신의 무리가 아니고 뭔가.

리제마는 참을 인자가 셋이면 살인도 면할수 있다는 생각으로 한번 더 말씨름을 하였다.

《허 – 아쉽게도 민대감의 분부가 한발 늦었소구려. 난 이미 조세가 얼마라고 수자를 눌러서 관찰사대감에게 아뢰였단 말이요.》

《앗따, 사흘도 못 가는게 조정정사이고 고을정사인데 별걸 다 가지고 걱정하오. 올해 고원에 풍작이 들었다는데… 사또가 쥐를 보고도 노루라고 하면 6방관속들모두가 노루라 하겠는데 너무 우는소리 마오.》

리제마는 말로는 통할수 없다는걸 깨달았다.

《여봐라! 게 누구 없느냐?》

리제마의 큰소리에 삼문밖에 대기했던 관속들이 우르르 동헌뜨락으로 밀려들어왔다.

리제마는 대청마루를 차고 일어섰다. 그리고 벽에 걸려있던 장검을 벗겨들었다.

제포수군첨절제사가 리별을 슬퍼하여 내준 장검이였다.

리제마는 장검으로 례조좌랑을 가리키며 호령했다.

《이 역신을 묶어내려라!》

웬일인가 하여 리제마를 쳐다보던 례조좌랑은 깜짝 놀라 와들와들 떨었다.

라졸들이 대청마루로 달려와 례조좌랑을 끌어내렸다.
정신이 들었는지 례조좌랑이 악이 나서 호통쳤다.
《이게 무슨짓인고? 감히 촌것들이 조정충신을 욕보여?》
리제마는 성이 나서 발을 탕— 굴렀다.
《뭐가 어째? 국법을 탕치고 백성의 재물을 빼앗아내여 왜놈들에게 섬겨바치려는 너같은자도 조정충신이야? 네가 감히 무엄하게도 민대감을 모해해? 뭐, 민대감이 쌀 오천석을 빼다가 왜놈들에게 바치라고 했다? 그게 사실이라면 만장앞에서 그렇다고 떠들어라.》
형틀에 묶이운 례조좌랑은 자기가 진퇴량난에 빠졌음을 깨달았다.
이제는 입이 열둘이래도 변명할수가 없었다. 만장앞에서 사실을 토설한다면 이편과 저편에서 두 화살을 면할수 없게 되는 법이다.
고원군수에게 쌀을 내라고 한 사람은 민겸호인데 뜻밖에 쌀을 내주어야 할 당사자가 저렇듯 무섭게 나오니 만일 사실그대로 발설한다면 당장 민가네의 눈밖에 나서 신세를 망칠수밖에 없었다. 이런 땐 그저 민가의 비행을 혼자 안고 넘어져야 후날 그 상전의 비호를 받아 다시 출세할수 있는것이다.
리제마는 한성에서 멀리 떨어진 고을에 앉아 도적의 왕초 민겸호와 맞서는것은 맨발로 바위치기인 까닭에 민가네의 심부름군이라도 꼼짝 못하게 눌러놓고 이 사실을 조정에 폭로하여 적수들을 혼내우고싶었다.
책방이 마루바닥에 종이말이를 펼쳐놓고 문초하는 전말을 적어나갔다.
리제마는 례조좌랑을 노려보며 꾸짖었다.
《너는 국록을 타먹고 사는 신하로서 충성은 못할망정 불의한 길로 사람들을 유인하려 했다. 진실도 도리에 맞아야만 리행될수 있다고 하였는데 진실도 아닌 불의한 일로 누구를 꾀일수 있단 말인가. 앉아야 할 지위가 아닌데 임금의 은총을 받아 그 지위에 올랐으면 백골난망 성덕을 잊지 말고 몸바쳐 일할 대신 어느 대감의 분부라고 거짓소리를 꾸며내여 나라에 해를 끼치려 했으니 너는 이 하나만을 가지고도 죽음을 면할수 없다. 네 죄를 시인하느냐?》
례조좌랑은 머리를 떨구었다.
《여봐라! 제 입으로 지은 죄를 토설할 때까지 되우 쳐라!》

쌀 오천석을 고원사람들에게서 앗아내여 왜놈들에게 팔아먹으련다는 말을 들은 라졸들이 분이 나서 장형을 휘둘렀다.

례조좌랑은 장형 몇대에 혀를 빼물고 애걸했다.

《리사또! 용서하여주사이다. 살려주소.》

리제마의 생각은 착잡하였다.

이랬든저랬든지간에 오늘로써 벼슬길은 동강날것이였다. 열두번 죽었다 살아난대도 들어줄수 없는 민겸호의 욕심을 거역해도 파직이요, 그놈의 죄행을 례조좌랑의 입을 빌어 폭로해도 끝장이였다.

하여튼 내친 걸음이고 또 한번은 당할 판인데 이 기회에 본때를 보여주어서 우아래로 무리지은 탐관오리들의 간담을 서늘케 하리라.

《토설할 때까지 되우 쳐라!》

사정없이 떨어지는 장형에 례조좌랑은 질겁하여 아우성쳤다.

《리사또! 인정하오이다. 내가 죽을 죄를 졌소이다. 난 쌀 오천석을 빼내다가 왜인들에게 팔아치우려고 했소이다.》

리제마는 손을 쳐들었다.

라졸들이 매질을 멈추자 책방이 문초장을 들고 례조좌랑에게 다가가 죄를 인정한다는 손도장을 받아냈다.

리제마와 매맞아 축 늘어진 례조좌랑을 번갈아보는 아전들의 얼굴에 짙은 그늘이 어려있었다.

아무리 죄를 지었어도 임금의 허락이 없이 조정신하를 때릴수 있는가 하는 근심때문이였다.

리제마는 즉시 책방에게 문초장을 한장 더 만들게 한 다음 형방에게는 문초장을 가지고 급히 한성으로 올라가 그것을 사헌부에 바치게 하였다.

병방에게는 문초장을 가지고 례조좌랑을 함흥감영으로 압송하게 하였다.

18

형방이 례조좌랑의 잘못을 적은 문초장을 사헌부에 갖다바친지 달포가 지나서 함흥감영의 《고석배기》판관이 고원에 들이닥쳤다.

얼굴이 속돌같이 얽혔대서 《고석배기》라 불리우는 판관은 군수보다 두 품계나 낮았지만 함흥감영의 관리라며 자세를 잡았다.

그러나 리제마앞에서는 눈치를 엿보며 감히 하대하려 들지 못하였다.

민겸호의 심복인 례조좌랑까지 꽁꽁 오라지워 보낸 리제마앞에서 객기를 부리다가는 그보다 더 심한 봉변을 당할가봐서였다.

행수기생의 말에 의하면 《고석배기》는 향청의 좌수와 절친한 사이인데 이전 군수들이 좌수와 단짝인 《고석배기》의 뒤긁는 재간에 골탕을 먹고 쫓겨갔다고 했다.

《고석배기》는 리제마에게 급히 리조에 올라가 분부를 받으란다는 함경도 관찰사의 령을 전달하고는 아전들에게 관가의 고간들을 전부 봉하라고 을러멨다.

마치나 봉고파직을 시키듯 경망스럽게 놀아대는 《고석배기》를 혼내우고싶었지만 후날에 관속들이 해를 입을가봐 꾹 참아냈다.

함흥감영을 생각하면 패씸하기 그지없었다. 도대체 함흥감영이 무슨 권한으로 묶어보낸 례조좌랑을 놓아보낼수 있단 말인가. 제 입으로 쌀 오천석을 빼내여 왜놈들에게 팔아먹으려 했다는 음모를 토설하고 손도장까지 찍은 죄인인데 그대로 오라지워 의금부로 압송하지는 못할망정 후히 대접까지 하고 말을 태워보냈다고 하니 정말 썩을대로 썩은 함흥감영이였다.

밉다니까 떡 사먹으면서 서방질한다고 《고석배기》는 향청의 좌수를 불러 고을정사를 보게 하였다.

좌수 그자는 자기를 고을정사에서 밀어낸 악감을 먹고 관가에 들어서자마자 쫓겨났던 아전들을 불러들이고 문서장들을 까보며 조세를 적게 받았다고 떠들었는데 고을백성들이 녹아나게 되였다.

이로써 고원땅의 정사는 도루메기가 돼버렸다.

리제마는 한성으로 올라가기에 앞서 향교를 찾아갔다.

한두달만 더 시일이 있었어도 향교에서 의술도 배워주도록 하는건데…

향교의 교수에게 어떻게 하나 향교생들에게 의술을 배워주라고 신신당부를 하였지만 좌수 그놈이 알면 그것도 말공부로 끝나고말것이였다.

리제마는 고원을 떠나자고 하니 마음이 구슬프고 애절하기 그지없었다.

진해를 떠나올 때는 고을백성들의 뜨거운 배웅을 받았는데 고원에서는 어둑컴컴한 꼭두새벽에 함흥으로 떠나보내는 의봉이와 기달이, 을순이들과 눈물속에서 헤여졌다.

　　　　이번 가면 아주 가나
　　　　아주 간다 잊을소냐

처량한 호곡속에 상여군들이 부르는 《상여의 노래》가 귀전에 들려오는듯 하였다. 죽어서 간 사람처럼 다시는 고원군수로 되돌아갈수 없을것이였다.

마음속의 위안이랄가, 고인은 가도 살아있는 사람들이 잊지 않듯 고원사람들이 이 리제마를 잊지는 않을것이였다. 고원군수로 있은 기간은 길지 않았어도 적지 않은 사람들이 악독한 부자놈들에게 한풀이를 하였고 또 많은 병자들이 병을 고치였던것이다.

한성에 이르러 리제마가 리조의 뜨락에 들어서니 수직당하관인듯싶은 사람이 맞아주었다.

리제마가 그에게 찾아온 용건을 꺼내놓으니 그는 어느 한 방을 가리켰다.

《바로 저 방이 정랑의 방이요. 들어가보오.》

정랑이라면 정5품관으로 벼슬품계는 높지 않아도 문관들의 임명과 해임을 직접 주무르는 리조의 노란자위라고 할수 있었다.

리제마는 두근거리는 가슴을 옥죄이며 조심히 기척을 내고 리조정랑의 방에 들어섰다.

《고원군수 리제마 문안드리오.》

리조정랑은 칼칼하게 생긴 사람인데 답례를 하고나서 한동안 말이 없었다. 그의 눈빛에 측은해하는 기색이 어려있었다.

이윽고 리조정랑은 종이말이를 펼쳐들었다.

《교지요—》

리제마는 황급히 방바닥에 꿇어엎드렸다.

짧은 순간에 이런 생각이 머리속을 고패쳤다. 그렇다면 례조좌랑을 혼쌀낸 일이 사헌부를 통해서 임금에게까지 알려졌단 말인가.

임금에게 알려졌다면 차라리 잘됐다. 임금이 그 전말을 알았다면 공정한 판결을 내려줄것이다.
리조정랑의 석쉼한 소리에 리제마는 귀를 강구었다.
《고원군수 리(제마)는 부친의 상사임에도 불구하고 일신의 권세와 부귀를 탐내여 상중임을 속이고 벼슬을 하였다니 실로 사족의 수치가 아닐수 없다. 마땅히 십악죄인으로 엄히 다스려야 하나 세운 공이 하도 가상하여 파면만 시키노라.》
리제마는 천정이 와르르 무너져내리는 환각으로 몸을 떨었다.
아, 세상에 이런 억울한 일도 있는가. 자기의 배를 불리려 나라의 쌀에 손을 대려던 민겸호 그놈이 제놈의 죄를 숨기고저 도리여 무고한 사람의 목에 올가미를 씌우다니. 그것도 거짓과 생억지로 임금을 기만하고 지엄한 나라님의 어명으로 꾸며내여 충정을 바치고저 애쓰는 사람의 목을 조이는구나.
하긴 무도한 민겸호 그놈이 무슨짓인들 못하겠는가. 왜놈들에게 굴복하여 《강화도조약》을 맺게 하였고 자기 일파의 리득만 얻을수 있다면 나라도 팔아버릴 민가네들이 조정에서 살판치는 한 임금이 아무리 어진 정사를 펼치여도 백성들이 그 혜택을 입을리 만무한것이다.
력대로 조정이 간신들의 세상이라는 말을 이젠 똑똑히 알겠다.
일신의 치부와 권세욕이라는 무서운 정신병에 든 간악한 추물들이 패당을 뭇고 임금의 이목을 가리웠으니 고을은 고사하고 작은 마을 하나에서도 가난을 구제할수 없다.
이렇게 썩은줄도 모르고 벼슬길에 올라 마을들과 고을들을 백성들이 잘사는 무릉도원으로 꾸리려고 하였으니 얼마나 어리석었던가.
아, 허무하다. 너무도 허무하구나. 벼슬길에선 백성을 구제하는 세상을 이룰수 없으니 이 더러운 벼슬길에 침을 뱉고 돌아서리라.
리제마는 결연히 돌아서 리조를 나왔다.
경복궁이 굽어보이는 둔덕우에 올라선 리제마는 해가 서녘으로 기우는지도 모르고 서있었다.
과연 앞길을 어떻게 정해야 하는가. 아무리 생각을 깊이 하여도 이렇다할 결심이 서지 않았다.
이런 때야말로 친지분들의 조언을 받아야 할 때가 아니겠는가.
리제마는 황도연과 박규수를 찾아갔다.
그런데 그 두사람의 조언이 신통히도 같았다.

그들은 민가일당이 그를 파직시키는것으로 일처리를 그치지 않을것이니 당분간 청나라로 몸을 피해가서 4상의술을 더 깊이 파고드는것이 상책이라고 하였다.

박규수는 병석에서도 청나라 례부의 한 벼슬아치에게 소개신까지 써주었다.

리제마는 친지분들의 조언을 따르기로 마음을 먹었다.

벼슬살이로는 가난을 구제할수 없어도 의술로는 백성살이에 도움을 줄수 있다. 내 힘껏 4상의술을 파고들어 가난한 사람들의 고통을 덜어주리라.

제 4 장

후진을 키우는 길에서

1

1877년 봄.

해가 한기장쯤 떠오를적에 리제마는 아들 민성이를 데리고 성천강가로 나갔다.

갯버들이 무성한 아늑한 자리에 민성과 함께 앉은 리제마는 말없이 생각에 묻히였다.

무엇이라 쉼없이 주절대며 흘러내리는 강물우에 지나간 옛시절이 그림처럼 그려졌다.

할머니의 엄한 통제속에 분판(기름에 갠 분을 발라서 결은 널판)에 가로세로 고사리같은 손에 쥔 붓을 어설프게 그어 삐뚤삐뚤 글을 새기던 모습에 이어 《해동명장전》 같은 력사책들을 읽던 시절 그리고 더 많은걸 배우려고 림재익의 손에 매달려 향교마을로 가던 모습이 겹쳐지더니 이어 의술이라는 학문에 온넋이 끌려 밤낮으로 의서를 번지던 시절이 보이였다.

참말이지 고향은 세상을 알게 해준 따뜻한 품이였고 더 넓은 세상에로 떠밀어준 정다운 품이였다.

　허나 그처럼 정다운 고향산천이 오늘은 이 가슴에 장막같은 어둠을 드리워주는 까닭은 뭘가.

　아비된 몸으로서 부모의 묘를 지키고 집안의 크고작은 일을 떠메여야 할 직분을 어린 자식에게 지워주지 않으면 안된, 그로 하여 느껴지는 죄의식때문이였다.

　지금이라도 자식의 어깨를 무겁게 짓누르고있는 멍에를 벗겨줄수만 있다면 얼마나 좋을가.

　리제마는 귀향길에 올라 집으로 돌아오던 때의 일을 돌이켜보았다.

　청나라로 가서 4상의술을 파고들 마음안고 고향땅에 들어섰건만 발걸음은 무겁기 그지없었다.

　집을 멀리 떠나 《광제창생》에 뜻을 두었던 벼슬길에서 파직이라는 감투를 쓰고 처자와 고향사람들앞에 나서야 하니 어찌 마음이 즐겁다 하랴.

　심기가 무직하여 사립문앞에 천천히 들어서니 할아버지산소곁에서 려묘살이를 하다가 잠간 집에 내려와있던 민성이 달려나오는데 그의 모습이 몇해사이에 영 몰라보게 달라졌다.

　과거시험을 치러 집을 떠날 때는 키가 아비 겨드랑이아래에 들던 녀석이 이제는 아비보다도 한뽐은 더 커서 15살 소년같지 않았다. 한옥이쪽을 많이 닮아 훤칠했다.

　여간 조숙하지 않은 아들을 보고 리제마는 목메여 불렀다.

　《얘야.》

　리제마가 감격하여 민성을 부둥켜안으려는데 그가 털썩 집뜨락에 꿇어엎드리는것이였다.

　《아버님!—》

　리제마는 와락 민성을 부둥켜안았다.

　《얘야, 아비란게 살아있으면서도 너에게 상복을 입게 하였구나. 나야말로 죄많은 아비로다.》

　려묘살이로 여윈 아들의 등을 어루만지며 리제마는 눈물을 걷잡지 못하였다.

　한옥이와 딸 달래가 방안에서 뛰쳐나와 리제마를 부축하여 일으켰다.

한옥을 보았을 때 또 한차례 눈물이 쏟아졌다.

한옥이 몇해사이에 이렇게까지 늙을수 있단 말인가. 새까만 윤기가 흐르던 머리에는 흰서리가 내리였고 주름이 많아진 얼굴은 볕에 타서 새까맣다.…

《아버님! 무슨 생각을 하시기에 그렇게 안색이 무거우시오이까?》

리제마는 민성이 손을 포근히 감싸쥐고 흔들어서야 울적한 상념에서 깨여났다.

《오, 내 가끔 이럴 때가 있구나.》

《아니오이다. 소자는 그 말씀을 믿을수가 없소이다.》

《허— 그건 무슨 말이냐?》

민성은 빙긋 웃었다.

《소자는 아버님의 마음을 잘 아오이다. 아버님께선 이곳만이 고향이 아니고 온 나라가 고향이며 온 나라 사람들을 다 가까운 이웃으로 여긴다는걸.》

쌍까풀진 반달눈은 꼭 제 어미를 닮았다. 어린시절에 한옥의 정찬 반달눈에 마음이 이끌려 친누이처럼 따랐던 제마였다.

《아버님! 어머님한테 다 들었소이다. 아버님은 또다시 집을 떠나 청나라로 가야 하고 그 나라에서 의술을 더욱 다지려고 한다는것을…》

리제마는 할말이 없게 되였다. 사실 민성을 데리고 한적한 강가로 나온것은 그 말을 하려고 해서였다.

허나 어린 자식에게 아비가 맡아야 할 집안일을 네가 대신 감당하라는 말이 나가지 않아 입을 열수 없었다.

《아버님! 효도는 부모님들을 봉양하는데만 있다고 생각지 않소이다. 부모님들이 세운 뜻을 펼치는 길에 주추돌도 되여주고 디딤돌로도 되여주는 자식이 진짜 효자라고 생각하오이다.

그러니 자식들 걱정이랑 집걱정이랑 마시고 큰일에 힘써주사이다. 제 더 잘 어머님을 도와 집일을 해나가겠소이다.》

리제마는 눈물이 솟구쳐 저 멀리 하늘에로 눈길을 돌렸다. 이런 자식에게 무슨 말을 더 한단 말인가.

(한옥이, 고맙소. 아들을 잘 키워주어서…)

내세운 뜻을 굽힘없이 더욱 분발하여 의술로써 백성들을 도우리라.

그리고 어머니를 도와 집일을 하느라 공부를 못한 민성이를 의원으로 키워 뜻을 이어주리라.

2

밤은 소리없이 깊어가는데 자리에 누운 배기달은 눈이 말똥말똥해서 천정을 쳐다보고있었다.

곁방에서는 의봉의 코고는 소리와 그의 자식들의 쌕쌕 코부는 소리가 들려왔다. 스승집에서 한 방을 내주어 온 식솔이 함께 사는 의봉이네였다.

그러나 이밤따라 기달이 잠에 들지 못하는것은 한성에 두고온 처자 그리운 생각에서만도 아니였다. 그것은 리제마때문이였다.

리제마는 래일 청나라로 떠나기에 앞서 민성이와 함께 아버지의 묘를 지키러 려막으로 나가고 없어 기달은 홀로 자리에 누웠다.

기달이 삼경이 기울도록 이불을 안고 엎치락뒤치락하는것은 낮에 리제마에게서 당한 초달때문이였다.

오늘 낮 스승은 몹시 성이 나서 다른 사람들은 다 밖으로 내보내고 기달이만 뜨락에 남게 하였다.

기달은 10여년세월 리제마를 따라다니면서 이번처럼 성난 모습은 처음 보았다.

마루에 걸터앉아 두주먹을 불끈 쥐고 두눈섭을 꿈틀거리며 눈을 치뜬 리제마의 모습은 꿈에서조차 두려울 정도였다.

《이놈! 먼저 네가 지은 죄가 뭔지 그것부터 이실직고해라!》

뜨락에 빳빳이 선 기달은 한동안 머리가 뗑해서 어떻게 대답을 해야 할지 몰랐다.

기달은 스승이 따지고들려는 죄가 무엇일가 하는 생각으로 허둥거렸다.

리제마가 사람으로서 지켜야 할 도리라며 하지 말라고 하는 금기는 너무도 많은데 그것을 다 지킨다는것은 말도 되지 않았다. 그러나 함부로 혀를 놀리다간 스승이 모르는 결함을 내뱉아 죄를 더 크게 할수도 있었다.

그저 죽었소 하고 엎드려있는게 상수였다.

그가 무릎을 꿇고 엎드려서 입을 열지 못하자 지은 죄를 자책하는것으로 여겼는지 리제마의 목소리가 좀 누그러졌다.

《자네는 스승의 얼굴에 아니, 4상의학에 흑칠을 하였네. 4상의학은 점쟁이, 미신쟁이들이 떠벌이는 그런 관상이 아니란 말이네. 그런데 뭐 4상인이 어떻다구?》

기달은 그제야 숨이 좀 나갔다. 그러니 스승이 다른 잘못은 모른다는것이로구나. 그까짓 4상의학을 관상에 비긴것쯤이야 무슨 큰일이겠는가.

한달전 기달은 함흥향교에 나갔었다. 리제마의 스승 림재익이 교수로 지내던 향교였다. 그때는 파직을 당하러 한성에 간 스승이 돌아오지 않아 별로 할일도 없고 해서 심심풀이삼아 향교생들과 한담을 나누고싶었다.

그날 향교생들은 기달이 리제마의 제자라는걸 알고 4상인에 대해서 물었다.

이때라고 제 자랑을 하고싶어하던 기달은 4상인을 가르는 여러 특징들중에서 체격과 용모만을 장황하게 늘어놓으면서 사람의 생김새를 가지고 그 사람이 앞으로 무슨 병에 걸릴수 있으며 무슨 재액을 당할수 있다는걸 알수 있는데 자기는 얼마든지 그 흉화를 막아줄수 있다고 떠들었었다.…

기달은 고개를 떨구고 《소생이 그만 입건사를 잘못해서…》 하고 말을 얼버무렸다.

《뭐라구? 입건사를 잘못했다구? 아니다. 너는 입건사를 잘못한것이 아니라 4상의학을 잘못 공부한때문이야. 한두해도 아니고 10여년세월이나 따라다닌 네가 어찌 그럴수 있단 말이냐?

그래 네가 전혀 맞지도 않는것을 옳다고 하고 없는것을 있다면서 사람들을 속이는게 미신인줄 모른단 말이냐?

그런데도 너는 미신쟁이나 관상쟁이처럼 사람의 생김새가 어떠하니 어떤 불화를 당할수 있고 액막이를 해야 한다고 하였다니 정녕 4상의 술을 배운 녀석이 옳단 말이냐?》

기달은 억지로 울상을 짓고 《죽을 죄를 졌소이다.》 하고 대답했다.

리제마는 숨을 길게 내쉬고나서 엄하게 말했다.

《네가 잘못을 알았다면 향교에 나가 학도들앞에서 네 잘못을 빌어

야겠다.》

기달은 그 말에 울기가 뻗쳤다.

이건 너무하지 않은가. 그까짓 미신같은 말 몇마디에 큰 죄를 지은 죄인을 사람들앞에 끌고다니며 망신을 주는 조리돌림같은 벌을 주자고 하는가.

그러나 당장은 급한 고비를 넘기고보자는 생각에서 기달은 그렇게 하겠다고 대답했다.

《흥! 내가 개코망신을 사서 하자고 향교에 나가 빌수 있는가. 안될 말이다.》

기달은 부아가 나서 씨벌였다.

이번에는 이태전 가을 진해에서 고원으로 가는 길에 들렸던 한성의 처가집이 떠올랐다.

그때 가시아버지는 또다시 스승의 의술을 빨리 배워오라고, 사실 딸을 준것은 의술을 닦아 잘살기 바라서였지 떠돌아다니는 가난뱅이신세가 되라는것은 아니였다고 말했었다.

그것이 다 사위의 장래를 위해서라는 가시어머니의 말을 골수에 새기고 온 기달이였다.

그런데 지금같아서는 언제가도 리제마의 의술을 다 배워낼것 같지 못했다.

처음 리제마를 따라다니며 의술을 배울 때에는 흥취가 났는데 지금은 그렇지 않았다. 흥취가 나지 않으니 욕망도 나지 않는것이다.

그건 다 스승이라는 사람때문이야. 무슨 놈의 하지 말라는것이 그리도 많은지. 에이, 의술을 닦지 못하면 못했지 리제마가 살라는대로는 더는 살고싶지 않다.

재물욕심도 가지지 말래, 주색질도 멀리하래, 놀음도 삼가하래. 하라는건 오로지 날마다 병자들을 찾아다니며 침이나 꽂고 약이나 지으라는것뿐이니 그게 어디 사람생활이야? 흥! 속세를 멀리 떠나 산속에서 사는 승려들도 그렇게는 안 산다. 그들도 념불 한번 외우고는 시주를 받아다 먹고살지 않는가.

《더는 이대로 못살아, 못살겠단 말이야.》

기달은 이불을 쥐여뜯으며 몸부림을 쳤다.

지금에 와선 리제마에게서 바랄것도 없지 않은가.

그래도 스승이 벼슬살이를 할적엔 고을원이라는 그의 권세를 턱대고 사람들앞에서 행세를 하였다.

또 스승이 앞으로 높은 관직에 오를것이라고 믿었기에 집떠나 겪는 고생살이를 참을수 있었다. 앞으로 자기 의술을 펴게 되면 그 덕을 입을수도 있었기에 말이다.

허나 조정의 권세를 독차지한 민가어른네들의 비위를 거슬려서 파직당한 스승이니 망친 인생이다. 오죽했으면 스승이 언제 돌아올지 기약할수 없는 다른 나라로 몸을 피하자고 하겠는가.

이제 더는 인생을 망친 사람의 뒤를 따라다닐수 없다.…

려막에서 밤을 지낸 리제마는 먼동이 터오는듯싶은 기운을 육감으로 느끼자 밖으로 나섰다.

오늘은 제자들을 거느리고 청나라로 떠나는 날이였다.

정작 고향을 떠나 멀리 타국으로 가야 할 때가 되였다고 생각하니 마음이 쓸쓸하였다.

이제는 고인이 된 림재익이며 《포태선생》의 얼굴이 눈앞에 보여왔고 지난해 섣달에 잘못된 박규수의 모습도 떠올랐다. (정초에 황도연이 글월을 보내왔는데 글월에는 박규수의 죽음에 대한 소식이 씌여있었다.)

리제마는 멀리 청나라로 집을 떠나기에 앞서 어머니며 할아버지, 할머니, 외조부모님들과 림재익의 묘들도 돌아보고싶었다.

산소들을 차례로 돌아보고 산을 내리는데 의봉이 숨을 헐썩이며 마주 달려왔다.

무슨 급한 일이 생겼는가.

《선… 선생님!》

리제마는 미간을 찌프렸다.

처자를 거느린데다 이제는 35살이면 나이든 축이라 할수 있는데 의봉은 아직도 애들처럼 덤벼치군 했다.

이건 다 스승된 사람의 잘못이기도 하다. 이 리제마라는 사람이나 제자인 의봉이라는 사람이나 다 소양인이고 성미도 급한 축이다.

그런데 스승이라는 사람이 제자의 좋지 못한 성격을 고치게끔 엄하게 대하지 못했으니 그럴수밖에… 그러고보면 이 리제마가 제자를 키우는 일에서 스승에 미치지 못함을 알수 있다.

지금부터라도 단단히 마음을 먹고 의봉이의 좋지 못한 성격을 고쳐주리라.

《선생님! 기달이 어… 없어졌소이다.》

리제마는 머리를 저었다.

어제 된꾸중을 들은 기달이 생각이 많아서 어데 잠간 나갔겠지. 그가 스승을 저버리고 떠나버릴 리유는 아무것도 없다.

《이 사람! 길에서 떠들지 말고 날 따라오게.》

삽짝문을 열고 뜨락에 들어선 리제마는 집안의 분위기가 썰렁하다는걸 느끼였다.

토방아래에 집안사람들이 나와 섰는데 인상들이 이전과 다르게 침울해보였다.

리제마는 먼저 한옥을 바라보았다. 시집을 와서 오늘까지 남정네가 할 일까지 맡아 농사도 짓고 살림살이를 하느라 고생을 하여서 나이보다 겉늙은 한옥이였다.

리제마는 달래에게로 다가갔다.

달래의 나이 17살이면 방년의 나이였다. 아버지의 3년상이 인차 끝나겠으니 그때 시집을 보내야 할터이였다.

《애야, 무슨 일이 있었느냐?》

달래가 눈물을 머금고 대답했다.

《아버님! 기달오라버니가 아버님의 말까지 타고갔어요.》

달래의 볼부은 소리에 의봉이 성나서 소리쳤다,

《그런 놈이 무슨 놈의 오래비야? 인두겁을 쓴 못된 놈이지.》

리제마는 마구간을 바라보았다.

벼슬살이에 남은것이란 자기의 말 한필뿐인데 그 말이 정말 마구간에 없었다.

《선생님!》하는 을순이의 목소리는 눈물에 젖었다.

《그까짓 달아날 사람이 달아나는거야 무슨 변이겠소이까. 기달이 그놈이 선생님이 쓰신 그 4상의술책을 쏙 뽑아가지고 달아났으니 어찌하오리까?》

리제마는 그제야 허둥지둥 사랑방으로 들어갔다.

이불이 그대로 펴있는 방 한켠에 마구 헤집어진 부담짝이 나딩구는데 그 주위로 책들이 너저분하게 내던져있었다.

을순이 스승에게 그대로 보여주려고 방을 정돈하지 않았던것이였다.

리제마는 급히 부담짝안을 헤쳐도 보고 나딩구는 책들도 살펴보았지만 10년세월 4상인을 연구하면서 적어놓은 책만은 없었다.

의봉이 주먹으로 방바닥을 내리치며 부르짖었다.

《선생님! 이건 다 소생탓이오이다. 이런 너절한 놈인줄 알고있으면서도…》

《그건 무슨 소리인가?》

《진작 선생님께 아뢰였어야 하는건데… 기달이 그놈은 오래전부터 딴꿈을 꾸고있었소이다. 내놓고 저에게 선생님이 의술을 제대로 넘겨주지 않는다고 불평하였고… 진해때 선생님 몰래 관가돈을 달래가지고 처가집에 보내주었고 고원에 가서도 여전히 기생집들을 찾아다녔소이다.》

리제마는 기가 막혔다.

《아, 기달이 그런 놈이라니… 내 눈이 멀었구나.》

한옥이 리제마의 팔을 부둥켜잡았다.

《민성 아버지! 진정하소이다.》

의봉이 독이 나서 소리쳤다.

《내 한성에 쫓아가서 그놈을 징벌하고 책을 찾아오겠소이다.》

《그만하여라.》

《선생님!》

《책이야 열번이고 다시 쓰면 되지만 사람이 변한것이 가슴이 아파 못 견디겠구나. 이랬든저랬든 10여년이나 날 따라다니며 고생한 제자가 아니냐?》

리제마는 털썩 주저앉고말았다.

아, 제자를 키운다는것이 얼마나 힘든 일인지 이제야 알겠구나.

머나먼 옛시절 림재익이나 《포태선생》이 나를 키울 때도 이렇듯 안타까운 때가 많았으리라.

이어 남편의 길떠날 차비를 끝낸 한옥이 아침상을 들여왔다.

《민성이 아버지! 머나먼 인생길에 무슨 일인들 없겠나요.》

리제마는 한옥의 깨끗한 진정에 목이 메였다.

아마 한옥의 고무와 도움이 없었다면 청나라로 떠날 용단을 내리지 못했을것이였다.

더러운 벼슬길에 침을 뱉고 돌아왔을 때에는 말없이 남정네의 마음을 리해해주었고 친지분들의 조언을 따르련다는것을 알고는 청나라로 가는것이 옳겠다면서 기꺼이 로자를 마련해준 한옥이였다.

《민성이 아버지! 어서 드시와요.》

리제마는 한옥이 손에 들려주는 수저를 받아들자 눈앞이 흐려들었다.

긴긴세월 고향을 떠나 마음놓고 다닐수 있은것은 바로 한옥이가 있어서때문이 아닌가.

아, 내 언제면 이 녀인에게 복을 가져다줄수 있을가. …

3

세월이 흘러 1879년 가을이 왔다.

리제마는 그동안을 청나라의 도읍인 연경(베이징)에서 지내고있었다.

리제마는 3년전 박규수가 청나라 례부시랑에게 써준 소개신을 가지고 그를 찾아갔었다. 소개신을 펼쳐본 례부시랑은 몹시 기뻐하면서 정양문근처의 건어호동에 있는 조선관의 곁에 리제마의 거처지를 잡아주었다.

조선관은 연경을 찾아오는 조선의 사절들이 드는 객관이였다.

연경에서의 3년은 리제마에게 있어서 배움의 길이라기보다 자기 나라 의술에 대한 긍지와 믿음을 굳게 한 나날이라고 할수 있었다.

물론 3년세월 리제마는 4상의술에 도움이 될수 있는 비방을 알아내려고 동서고금의 의서들을 수많이 읽었다.

례부시랑은 의서들을 보았으면 하는 리제마의 청을 쾌히 수락하고 력대의 도서들을 모아둔 문연각은 물론 여러곳에 비치해둔 의서들도 볼수 있도록 해주었다. 그 많은 의서들중에서 사람의 체질에 대하여 서술한 책은 《황제내경》이였다. 그 책은 청나라사람들이 《중국의 보배》라고 자랑하는 책이였다.

《황제내경》은 중국의 춘추전국시기(B. C. 770년—B. C. 221년)에 숱한 의원들이 달라붙어 쓰고 그후(B. C. 26년)에 출판한 의서인데 바로 그 책에 사람의 체질에 대한 구절이 있었다.

그것을 찾아보았을 때 리제마는 눈이 번쩍 띄였다.

허나 몇줄 읽어내려가던 리제마는 실망감을 금치 못하였다.

그 책에서는 사람의 체질을 다섯가지로 나누었는데 그나마 겉생김에 따라 나누었을뿐이였다.

하긴 옛적 의원들이 사람들의 체질을 그 정도나마 갈라놓은것도 놀라운 일이였다.

청나라의원들은 사실상 사람의 체질을 가르고 그에 맞게 약을 쓴다는것은 불가능한 일이라고 도리머리를 하였으니 그것을 생각하고 그것이 가능하다고 보는 사람은 리제마 자기뿐임을 확인한것이나 다름없었다.

리제마는 연경에 머무르는 기간 많은 사람들의 병을 고쳐주었다.

때로는 침으로, 때로는 뜸과 부항으로 병자들의 병을 다스리였는데 특히 그가 지어주는 약을 받아먹은 사람들은 이 약이야말로 죽어가던 사람도 살릴수 있는 명약중의 명약이라고 놀라와하였다.

그리고 그 비방을 몹시 알고싶어하였다.

그때마다 리제마는 단마디로 대답하군 하였다.

《병은 체질에 맞게 다스려야 합니다.》

리제마가 지은 약은 어느것이나 병자의 체질을 보고 그에 맞게, 말하자면 4상의술로 지은 약이니 쓰는 족족 약효가 나타났다.

청나라사람들은 리제마의 의술을 가리켜 《조의》(조선의술)라 하면서 무척 신비스러워하였다.

리제마는 많은 청나라사람들과 친교도 맺었다. 그들속에는 청나라조정의 리부에서 시랑이라는 권세있는 관직을 지닌 벼슬아치도 있었다.

청나라조정의 문관들을 떼고 붙이는 자리에 앉아있는 리부시랑이 오늘 저녁 리제마를 자기 집으로 청하였다.

리부시랑으로 말하면 청나라의원들이 고칠 가망이 없다고, 앞으로 몇달 더 살지 못한다고 도리머리를 하고 나앉은 병자였다.

그는 리제마가 지어주는 약을 몇달 쓰고는 죽은것이 아니라 병이 뚝 떨어졌다.

하여 그는 리제마를 생명의 은인으로, 천하명의로 공경하는터이였다.

의봉이 견마를 잡은 말을 타고 리제마는 력대로 황제들이 하늘에 대고 제사를 지낸다는 천단의 근처에 있는 리부시랑의 집을 찾아갔다.

리부시랑은 풍성한 음식상을 차려놓고 리제마를 맞이하였다.

리제마가 술좌석에 앉아 술 몇잔을 받아마셨는데 리부시랑이 만면에 웃음을 짓고 말했다.

《요즘 장안에는 온통 조선명의에 대한 칭찬뿐이요. 글쎄 조선명의가 마술을 쓴다고 하오. 게다가 천민일지라도 차별없이 대해주고 가난한 사람들에게선 돈도 받지 않고 병을 고쳐주니 하늘나라에서 내려온 은인이라는거요.

리공 아니, 조선의원! 내 직판으로 청하는데 집안식솔들을 아예 여기로 데려오오.》

리제마는 어이가 없어 웃고말았다.

그랬더니 리부시랑은 더욱 열이 나서 말하였다.

《이건 진심으로 하는 말이요. 우리 조정도 인재를 중히 여긴다오. 그대같이 문무에다 누구도 견줄수 없는 의술을 지닌 재사가 다른 나라에서 산다는건 참 아쉬운 일이요.》

리제마의 눈에 갑자기 눈물이 핑그르르 고여올랐다.

고국에 대한 그리움에서였다.

정 들면 고국이라…

그렇다면 자기를 알아주고 받아주어 내세워주려는 품이 있다면 그 품에 정을 주고 고국이라 따르라는 뜻이 아닌가.

고국이란 무엇인가. 대대로 선조들이 묻히였고 자자손손 그분들의 넋이 이어오는 땅, 처자들의 숨결이 있는 땅이 분명 고국일진대 어떻게 이 세상에 그것과 대비할 정줄 땅이 또 있단 말인가.

정도 하나이듯 마음도 하나, 목숨도 하나이며 그 목숨을 준 고국도 하나인것이다.

하기에 사람들은 누구나 나서자란 고국을 못 잊어하는것이며 죽어서도 그 땅에 묻히려 하는것이다.

그렇다. 고국이 나를 헐뜯고 온갖 고초를 들씌우다못해 목을 치려 한다 해도 나는 선조들의 혼이 있는 그 땅에 뜻을 묻으러 웃으며 갈것이다.

리제마가 고국을 멀리 떠나온것은 4상의술을 더욱 련마하고저함만 아니라 자기를 해치려 하는 민겸호의 검은 마수를 일시 피하려는데도 있었다.

그동안 여러해가 흘렀으니 민겸호의 속도 얼마간 가라앉았을것이였다.

리제마는 숙연한 표정을 지으며 말했다.

《고맙소이다. 허지만 나의 마음속에는 자나깨나 내 나라 백성들에 대한 근심만이 꽉 차있소이다. 내가 연경에 찾아온것은 무슨 재물이나 벼슬을 바라서가 아니라 사람들의 체질에 맞는 의술을 다지려 해서였소이다. 난 자기 나라, 자기 겨레를 떠난 의술을 바라지 않소이다.》

리부시랑은 리제마의 손을 꼭 부여잡았다.

《아! 내 감동되였소. 그대야말로 진짜 의로운 애국충신이요!》

《…》

거처지로 돌아오니 을순이 방금전 고국사신단의 한사람이 주고갔다면서 글월을 내보였다.

황도연이 써보낸 글월이였다.

급히 글월을 펼쳐드니 함흥과 이웃한 홍원고을에다 학당을 마련해놓겠으니 어서 귀국하라는 반가운 소식이 적혀있었다.

지난해 리제마는 연경을 찾아와서 조선관에 든 고국사신단의 서장관에게 황도연에게 보내는 글월을 부탁했었다.

글월에서 리제마는 이제는 고국에 나가 후진을 키우는 일을 하고싶은데 도움을 달라고 하였다.

그 청을 황도연이 들어준것이였다.

4

귀국하니 반가운 일이 리제마를 기다리고있었다.

황도연과 조정의 홍문관 부교리로 출세한 김옥균이 홍원현감에게 부탁하여 홍원에다 의학당을 마련해놓은것이였다.

하여 리제마는 고향 함흥에 려장을 푼지 며칠만에 한옥이와 달래의 바래움을 받으며 아들 민성이와 제자들을 거느리고 호련강 상류에 있는 함관령고개를 넘어 홍원현을 찾아갔다.

현감을 위시로 하는 홍원사람들이 리제마일행을 맞이하여 동해가 한눈에 안겨오는 고색질은 해월정근처로 안내하였다.
거기에 덩실한 학당이 있었다. 원래는 길손들이 묵어가던 원집인데 새로 원집을 짓기로 하고 경치좋은 곳에 있는 이 집을 학당으로 꾸린것이였다.
학당은 여러모로 편리한 자리에 있었다. 큰길 가까이에 있으니 래왕하기에 편리하고 나무숲속에 묻혀있으니 조용하고 게다가 양지바르니 겨울에도 따스해서 좋고 주변에 밭도 좀 있으니 남새를 심어먹을수 있어 참으로 안성맞춤하였다.
좋은 학당이 생기니 근심거리도 생겼다. 갑자기 어데 가서 쟁쟁한 젊은이들을 데려온단 말인가.
그것도 홍원현감이 풀어주었다. 사실 홍원현감은 김옥균이 무은 충의계 계원이였다. 그는 리제마를 돕는 일이 백성살이에만 아니라 나라의 개화에도 이바지한다고 믿고있었다.
홍원현감이 어떻게 손을 썼는지 10명의 젊은이들이 학당을 찾아왔다. 가깝게는 홍원고을, 멀리로는 안변, 삼수 지어는 경원과 회령고에서도 왔다. 모두 눈에서 정기가 도는 젊은이들이였다.
홍원현감은 대개 젊은이들이 풍토가 험하고 질병이 많은 고장들에서 왔으니 한해를 기한으로 하여 속히 의술을 가르쳐주었으면 좋겠다고 하였다. 리제마는 그 의견에 쾌히 응하였다.
정말 옳은 생각이다. 지금 북관땅의 도처에서 앓고있는 사람들이 의원이 찾아오기를 애타게 기다리고있는데 내 어찌 한시인들 시간을 지체하랴. 뜻을 지닌 사람에게 있어서 제일가는 재산은 자기의 재주를 물려받은 제자를 많이 가지는것이 아닌가. 사람이 많으면 길이 열린다고 제자들을 많이 두면 보다 더 백성들을 위한 의로운 일을 펴볼수 있을것이다.
학도들에게 무엇부터 가르쳐줄것인가.
리제마는 을순이 다려준 두루마기를 깨끗이 차려입고 글방으로 들어섰다.
접장(학급장)이 소리쳤다.
《선생님께 경례!》
일어서서 기다리던 학도들이 일제히 리제마를 향하여 정중히 허리를 굽히였다. 그들속에 민성이도 있었다.

(아, 이들이 정말 나의 제자들이란 말인가.)

삿자리를 편 방에 자리를 잡고앉은 학도들의 눈길은 순간도 리제마에게서 떠나지 않았다.

리제마의 목소리는 흥분으로 하여 떨리였다.

《학도들! 오늘부터 학도들은 의술이라는 학문을 배우게 되오. 그럼 의술은 어떤 학문인가? 명실공히 의술은 만병을 방비하고 제때에 질병을 다스려 사람이 병없이 건강해서 오래 살수 있게 하는 재주를 련마하고 그 진보를 마련하는 실학의 한갈래로서 사람이 생존하는 한 반드시 중시해야 하는 더없이 훌륭한 학문이라고 할수 있소. 의술은 아득한 태고적 사람이 생겨난 그때 먹을것을 마련하는 농사일과 함께 생겨났고 오늘도 래일도 먹고 쓰고사는 분야의 큰 일과 함께 병존하게 될것이요.

이 땅에 조선을 세우신 박달임금은 창업초기에 벌써 사람의 병을 다스리는 로가라는 관직을 내오고 그것을 셋째아들 부우에게 맡겨주시였소.

질병을 다스리는 일은 매우 복잡하고 심오하며 헐치 않소.

그럼 어떤 사람이 의원으로 될수 있는가?》

리제마는 잠시 이야기를 끊고 학도들을 둘러보았다.

생김새며 나이, 고향은 서로 달라도 배우려는 의욕은 한결같아 얼굴마다에 기백이 넘쳐났다.

이들을 한명도 떨어지지 않게 잘 키워내야 한다.

《의원으로는 누구보다도 겨레와 강토를 아끼는 사람, 누구보다도 백성들의 고통을 자기의 고통으로 여기는 사람, 바로 그런 사람이 의원으로 될수 있소. 진정으로 나라와 백성을 위한 길에 한몸을 바치고저 하는 사람이 명의가 될수 있소.

이것을 가리켜 애국이라고 할수 있소.

백성을 널리 구제하는것! 다시말하여 백성들이 병없이 오래 살수 있게 하는 의술이 어찌 의로운 사나이들의 일이 아니겠소?》

리제마는 자기의 한마디한마디가 학도들의 가슴에 애국의 활력이 끓어오르게 하고있음을 그들의 눈길을 통하여 읽고있었다.

《오늘 첫 시간에는 그럼 무엇을 배우겠는가?

오랜 세월 사람들은 자기를 괴롭히는 병마와 싸워오는 과정에 약과 뜸, 침과 부항, 찜질 같은 술법들을 터득해내였고 의술의 진보를 이루어왔소. 약이나 뜸, 침과 부항, 찜질 같은 술법들은 개개마다 질병을 다스리는데서 자기의 독특한 우점과 비방을 가지고있소.

이에 대한 의원들의 견해는 서로 다르오. 어떤 의원들은 일뜸, 이침, 삼약이여야 한다고 하고 또 어떤 의원들은 일침, 이뜸, 삼약이라고 하오.

나는 일약, 이뜸, 삼침이라고 하고싶소.

처음 사람의 몸에 병을 일으키는 사기가 침범하여 손가락과 발가락, 가죽에 머물러서 병을 일으켰을 때에는 침이나 뜸으로도 못돼먹은 사기를 물리칠수가 있소.

사기가 팔다리와 살속으로 더 깊이 쳐들어와서 보다 더 위중한 병을 일으켰을 때에도 침이나 뜸으로도 그 사기를 몰아낼수 있소.

그러나 사기가 장기에 깊숙이 침범하여 골병을 일으켰을 때에는 침이나 뜸만으로는 안되오.

오로지 손발가락에 든 사기든 팔다리에 든 사기든 여하를 막론하고 다 잡아죽일수 있는 약을 써야만 하오. 약이야말로 골수에 든 사기까지도 몰아낼수 있는 제일 센 힘을 가지고있소.》

《야!-》하는 감탄소리가 장내를 울렸다.

리제마는 술렁이는 방안이 정돈되기를 기다렸다가 좀더 빠른 어조로 이야기를 엮어나갔다.

《약은 침이나 뜸과 달리 병자들에게 거의나 피로움을 주지 않고 또 누구나 손쉽게 쓸수 있는 우점들이 있소.

하기에 우리의 조상들은 조선이란 나라를 세우기 수천년전에 벌써 우리 나라의 어디서나 흔히 나는 쑥과 마늘 같은 약재로 병을 고칠줄 알았소. 산삼과 인삼은 중국사람들이 고구려의 명약이라고 부러워한 진귀한 약재였소. 고구려때 우리 선조들은 세신과 백부자, 왕지네, 우황과 같은 약재를 널리 썼소.

삼천리금수강산 우리 나라에는 어디 가나 약초가 무성하고 가는 곳마다에서 진귀한 약재들을 찾아볼수 있소.

그럼 잠간 쉬고 다음시간에는 어떤것들이 약초로 될수 있는가 하는 것과 약초의 효험과 쓰임에 대해서 공부하겠소.》

글방을 나서는 리제마는 삶에 대한 희열로 가슴이 부풀어오름을 느끼였다.

내 남은 인생을 후진을 키우는 일에 전심하리라.

5

복더위가 달려들어 사람들의 진액을 녹여내고있었다. 정말 진저리나는 무더위였다.

허나 리제마에게는 여름날의 하루하루가 얼마나 흥겨운지 몰랐다. 이 거야말로 사람사는 재미가 아니겠는가.

가끔 리제마 당자도 말을 달려 집을 찾아가고 집에서도 한옥이며 딸자식이 여기를 오고가니 일찌기 이런 재미를 보았던가. 게다가 아들과는 함께 있다. 을순이며 제자들은 식솔들을 홍원으로 데려오라고 졸랐다.

그들의 청이 옳은것 같아 한옥이에게 이사를 가자고 하였더니 그는 고개를 저었다. 의술을 가르치기에 바쁜 남편과 객지에 와사는 학도들에게 짐이 된다는것이였다.

홍원이 먼데도 아닌 이웃고을이니 자주 오가면 된다는것이 한옥의 대답이였다.

하긴 그 말도 옳았다. 그전에는 한해에 한번은커녕 몇해에 한번 집식구들을 만나보았는데 이제는 서로서로 오고가니 함께 사는거나 무엇이 다른가.

어찌 그것만 사는 재미라고 할수 있으랴. 그 못지 않은 재미가 있었다.

지금껏 닦아온 의술을 아들과 학도들에게 물려주는 일이 세상에서 제일 값져보이고 긍지가 있어 날마다 신바람이 났다.

시작을 뗄적엔 과연 한해동안에 어렵고 까다로운 의술을 젊은이들에게 전수해주겠는지 위구심이 앞섰댔는데 해보니 공연한 근심이였다.

누구 하나 뒤지지 않으려고 정신을 가다듬고 접어드는 학도들이라 몇달어간에만도 적지 않게 깨우쳤다.

약재의 특성과 약재의 적용방법, 보사작용, 선택작용으로부터 약재들을 배합할 때의 약효의 변화, 5장6부의 병에 쓰이는 약재들, 약재의 배합금기, 약처방을 짓는 묘리와 약재의 제형 그리고 보약에 대해서도 배워주었다.

어디 그뿐이랴.

의술이 뿌리를 두고있는 음양5행설로부터 기항지부(뇌수, 골, 맥, 자궁, 담)와 같은 장상(몸안에 있는 내장장기들의 기능상태와 병리변화가 몸겉면에 나타나는 현상), 병인과 발병, 병증을 가려보는 묘기 그리고 뜸술, 부항술을 배워주었다. 요즘은 침구술을 가르쳤다.

오전에는 리제마가 주로 리론을 가르치면 오후에는 의봉이 실기를 가르쳤다.

을순이도 고을녀인들의 부인병을 고쳐주는데 4상의술을 받아들여 좋은 효험을 보고있었다.

젊었을적부터 애기를 낳지 못해 안타까와하는 녀인들을 동정하여 달라붙었던 무자(불임증)에 대한 관심을 리제마는 언제나 버리지 않았다. 리제마는 그동안 무르익혀온 무자에 대한 약처방을 을순이에게 주어 고을녀인들에게 써보게 하였다.

그랬더니 놀라운 효험이 있었다.

4상인을 가르고 그에 맞게 약을 쓰는것이 부인병치료에서도 확실히 우월하다는것이 증명되였다.

리제마는 오늘도 여느날과 마찬가지로 오전에 글방에서 학도들에게 식상과 위완통 같은 속탈때 침을 놓는 침구술을 배워주었다.

오후에는 홀로 거처지에 들어앉아 다음날 배워줄 의술과목을 짜는데 어느새 해가 떨어졌다.

긴긴 여름날의 해가 노루꼬리만 한 겨울날처럼 짧아보이기는 이해가 처음인것 같았다.

저녁을 먹고난 리제마는 학도들이 낮에 배운 의술을 어떻게 리해하고있는지 알고싶어 거처지를 나섰다.

거처지는 글방에서 좀 떨어져있었다. 홍원현감이 글을 가르치는 스승의 방은 조용해야 한다면서 외따로 떨어져있는 집을 한채 내여주었던것이였다.

밖에 나서니 쟁반같은 보름달아래 펼쳐진 밤경치가 볼만 하였다.

락락장송에 묻혀있는 글방에서 비쳐나오는 불빛이 보다 더 리제마의 마음을 흡족하게 하였다. 저 불빛이 쏟아져나올수록 학도들의 의술이 높아질것이니 스승된 몸으로 어찌 기분이 나지 않으랴.

그래서만도 아니였다. 한옥이도 달래도 다 잘있다는 집소식이 또한 그의 기분을 흥겹게 해주었던것이다.

오늘 또 을순이 함흥에 갔다 돌아왔다. 한옥이 병약해졌다면서 보약을 지어가지고 갔던 을순이였다.

한옥이를 언니처럼 따르며 그의 건강에 대해 원심을 쓰는 을순이를 생각할 때면 은연중 그에게 죄스러움을 금할수 없는 제마였다.

잘하느라고 가락지를 사준노릇이 한 녀인의 신세를 기구하게 정해놓을줄이야.…

향긋하게 풍겨오는 모기쑥 타는 냄새에 리제마는 발소리를 죽여가며 글방마당에 솟아있는 느티나무에 다가가 기대여섰다.

열어놓은 방문으로 모기쑥을 태우는 글방안이 들여다보였다.

민성이와 학도들의 틈에 끼여있는 의봉이도 보였다. 오후에 이어 저녁에도 학도들에게 침구술의 묘리를 다져주는 의봉이였다.

《선생님, 한말씀 들려주소이다.》

목청이 거센것을 보니 접장을 맡은 안변총각이였다. 김준영이라고 부르는데 보통키에 다부지게 생겼다. 몸동작이 민첩하고 성격이 쾌활한데다 통솔력이 있어 접장을 시키였다.

《좋아, 의술을 하루빨리 익히려고 애쓰는 자네들에게 꼭 소용될 얘길 들려주겠네.》

올방자를 틀고앉아 손세를 써가며 말하는 의봉의 모습이 잘 보였다.

《우리 나라에 〈세상에 백광현이 없으니 죽을따름이다.〉라는 말이 있네. 이 말은 의술을 하는 사람들이 새겨들어야 하는 명구일세. 백광현이란 의원이 죽은지도 어언 이백년이 지나갔건만 지금도 사람들이 그를 잊지 못해하는건 왜서인가. 우리 나라에서 정저(얼굴이나 목뒤 등에 나는 악성종처)를 고치는 의술은 백광현이때부터 시작되였다고 해도 과언이 아닐세.

백광현은 집이 몹시 가난해서 늘 기운 베옷을 입고 죽을 먹으며 살았다네. 젊어서 그한테 재주가 있다면 한가지, 병든 말에 침을 놓아 고치는 마의술이였네.

언젠가 그는 종창으로 죽은 사람을 보았네. 백광현이 살던 때까지만 해도 정저 같은 악질의 종창이 몸에 생겨 뿌리가 깊어지면 죽는 수밖에 없는것으로 통해왔었네.

　종창으로 죽은 사람을 본 백광현은 다시는 그런 병으로 사람들이 죽게 해선 안되겠다는 마음을 먹었다네.

　그날부터 그는 종창을 앓는 말을 찾아내서 그 병을 고치기 시작했네. 마음먹고 달라붙으면 못해낼 일이 없다고 그는 인차 종창에 걸린 말병을 고칠수 있게 되였네. 여기에서 신심을 가진 그는 종창에 든 사람들의 병을 고치는데 달라붙었네. 그런데 처음엔 일이 뜻대로 되지 않아 병자를 살려내지 못했지. 그러나 손맥을 놓지 않고 달라붙어 끝내는 묘방을 찾아냈다네. 큰 침으로 종처를 헤치고 살을 쨴 다음 독이 든 뿌리를 말끔히 베여내는 묘방이였지. 이로 해서 백광현은 죽게 된 사람들을 살려냈고 하여 어의로까지 뽑혔네. 늙어서 현감벼슬도 하고.

　한번은 이런 일도 있었다네. 어느날 백광현은 우연히 입술이 불에 덴것처럼 부르트고 그속에 고름이 든 병자를 보았네. 그때 그가 탄식하여 말하기를 《내가 이틀전에 보지 못한것이 분하구나. 이 사람은 때가 늦어 밤에는 숨질것이다.》라고 하였는데 과연 병자는 그날 밤에 죽었네.

　백광현은 이처럼 뛰여난 명의였다네. 그분이 돌아가신 후 스승의 비방을 전수받은 아들 백홍령과 제자 박순이 종기를 잘 고쳤다네.

　그러나 그들까지 죽은 다음에는 선대들만 한 명의가 나오지 못하고 있거던.

　이 이야긴 스승께서 들려주신거네. 스승께서 말씀하시기를 후학들이 선대들의 재주에 미치지 못하는것은 진심으로 병자들을 살려내겠다는 마음이 선대들에게 미치지 못하는 까닭에 애써 의술을 닦지 않기때문이라고 하셨네.

　내가 왜 이 이야길 자네들에게 전해주게 되는가? 자네들은 이제 곧 스승께서 내놓으신 4상의학을 배우게 되네. 아직은 세상이 알지 못하는 4상의학은 사람의 체질에 맞게 약을 써서 고치게 하는 의술인데 명의가 되려면 반드시 통달해야 하는 학문일세.

　나는 자네들이 뛰여난 명의를 스승으로 모시고있다는 자부를 안고 《광제창생》을 이루시려는 스승의 뜻을 이어받아 하루빨리 더 깊은 의술을 닦기 바라네.》

의봉이야말로 훌륭한 제자이다. 스승의 뜻을 저만 아니라 후진들에게 심어주는 제자야말로 진짜배기 제자라 할수 있다. 바로 저런 의로운 제자들이 있기에 선대들의 공적이 후세에 전해지고 더 큰 진보가 마련되는것이 아니겠는가.

6

오늘은 리제마가 학도들에게 4상의학을 배워주는 첫날이였다.

아직은 몇사람만이 알고있는 4상의학을 처음으로 세상에 공개한다고 생각해서인지 리제마는 첫 수업때보다 가슴이 더 울렁거렸다.

이미 의봉이 4상의학을 배우게 된다고 일러주어서 학도들은 숨소리가 날세라 긴장해서 쳐다보는데 그들의 번쩍이는 눈길을 당하자 리제마는 그만 하려던 말마디들이 헝클어져 두서없이 입을 열지 않으면 안되였다.

그래서 맨 마지막에 말하려고 했던 4상의학의 발견과정을 먼저 펼쳐놓고말았다.

《4상의학에서는 무엇보다먼저 이 의술의 골자라고 할수 있는 사람의 체질 즉 4상인을 옳게 가려볼줄 알아야 하오.

그럼 4상인을 어떻게 가려낼수 있는가?》

리제마는 오랜 세월에 터득해낸 비결을 아낌없이 터놓았다.

4상인을 바로 가려보려면 사람의 체격과 용모를 잘 살펴보고 그다음은 그 사람의 성격과 심리를 파악해내야 하며 이어 살갗은 어떠한가, 맥은 또 어떠한가, 대소변과 땀의 상태는 또 어떠하며 좋아하는 음식이 무엇인줄도 알아내야 한다. 그다음 몇가지 약재를 달여먹이면서 몸에서 어떤 변화가 생기는가도 관찰해야 한다.

민성이와 학도들은 리제마의 말을 한마디도 놓칠세라 귀담아들으면서 부지런히 종이말이에 붓을 달렸다.

《내가 많은 사람들을 대상해보면서 알아본데 의하면… 백사람가운데서 4상인별로 차지하는 몫은 다음과 같았소. 제일 많은 사람은 태음인으로서 쉰명정도이고 제일 적은 사람은 태양인으로서 천에 한명이거나 만에 서너명정도였소. 소양인은 서른명정도로서 두번째로 많았고 그다음으로 소음인은 스무명정도였소.…》

리제마는 어떻게 오전수업을 마치고 글방을 나섰는지 생각나지 않았다.

흥분을 가라앉히고 점심을 먹고 나앉는데 의봉이 찾아와 학도들이 오전에 배운 4상의학을 다시한번 더 되풀이해주었으면 한다는 의견을 전해왔다.

그런 부탁이야 열번이란들 마다할소냐.

리제마는 오후수업은 시원한 느티나무그늘에서 열었다.

《학도들, 4상인을 옳게 가려보기는 결코 쉽지 않소.

적과의 싸움에서 자기를 잘 아나 적을 모르면 패할수도 있소.

적도 자기도 다 잘 알면 열번 싸워 열번 다 이길수 있소. 허나 적아를 다 잘 안다는것은 용이한 일이 아니요. 4상인도 그 못지 않소. 손쉽게 알아볼수 있는 체격이나 용모만을 가지고 너는 소양인이다, 소음인이다 해서는 안되오. 반드시 여러가지 특질들을 다 알아본 다음에 열번 재고 가위질을 하듯이 옳은 판단을 내려야 하오.

례를 들어 키가 좀 크고 하체가 실한 점만 보면서 그 사람이 태음인이라고 단정해서는 안된다는것이요. 그렇게 생겼다고 해도 성격이 온순하고 조용하며 소심한데다가 더운 음식을 좋아하고 인삼이나 단너삼이 맞으면 소음인으로 보아야 하오. 이와 같이 여러 특질들을 잘 따져보고 더 많은 특질에 맞으면 그에 해당되는 체질로 보아야 하오. 그럼 오늘부터 사흘간 시간을 주겠소. 학도들은 오늘 배운것을 가지고 서로 문답하면서 자기 체질이 어디에 속하는가를 밝혀내야겠소.》

학도들은 사기가 나서 흩어져갔다.

사흘이 지나서 리제마는 약속한대로 학도들의 앞에 나타났다.

학도들은 글방에 앉은자리 순서별로 차례로 한명씩 일어나서 자기의 체격이며 용모, 살갗형태, 성격과 심리, 맥, 좋아하는 음식, 대소변과 땀상태 등이 여사여사하기때문에 어느 체질에 속한다고 대답하였다.

대체로 그들의 판단이 옳았는데 리제마는 가끔 잘못된 견해를 바로잡아주었다.

학도들의 대답이 끝나자 리제마는 문답으로 넘어갔다.

리제마가 어떤 사람에 대해서 그 사람의 특질들을 말해준 다음 역시 앉은자리 순서별로 돌아가면서 한명씩 지명하여 어떤 체질인가를 대답하게 하였다.

모든 학도들이 비교적 만족한 대답을 하였다. 리제마는 며칠사이에 4상인을 가려볼수 있게 된 학도들이 대견하여 기분이 좋아졌다.

문답이야말로 학도들의 머리를 틔여주는데서 제일 좋은 비결 같았다.

학도들은 열이 나서 의봉이는 소양인이며 을순이는 태음인이라고 생각하는데 그것이 옳은가고 리제마에게 물었다.

《정확하오.》

리제마의 칭찬에 사기가 난 학도들은 그를 소양인이라고 하였다.

리제마는 학도들의 판단에 놀라움을 표했다.

다른 사람이라면 몰라도 리제마자기를 알아맞추기는 헐치 않다고 여겨서였다.

일찌기 《포태선생》의 슬하에서 무술을 닦느라 다리힘이 매우 세졌기때문에 하체가 결코 상체보다 허해보이지 않을뿐더러 급한 성격도 마음먹고 달라붙어 고친 리제마였다.

《다들 좋소, 그만하면 4상인에 대한 표상이 바로섰다고 할수 있소. 허나 그것만으로는 부족하오. 반드시 다음과 같은 약재들을 써보아야 하오.》

리제마는 청나라에서 사람들을 치료하는 나날 다시한번 확증한 비방을 차근차근 알려주었다.

《태양인에게 계지를 쓰면 울기가 오르고 또 파두를 먹이면 배아파하면서 설사를 하게 되오.

태음인에게 감수를 먹이면 심통이 생기고 황경피를 쓰면 오줌이 잘 나가지 않으며 령사를 쓰면 손발이 차지게 되오. 또 시호를 먹이면 땀이 많이 나오.

소양인은 주염나무열매나 칡뿌리를 쓰면 메스꺼워하고 부자를 쓰면 열독이 오르면서 오한이 나오. 또한 인삼을 먹이면 갈증을 느끼게 되오.

소음인에게 대황을 쓰면 갈증도 나고 땀이 돋으면서 오한이 난다오. 사군자를 먹으면 트림이 나고 생소고기를 먹이면 설사나 리질이 생기게 되오. 경분을 쓰면 뼈마디아픔을 느끼고 령사를 먹으면 손발이 차지오. 또한 황련을 먹이면 머리를 아파하오.》

학도들은 숨을 죽이고 리제마의 말을 귀담아듣고있었다.

리제마는 여유를 두고 학도들을 둘러보다가 다시 입을 열었다.

《이제부터는 4상인의 매개 체질에 따라서 알맞는 약들은 어떤것이며 그 체질의 병중에 해당되는 약처방들은 무엇인가? 바로 이걸 배워주겠소. 먼저 태음인의 여러가지 병에 잘 맞는 태음조위탕이란 약처방을 지어내던 일을 말해주겠소.》

리제마는 의주에서 《의주기인》을 만나던 때를 돌이켜보았다.

리제마는 깊은 추억을 더듬으며 《의주기인》에게서 사람의 체질에 맞는 음식처방을 넘겨받던 일을 학도들에게 말해주었다.

《〈의주기인〉에게서 병자에 따르는 음식처방을 배우고 집으로 돌아오면서 난 그의 집안이 어떤 리치로 그런 비방을 만들었는지 알게 되였소.

바로 그렇소. 〈의주기인〉네는 소음인처럼 비위가 허하고 랭성체질인 사람들에게는 비위를 보하고 랭을 막는 리치에서 소화되기 쉽고 더우며 달고 향기로운 음식들로 처방을 만들었던거요.

그런가하면 비위에 열이 많은 체질인 소양인같은 사람들에게는 위열을 내리우고 신을 보하는 찬 음식, 남새, 물고기와 음을 보태주는 음식들로 밥상을 차려냈소.

태음인부류의 사람들은 체격이 비교적 크고 위가 실하여 식성이 좋고 잘 먹는 체질이여서 그들에게는 서늘하고 기름진 음식을 생각해냈던거요.

태양인같이 열성이 센 체질을 지닌 사람들에게는 열을 빼고 음을 보하는 리치에서 생것과 서늘한 음식, 싱겁고 연한 음식을 위주로 냈것이였소.

〈의주기인〉이 음식처방을 쓴것처럼 그 리치를 약처방에 받아들이면 어떨가, 그렇게 생각하니 승산이 있어보이더란 말이요.

그래서 난 사람들중에서 제일 많은 태음인의 약처방부터 먼저 찾아보기로 하였소.

집에 들어서자 나는 태음인에게 맞는 약처방을 짓는 일에 달라붙었소. 태음인은 주로 폐허한증에 걸리기 쉽소. 그러니 폐에 든 병을 고치는 약을 만드는 일이 선차였소.

 페를 보하고 폐병을 낫게 하는 약으로는 맥문동, 도라지, 마황, 석창포, 오미자, 무우씨가 맞춤하오. 여기에 태음인의 위기를 돋구어 소화가 잘되게 하는 율무쌀과 밤을 보태면 태음인의 폐허한증에 좋은 약이 될것 같아 이 약재들로 약처방을 만들었소.

 즉시 이 약을 만들어 태음인병자들에게 써보았소. 그렇게 하기를 한해만에 그 약처방이 태음인들의 해소(기침)며 페옹(폐농양), 심계(심부전), 심비(심장판막증), 위완통(급성위염 및 만성위염), 설사, 황달, 복통(배아픔) 등 여러가지 병에 특효가 있다는것을 알게 되였소.

 하여 난 그 약처방을 태음인에게 으뜸가는 명약처방이라는 뜻에서 태음조위탕이라고 이름을 지었소.》

 학도들은 환성을 올렸다. 그들속에 끼인 민성도 감격으로 하여 눈물을 흘렸다. 리제마는 학도들이 진정되기를 기다렸다가 계속하였다.

 《태음조위탕을 찾아낸 기쁨을 안고 그런 방법으로 계속 애써 또 한해만에 소음인에게 특효약처방인 팔물군자탕을 찾아냈소.

 그러나 유감인것은 아직까지 숱한 품을 들였지만 4상인에게 맞는 약재를 다 밝혀내지 못하였고 찾아낸 약처방도 몇 안된다는 사정이요.》

 리제마가 지금까지 밝혀낸 4상인에 따르는 약재들과 약처방을 공개하고났는데 의봉이 조심히 다가와 귀띔하는것이였다.

 《선생님! 〈궁도련님〉이란 사람이 병을 보이겠다고 찾아왔소이다.》

 리제마는 의아하여 의봉을 쳐다보았다.

 정 위급한 병자가 아니면 리제마를 찾지 않게 되여있었던것이다.

 의봉은 난감한 기색을 짓고 변명조로 말하였다.

 《그 사람이 꼭 선생님께만 병을 보이겠다고 해서…》

 《나에게?!…》

 하여간 흥미있는 일이였다.

 《그런데 〈궁도련님〉이란 누구요?》

 의봉이 대구했다.

 《〈홍원왕처중〉의 아들을 가리켜 〈궁도련님〉이라고 하오이다.》

 리제마는 생각났다.

《홍원왕처중》이라면 박부자를 두고 하는 말이 아닌가. 왕처중은 백년전에 만석군으로 소문났던 호남의 일등부자를 두고 하는 말이였다.

그때 호남의 왕씨라면 나라에서 모르는 사람이 없었다고 한다.

홍원사람들은 홍원현에서 제일가는 갑부인 박부자를 가리켜 《홍원왕처중》이라고 불렀다.

《이리로 데려오게.》

좀 있어 의봉이 두사람이 메는 람여를 뒤에 달고 나타났다.

걸상처럼 생긴 덮개없는 람여는 주로 품계가 낮은 관리들이 타는 가마였다.

《홍원왕처중》의 아들이면 그런 람여는 탈만 했다.

람여가 멎어서자 유학자들이 즐겨입는 심의를 차려입은 《궁도련님》이 람여에서 내렸다.

의봉이 뭐라고 말하자 《궁도련님》이 좀 빨리 걸음을 옮겨오더니 깊숙이 허리를 굽히였다.

《선생님, 선생님께 문안드리오이다.》

《여기 와앉으소.》

리제마는 멍석우의 빈자리를 가리켰다.

《황송하오이다.》

보매 30살쯤 나보이는 《궁도련님》은 리제마를 몹시 어려워하는 눈치였다.

문무를 겸비하여 무과에도 급제하고 고을원도 지낸데다 명의로 알려진 리제마이니 그럴것이였다.

《선생님, 실은 현감어른이 선생님을 찾아가보라기에…》

《현감이?》

《예, 소인의 병은 선생님만이 고칠수 있다고 하셨소이다.》

리제마는 송구스러워하는 《궁도련님》의 얼굴을 눈여겨보면서 그의 손목을 잡고 맥을 짚어보았다.

《학도들, 우릴 찾아온 병자를 보고 병자가 어떤 체질이며 어떤 병에 걸렸는지 알아내야겠소.》

《궁도련님》의 얼굴이 수수떡처럼 벌개졌다.

《허— 병을 보이러 온 병자가 뭘 부끄러워하오. 여기선 이런 일이

례상사요. 그러니 가만히 앉아서 학도들의 청을 들어줘야겠소.》

《궁도련님》의 얼굴이 좀 밝아졌다.

학도들은 너도나도 그의 맥도 짚어보고 혀를 내밀라고 하여 들여다도 보고 이것저것 캐묻기도 하였다.

그러는 동안에 리제마는 《궁도련님》의 병을 고칠 처방을 생각해냈다.

《선생님, 병자는 태음인이라 할수 있소이다.》

이구동성으로 말하는 학도들의 소리에 리제마는 미소를 지었다.

《병자는 적취에 들었소이다.》

민성이도 면바로 맞혔다. 《궁도련님》의 입둘레가 누르끼레한것만 보고서도 알수 있었다.

《열주머니에도 병이 들었소이다.》

그것도 옳게 보았다. 금방 《궁도련님》은 오른쪽가슴 아래부위가 둔하게 아프다고 호소하였다. 그리고 혀바닥에는 흰 이끼가 끼여있었다.

《신장에도 병이 들었소이다.》

그 말도 틀리지 않는다. 《궁도련님》은 허리부위에 둔한 아픔이 있고 가끔 오줌이 잘 나가지 않는다고 하였다. 그리고 아래배가 불어나는듯 하면서 아프다고 하였다. 병의 근원은 위탈이였다.

리제마는 사색이 되여있는 《궁도련님》에게 말했다.

《내 보기엔 공자님이 오래동안 진귀한 약을 쓴것 같은데…》

《그걸 다 어떻게? 그… 그렇소이다. 소인은 원래부터 몸이 허약하여 아이적부터 늘 보약을 써왔소이다. 그래도 위탈이 낫지 않아 아버님은 청나라에도 줄을 놓아 약을 지어왔는데… 그 약을 먹고있지만 뭐 별루 이렇다할 효험이 없기에…》

리제마는 탄식을 금할수 없었다. 병은 사람을 못 잡아도 약은 사람을 잡는다. 산삼이나 록용같이 아무리 진귀한 약재라도 망탕 쓰면 멀쩡한 사람을 망칠수 있는것이다.

《선생님!》

리제마의 그늘진 얼굴을 《궁도련님》이 가슴을 조이며 쳐다보고있었다.

리제마는 그의 심중이 리해되였다.

《공자님은 유생이니 물론 〈사기렬전〉을 읽어보았겠소?》

《예.》

《편작의 렬전도?》

《예.》

《그렇다면 편작이 제나라에 가서 환공을 네번째로 만나본 다음 도망치기에 앞서 그가 보낸 신하를 만나서 한 말이 생각날거요.》

잠시 생각을 더듬던 《궁도련님》의 얼굴이 분가루를 발라놓은듯 하얗게 질렸다.

《아니, 그… 그럼 소인 병에는 수명을 맡은 귀… 귀신일지라도 어쩔수가 어… 없다는것이오이까?》

민성이와 학도들은 얼굴이 하얗게 질린 《궁도련님》과 그를 측은한 눈길로 바라보는 리제마를 번갈아보며 손에 땀을 쥐였다.

《편작의 말대로 한다면 공자님의 병은 수명을 맡은 귀신일지라도 어쩔수 없게 병이 깊이 들었소.》

《아이쿠, 선생님―》

《궁도련님》은 멍석우에 머리를 조아리며 애원하였다.

《불쌍한 인생을 가엾게 여기시여 살려주사이다.》

리제마는 짐짓 엄한 어조로 대꾸했다.

《편작이 할수 없는걸 나라고 할수 있겠소?》

《선생님, 아이구, 죽고싶지 않소이다. 살려주시면 은혜를 잊지 않겠사옵니다.》

리제마는 눈물을 머금고 애원하는 《궁도련님》을 굽어보며 말했다.

《편작을 자랑하는 나라에서라면 공자님은 얼마 살지 못할거요. 그러나 다행히도 여긴 조선이요. 공자님은 내가 하라는대로 할수 있겠소?》

《궁도련님》은 급히 허리를 일으키며 침을 꿀꺽 삼켰다.

그의 눈에 생의 의욕이 이글거렸다.

《선생님, 뭐든 다… 다하겠소이다.》

《그렇다면 좋소. 공자님은 몇살이요?》

《서른한살이오이다.》

《궁도련님》의 하얀 작은 손과 값비싼 갓신속에 들어있는 발이 그리고 《궁도련님》이라는 기이한 별명이 그의 지나온 생애를 말해주고있었다.

《공자님은 잘 듣소. 병을 일으키는 사기는 바람과 랭기, 더위와 습기를 타고 몸안으로 침습하는데 그것이 골수에 이르면 장사일지라도 견디지 못하오. 그래서 병엔 장사가 없다는것이요. 그렇다고 병을 고칠수 없다는건 아니고.

공자님은 오래동안 손발을 제대로 움직이지 않아서 팔과 다리로 통하던 기혈이 다 막혀버렸소. 그래서 위탈에 들게 된것이요. 그러니 팔과 다리로 기혈이 다시 통할수 있게 해야 병을 고칠수 있소. 그런데 그렇게 하는것은 보통 어려운 일이 아니오.》

《궁도련님》의 눈에서 불꽃같은것이 튕기였다.

《선생님, 물과 불속이란들 마다하지 않겠소이다.》

리제마는 주위를 둘러보았다.

멀리 야산등성이아래에 가을한 강냉이밭이 보였다. 그루터기들이 점처럼 촘촘히 박혀있었다.

리제마는 손으로 강냉이밭을 가리켰다.

《저기가 아마 공자님의 집근처일거요. 매일 해뜰무렵에 밭에 나가서 강냉이그루터기를 쉰포기씩 뽑되 보름동안 하루도 빠짐없이 해야겠소.》

《궁도련님》은 눈을 크게 뜨고 물었다.

《제가 강냉이그루터기를 뽑으란 말이오이까?》

《그렇소!》

《그럼… 약은, 무슨 약을 쓰면서…》

리제마는 손을 내저었다.

《약은 소용없소. 약은 강냉이그루터기속에 들어있소. 그걸 쉰포기씩 뽑느라면 강냉이뿌리속의 약기운이 몸에 스며들게 되여 병에 차도가 생기니 살려면 꼭 해야 하오.》

《궁도련님》은 더 크게 눈을 뜨고 리제마를 처다보았다.

《그게 정말이오이까?》

리제마는 시치미를 떼고 말했다.

《봄내, 여름내 강냉이가 빨아들인 〈기〉는 그루터기에 쌓이게 되오. 그게 귀한 약인줄 사람들이 모를뿐이지. 보름동안 해보고 다시 오시오.》

《궁도련님》은 명약대신 강냉이그루터기를 뽑을 일거리만 한아름 받아안았으나 기세충천하여 돌아갔다.

리제마는 그의 뒤에 대고 다시한번 을러멨다.

《단 하루만이라도 게을리했다간 10년공부 나무아미타불로 된다는걸 명심하시오.》

…

그로부터 보름후, 《궁도련님》은 하인들에게 음식과 천필을 잔뜩 지워가지고 리제마를 찾아왔다.

글방에서 학도들에게 의술을 가르치던 리제마는 잠시 휴식을 선포하고 《궁도련님》을 안으로 불러들였다.

학도들은 글방에 들어서는 《궁도련님》을 보고 다들 놀라와하였다.

병색이 질었던 《궁도련님》의 얼굴에 혈색이 어리고 온몸에서 힘이 넘쳐나보여서였다.

리제마는 수염을 내리쓸며 물었다.

《그래, 그 처방이 효험이 있었소?》

《궁도련님》은 얼굴이 환해져서 대꾸했다.

《여부가 있소이까?》

《궁도련님》은 성수가 나서 말하였다.

《소인은 돈도 들이지 않는 일인데 한번 속는셈치고 해보자는 생각으로 이튿날부터 강냉이그루터기를 뽑기 시작했소이다.

그런데 조화는 조화였소이다. 아침마다 해뜰무렵에 밭에 나가 강냉이그루터기를 쉰포기씩 뽑기 시작한지 닷새만에 먹은것이 쑥쑥 내려가고 트직한감도 없어지고 열흘째되는 날에는 배가 막 출출해지겠지요. 어찌나 밥맛이 당기는지… 그 이후로부터는 밥을 먹어도 탈이 나지 않고 대소변도 시원하게 잘 나가고 잠도 잘 오고…

소인은 강냉이그루터기에 신통한 약기운이 있다는걸 진짜 깨달았소이다.》

리제마는 빙그레 웃으며 응수했다.

《그래서 인사턱을 내자고 찾아왔겠소?》

《궁도련님》은 벙글벙글 웃으며 대꾸했다.

《거야 뭐, 하여간 강냉이그루터기를 뽑고 병이 나았으니… 그야말로 신묘한 처방이 아니겠소이까.》

《정말 그렇게 생각하오?》

《그러문요. 10년 묵은 위탈이 보름동안에 씻은듯 낫지 않았소이까.》

…

《궁도련님》이 돌아가자 민성이 리제마에게 물었다.

《아버님, 아침에 해뜰무렵이면 정말 강냉이그루터기에서 약기운이 나오이까?》

리제마는 껄껄 웃었다.

《강냉이그루터기에서 무슨 약기운이 나오겠느냐?》

민성이 고개를 기웃거렸다.

《그럼 강냉이그루터기를 뽑는 놀음이 어떻게 위탈을 낫게 했소이까?》

리제마는 더 크게 웃었다.

《그 리유는 다른데 있는것이 아니다.

새벽부터 들에 나가 부지런히 일하는 농사군들에게 속탈이 없듯이 그들처럼 몸을 움직여서 일을 하면 병이 나을거라고 생각해서 그런 처방을 내렸던게다.

사람들에겐 일이 만병을 다스리는 명약이란다.》

《아버님도 참…》

민성은 깨도가 되여 함뿍 웃음을 지었다.

7

어언간 4년세월이 흘러 겨울이 닥쳐들었다.

저녁부터 내리던 함박눈은 밤이 깊어질수록 더욱 세차게 펑펑 쏟아지고있었다. 근래에 보기 드문 폭설이였다.

리제마는 지붕에도 뜨락에도 지어는 방문턱앞의 토방까지 함박눈속에 묻히는줄도 모르고 붓을 달리고있었다.

그의 손에 쥐여진 붓대가 참지에 가닿을 때마다 활달한 글체가 꿈틀거리면서 박력있게 피여났다.

《태양인에게 알맞는 약재를 다섯가지 찾아냈다. 오갈피, 모과, 띠뿌리, 다래, 룡담.

태음인에게 쓸수 있는 약재는 58개 찾아냈다. 록용, 오미자, 맥문동, 마, 도라지, 우황, 석창포…

소음인의것은 59개를 찾아냈다. 인삼, 황기, 오두, 삽주, 육계, 당귀, 대추…

소양인에게 맞는 약재는 69개 찾아냈다. 치자, 구기자, 산수유, 솔풍령, 결명씨, 산딸기…》

줄기차게 달리던 붓이 뚝 멈춰섰다.

리제마는 깊은 생각에 잠기였다.

먼저 자기가 키워낸 학도들을 생각하였다. 그는 지난 네해사이에 네번씩이나 키워내여 북관땅의 각지로 떠나보낸 학도들을 한명한명 그려보았다. 이어 한옥이와 자식들을 그려보았다.

그사이 달래도 민성이도 혼례를 하였다. 을순이 나서서 첫번째 학급의 접장을 하였던 안변총각 김준영을 달래에게 중매를 서주었다.

그는 또 홍원에서 부인병을 치료하면서 낯을 익힌 어느 집의 마음씨 곱고 인물도 고운 딸을 민성이가 맞아들이도록 해주었다.

지내볼수록 을순이의 아름다운 마음에 감동을 금할수 없었다. 여러번이나 한옥을 여기로 데려오려고 함흥걸음을 한 을순이였다.

홍원에서 선참으로 의술을 배운 민성은 장가들자 홀로 사는 한옥을 모시러 집으로 갔었다. 그러나 학당일에 짐이 되지 않겠다며 굳이 집을 떠나지 않는 한옥의 마음을 그 누가 움직일수 있으랴.

허참, 홍원에서 보낸 이 몇해가 꽤 짧아보이는걸. 이자 금방 참지에 써넣은 4상인에게 맞는 근 이백가지나 되는 약재를 밝혀내는데 학도들의 공이 많이 깃들어있지. 아무렴, 이제 그네들과 함께 이 땅에서 나는 수백가지 약재들도 다 4상인별로 갈라내야 하구말구. 그러면야 사람들이 자기 체질에 맞는 약재들을 골라써서 병을 더 쉽게 고치게 될테지. …

리제마는 다시 붓을 들었다.

한편, 깊은 밤 리제마와 이웃한 곁방에서는 을순이 그린듯이 앉아있었다.

그의 생각은 줄곧 리제마에게 가있었다.

리제마를 가까이한지도 여러해, 그 여러해동안 바란것이 있었다면 단 하나 그를 도와 사람들의 병을 고쳐주는것이였다.

그런데 요즘에는 웬일인지 자주 불안한 생각이 갈마들었다.

한옥은 함흥을 처음 찾은 을순이를 따로 만나 이렇게 말했었다.

《난 거기를 친동기보다 더 가깝게 여기고싶어요. 거기서 있기에 민성이 아버지가 어데 가도 마음을 놓아요. 앞으로 민성이 아버지를 더 잘 도와줘요.》

《사모님!》

한옥은 다정하게 을순이의 등을 쓰다듬으며 말했다.

《난 정말이지 객지에서 지금껏 민성이 아버지를 가까이에서 돌봐드린 을순이에게 절을 하고싶어요.》

그날 을순은 리제마라는 인간을 오늘로 이르게 도와준 한 녀인의 참 모습을 보았다. 리제마를 자기의 남편만이 아니라 백성들을 위한 큰사람으로 내세우려는 그 마음을 보았다.

얼마나 훌륭한 녀인인가. 스승도 훌륭하지만 부인도 훌륭했다.

을순은 벽에 기대앉은채로 스르시 잠에 들었다.

얼마나 시간이 흘렀는지…

을순은 꿈나라로 서서히 실려갔다. 갑자기 비바람이 몰아쳤다.

천지를 일격에 태워버릴듯 거대한 번개불이 땅을 때렸다. 이어 천둥소리 요란한데 그속에서 한 사나이가 비틀걸음으로 어데론가 가고 있었다.

쓰러질듯 넘어질듯 위태롭게 비바람을 맞받아 뚫고가는 사나이는 다름아닌 리제마였다.

선생님이 어데로 가는것일가. 그가 갑자기 멈춰섰다.

어느 골안에서 쏟아져내리는지 집채만 한 바위돌까지 굴러내리면서 사품치는 강물이 그의 앞을 가로막아서였다.

그런데 강물이 시뻘겋다. 쇠물이 녹아내린것 같았다. 리제마가 시뻘건 강물을 건너갈수 없어 두팔을 허우적거리는데 강물의 맞은켠에서 소복차림을 한 녀인이 두손을 입가에 모아대고 이쪽을 향해 소리쳐 부른다.

《선생님!─》

그 부름소리를 가려들었는지 리제마도 두손을 입에 가져다대고 웨쳐댔다.

《날 기다리지 말고 들어가오!》

《선생님! 건너오지 마세요.》

시뻘건 강물은 더 사나운 파도를 일으키며 범람했다.

그런데도 두사람은 그냥 마주서서 애타게 소리쳤다,

녀인이 풍덩— 강물에 뛰여들었다. 시뻘건 강물이 단숨에 그를 삼켜버렸다.

《이보라구! 어데 있소?》 하더니 리제마도 첨벙 강물에 뛰여든다.

《악!—》

을순은 외마디비명을 지르며 몸부림을 쳤다.

(?!…)

꿈이였다. 꿈치고는 무서운 흉몽이였다.

을순은 너무도 무섭고 끔찍한 꿈이여서 한동안 얼굴이 창백해있었다.

무슨 꿈이 이렇담.

다시 생각해보니 왜서인지 자꾸 불길한 예감이 들었다.

강가에 나와 리제마에게 건너오지 말라고 소리치던 녀인은 누구일가?

생각해볼수록 그 녀인은 바로 을순이, 자기라는 생각이 들었다.

그렇다면 리제마가 을순이 자기때문에 불상사를 당한다는것이 아닐가.

을순은 간담이 서늘해져 몸을 떨었다. 아, 이 일을 어찌하면 좋단 말인가. 꿈이 꼭 맞아떨어진다고는 할수 없어도 그렇다고 흉몽까지 무심히 스쳐버릴수야 없지 않은가.

을순이는 날이 밝는줄도 모르고 불안속에서 가슴을 조이고있었다.

8

리제마는 날이 밝자마자 깨여났다.

밖에 나와보니 온통 세상천지가 두터운 백설을 떠이고있었다. 볼수록 장관이였다.

학도들이 몽땅 떨쳐나와 눈을 치느라 분주히 돌아갔다.

행길로 통하는 길까지 치고나니 한낮이 되였다. 리제마가 점심을 먹고 학당주위를 돌아보고있는데 의봉이 사색이 되여 나타났다.

《선생님!》

리제마는 의봉의 심각해진 얼굴을 보고 심상치 않은 일이 생겼다는 것을 짐작하였다.
《선생님, 방에 들어가셔야겠소이다.》
리제마는 불길한 예감에 의봉이를 뒤에 달고 방안으로 들어갔다.
《선생님, 변이 났소이다.》
《이 사람, 천천히 말하게나.》
리제마는 의봉이를 뜨뜻한 구들에 눌러앉히였다. 소금을 구해오겠다며 홍원현감을 만나러 간다더니 무슨 봉변을 당한것이 분명했다.
《선생님, 방금 현감나리가 작의를 입은 포졸들에게 잡혀갔소이다.》
《뭐라구? 홍원현감이?》
이야말로 청천벽력이 아닐수 없었다.
작의를 걸친 포졸들에게 붙잡혀갔다는건 의금부에로 묶여갔다는건데 그럴수가 있나. 사람됨이 착하고 대바른 홍원현감이 역모를 할리는 없다.
《형방이 하는 말이 현감나리가 김옥균과 가깝다는것이였소이다.》
《김옥균과 가까운것이 어째서?》
리제마는 무슨 영문인지 알수 없었다.
얼마전에 김옥균이네 개화세력이 갑신정변을 일으켜서 조정을 차지했다는 통쾌한 소식이 날아들었는데 그와 가까운 사람을 잡아가다니 될말인가.
의봉이 울먹이며 입을 열었다.
《선생님, 개화파가 패하고 민가네들이 다시 조정을 쥐락펴락하게 되였다고 하오이다.》
《무엇이?》
리제마는 눈앞이 아찔하였다. 그렇다면 김옥균이네들이 끝장났단 말인가. 아, 이런 변이라구야.
《선생님, 형방이 귀띔하기를 당분간은 관가를 찾아오지 않는것이 좋다고 하였소이다. 함흥감영에서 〈고석배기〉가 내려왔는데 그놈이 글쎄 김옥균의 친구인 현감나리와 가까운 사람들도 다 역적이라 했다나보오이다.》
《〈고석배기〉 그놈이? 원쑤 외나무다리에서 만난다더니…》

《선생님, 그놈이 현감나리가 마련해준 학당까지 다 없애버리라고 호통쳤다고 하오이다.》

리제마는 기가 막혀 눈을 내리감았다.

세상에 형세가 불과 며칠사이에 손바닥을 뒤집듯 이렇게 뒤바꿔질수도 있는가.

홍원현감이 잡혀갔다니 장차 앞일이 어찌될는지.…

홍원현감이 아니였다면 오늘의 학당이 없었을것이고 마음놓고 수십명의 의원들을 길러내지 못했을것이였다.

또 그가 아니였다면 시국형편도 제때에 알수 없었을것이였다. 홍원현감이 그시그시 알려주었기에 돌아가는 시국형편에 깜깜하지 않은 리제마였던것이다.

몇해어간에 통쾌한 사변들이 있었다.

무엇보다 기쁜 일은 민가일당의 두목노릇을 하던 민겸호가 그네들이 하는 말대로인 《임오군란》시에 목이 날아난것이다.

아쉽게도 《군란》이 썩어빠진 조정을 거꾸러뜨리지 못하고 진압당하긴 했지만 하여튼 백성들의 원한풀이는 다소나마 해준셈이였다.

보다 기쁜 일은 올해 갑신년(1884년) 10월 17일(양력으로 12월 4일)에 일어난 정변이였다.

오래동안 주도세밀하게 정변을 꾸며오던 김옥균과 홍영식, 박영교네들이 마침내 왕비일파를 쳐부시고 조정을 차지했다는 희소식이 홍원고을에도 날아들었다.

그런데 불과 며칠도 못 가서 개화파가 망했다니 이런 분통한 일이 어데 있는가.

리제마는 절망감에 몸을 떨었다.

얼마전 김옥균이네들의 거사가 뜻을 이루었다는 소식을 듣고 얼마나 기뻐했던가. 망국으로 내달리던 왕비일파의 썩어빠진 조정을 들어냈으니 이제 곧 부국강병을 지향하는 격동적인 조치들이 연방 시달되여 렬강국가들을 따라잡게 되리라 믿어마지 않았던 리제마였다.

그때 한편으로는 김옥균이를 섭섭하게 여기기까지 하였었다.

지난날 박규수로부터 《조정쇄신은 부국강병의 초석》이라는 뜻을 새긴 그가 개화를 선도하고있다는 말은 많이 들었지만 몇번 만나본적이 있는 김옥균이 자기에게 손을 내밀어 힘을 합치자고는 안하였던것이다.

만일 김옥균이 충의계에도 들고 왕비일파를 뒤엎는 일에 뜻을 같이하자고 청했더라면 리제마는 서슴없이 한성으로 올라갔을것이였다.

그런데 김옥균이 랑패를 당했으니 이 일을 어쩌면 좋단 말인가.

리제마는 자기를 다잡고 물었다.

《이 사람, 현감네 식솔들도 잡혀갔나?》

《아직 그런것 같진 않소이다.》

《음…》

대역부도죄인의 집안은 련좌죄에 걸려 남정네들은 보통 죽음을 당하고 녀인들은 관비로 박히는것이 나라법이였다.

《이 사람, 사람은 도리가 있어야 하네. 오늘 밤중으로 그 집 식솔들을 〈고석배기〉그놈이 모르게 빼돌려야겠네.》

《알겠소이다. 팔봉골쪽으로 빼돌리겠소이다.》

팔봉골이라면 읍에서 북쪽으로 멀리 떨어진 고을에서 제일 깊은 산골이였다.

《그리고 오늘부터 자네가 학당일을 주관해야겠네.》

의봉은 비장한 기색인 리제마를 놀라운 눈길로 쳐다보았다.

《선생님, 그건?…》

《아직은 묻지 말게. 그리고 날 좀 혼자 있게 해주게나.》

의봉은 조용히 물러갔다.

리제마는 홀로 남자 다시 눈을 감았다.

정말 홍원현감이 김옥균과 가까운 사이였을가. 나라의 진보를 갈망하던 현감이 잡혀간것을 보면 틀림없이 그럴만도 하다. 그렇다면 홍원현감과 절친한 황도연도 김옥균과 가깝다는것이 아닌가. 아, 이걸 왜 진작 알려 하지 않았을가. 이제는 김옥균이네까지 망했으니 그 누가 기울어지는 조정을 쇄신할수 있단 말인가. 이 나라의 남아로 태여나서 나라가 망국으로 치닫는걸 보면서도 그냥 강건너 불보듯 해야 옳단 말인가.

지금이야말로 남아된자들이 한몸을 내던져 나라를 구해야 할 때이다.

그러나 어떻게?

역신들의 죄행을 고소하는 상소문을 올리고 대궐앞에 거적깔고 엎드려서 임금의 처분이나 기다리는 석고대명으로는 안된다. 이태전 유생

백락관(1846-1883년)이 한것처럼 한성의 남산에 올라가 봉화를 일으키고 역신들의 죄를 고발하는 방법으로도 뜻을 이룰수는 없다.

　백성들이 붐비는 한성의 시전에 나가 나라에 무겁게 드리운 망국의 비운을 만천하에 큰 소리로 알리고 역신들을 몰아내라면서 온몸에 기름을 끼얹고 불을 사르는 분신을 하든가, 높은데에 올라가 몸을 던지는 투신을 하든가 하는것이 어떨가. 때가 오면 주저없이 손에 칼을 틀어잡고 조정을 쇄신하는 일에도, 나라를 지켜내는 일에도 한몸을 내대리라 마음다졌던 내가 아닌가. 과연 지금 이 리제마가 설 자리는 어데인가?…

　리제마는 마침내 한성에 올라가 결단을 내리기로 결심하였다.

　다음날 리제마는 을순이를 불러들였다. 정작 을순이를 마주하니 하고싶은 말들이 많았지만 무슨 말부터 꺼내야 할지 생각나지 않았다.

　리제마는 침묵속에 을순이를 바라보았다.

　을순이의 얼굴에 퍼그나 늘어난 주름이 가슴을 아프게 하였다.

　조금 있으면 설날인데 그러면 을순이는 서른살이 될것이였다.

　지난날 을순이를 좀더 따뜻하게 대해주지 못했다는 후회가 들었다.

　《이보라구, 난 한성에 올라가기로 하였네.》

　그 말에 을순이는 긴장해서 리제마의 두눈을 똑바로 들여다보았다.

　리제마의 두눈에 어려있는 비장한 기운을 띄여보았을 때 을순이는 가슴이 철렁하였다.

　꿈자리가 사납다 했더니 그 예감이 빗나가지 않았구나 하는 생각이 들었다.

　왜서 갑자기 한성으로 가려는것일가. 필경 무슨 곡절이 있다. 그 곡절이란 상서롭지 않은 일, 지어는 다시 돌아오지 못할수도 있는 일일수 있다.

　《을순이! 내 없는 동안 여기 일을 의봉이와 함께 잘 봐주게. 〈고석배기〉 그놈이 학당까지 없애라고 했다는데… 하여간 고을사람들과 의논해서 학도들에게 의술을 마저 가르쳐주게.》

　《선생님!》

　《지금까지 4상의학이 도달한 높이를 보면… 백리를 가야 한다고 할 때 칠팔십리는 걸어갔다고 할수 있네.》

　리제마는 불쑥 을순이의 팔을 당겨 손을 잡았다.

《부탁하네, 뒤일을.…》
을순이는 더 다른 말을 할수 없었다. 생각대로라면 가지 말라고 말하고싶었지만 사내대장부 이미 세운 결심이라니 어찌 막으랴.
《선생님! 먼길에 제발이지 몸을 돌보소이다.》
을순은 눈물을 보이지 않으려고 외로 머리를 돌렸다.

9

한성에 올라온 리제마는 황도연부터 찾아갔다. 한성에 남아있는 유일한 친지를 뵙고싶어서였고 이모저모로 조정일에 밝은 그한테서 시국형편을 알아야 했기때문이였다.
시국형편을 환히 알아야 앞으로 할바를 결심할수 있었다.
리제마는 황도연의 집 대문을 두드렸다.
인차 대문이 열리고 황도연의 늙은 안해가 나와 맞아주었다.
《사모님, 그동안 무고하셨소이까?》
《아니, 무평선생이 아닌가? 아이고, 왜 인제야 오셨수. 왜?》
옷고름을 눈에 가져가는 황도연의 늙은 안해를 보자 리제마는 더럭 겁이 났다.
혹시 혜암선생에게 무슨 불상사가 생긴것이 아닌가.
《령감의 병을 고칠수 있는 사람은 8도강산에서 동무선생밖에 없는데…》
리제마는 손맥이 탁 풀렸다. 그러니 혜암선생이 잘못된게 맞구나.
《왜 그러구 섰나? 어서 들어오지 않구.》
《사모님!》
리제마는 대문앞에 선채 움직일수 없었다. 몸이 망두석처럼 굳어진채 말을 들어주지 않았다.
《무평선생이 오셨으니 이젠 령감이 살아났네, 살아났어.》
그 소리에 사랑문이 열리고 키큰 사내가 마루로 나왔다.
황도연의 아들 황필수였다.
《무평선생!》
《황선생!》
리제마는 황필수에게 이끌려 방으로 들어갔다. 방 아래목에 포단을 깔고 뼈만 남은 황도연이 누워있었다.

《혜암선생님!》

기척없이 누워있던 황도연이 움쭉거렸다.

《아버님! 무평선생이 그 먼 함흥에서 아버님을 찾아왔소이다, 아버님!》

황필수의 울먹이는 소리에 황도연이 가늘게 눈을 떴다.

리제마는 맥을 보려고 황도연의 손목을 가볍게 잡아쥐였다. 싸늘하게 식은 손이였다.

《무평, 무평이 왔구만. 보고싶었네.》

리제마는 영채를 잃지 않은 황도연의 눈을 보자 숨이 좀 나갔다.

《무평, 난 몸이 아파서가 아니라… 마음이… 마음이 아파 병에 걸린거네.》

《혜암선생님!》

《아, 김옥균이네가 그렇게 쓰러지다니. 분하구만, 분해. 여보게 무평, 어떤 사람들은 김옥균이 패한것은… 개화파조정이 자리잡은 창덕궁을 지켜주기로 했던 왜놈들이 그 약속을 헌신짝처럼 차버리고 달아난데도 있다지만 난 그렇게만 생각지 않네.》

리제마는 정신을 가다듬고 황도연의 가늘어지는 목소리에 귀를 기울였다.

《김옥균은 때를 잘못 만난거네. 개화로써 조선을 강국의 지위에 올려놓으려는 그의 뜻을 받아주고 그 뜻을 펼치도록 이끌어주려는 세상이 아니였거던. 임금이 약하고 암둔하여서 조정은커녕 왕비라는 내인 하나 제대로 다스리지 못하는 세상이니 김옥균이 어떻게 뜻을 이룰수 있겠나.》

리제마의 가슴은 방망이질을 하였다.

지금껏 숱한 사람들을 만나보았지만 임금을 내놓고 비난한이는 없었다. 임금을 욕하는 그 한마디면 그가 누구든 대역부도죄에 걸려 온 집안이 멸족당할수도 있었다.

《무평은 벼슬까지 지내보았으니 나보다 더 잘 알걸세.》

리제마는 그에게 고개를 끄덕여보였다.

《무평, 내 말을 잘 들어주게. 자넨 몸을 아껴야겠네.》

리제마는 그 말에 숨이 막히는듯 했다.

황도연이 남의 마음속까지 헤쳐본것이 아닌가.

《무평, 난 다시 태여날수만 있다면 결단코 후진을 키우는 일에 전심하겠네. 지금에 와서 후회되는 일이 있다면 그것은 단 하나, 의술을 다해 명의라는 공명은 날렸으나 내 재주를 고스란히 물려받아 더 많은 사람들에게 혜택을 입힐수 있도록 제자들을 많이 두지 못했다는것일세. 겨우 아들과 두세명의 제자가 고작이니…

그러고보면 자넨 눈이 바로 배겼어. 제발 부탁하건대 자넨 조정일에 뛰여들지 말게. 지금은 그럴 때가 아니거던. 무능한 임금의 치하에선 김옥균의 신세밖에 안돼. 그래서 자넨 몸을 아끼라는걸세. 내 말을 들어주지?》

황도연은 다짐을 받아낼듯 눈을 크게 떴다.

리제마는 대답대신 눈물이 앞을 가리웠다. 생이 진해가는 마지막에 조차 남을 위해 진심을 바치는 이런 귀인의 가르침을 소홀히 함은 사람의 할바가 아니였다.

《혜암선생님!》

《허— 이 정신 봤나. 무평, 반가운 소식이 있네. 송촌 지석영이라고 서른전 사내인데… 그 사람이 마마(천연두)를 고치는 묘방을 찾아냈다네.》

리제마는 그 말이 믿어지지 않았다. 얼굴에 보기 싫은 흉터를 남겨놓거나 목숨까지도 앗아가는 마마는 옛적부터 사람의 재주로는 고칠수 없는 무서운 돌림병으로 알고있었다.

《무평, 송촌을 만나보게. 꼭 도움이 될걸세. 오늘날 학문은 말할것도 없고 조정의 쇄신을 위해서도 실학을 중시하는 젊은이들에게 기대를 걸어야 하네.》

《혜암선생님, 선생님의 가르침을 꼭 명심하겠소이다.》

황도연의 까칠하고 창백한 얼굴에 가는 웃음발이 어리였다.

10

한몸을 바쳐서라도 백성들을 불러일으키리라 결심했던 리제마는 황도연의 죽음으로 마음을 고쳐먹지 않을수 없었다.

황도연은 리제마를 만난지 며칠 지나 운명하였다.

운명하기에 앞서 그는 황필수와 리제마에게 결의형제를 맺어주었다. 그리고 황필수에게 리제마를 형으로서 잘 도우라는 유언을 남기였다.

리제마는 황도연을 가까운 친지로서가 아니라 스승으로 받드는 상제가 되여 그의 장례를 치르었다.

장례를 마치고 고인의 유물을 정리하다보니 갑신년의 섣달도 다가고 1885년(을유년)을 맞이하게 되였다.

황필수는 아버지의 유언을 지켜 리제마에게 각별한 관심을 돌려주었다. 그는 아버지의 저서인 《의종손익》을 참작하여 의서 《방약합편》을 새로 집필하는 바쁜 속에서도 변동하는 시국정세를 알아다 전해주었다.

대부분의 소식들은 리제마의 의분을 끓게 하는것들이였다.

왕비일파는 갑신정변의 주모자인 김옥균을 기어코 잡아죽이려고 왜놈들한테 그를 넘겨달라고 졸라대고 벼슬을 하던 개화파의 일가친척들을 모조리 파직시키고도 모자라 섣날을 앞두고는 충의계의 계원들을 또 형장에 끌어내였다.

하여간 저희들의 집권에 장애가 된다고 생각하는 사람이라면 그가 누구든 사정없이 처형했다. 그리고 나라의 국익을 손상시키면서까지 왜나라와 굴욕적인 《한성조약》을 체결한 그들이였다.

황필수는 지석영의 소식도 알아다주었다.

충주가 고향인 지석영은 어려서부터 책을 많이 읽어 박식가로 알려진 사람이다. 그가 어떻게 되여 의술에 관심을 가지게 되였는지는 모르겠으나 몇해전 두살난 조카애에게 우두를 놓아 마마에 걸리지 않게 하였다.

이를 경험으로 삼은 지석영은 곧 40여명의 아이들에게 우두를 놓았는데 그들도 다 마마에 걸리지 않았다.

확신을 가진 그는 두표(우두원료약)를 만들어서 경기도 수원사람들에게 우두를 놓아주었고 이어 전라도의 전주와 충청도의 공주에 우두국(우두접종소)을 내오고 더 많은 사람들을 마마에 걸리지 않도록 해주었다.

그리고 여러 의원들에게 자기의 비방을 배워주었다고 한다.

그러면서 황필수는 리제마에게 어서 지석영을 만나볼것을 권고하였다.

하여 리제마는 아침을 먹고 지석영의 집을 찾아 떠났다.

지석영의 집 대문을 두드리니 키가 구척같은 사내가 맞아주었다.

리제마는 첫눈에 얼굴이 기름하고 코날이 우뚝한 이 사람이 지석영이라고 생각하였다.

지석영의 갓우에 눈가루가 덮여있는것을 보아 뜨락을 거닐던것 같았다.

리제마는 먼저 가볍게 절을 하였다.

《함흥사람 리제마, 송촌선생을 뵙자고 찾아왔소이다.》

지석영은 급히 맞절을 하며 송구해하였다.

《제가 지석영이옵니다. 아침에 황의원댁에서 무평선생님이 오신다는 전갈이 왔소이다.》

리제마를 이끌어 사랑채로 향해가던 지석영이 나직이 말했다.

《무평선생님, 저… 한가지 부탁을 해도 되겠소이까?》

《?》

《다름이 아니라 제 집에 종형 한분이 와계시는데… 무슨 병에 걸렸는지 고생이 말이 아니오이다. 저로서는… 여러 의원들에게 보였는데 병은 점점 더해만 가니 야단났소이다.》

리제마는 은근히 속이 떨렸다. 마마까지 고치는 의원도 손털고 나앉은 병자를 무슨 수로 고쳐낼수 있단 말인가.

(혹시 이 량반이 나를 중떠보자는게 아닌가. 하여간 닥친 일이니 맞다들어보자.)

리제마는 긴장한 마음으로 지석영을 따라 사랑방에 들어갔다.

방 아래목에 얼굴이 창백한 사람이 배를 그러안고 앉아있었다.

병자는 인사를 차리는 리제마를 보자 억지로 웃어보이며 답례를 하였다.

리제마는 병자곁에 앉아 그의 체격이며 용모부터 더듬었다.

마흔댓살 나보이는데 보통키에 몸은 별로 여위지 않았다.

리제마는 병자의 숨결소리에 귀를 강구면서 그의 손목이며 발등에서 맥을 짚어보았다.

병자는 소음인에 속하는데 알만 한 병들이 겹쳐있었다.

별로 이렇다할 기색이 없는 리제마를 지켜보던 지석영이 병자를 대신하여 입을 열었다.

《형님은 대체로 닷새나 사흘에 한번씩 배를 아파하는데… 하루종일 또는 이틀 꼬바기 배를 아파하지요. 약이란 약은 거의다 써보았는데 어디 효험이 있어야지요. 참 딱하오이다.》

리제마는 고개를 끄덕였다. 그럴것이였다. 병증을 가려보기도 어려운 일이지만 그 병증에 맞는 처방을 내기는 더 어려운 일인것이다.

지석영은 무표정한 제마의 얼굴을 쳐다보며 물었다.

《적취에 든게 옳소이까?》

리제마는 고개를 끄덕이였다.

《배안에 랭이 든것이 옳소이까?》

또 고개를 끄덕이였다.

《간장과 열주머니에도 병이 들었소이까?》

역시 고개를 끄덕였다.

《비장과 신장도 약하고 심계(심장신경증)에도 든것이 맞소이까?》

지석영은 매번 묻는 말들에 마치 버릇이 된듯 고개만 끄덕이는 리제마를 보자 뜨아해하였다.

대답을 시원하게 못하는건 자신이 없어서가 아닐가?!

리제마는 락심해하는 지석영의 안색을 보며 의미심장하게 말했다.

《이런 배아픔엔 현호색정도로는 말을 듣지 않을거요.》

지석영은 몹시 놀라와하는 눈길로 제마를 바라보았다.

어떤 의술을 지녔기에 리제마는 단번에 사촌형의 병증을 가려냈을가.

사실 오늘 아침에도 지석영은 이전처럼 고통스러워하는 사촌형의 배아픔을 멈춰보려는 의도에서 배아픔멎이약인 현호색을 썼던것이다.

현호색은 위탈이나 담낭, 취장에 든 병으로 배가 아플 때 쓰이는 특효약이였다.

처음 사촌형은 현호색을 쓰자 배아픔이 좀 멎는듯 하더니 소용없다고 하였다.

허나 다른 도리는 없고 하여 의연히 현호색을 그냥 썼었다.

그런데 리제마가 그걸 어떻게 짐작해냈을가. 면바로 결점을 찾아내는 사람은 그 결점도 고칠수 있는 법이다.

리제마는 병자에게 부드럽게 말했다.

《자, 시작해봅시다. 배를 깔고 엎드리시오.》

병자는 시키는대로 고분고분 말을 들었다.

리제마는 병자의 저고리 뒤자락을 우로 걷어올리고 눈짐작으로 허리량쪽의 신유혈을 찾아 두엄지손가락으로 지그시 눌렀다.

병자가 아프다고 비명을 질렀다.

이제는 좀 알만 하다.

리제마가 머리를 끄덕이는데 지석영이 지레짐작으로 침통을 꺼내놓았다.

침통을 본 병자는 불에 덴듯 놀라 벌떡 일어나앉으며 버럭 소리를 질렀다.

《또 침이야? 싹 걷어치워라. 나한텐 침이 안 맞아. 골백번 맞아본 침인데 이번이라고 다르겠느냐?》

리제마는 무안해서 얼굴이 벌개진 지석영을 보며 웃음을 지었다.

《병자의 말이 지당하오. 이 병엔 침이 맞지 않소.》

《거 봐라. 이 어른은 확실히 달라.》

《병자는 마음을 놓아도 되겠소. 자, 다시 돌아누우시오.》

리제마는 병자의 아래배에 있는 기해혈을 눌렀다.

이번에도 병자는 아프다고 비명소리를 냈다.

《자, 일어나 앉으시오.》

리제마는 일어나앉은 병자의 왼쪽신유혈부위를 주먹으로 툭 쳤다.

병자가 아무렇지도 않아하자 이번에는 오른쪽부위를 쳤다.

병자는 몸을 비틀며 신음소리를 냈다. 그러니 오른쪽신장에 병이 들었다는것이였다.

《자, 이젠 오른쪽허리가 우로 가게 하고 모로 누우시오.》

리제마는 시키는대로 모로 누운 병자에게 바싹 다가가 앉았다.

그리고 한손의 엄지손가락은 병자의 배꼽옆에 있는 황유혈에, 다른 엄지손가락은 아파하는 오른쪽신유혈에 대였다.

그다음 숨을 한번 깊이 들이쉬고는 두엄지손가락에 힘을 주었다.

《아- 아- 아-》

리제마는 비명을 지르는 병자를 아랑곳하지 않고 계속 엄지손가락들에 힘을 가했다. 그렇게 하기를 한동안 지나 병자의 몸에서 두손을 뗐다.

《자, 어떻소? 지금도 배가 아프고 잔등쪽이 뻐근하오?》

한동안 꼼짝않던 병자는 몸을 꿈틀대더니 벌떡 일어나앉았다.

그때 리제마는 분명 병자의 배에서 꾸르륵— 하는 소리를 들었다.

《이게 어떻게 된 일이오이까? 꿈인지 생신지 정말 아프지 않소이다.》

지석영은 리제마의 의술에 감탄을 터치였다.

《아, 해묵은 병을 손놀림 한번으로 고치다니…》

리제마는 소리없는 웃음을 지었다.

《이 병자의 경우엔 손을 달리 써야 하오. 병자는 자꾸 배를 아파하는데 과연 어느 장기에 골병이 들어서 배를 아파하는가? 이 병자는 위나 열주머니, 밸에 병이 있어서보다 신장에 든 돌때문에 배를 아파하오.》

리제마는 고개를 기웃거리는 지석영의 심정이 리해되였다.

신장에 돌이 든 병자의 태반은 배를 참을수없이 아파하는데 너무 아파서 기절하기까지 한다. 그리고 배아픔은 때없이 일어나고 피오줌도 누며 오줌을 눌 때 아픔을 느낀다. 그래서 의원들은 그런 병세를 보고 신장에 돌이 들어있음을 간파한다.

그러나 이 병자는 사정이 다르다. 정말 보기 드문 병증이였다. 배는 참을만 한 정도로 둔하게 아프나 하루나 이틀이고 길게 아파하며 오줌을 눌 때도 별다른 증상을 찾아보기 힘들것이다.

《신장에 생기는 돌은 사람의 체질과 음식물에 따라서 그 본태가 달라지기때문에 돌의 모양새라든가 크기도 각이하오.

그대 형님은 콩알보다 크고 둥근 돌이 신장에 배겨있을것이요.

모름지기 어려서부터 허리를 둔하게 아파했고 나이들어서는 더 아파했을거요.》

병자는 탄복을 금치 못하였다.

《그걸 다 어떻게… 사실 어려서 아플 때는 래일은 병이 꼭 낫겠지 하는 소망에서 그닥 아픈줄을 몰랐는데 지금은 반대로 몸이 아플 때마다 래일은 병이 더 심해지겠구나 하는 실망에서 점점 더 아프기만 하오이다.》

리제마는 고개를 끄덕이고나서 비방을 알고싶어하는 지석영을 생각하여 계속 말을 이었다.

《신장에 든 돌때문에 처음엔 허리를 아파했고 그다음은 그것이 화근이 되여 밸에 병이 들고 나중에는 위탈까지 생기였소. 더 자세하게 말한다면 신장에 든 돌로 하여 신장이 제구실을 못하게 되니 밸이 제대로 움직일수 없게 되고 그러면 위도 제대로 움직일수 없게 되오. 그래서 먹은 음식물이 아래로 잘 내려가지 못하는 까닭에 위가 부르트니 온 배가 아파나게 된것이요.

그런데 배가 아프다니까 적취만을 생각하고 현호색이 든 약처방을 내리였소. 요진통을 놓쳤거던.》

《선생님!》

리제마는 병자의 손을 어루만지였다.

《그댄 너무 근심마오. 그대 병을 고치려면 신장에 든 돌을 말끔히 뽑아내야 하오.》

지석영은 흥분해서 재촉하였다.

《무평선생님! 어서 처방을 내려주소이다.》

《그럽시다. 이제 또 배아픔이 일어날거요. 아침저녁으로 발바닥에 있는 용천혈과 그 아래부위를 아플 정도로 눌러주시오. 한번에 담배 서너대 태울 시간만큼 한해고 이태고 다 나을 때까지 꾸준히 해야 하오. 바로 그 부위에 신장에 든 돌을 뽑아내는 신기한 기운이 들어있소.

배아픔이 올 때마다 신유혈과 황유혈을 엄지손가락으로 세게 눌러주시오.

약으로는…》

리제마는 붓을 들어 은조롱, 붉은조롱, 량강, 마른생강 등이 들어간 적백하오관중탕을 써주었다.

《이 약을 하루 두첩 쓰되 한번에 물 세홉에 달여 발바닥을 누른 다음 마시도록 하오. 이렇게 하기를 한 대여섯달 지나면 반드시 효험을 볼것이요. 어참, 한가지 놓칠번 했군. 병자는 몸도 좀 놀려야 하오.》

병자는 기쁨에 겨워 응답하였다.

《아, 일을 하라는것이지요? 알겠소이다. 일을 하겠소이다.》

《그럼 됐소, 허허허-》

리제마는 또 한사람의 병을 고쳐주었다는 생각에서 기분이 좋아졌다.

11

리제마는 생각밖에 지석영의 집에 머무르면서 귀빈대접을 받게 되였다.

완고한 배아픔에서 벗어났을뿐아니라 소음인의 신장에 든 돌을 뽑아낼수 있는 적백하오관중탕이라는 4상의학의 처방까지 받은 지석영의 사촌형이 못내 기뻐하면서 함께 식사를 하자고 조르기에 리제마는 때이른 점심상에 나앉았다.

그동안 죽 아니면 두부 같은 연한 음식으로 조심스럽게 끼식을 땠다는 병자가 마음놓고 밥을 달게 먹으니 리제마는 기분이 좋아서 수저를 들수 있었다.

점심상을 내여가자 병자가 먼저 입을 열었다.

《선생님, 하나 묻고싶소이다. 조선의술이 우수한지 아니면 내 동생이 좋아하는 서양의술이 우수한지요?》

리제마는 갑자기, 그것도 언제한번 생각해보지 못했던 질문에 닥치자 당황하였다.

병자는 상대에게 생각할 틈을 주려는듯 계속 말을 이어나갔다.

《솔직히 전 우리 의술을 믿지 않았소이다. 배아픈 고생을 그것도 한두달도 아니고 해를 넘기도록 하는 병자 하나 고쳐주지 못하는 의술이 무슨 의술이겠소이까. 그래서 서양의술에 밝은 동생에게 병을 보이려고 고향 충주를 떠나 예까지 왔소이다. 그러나 동생은 마마 같은 병에는 귀신인데 내 병엔 영 무맥하지 않겠소이까. 이것을 놓고보면 서양의술이란게 반쪽짜리가 분명하오이다.

오늘은 제 생각이 달라졌소이다. 선생님이 지압 하나만으로도 배아픔을 다스리는걸 보고 우리 의술이 제일이구나 하고 말입니다.》

리제마는 고개를 끄덕이였다. 그러고보면 이 사람도 지석영이 못잖은 식자였다. 하긴 책을 몹시 좋아한다는 지씨가문이라니 사물을 대하는 눈도 바를것이였다.

《선생님, 사실 제가 말하고저 하는건 우수한 우리 의술에다 서방의술의 좋은 점을 받아들여야 한다는것이옵니다.》

지석영이 사촌형의 말을 이었다.

《무평선생님, 형님생각이 옳다고 보오이다. 진심으로 나라의 진보와 문명을 바란다면 우리의것을 허술히 여기지도 말며 남의 좋은것도 소홀히 대하지 말아야 한다고 생각하오이다.》

리제마는 지씨형제의 말뜻을 음미해보았다. 지씨형제의 주장은 덮어놓고 남의것을 본딸것이 아니라 우리의 비위에 맞고 우리의 실정에 맞는것은 받아들여야 한다는 뜻이였다.

서방의술의 좋은 점을 받아들여야 함을 더 말해 무엇하랴.

리제마는 우두의 비결을 알기에 앞서 지석영의 사람됨을 더 파고들고싶었다.

《송촌, 그댄 어떻게 되여 마마 고칠 생각을 하게 되였소?》

《그거야…》 하던 지석영은 곧 입을 다물었다.

자기 자랑을 하는것이 점직해난 모양이였다.

병자가 그를 대신했다.

《이 사람은 어렸을적부터 책이라면 오금을 못 썼지요. 듣자니 이 사람은 한성으로 이사를 와서 동강(최한기, 1803-1879년)선생의 집에 잘 다녔다고 했소이다.》

리제마는 그 한마디에 지석영을 알수 있겠다고 생각하였다.

스승을 알면 그 제자도 알수 있는 법이였다.

리제마는 최한기를 한번도 만나본적은 없었지만 황도연을 통하여 좀 알고있었다.

훈민정음의 창제에도 기여했고 법전 《경국대전》의 집필에도 관여한 최항의 후손이 최한기라고 했다.

최한기는 계몽된 임금과 백성들이 함께 추천하는 공선에 의해 선출된 벼슬아치들이 백성들의 목소리가 담긴 공론에 따라 인정(어진 정사)을 베푼다면 얼마든지 부국강병을 이룰수 있다는 리론을 내놓아 유명해진 사람이였다.

《동강선생의 집에는 고금동서의 책들이 가득했는데 내 동생에겐 마음대로 보게 했다고 하오이다. 이보게 동생, 그만큼 운을 떼주었으면 말을 넘겨받을줄도 알아야지.》

병자는 보건대 붙임성도 좋고 교제에도 능란한 사람같았다.

지석영은 얼굴을 붉히며 말을 넘겨받았다.

《동강선생님이 돌아가시기 몇해전인데… 하루는 선생님이 부른다는것이였소이다. 달려가보니 선생님은 책을 하나 내주시면서 읽어보라는 것이 아니겠소이까. 다른 나라에 갔다온 동강선생님의 친구되시는분이 그 나라에서 구해온 서양의술에 대한 의서였소이다.

 그 책을 통하여 저는 서양의술을 알게 되였고 마마를 막는 비방도 배우게 되였소이다.

 동강선생님은 저에게 책에서처럼 마마를 고쳐보라고 하셨소이다.》

 리제마는 감격하였다. 바로 그렇다. 나라와 백성을 아끼는 사람들은 꿈을 꾸어도, 책을 하나 보아도 겨레의 고통을 먼저 생각하기마련이다. 그런 사람들이 있기에 의학의 진보가 이루어지는것이 아니겠는가.

《우두약을 만드는건 어렵지 않소이다. 우두에 걸린 소의 고름을 짜내여 송아지의 살가죽에 상처를 내고 거기에 묻혀주면 며칠 지나 송아지도 앓게 되오이다.

 우두에 걸린 송아지의 고름을 받아서 사람의 팔에 약간한 상처를 내고 묻혀놓소이다. 이게 다지요.》

 리제마는 쑥스러워하는 지석영을 보니 생각되는바가 컸다.

 장한 사람일수록 자기가 해놓은 일을 하찮게 여긴다. 나라를 위해서 지석영이 같은 인재가 많아야 한다. 인재가 많은 나라는 흥하기마련이다.

《참, 우두를 놓을 때 주의해야 할 점이 있소이다. 사람이 우두를 맞으면 며칠 지나서 온몸의 살가죽에 우두맞은 자리에 돋는 꽃 비슷한 우두진이 돋을수 있소이다. 그러면 열이 나고 앓게 되오이다. 우두진이 돋게 되는것은 우두맞은 자리가 가렵다고 긁어서 사기가 온몸에 퍼졌기때문이오이다.

 그래서 아이들은 우두맞은 자리를 긁지 못하도록 천으로 처매주는것이 좋소이다.》

 리제마는 덥석 지석영의 손을 부여잡았다. 고향사람들에게 더할나위없는 혜택을 안겨줄수 있게 된것이 기뻐서였고 또 한사람의 벗을 얻은 기쁨에서였다.

《고맙소, 송촌!》

 리제마는 낮에 이어 밤깊도록 지석영의 형제들과 흉금을 터놓고 의술에 대해서와 시국형편에 대해서도 많은 말을 나누었다.

12

　두달만에 북관땅에 들어서는 리제마는 집을 가까이할수록 걸음발이 빨라졌다.
　다시는 고향땅을 밟아보지 못할수도 있다는 비장한 마음을 안고 떠나갔던 몸이 더 많은 사람들의 병도 고쳐주고 후진들을 키우리라는 새로운 열정을 안고 돌아오니 어찌 걸음발이 빨라지지 않을수 있으랴.
　하늘소도 주인의 마음을 아는지 성천강을 건느자 걸음이 빨라졌다. 황필수가 마련해준 하늘소였다. 하늘소잔등에 실려있는 큰 보짐속에는 황필수와 지석영이들이 꾸려준 천필이 들어있었다.
　지금껏 수없이 집을 나들었지만 언제한번 손에 물건을 사들고 안해 앞에 나선적이 없는 리제마였다.
　그 말고도 또 있었다. 그것은 대단한 보물이였다. 다시는 고향사람들이 마마를 겪지 않도록 할수 있는 우두의 비방을 안고온것이였다. 그 비방을 가져온걸 알면 누구보다도 한옥이 기뻐할것이였다.
　만시름을 잊고 환히 웃는 안해를 그려보느라니 친지들이 더없이 고마왔다.
　한 닷새 아니, 한 보름가량 집에 머무르자.
　리제마는 문득 고삐를 당겼다. 하늘소가 멈춰섰다.
　점심을 짓느라 집집의 굴뚝들에서 모락모락 연기가 뿜어오르는 향교마을로 접어드는 길목에서 비사치기(량쪽에 선을 긋고 가운데 세운 돌을 돌로 맞혀 넘어뜨리는 아이들의 놀이)를 하던 애녀석들이 오구구 모여 이쪽을 신비스레 바라보고있었다.
　애녀석들은 량반행색의 사람이 하늘소를 끌고오니 희한한 모양이였다.
　리제마의 입가에 웃음이 어려들었다. 비사치기로 열을 올리던 어린 시절이 떠올라서였다.
　《얘들아, 계속 놀아라. 어서!—》
　어느덧 하늘소를 끌고 마을길로 접어들었다.
　《와—》

애녀석들이 소리를 지르며 하늘소를 끌고가는 리제마의 뒤를 우르르 따랐다.

집앞에서 문득 고삐를 당겨 하늘소를 멈춰세웠다.

이번에는 애녀석들때문에서가 아니였다.

반나마 열려진 사립문안의 뜨락에서 많은 사람들이 서성거리고있었다. 베감투를 쓴, 분명 상복을 입은 사람들이였다.

그뿐아니라 집안에서 녀인들의 곡성이 울려나오고있었다.

대체 무슨 일인가.

지금은 할아버지나 할머니의 생일제도 아니고 또 설사 그렇다고 해도 사람들이 모여들어 곡을 하지는 않을것이였다.

리제마는 불길한 생각에 휩싸여 몸을 떨었다.

의봉이며 제자들이 달려나와 쓰러지듯 그의 앞에 엎드렸다.

《선생님, 왜 이제야 오시오이까? 사모님이… 사모님이…》

제마는 정신이 아찔하여 휘청거렸다.

사위 김준영이 그를 부축하며 목메여 말했다.

《아버님, 마음을 크게 가지소이다. 어머님이… 이틀전에 잘못되셨소이다.》

리제마는 뒤통수를 얻어맞은듯 하여 멍청히 서있었다. 한참만에 정신을 차린 그는 머리를 흔들었다.

그럴수 없다. 한옥은 아직 수명을 못살았다.

제마는 두팔을 허우적거리며 집으로 달려들어갔다.

봉당의 헛간쪽에서 향불이 타는지 향연이 풍겨왔다. 거기에 병풍이 쳐있었다.

《아버님!》

머리를 풀어헤친 달래와 베감투바람의 민성이 달려와 량팔에 매달렸다.

리제마는 몸부림을 치며 빈소로 향하였다.

《아버님! 진정하소이다.》

한사코 앞을 가로막으려는 민성을 뿌리치고 빈소로 들어갔다. 빈소 가운데 관이 있었다.

리제마는 와락 관뚜껑을 열어제끼고 시신을 덮은 흰천을 벗기였다.

《아! 무정하오, 무정해. 한옥이!-》

리제마는 두손으로 죽은 한옥의 머리를 껴안았다. 반백의 머리카락, 주름살이 가득한 얼굴…

곱던 얼굴은 어데로 갔느냐.

하염없이 쏟아지는 눈물이 죽은 한옥의 얼굴에 부딪쳐서 주름을 타고 흘러내렸다.

《아버님! 가십시다.》

민성이와 사위가 그의 팔을 잡아 관에서 떼여냈다.

리제마는 몸부림치며 소리쳤다.

《날 다치지 말아. 아!- 야속하구나. 날 버리고 먼저 가다니-》

제마는 다시 관우에 엎어졌다.

살아생전 단 한번이래도 옷 한벌 지어입으라고 천 한감 사다주었대도 이처럼 가슴이 아프지는 않을것이였다.

한옥이 어떤 귀인인가. 일찌기 젖먹이 어린 자식을 남기고 간 어머니를 대신하여 따뜻한 정을 기울여준 은인이다.

늦게나마 지아비의 도리를 지켜보자고 했는데 저승에 훌쩍 가버렸으니…

리제마는 간신히 자기를 다잡고 제상앞에 꿇어엎드렸다.

그리고는 자기 손으로 술병을 세번 기울여 잔에 찰랑찰랑 술을 부었다.

그다음 향불우에 세번 돌리고난 술잔을 제상우에 올려놓고 목메여 말했다.

《내가 왔소, 내가! 살아서 고생만 시켰는데… 쓴 술이나마 성의로 알고 받아주오.》

리제마는 눈물을 흘리며 세번 절을 하였다.

등뒤에서 울리는 제자들의 흐느낌소리를 들으며 그는 팔소매로 눈물을 닦았다.

의봉이 리제마의 앞에다 조심히 붓과 회물, 붉은색비단 한폭을 가져다놓았다.

고인의 관임을 알리는 명정을 쓰라는 그의 뜻을 알아차린 리제마는 붓을 잡았다.

손이 떨렸다. 자꾸 터져나오려는 곡성을 참자니 손이 말을 듣지 않았다.

《본관 교하 한씨의 령구》라고 써야 할 글발이 눈물속에서 가물거렸다.

한옥의 관임을 알리는 명정을 잘 만들어서 병풍에 걸어두어야겠는데…

의봉의 손이 리제마의 붓쥔 손을 조심히 감쌌다.

이어 비단천우에 삐뚤삐뚤하나 정성들여 써나가는 하얀 글이 한자두자 새겨지기 시작하였다.

13

저녁설겆이를 마친 달래와 며느리까지 방에 들어와앉자 방 아래목의 벽에 기대앉았던 리제마는 감고있던 눈을 떴다.

장례를 주관했던 의봉이와 을순이가 제자들을 데리고 홍원으로 떠나가서 방에는 민성이와 달래네 량주들뿐이였다.

의봉이네 다섯자식들이 있어서 그렇지 그 애들마저 없다면 이 집이 어디 사람사는 집이라고 하겠는가.

지금쯤 의봉의 안해는 아이들을 재우느라 옆방에서 애를 먹고있을것이다.

리제마의 눈길이 민성이에게서 멎었다. 한옥의 모습이 거의 그대로인 아들이였다.

정말 한옥이 민성이를 남겨두고 땅속에 묻혔다는것이 믿어지지 않았다.

뜨락에 나서면 뜨락에서, 방에 들어서면 방에서도 한옥의 모습이 얼른거린다. 소리쳐부르면 금시 어데선가에서 반겨나올것만 같다.

마을녀인들이 위로하여 하는 말이 민성 어미가 살아서는 고생이 심했지만 눈감아서는 호강을 받았으니 한이 없을거라고 하였다.

하긴 녀인의 상사에 끌끌한 사내들이 모여들고 이웃마을들에서까지 조객들이 찾아와 령구를 내여가는 길이며 무덤결에 인산인해를 이룬 일은 드물것이였다.

더우기 지아비되는 사내가 안해의 상주가 되여서 상여를 따라나간 일도, 지아비의 손으로 하관한 처의 관우에 명정도 놓아주고 흙도 덮어주고 봉분을 한 묘앞에서 절을 한 례도 당시로서는 이례적인 일이였던것이다.

달래가 먼저 방안의 무거운 침묵을 깨뜨렸다.

《아버님, 마음같아선 한 열흘 더 집에 머무르고싶은데… 래일은 안변 시집으로 떠날가 하오이다.》

리제마는 맥없이 고개를 끄덕이였다.

제 어미 상사일로 보름나마 본가집에 묵고있는 달래이니 시집에 두고온 아이들이 걱정될것이였다.

김준영이 달래를 흘겨보며 말했다.

《이보우, 무슨 말을 그렇게 하오? 시집 핑게 말고 더 묵으면서 집안일을 돕게.》

《됐네, 자네 색시 말대로 하게.》

리제마는 준영을 타이르고 다시 입을 다물었다.

이제 더는 자식들에게 아비가 할 일을 그냥 맡겨만 두고있을수 없다. 늘그막에라도 아비구실을 하여야 저승에 가서 선친들을 뵈올 면목이 있을것이 아닌가.

리제마는 아들 민성을 바라보며 나직이 입을 열었다.

《자고로 부모를 잘 모시는 사람이 나라도 잘 받든다고 하였지만… 사실말이지 부모된 사람은 자식들에게 분부를 내리기 전에 제 할바부터 바로해야 하는거다.》

그 말에 민성의 눈이 휘둥그래졌다.

《아버님!》

《됐다. 난 네가 무슨 말을 하자는지 안다.》

그렇다. 리제마는 아들의 속생각을 너무나도 잘 알고있었다.

말없이 아비를 지켜보는 그의 행동을 보면 짐작할수 있다.

민성은 지난날 아버지를 대신하여 자기 할아버지의 묘곁에서 3년간 려묘살이를 한것처럼 이번에도 어미의 묘를 지키려 할것이다.

하긴 그렇게 하는것이 자식으로서 해야 할 법도이지만 더는 그렇게 하도록 내버려둘수 없다.

이 리제마가 늦긴 했어도 지금부터 집일을 맡아하면서 한옥의 묘도 봐주고 자식들의 뒤바라지를 해야 한다.

내 일이 걱정되여 아직까지 여기를 뜨지 않은 의봉이네 처자들도 그렇고 민성이도 홍원으로 보내야 한다.

홍원에 을순이도 의봉이도 있으니 민성이에게 의술을 더 깊이 다지도록 해줄것이다.

《얘들아, 내 아비로서 이번만은 너희들에게 도리를 지키도록 해달라는거다.》

준영이 깜짝 놀라 부르짖었다.

《아니, 그 말씀이 무슨 뜻이오이까?》

민성이 벌떡 일어나 리제마의 손을 잡고 절절하게 말했다.

《아버님, 아버님의 할바는 저희 자식들을 돌보는 일이 아닌줄 아옵니다. 제자들이 학당골에서 아버님이 오시기를 간절히 바라고있지 않소이까?》

리제마는 할말을 잃고말았다.

딱히 언제부터인지는 알수 없으나 홍원사람들은 학당이 자리잡은 골안을 학당골이라고 불렀다.

그 학당골이자 후진을 키우는 리제마의 삶의 터였고 래일이 있는 곳이였으며 생의 전부를 맡긴 곳이였다.

민성의 울음에 잠긴 목소리가 다시 울렸다.

《아버님의 손엔 우리 나라 의술의 장래가 맡겨져있소이다. 어머님은 숨을 거두기에 앞서 저에게 아버님을 잘 받들어 4상의술이 꼭 빛을 보도록 해야 한다고 유언하셨소이다.

〈무병장생 만민복락〉은 어머님의 뜻이기도 하였소이다. 그래서 한생 어머님이 집일을 도맡아 저희들을 키우면서 아버님의 뒤바라지를 하신것이 아니겠소이까.》

리제마는 와락 민성을 부둥켜안았다.

그의 얼굴로 두줄기의 눈물이 흘러내리고있었다.

《아버님, 어머님의 려묘살이는 소자가 하겠소이다. 집은 걱정마시고 제자들곁으로 가주소이다. 저도 더욱 의술을 련마하여 반드시 아버님의 뜻을 이어나가겠소이다.》

《애야, 너야말로… 너야말로…》

리제마는 너무도 감격이 북받쳐 종시 효자라는 칭찬의 말을 잇지 못하였다. 그저 민성의 잔등을 오래오래 어루만지였다.

14

며칠간 민성이와 함께 한옥의 묘소에 초막을 지어놓은 리제마는 아들에게 떠밀려 또다시 집을 나섰다.

달래네 량주도 안변으로 떠나갔다.

홍원에 당도한 리제마는 속이 편치 않았다. 그것은 학당일로 해서가 아니였다. 학당일은 그만하면 어려운 시기에도 불구하고 괜찮게 나가고있었다.

함흥감영에서 내려온 《고석배기》그놈이 학당을 없애버리려고 했지만 학당은 그대로 남아있었다.

리제마에게서 병을 고친 《궁도련님》이 신세갚음으로 묵돈을 《고석배기》에게 찔러주어서인것 같았다.

돈이라면 그림자도 따라갈 《고석배기》인지라 그놈은 묵돈을 받아먹고는 군말없이 함흥으로 가버렸고 새로 온 현감은 홍원에 부임해오자마자 속탈이 났었는데 의봉이 손을 써서 고쳐준 은혜를 입었으니 학당일이라면 돕지는 못해도 훼방은 놓지 않을것이였다.

홍원사람들이 쌀이며 소금이며 반찬감들을 모아주어서 학당일은 이전과 다를바 없었다.

이만하면 의봉이 스승이 없는 동안 학당일을 잘 이끌어나갔다고 할수 있었다.

리제마가 속이 좋지 않아하는것은 집일때문이였다.

아버지로서 할 일까지 한생 자식에게 맡겨버린 사람이 동서고금에 몇몇이나 되겠는가. 과연 바깥사람들에겐 좋은이가 될수 있어도 집안사람들에겐 좋은 아버지가 될수 없단 말인가.

리제마는 이런 심중의 아픔을 애써 참으며 제자들에게 우두법을 가르쳐주었다.

우두법을 배운 제자들은 북관땅의 각지로 떠나갔다.

리제마가 의봉이와 함께 읍거리에까지 나가 떠나가는 제자들을 바래워주고 학당골에 들어서는데 을순이 사색이 되여 기다리고있었다.

《무슨 일인가?》

《선생님, 웬 사내들이 다 죽게 된 두사람을 데리고 찾아왔소이다.》

《도대체 어떤 사람들인가?》

《행색을 보니 관가를 피해다니는 사람같소이다.》

《그 사람들이 어데 있나?》

《글방에 있소이다. 제가 밖에 나다니지 말라고 일렀소이다.》

《잘했네.》

리제마는 을순이와 의봉을 뒤에 달고 글방으로 향했다.

글방안에 들어서니 일여덟의 사내들이 굽석 허리굽혀 인사를 차리였다.

리제마는 가벼이 답례를 하고 방 아래목에 죽은듯이 누워있는 병자들에게 다가갔다.

옷은 새옷으로 갈아입혔으나 두 병자가 다 뼈만 남아서 송장같았다. 손가락을 병자들의 코밑에 가져다대니 숨이 알릴락말락 느껴졌다.

《선생님!》

말없이 리제마를 주시하던 사내들가운데서 그중 나이가 많아보이는 텁석부리가 공손한 몸가짐을 하고 입을 열었다.

《선생님, 사실 소인네들은 한달전에 토산관가를 들이쳤던 농군들이오이다.》

《?》

《관가놈들이 어찌나 못되게 구는지… 참을수가 없어 들이쳤는데… 관군과 싸우다가 적지 않은 친구들이 잘못되고… 이 두 친구도 총에 맞았소이다. 관군에게 쫓겨 황해도지경을 벗어나 북관땅에 들어섰는데 병을 잘 보는 명의님이 홍원에 계신다기에 이렇게 찾아왔소이다.》

《선생님!》 하고 나직이 부르는 의봉의 눈길이 질려있었다.

하긴 그럴수 있었다. 관가를 들이친 사람은 《역적》에 해당되니 그런 《죄인》들을 구해준다는것은 섶을 지고 불속에 뛰여드는것이나 마찬가지라 할수 있었다.

틀림없이 이 사람들은 관가의 눈을 피해 토산지경을 멀리 벗어난것이고 지금은 죽기를 마다하고 동료를 살리러 여기를 찾아왔을것이였다.

리제마가 무릎을 꿇고앉아 병자의 옷고름을 푸니 텁석부리가 그 일을 거들어주었다.

(?…)

리제마는 몸서리를 쳤다.

병자는 아래배에 총알을 맞았는데 손바닥만큼이나 살이 시꺼멓게 썩어 끔찍하였다.

창상이나 종처로 고생하던 병자들을 수태 고쳐보았어도 총에 맞은 사람은 처음인데다 상처가 너무 심하여 맥이 풀렸다.

다른 병자의 상처를 헤쳐보니 그는 허벅다리를 총에 맞아 그래도 좀 나았다.

의봉이 난감한 기색을 지으며 《선생님!》 하고 불렀다.

리제마는 의봉에게 엄한 눈길을 주었다. 의원으로서 손을 대보지도 않고 물러날수야 없지 않은가.

리제마는 이어 텁석부리를 향하여 단호한 어조로 입을 열었다.

《자네들은 몸을 숨겼다가 열흘후에 찾아오게.》

《알겠소이다.》

텁석부리네들은 허리를 깊숙이 숙여 절을 차리고 물러갔다.

《의봉이 이 사람, 곧 상처를 헤치겠으니 차비를 해주게.》

《선생님, 아무래도 명이 다된것 같은데…》

《사람이 죽고살고 하는건 하늘에 달려있는것이 아니라 우리 의원들에게 달려있네.》

의봉은 한숨을 쉬며 밖으로 나갔다.

인차 의봉이와 을순이 차비를 해가지고 나타났다.

리제마는 끓여 식힌 소금물에 손을 씻은 다음 을순이에게 말했다.

《배를 상한 병자부터 아픔을 덜 느끼게 양귀비진을 먹이라구.》

의봉이 깐깐하게 배를 다친 병자의 상처를 소금물로 닦아냈다.

《이젠 해봅세. 자네들은 병자가 움직이지 않도록 단단히 붙잡게.》

리제마는 손에 익은 큰침을 집어들었다.

이 큰침으로 얼마나 많은 종처며 창상을 다스렸던가. 제발이지 이 병자에게도 혜택을 입혀주렴.

리제마는 조심스럽게 총상부위를 +자로 쨌다.

큰침을 대기 바쁘게 고름이 콸콸 쏟아져나왔다. 이어 피고름이 흘러나왔다.

을순이 솜으로 피고름을 닦아내고 리제마는 숙련된 솜씨로 상처부위를 더 깊이 헤치고 들어갔다.

죽은듯 하던 병자가 꿈틀거렸지만 워낙 기력이 빠질대로 빠져서 상처를 째는데 지장이 없었다.
　뼬과 뼬사이에 큰침이 부딪치는 굳은 물건이 있었다. 총알이였다.
　리제마는 이를 사려물고 쇠집게로 총알을 집어냈다.
　총알을 집어냈을 때 리제마는 환성을 올릴번 하였다.
　리제마는 침착하게 소금물로 상처를 씻어내고 오징어뼈가루를 뿌려넣었다. 그다음 소금물에 끓여낸 목화솜으로 심지를 만들어 박고 그우에 황단고를 바른 두툼한 천을 붙이였다.
　《됐어.》
　의봉이 리제마의 이마에 돋은 땀을 훔쳐주며 말했다.
　《선생님, 이쪽사람은 소생이 하겠소이다.》
　《그래주게.》
　두번째 사람의 상처를 처치하는 일이 벌어졌다.
　입술을 깨문 의봉이 병자의 허벅다리에 깊숙이 상처를 째들어갔다.
　총알은 없었다. 총알이 뼈를 약간 스치며 다리를 뚫고나간것이다.
　의봉은 꼼꼼하게 썩은 살을 베여내고 정성껏 상처를 처치하였다.
　《잘했네. 이젠 약을 어떻게 쓰는가에 이 사람들의 목숨이 달려있네. 을순인 삼황탕에 길짱구와 으름덩굴, 삼칠을 더 넣어 달여먹이라구. 보중익기탕도 좋네.》
　《예.》
　《의봉인 날마다 고름을 빼고 새살을 돋게 하는 황단고를 갈아붙이게.》
　《알겠소이다.》
　글방을 나선 리제마는 울분을 금치 못했다. 나라를 지키라고 쥐여준 총으로 관군은 자기의 형제들을 쏘아눕히고있었다.
　언제면 이 나라에 운이 트이겠는지…

15

　리제마와 그의 제자들의 지성어린 보살핌으로 하여 두사람은 기적적으로 소생하였다.
　열흘에 한번씩 그의 동료들이 꼭꼭 학당골을 찾아왔다.

마침내 만가을에 이르러 두사람은 멀쩡한 새 사람이 되여 동료들과 함께 홍원을 떠나갔다.

리제마는 구태여 그들이 가는 곳을 묻지 않았다.

그들이 북쪽으로 방향을 잡은것을 보아 남의 나라 땅으로 살길을 찾아간다는것만은 짐작하였다.

며칠후 함흥감영에서 형방비장이라는자가 라졸들을 한무리 끌고와서 학당을 없애라는 관찰사의 령을 전달하였다.

형방비장의 말은 조정에서 충의계의 계원이였던 전 홍원현감이 벌려놓았던 일을 다 없애버리라고 했다는것이였다.

그들은 글방을 빼앗아 도로 원집으로 쓰게 하였다.

리제마는 억이 막혔다. 남은 생을 깡그리 후진을 키우는 일에 바치리라 한 그 기대마저 제대로 이룰수 없으니 세상은 왜 이리 험악한가.

아니, 내 이 길에서 절대로 물러서지 않을테다.

리제마는 의술을 배우는지 몇달밖에 안된 학도들에게 후에 때가 오면 다시 가르쳐주기로 약속하고 집으로 돌려보냈다.

그다음 그는 의술에 더욱 전심하였다. 어려운 때일수록 더욱 분발하여 4상의술을 밝힘으로써 그것을 후진들에게 물려주어야 할것이였다.

다행히도 리제마가 거처하는 집은 그대로 남아있어 그곳에서 4상의학을 심화시켜나갔다.

을순이는 여전히 부인병치료에 전심했고 의봉이는 리제마를 도와 4상인에 따르는 처방을 찾아냈다.

이 나날 리제마는 4상인에 따르는 약의 작용이 서로 다르다는것을 재확인하였다.

그에 의하면 소음인에게 알맞는 약은 성질이 온열적이고 맵거나 단맛을 가지면서 주로 비, 위경에 작용한다. 소양인에게 적합한 약은 성질이 한랭성이고 쓰거나 단맛이 있으면서 신, 방광경에 작용한다. 태양인의 약은 성질이 차거나 서늘하며 단맛이 있고 주로 간, 비, 위경에 작용하며 태음인의 약은 성질이 온열성과 한랭성이 각각 절반씩인데다 쓴맛이 대부분이고 폐, 간, 신경에 영향을 미치는것이다.

이런 리치를 재확정하였으니 4상인에 맞는 약을 갈라내는것은 의원이라면 누구나 할수 있게 될것이다. …

바쁜 나날속에 또 한해가 지나고 새봄이 왔다.

만산을 연분홍꽃 진달래가 빨갛게 물들일적에 민성이와 달래네 량주들이 학당골로 찾아왔다. 어머니의 1년상을 마쳤으니 아버지의 생일상을 차려드리겠다는것이였다.

그들이 모여들어 학당골이 흥성거렸다.

3월 19일 리제마는 신새벽에 일어났다.

버릇대로 아침산보를 하러 토방에 나서니 부엌에서 아낙네들의 웃음소리가 들려왔다.

웃음소리만 들어도 그들이 누구들인지 안다. 며느리와 달래, 을순이, 의봉이의 처들이였다.

생일음식을 차린다며 밤늦도록 분주했는데 언제 깨여났을가.

하여간 오랜만에 그리운 사람들이 한자리에 앉게 되였으니 기쁜 일이였다.

의봉이 먼저 깨여일어나 밖에 나갔댔는지 사립문안으로 들어서며 말했다.

《선생님, 또 산보하시려는것 같은데 산보가 그렇게도 좋소이까?》

《암, 좋다마다. 아침마다 소나무숲을 거닐면 머리가 맑아져 좋거던. 참, 자네 고뿔처방을 써보았겠지?》

의봉은 아름드리 소나무들이 구불구불한 그아래를 천천히 거니는 리제마를 따르며 대꾸했다.

《예, 선생님께서 내리신 처방인데 어련하실라구요?》

《실없는 소리.》

리제마는 허리에 손을 얹고 잠시 멈춰섰다.

소나무우듬지사이로 이름모를 새들이 날아예며 지저귄다.

세상에 감기만큼 흔하고 대수롭지 않으나 고치기가 까다로운 병은 없을것이였다.

그 몹쓸 감기를 약을 써서 고쳐보려고 애써오는지 수십년이 지난 오늘에야 빛을 보게 되였다. 4상의학이 아니였다면 아직도 감기의 처방을 제대로 내리지 못했을것이였다.

《선생님, 선생님이 지으신 형방패독산이 정말 신통하오이다. 엊그제 소양인병자들에게 그 약을 달여먹였더니 하루 지나 그제 벌써 말을 듣겠지요. 약을 먹어 이틀만인 어제 다섯사람이 다 고뿔이 뚝 떨어졌소이다. 확실히 이번에 지은 약들은 옛적 처방에 있는 약보다 고뿔에 명약이오이다.》

《천궁계지탕은 내가 고뿔에 걸린 소음인들에게 써봐서 아는것이고 그렇다면 됐네. 유감스러운것은 우리 조선사람들에겐 태양인이 무척 드문 까닭에 태양인처방을 얻어내기 힘든것이야.》

《선생님!》

《자, 그럼 들어가서 내인들이 차린 음식상을 함께 받읍세.》

의봉이와 함께 방에 들어선 리제마는 어리둥절하였다.

생일상이라기엔 너무도 요란했다. 음식상에는 한쌍의 통닭까지 올라있었다.

(허- 이 애들이 정신나갔군.)

리제마는 혀를 찼다. 확실히 자식들에게 조상전래의 풍습을 속속이 배워주지 못했다는 자책이 들었다.

나많은 사람의 생일상에는 잉어 같은 물고기를 올려놓는것은 좋지만 닭은 좋지 않다. 암수 한쌍의 닭은 아들딸을 많이 낳으라는 뜻으로 신랑신부의 잔치상에 올려놓는것인데…

리제마는 선자리에서 잘못된걸 바로잡아주려다가 이 좋은 날 잔소리를 하는것 같아서 차차 일깨워주기로 마음먹었다.

《아버님!》

민성이 다가와 리제마의 머리에 사모를 씌워주었다.

《허- 이건 뭐냐?》

《아버님, 오늘만은 저희 자식들이 하자는대로 따라주소이다. 자, 아버님이 앉으실 자리는 여기… 가운데옵니다.》

민성의 부축을 받아 리제마는 통닭 한쌍이 올라있는 교자상의 가운데를 마주하고 앉았다.

사모까지 쓰고 앉아서인지 퍼그나 어색하였다. 인차 부엌에서까지 사람들이 모두 들어왔다.

민성이 좌중을 둘러보며 말했다.

《우리 자식들은 아버님의 마흔아홉번째의 생일을 맞으며 약소하나마 음식상을 마련했소이다.

오늘 아버님곁에는 앉으실분이 있소이다.》

민성의 말을 기다렸다는듯 달래와 민성의 안해가 을순이를 부축하였다.

당황하여 몸둘바를 몰라하는 을순이를 두 녀인이 리제마의 곁에 이끌어앉히였다.

민성이 눈물이 글썽해서 말하였다.

《이모님, 이모님께선 진해때부터 이날이때까지 저희 아버님을 몸가까이에서 모시고 삼시 세끼 진지를 해올리고 돌봐드려왔소이다. 저희 자식들이라면 그렇게 해드렸겠소이까. 저희 자식들이 머리칼을 베여 이모님의 신을 삼아올려도… 그 은혜 천에 하나도 갚을수 없소이다.

이모님, 오늘부터 우리 자식들은 이모님을 어머니라 부르겠소이다.》

처음에는 영문을 몰라 덤덤히 앉아 듣기만 하던 리제마는 손발을 어떻게 건사해야 할지 또 눈길은 어데다 두어야 할지 몰라 허둥거렸고 을순이는 두손으로 얼굴을 가리우고 흐느꼈다.

그러고보면 민성이와 달래네 량주들은 아버지의 생일날인 바로 오늘에 이런 일을 꾸미자고 작정하고 모여온것이 분명하였다.

의봉이 눈물을 흘리며 부르짖었다.

《이 사람 민성이, 정말 잘 생각했네. 자넨 진짜배기 효자일세.》

이윽고 민성의 량주가 먼저 술을 부어올렸다. 리제마와 을순은 떨리는 손을 내밀어 청실홍실로 이어진 표주박을 받아들었다.

그들이 각기 받아든 표주박에서 맑은 술이 남실거렸다.

《어서 드시오이다.》

재촉소리에 리제마와 을순은 눈물을 머금고 표주박을 기울였다.

후실을 맞는 풍습대로 한다면 리제마는 사모날개가 둘이 아니라 한개만 있는 망가진 사모를 써야 한다. 재취하는 사내는 날개가 두개 다 있는 온전한 사모를 쓸수 없다.

그런데 민성은 온전하게 날개가 다 있는 사모를 씌워주었다.

자식들의 그 마음에 리제마도 을순이도 감동되였다.

을순을 후실이 아니라 정실로, 어머니로 모시겠다는 자식들의 마음이 기특했다.

달래네 량주, 그다음은 의봉이네 량주들이 술을 부어올렸다.

리제마는 생전처음으로 술을 많이 받아마셨다. 자식들의 지극한 효성에 감동되여서 부어주는대로 술을 받아마셨다.

16

세월은 거침없이 흘렀다. 리제마가 을순이와 교배잔을 나눈지도 어언 여러해가 지났다.

학당은 없어졌지만 리제마는 여전히 병치료도 하고 북관땅의 각지에 흩어져 가있는 제자들을 찾아다니며 4상의학을 파고들었다.

오늘도 리제마는 봄씨붙임으로 바쁜 마을들을 찾아다니며 사람들의 병을 보아주고 학당골로 들어섰다. 해는 벌써 뉘엿뉘엿 서산을 넘어가고있었다.

《인제 오시나이까?》

을순이 집앞에서 반겨맞으며 관가에서 찾는다는 전갈이 왔다고 알려주었다.

《관가에서?》

《한성에서 온 사람인데 꼭 선생님을 뵙겠다 하오이다.》

리제마는 한집안사람이 된 오늘도 여전히 《선생님》이라 깍듯이 공대하는 을순이 밉지 않아 고개를 끄덕여보이고는 오던 길을 되돌아내렸다.

관가에 들어서니 새로 부임되여온 홍원현감이 반색하며 동헌으로 이끌었다.

《리공에게 운이 텄소.》

몇번 대면하여 안면을 익힌 현감이 다사하게 말을 늘어놓았다.

《리공의 의술이야 온 8도강산이 다 공경하는터이니 어찌 구중궁궐에 계시는 임금님께서 몰라보겠소. 리공을 입궐시키라는 교지를 가지고 내의원에서 당상관 어의가 사령들을 거느리고 내려왔단 말이요. 이런 경사가 어데 있소?》

현감에게 안내되여 동헌에 드니 어의라는 젊은 사람이 먼저 절을 하며 자기 소개를 하는것이였다.

《전 혜암선생의 문하에서 의술을 배웠소이다. 혜암선생님의 자제분에게서 무평선생에 대한 얘길 들었소이다.》

리제마는 구면친구를 만난 심정이였다.

어의는 자리에 앉자 인차 사연을 털어놓았다.

《지금 상감마마의 병이 심상치 않소이다. 우리 내의원에서 할수 있는껏 손을 쓰긴 했는데… 상감마마께서 웬간한 약은 바라보시지도 않으니 병이 차도가 있겠소이까. 게다가 상감께서 서양의원에게 혹해있으니 참 안타깝소이다.》

《서양의원에게 혹해있다니?》

《예, 몇해전 미국공사관의 알렌이란 의원이 재동에 광혜원(제중원)이라는 병원을 차려놓았소이다. 알렌은 갑신정변때 개화파들에게 얻어맞아 다친 민씨네를 치료해준것으로 하여 그네들의 총애를 받게 된 까닭에 대궐에 드나들며 상감마마의 병을 보아주게 되였소이다.

헌데 알렌 그놈이 우리 조선의술을 깔보기를 동방의술은 뭐 의술이 아니라나요. 그러면서 서양의술을 똑 제일이라며 호르톤이란 의녀까지 중전마마곁에 붙여놓고 하는짓이란 미국을 숭배하게 하는짓뿐이지요. 그러니 상감의 병이 나을게 뭐겠소이까?》

리제마는 분개하여 이를 갈았다.

《이 사실을 알게 된 황형(황필수)도 송촌도 그렇고 빨리 무평선생을 청해오라는것이였소이다. 그래서 상감께 여쭈었더니 제꺽 상경시키게 하라는 하교가 떨어졌소이다.》

무심히 어의의 말을 듣던 리제마는 불쑥 떠오르는 생각이 있었다.

혹시 이것이 하늘이 준 기회가 아닐가. 이 기회에 임금님께 의학당을 내오도록 해주십사 청도 드리고 아울러 조정의 쇄신과 10만양병의 지론을 절절히 아뢰인다면 어떨가.

그렇다, 때는 이때로다. 이 기회에 임금님의 마음만 움직인다면 의술의 후진을 키우는 일도 그렇고 생각밖에 큰것을 이룰수도 있을것이다. 이 기회를 놓쳐서는 안된다.

이윽고 리제마는 한성에 있는 친구들의 소식이 궁금하여 물었다.

《송촌은 잘있소?》

《예, 잘있소이다. 잠시도 손에서 의술을 놓지 않소이다.》

《기쁜 소식을 알려주어 고맙소. 그런데 언제 떠나야 하오?》

《빠를수록 좋소이다.》

리제마는 즉시 결심을 내리였다.

《그럼 래일모레 떠나도록 합시다. 제자 몇을 데려가도 일없겠소?》

《그야 물론이지요.》

리제마는 급히 관가를 나섰다.

학당골에 들어선 그는 의봉을 불러 가까운 고을들에 나가있는 제자들을 래일 저녁까지 불러오라는 분부를 내리였다.

스승이 부른다는 기별을 받은 제자들은 지체없이 학당골로 달려왔다.

리제마는 한성길에 함흥에 들려 아들 민성이도 데리고갔다.

일행은 한성에 입성하였다.

제마는 제자들을 황필수의 집으로 데려갔다. 황필수는 한성구경도 시켜주고 시국형편도 알려주고 한성의원들과도 낯을 익히도록 제자들을 맡아달라는 그의 부탁을 쾌히 들어주었다.

제자들을 황필수에게 맡긴 리제마는 어의의 안내를 받아 내의원으로 향하였다.

내의원에 자리를 잡은 다음날 그는 을순이 새로 지어준 중치막을 차려입고 경복궁에 입궐하였다.

임금은 강녕전이란 침전에 있었다.

리제마가 어의와 함께 강녕전에 들어가니 임금이 평상에 앉아있었다.

리제마는 정중히 꿇어엎드려 문안인사를 하였다.

《상감마마, 신 리제마 상감마마의 어명을 받고 입궁하였나이다.》

임금은 쓸쓸한 표정으로 응답했다.

《그대를 처음 만난 때가 20년전이였지.》

임금은 리제마가 진해현감의 벼슬을 받던 때를 기억하고 한마디 한것이였다.

리제마는 임금이 구태여 진해와 고원사또때의 일을 상기시키지 않는것을 다행스럽게 생각하였다.

사실 고원군수에서 파직된것은 분노한 군사들에게 죽음을 당한 민겸호 그놈의 작간때문이지 임금의탓이 아니지 않은가.

《이리로 와서 과인의 병을 보라.》

리제마는 무릎걸음으로 다가가 임금의 얼굴을 살피였다.

이마에 주름들이 깊이 패인것을 보니 10여년전의 젊음은 찾아보기 힘들었다.

맥도 짚어보고 숨소리도 들어보니 어의한테 말을 듣고 생각했던것보다 임금의 병은 그리 깊지 않았다.

간기울결증(간기가 몰려 량옆구리가 뻐근하고 아픈것)으로 인한 우울증에다 몇가지 잡병이 겹쳐있었다.

잡병들중에서 좀 과한 병은 결대맥(부정맥)인데 그로 하여 임금은 가끔 앞이 캄캄해지고 어지럽고 가슴이 답답하다고 한것이였다.

나이 서른댓이면 아직 한창나이라 할수 있건만 임금은 이런 잡병때문에 맥을 추지 못하였다.

리제마는 곧 임금의 병을 고칠수 있는 처방을 내리였다.

약으로만도 자신이 있었다.

임금은 소음인에 속한다. 그러니 보중익기탕을 쓰면 우울증과 복통따위를 단번에 다스릴수 있고 결대맥에는 적백하오관중탕이 제격이다. 내의원의 의원들이 얼마든지 고칠수 있는 임금의 병을 두고 근심하는 것은 그들이 여러가지 잡병을 한번에 고치는 명처방을 찾지 못하고 이약저약을 쓰다보니 임금의 실망을 샀기때문일것이다.

병자의 실망을 일단 사면 그때는 어떤 명의일지라도 용빼는 재주가 없다.

리제마는 임금의 심금까지도 울릴수 있는 묘안이 떠오르자 신심에 넘쳐 입을 열었다.

《전하! 래일부터 손을 써도 일없겠사옵니까?》

임금은 고개를 끄덕여보였다.

강녕전을 나서는 리제마는 벌써 병을 털고일어난 임금의 혈기어린 모습을 그려보고있었다.

17

다음날부터 리제마는 강녕전에서 임금의 병을 고치는 일에 달라붙었다.

손을 대여 달라지기 시작한 임금의 병세는 닷새후부터 눈에 띄게 숙어들었다.

리제마는 어제와 마찬가지로 두툼한 담요를 깔고 엎드린 임금의 곤룡포뒤자락을 걷어올리고 잔등에 자름자름한 부항 몇개를 붙여놓았다.

보중익기탕과 적백하오관중탕 같은 약처방으로만도 능히 고쳐낼수 있는 임금의 병인데 부항까지 붙이는데는 그럴 까닭이 있어서였다.

사람의 병은 약이나 침, 뜸으로만 고치는것이 아니다. 그 못잖은 비방이 있으니 그것은 병자의 마음을 끌어당겨 그의 성격과 심리에 맞는 정신적자극을 조화롭게 주는것이였다.

약과 함께 반드시 자기의 병을 고칠수 있다는 병자의 정신상태, 이 두가지를 중시할줄 모르는 의원은 명의로 될수 없다.

하기에 명의로 되자면 다문박식한 학식을 쌓아야 했다. 여러 학문에 무불통달한 높은 학식으로 병자에게 이 의원에게 몸을 맡기면 얼마든지 병을 고칠수 있다는 믿음을 주어야 하는것이다.

병자에게 병을 고칠수 있다는 믿음을 주자면 그와 접촉할 시간을 내야 하는데 그런 시간은 자연스럽게 마련하는것이 좋은것이다.

탕약만을 내주면 임금과 함께 있을수 있는 시간을 넉넉히 마련할수 없고 그렇다고 임금에게 침이나 뜸을 놓아 아픔을 주면서까지 시간을 얻고싶지 않았기에 하여 리제마는 약물료법에다 부항료법을 보태기로 처방을 내린것이였다.

병자에게 별로 피로움을 주지 않는 부항료법이야말로 임금과 기분좋게 만날수 있는 시간을 얼마든지 얻을수 있을것이였다.

부항을 붙여놓고 임금의 기분을 좋게 해주려면 어떻게 해야 하겠는가.

이미 다른 나라 의원에게도, 지어는 도깨비같은 미국의원에게도 병을 보였다는 임금이니 그들에게서 별의별 달콤한 소리를 다 들었을것이다.

리제마는 다른 나라 의원들로서는 도저히 흉내낼수 없는 시골의 마실방들에서나 하는 구수한 기담을 펼쳐놓기로 하였다. 세상에 기담을 싫다 할 사람은 없을것이였다. 리제마의 생각은 빗나가지 않았다.

기담을 들으면서 유쾌한 기분으로 약물도 받아마시고 부항도 붙인 임금의 병세는 점차 차도를 나타내였다.

무엇을 보고 알수 있는가. 수라상이 말해준다. 옛적부터 력대 임금들은 먹다 남긴 수라상을 총애하는 신하나 공세운 신하들에게 물려주는것을 미덕으로 여겨왔다.

신하들은 또 임금이 내주는 수라상을 받는 일을 제일 큰 자랑으로 여겼다.

임금은 병치료를 받는 첫날부터 리제마에게 수라상을 물려주었다.

첫날 수라상에는 음식을 든 자리가 거의 없었다. 임금은 기껏 큰 원반에서 쏘가리를 끓인 금린어탕을 조금 다쳤을뿐 다른 음식들은 전혀 다치지 않았었다.

그러나 병치료를 받은지 사흘날부터는 전골이라든가 찜 같은 음식들에서도 자리가 났고 그 다음날부터는 남새반찬들에서도 자리가 났다.

오늘도 임금이 부항치료를 하는 리제마에게 먼저 말을 걸었다.

《공은 무슨 생각을 하는가?》

리제마는 그 뜻을 알아차렸다. 그러니 어서 이전처럼 기담을 꺼내놓으라는 뜻이였다.

《전하! 오늘은 소신이 진해현감으로 있을 때 겪은 일을 아뢰자고 하오이다.》

《그것도 좋구.》

《한번은 례방이란 사람이 고을의 풍기를 어지럽혔다면서 홀아비 한 명을 끌고온적이 있소이다. 신이 홀아비에게 〈무슨 죄를 졌느냐?〉 하고 물었더니 그 사람은 대답대신 시뻘개진 얼굴을 어깨밑으로 깊이 숨기는것이였소이다.

례방이 말했소이다. 홀아비네 집 뒤뜨락에 큰 감나무가 한그루 있는데 그 감나무가 서있는 뒤뜨락이자 젊은 과부가 홀로 사는 이웃집 마당이였소이다. 어느날 밤 별스레 녀인생각이 간절해진 홀아비는 통 잠에 들수 없었소이다. 홀아비는 벌떡 자리를 차고 일어났소이다. 감을 따야겠다는 생각이 나서였지요.

뒤뜨락의 감나무에는 잘 익은 감이 주렁주렁하였는데 그럴수밖에 없은것은 홀아비는 젊은 과부가 핀잔할가봐 못 따먹고 또 젊은 과부는 홀아비가 지켜보는것 같아 못 따먹고. 그래서 말랑말랑한 홍시가 그대로 매달려있었소이다.

홀아비는 감을 따자는 한가지 생각에서 망태기에 양푼을 넣어메고 뒤방문을 나섰소이다. 그러니 제가 알몸뚱인줄 알수가 없었지요.

남해가의 시골집들에선 사내들이 알몸뚱이로 잠자리에 드는 일이 종종 있소이다.》

　《허- 그것 참 볼만 했겠군.》

　《예, 그런데 반달이 홀아비의 그 장한걸 감춰주고싶어서인지 구름속으로 몸을 숨기더라는것이였소이다.》

　《하- 그것 참!》

　《홀아비는 말랑말랑한 홍시를 한양푼 가득 따서 젊은 과부에게 안겨주면 예쁜 그 계집이 얼마나 기뻐하랴 하는 생각이였소이다. 사실 그는 젊은 과부를 마음에 두고있었소이다.

　그는 기운이 뻗쳐 감나무로 기여올랐소이다. 나무에 기여올라서 홍시를 손더듬하는데 문득 젊은 과부네 집에서 문열리는 소리가 들려오는것이 아니겠소이까.

　홀아비가 숨을 딱 죽였는데 타박타박 젊은 과부의 발걸음이 다가와 감나무밑에서 멎는것이였소이다.

　〈어이쿠, 하필 소피 볼데가 없어서 여기로 올건 뭐람.〉하고 홀아비가 가슴을 두근거리는데 이런 야단이 어데 있겠소이까. 글쎄 젊은 과부는 오줌을 싸는것이 아니라 치마를 버썩 걷어올려 허리에 둘러감고 나무로 기여오르겠지요.

　반달이 구름속에서 나왔으니 젊은 과부가 보였소이다.

　〈아이쿠, 조 계집이 얼마나 홍시생각이 났으면 이러랴. 내가 하루만 더 먼저 생각을 했더라면 얼마나 좋았으랴.〉

　하여간 홀아비는 급해맞아 나무우로 더 기여올랐소이다. 이런 경우를 가리켜 병진시궁(막다른 곤궁에 빠졌다는 뜻)이라 하겠소이다. 더는 올라갈데가 없는 홀아비는 나무가지를 붙안고 눈을 딱 감아버렸소이다.

　피변은 그다음에 일어났소이다. 글쎄 과부가 홍시를 더듬어 딴다는 노릇이… 그 녀자의 말큰한 손이 그만 홀아비의 두다리짬에 매여달린 그 장한걸 움켜잡은것이 아니겠소이까?》

　《그, 그래서?》

　리제마는 시치미를 뚝 떼고 말을 이었다.

　《예, 그만 홍시가 아니라 어떤 사내녀석의 독오른 불알을 잡았다는걸 깨달은 젊은 과부는 악- 하고 비명을 지르며 넘어졌소이다. 그런데 떨어지진 않았지요.》

《어떻게?》

《홀아비가 날래게 나무아래로 미끄러져내려오며 녀인을 안아서였소이다. 홀아비는 젊은 과부를 끌어안고 속삭였소이다.

〈이보게, 날세, 나야. 앞집 홀아비!〉

그만에야 숨이 나간 젊은 과부는 홀아비에게 몸을 맡겨버렸소이다. 그래서 기이하게도 가지친 감나무우에서는 과부와 홀아비의 괴이한 이성지합이 마련되게 되였소이다.》

임금은 몸을 들썩이며 소리쳤다.

《고금동서에 보기 드문 거사로다. 그것 참 재미있었겠소.》

《예, 그랬던것 같소이다. 그런데 입이 빠른걸 보면 계집들보다 사내녀석이 더할 때가 있소이다. 〈홍시인줄 알았더니 잘 익은 불알이더라.〉 하는 상스러운 소문이 났는데 젊은 과부의 입에서가 아니라 홀아비의 입에서 새여나왔소이다. 그래서 례방이 화가 나서 홀아비를 붙잡아온것이였소이다. 신은 례방에게 젊은 과부도 잡아들이라고 하였소이다.

젊은 과부가 끌려왔소이다. 신이 물었소이다. 〈넌 홍시를 따서 네가 먹자고 했는가?〉 그랬더니 젊은 과부는 〈제가 먹자고 한밤중에 그럴 사람이 어데 있겠나이까?〉 하고 당돌하게 대꾸하는것이였소이다.

그래서 신이 례방에게 일렀소이다. 〈이 두사람은 고을의 풍기를 어지럽힌것이 아니라 아름답게 하였으니 지체말고 모여살도록 하라.〉》

《어— 아주 잘했다. 그것 참 명답이야.》

임금은 바닥을 두드리며 껄껄 웃었다.

《과연 공은 지내볼수록 과인의 마음에 든다. 과인이 공에게 병을 보이길 잘했다. 이젠 병이 차도가 생기는듯 해.》

웃음을 머금고 임금은 계속 말했다.

《한가지 알고픈것이 있네! 언젠가 관상감에서 알려오기를 사람들은 대체로 보름날과 그믐 이삼일전에 더 많이 죽는다는것이야. 그래서 과인이 미국의원에게 왜 그런가고 물었더니 대답이 신통치 못했어.》

리제마는 임금이 진정 그 까닭을 알고싶어한다는것을 느끼였다. 심한 병은 아니더래도 잡병으로 시름시름 앓다보니 죽음에 대해서 생각해보았을것이였다.

리제마도 보름날과 그믐날을 전후로 하여 병자들이 더 많이 죽는다는것을 알고 그에 대해서 생각을 깊이 해본적이 있었다.

리제마는 임금의 등에서 부항을 떼며 말했다.

《전하! 소신은 달이 사람의 생사에 깊이 관여한다고 생각하오이다. 달은 음이고 사람의 머리는 양이옵니다. 달이 제일 커지는 보름날과 제일 작아지는 그믐날을 전후로 하여 변하는 달의 모양, 다시말하여 음의 변화가 심해지면 그 기운이 사람의 머리, 그러니 양을 몹시 제약하는 까닭에 이전보다 사람들의 머리에 허열증이 성해지게 되오이다. 허열증이 심해지면 내상7정(7가지 정서의 변화 즉 기뻐하고 성내고 근심하고 생각하고 슬퍼하고 놀라고 겁내는것)이 혼란되여 그런 날에는 병자들이 더 많이 잘못될수 있소이다.

이런 불상사를 막으려면 그런 날들에 과음하지 말며 변비를 없애고 잠을 푹 자야 할줄로 아오이다. 이건 아직 소인생각인줄 아오이다.》

《과시 명철한 대답이로다. 공은 진짜명의다. 오늘은 몸이 거뜬해서인지 알고싶은것이 많구만. 방금 잠이란 말이 났기에 묻는건데 사람이 하루 얼마쯤 자는것이 좋은가?》

리제마는 기뻤다. 임금이 알고싶은것이 많아졌다는건 곧 의원에게 마음이 쏠렸다는 뜻이다.

《전하! 신이 다년간 의술을 닦으면서 살펴보니 대체로 잠을 모자라지 않게 잔 사람들속에서 장수자가 많았소이다. 적어도 깊은 잠은 일여덟시간은 자야 잠이 모자라지 않다고 볼수 있소이다. 잠이 모자라면 사람이 오륙을 제대로 놀리지 않을 때처럼 몹쓸 병에 걸릴수 있소이다.》

임금은 익선관을 쓴 머리를 끄덕이였다.

《공의 말을 듣고보니 깨닫는바가 크오.

또 한가지, 사람들이 말하기를 공의 4상의학이 아주 새로운것이라고 하던데… 어디 그에 대해서 한번 들어보았으면 하오.》

《황송하옵니다.… 물론 2천년전 서방의 그리스나 춘추전국시기 고대중국에서 여러 의원들이 서로의 지혜를 모아 사람의 체질을 네가지 혹은 다섯가지로 나누어보려는 시도는 있은줄로 아옵니다. 소신이 생각하건대 그때 의원들은 사람의 체질을 병치료를 위해서가 아니라 단지 사람의 생김새나 갈라보려고 그렇게 하였던것 같았소이다. 그러다보니 옛사람들은 사람의 체질을 제나름대로 나누어놓은데만 그치였지 체질에 맞는 병증과 그에 따르는 약처방을 밝힐수 없었소이다. 그래서 소신이 내놓은 4상의학을 다들 새롭다고 하는것이옵니다.》

《음… 알겠소. 사람의 체질에 따라서 약처방이 달라지는 리유는 뭔가?》

《신이 병을 다스리는 리치는 4상인에 따라서 달라지는 5장의 세력을 그 사람의 체질에 맞게 고르롭게 하여주는것이옵니다.

사람은 5장의 크기가 서로 달라서 평시에는 소질(일시적균형)을 이루게 되는데 사기가 침범하면 그 소질이 깨져서 같은 병일지라도 증상이 달라지게 되오이다.

이로부터 병을 고치자면 장기의 소질을 회복시켜야 하는데 그러자면 세력이 과도한 장기는 사(사기 즉 병인을 없애고 이상항진된 기능을 정상에로 회복하는 작용)해주고 허한 장기는 보해주면서 사기를 몰아내야 하오이다.

커졌던 장기는 곧 줄어들수 없고 작아진 장기는 곧 커질수 없기에 5장의 세력이 고르롭게 잡힐수 없소이다.

그러나 약을 쓰면서 정신을 수양하면 그것이 장기에 자극을 주어 소질을 이룰수 있소이다. 하여 4상인에 따라서 장기의 부족되는 기력을 북돋아주는 약과 병증을 다스리는 약을 더하고 빼게 되니 그래서 약처방이 달라지는것이옵니다.》

임금은 고개를 기웃거렸다.

《과인이 학식이 넉넉치 못하다보니 공의 말을 다는 알아듣지 못하겠군. 하여간 공이 금성옥진(사물을 집대성화하여 완결했다는 뜻.)하여 세상에 처음으로 4상의학을 새롭게 내놓았다는것만은 확실하오.

장하오. 공은 과시 조선의 명의라 할수 있소.》

리제마는 두손을 모아잡고 머리를 숙이였다.

《황공무지로소이다.》

《또 한가지, 미국의원이 과인에게 말하기를 동양이 개명하려면 의술에서도 서양의술을 받아들여야 한댔소. 공은 어떻게 생각하오?》

리제마는 임금에게 생각하는바를 기탄없이 아뢰였다.

《전하! 서양의원들은 사람의 체질에 따라서 그리고 병증에 따라서 쓰이는 각이한 약처방들과 침, 뜸, 부항, 지압, 찜질 같은 우리 나라의 의술을 알수도 없고 리해할수도 없을것이옵니다. 우리의 의술은 마음만 먹으면 어떤 병이든 다 고칠수 있소이다.

서방에서는 약에만 매여달리다보니 고뿔 하나 제대로 고치지 못하여 숱한 사람들이 죽고있다고 하오이다.

그러나 우린 약뿐아니라 침과 뜸으로도 고뿔을 고치고있소이다. 식체나 위완통 같은 속탈도 마찬가지옵니다.

신은 마땅히 선조들이 물려준 우리 의술을 기둥으로 하고 여기에 서양의술의 좋은 점을 보태쓰면 의술이 사람들의 장수에 더 기여할수 있다고 생각하오이다.》

《듣고보니 그 말이 옳은것 같소.》

임금은 잠시 무엇인가를 생각하더니 리제마를 바라보았다. 그러는 그의 얼굴에 그늘이 지어있었다.

《공 보기엔 과인이 얼마를 살것 같소?》

리제마는 이 대답을 심중히 해야겠다고 생각하였다. 어찌 사람이 의술의 도움으로써만 장수를 누린다고 할수 있으랴.

《전하! 세상엔 〈진시황도 죽었다.〉라는 명담이 있소이다.

황제가 된 진시황은 만년장수를 해보려고 사방으로 신하들을 파하여 장생불사약을 구해오게 하였지만 쉰살도 못살았소이다.》

임금은 탄식하였다.

《허-》

《전하! 옛 성현들이 이르기를 사람이 자기의 수명을 다 살려면 시기 질투를 말며 라태를 말며 호색과 탐욕을 말며 과음을 말며 진귀한 약을 망탕 쓰지 말며 놀음에 지나치지 말며 짜게 먹지 말라 하였소이다. 그리고 사색하기를 즐기고 손발놀리기를 좋아하며 사람들과 화목하고 남새음식을 많이 들라고 하였소이다. 또한 지위가 높아질수록 덕을 베풀고 위엄을 보이는 〈덕위병행〉을 잊지 말라고 하였소이다.》

임금의 얼굴에 심각해하는 빛이 떠돌았다.

《전하! 이만 오늘은 물러갈가 하오이다.》

리제마는 공손히 강녕전을 나섰다.

18

 리제마가 대궐에 머무르고있는지도 스무날이 썩 넘었다.
 오늘도 리제마는 강녕전에서 임금에게 탕약을 마시게 하고 그의 등에 부항을 붙이였다.
 《리공! 오늘은 력사이야길 들려주지 않겠소?》 하고 허두를 뗀 임금은 미소를 지었다.
 《공은 전대의 왕조에서 이름난 임금들이 누구라고 생각하는가? 고려 태조대왕은 내놓고 세명만 꼽아보오.》
 리제마는 임금이 정직한 신하들을 측근에 두고싶어할 때면 이런 질문을 한다는것을 알수 없었다. 만일 그 신하의 대답이 마음에 들지 않으면 생각을 달리한 임금이였다.
 《상감마마! 굳이 고려의 명군들을 꼽는다면… 신의 생각엔 고려 4대 임금 광종대왕(재위기간 950-975년)을 먼저 꼽고싶소이다.
 개경을 황제의 도읍이라는 뜻에서 황도라 일컫고 고구려를 이은 나라답게 년호까지 제정해 썼으니 천하에 고려의 위엄을 떨친것이 아니겠소이까. 담대무쌍한 명군이 아니고서는 그런 용단을 내릴수 없소이다.
 다음은 8대임금 현종대왕(재위기간 1010-1031년)을 들수 있소이다. 강감찬장군, 강민첨장군과 같이 뛰여난 인재들을 널리 등용하여 두번씩이나 쳐들어온 거란오랑캐무리를 통쾌하게 쳐부시여 천하가 고려를 공경하도록 하였소이다. 현명한 명군이 아니고서는 뛰여난 인재를 가려볼수 없소이다.》
 임금은 말없이 고개만 끄덕였다.
 리제마는 숨을 크게 들이쉬고나서 다시 담담한 어조로 말했다.
 《다음은 31대 경효대왕(1352-1374년)을 꼽을수 있소이다. 경효대왕이 등극하였을 때 고려의 형편은 몹시 나빴소이다.
 하지만 대왕은 사방에서 달려드는 외적의 침입을 물리치고 나라의 안전을 지켜내는데 많은 기여를 하였사오이다.
 후세들은 어려운 때 나라를 맡아 겨레를 보존시킨 명인들의 공적을 언제나 잊지 않을것이옵나이다.》

《어쩜 공의 대답은 김옥균과 같소? 김옥균도 군력을 길러 외적을 물리친 임금을 명군이라 하였소.》

리제마는 임금에게서 김옥균의 이름을 들을줄 몰랐다.

왕비일파가 죽이지 못해 몸살을 앓는 김옥균이 왜나라에서 이리저리 숨어다니며 겨우 목숨을 부지하고있다니 얼마나 통분한 일인가.

리제마는 거친 숨을 몰아쉬며 임금의 잔등에서 부항을 떼여냈다.

부항을 떼낸 리제마는 임금앞에 꿇어엎드렸다.

《전하! 신은 래일 귀향할가 하오이다.》

임금이 놀라 벌떡 일어나앉았다.

《귀향이라니?》

《전하! 전하의 룡체에 든 병은 다 나았소이다. 앞으로 병이 도질것 같으면 이번 처방대로 약을 쓰시면 되겠소이다.》

《가만! 과인은 그대를 어의로 두도록 하겠소.》

리제마는 입궐하면서 임금의 눈에 들게 되면 어의자리를 하사받게 되리라는 생각을 못해본건 아니였다.

《황송하오이다. 하오나…》

리제마는 한동안 말을 갑잘랐다.

《상감마마! 신의 어리석은 소견을 널리 헤아려주사이다. 일찌기 양평군 구암선생(허준)이 정배를 가지 않았더라면 천하가 보배라 일컫는 〈동의보감〉이 못 나왔을는지도 모르오이다.》

임금은 한동안 아쉬움을 금치 못해하더니 이윽하여 고개를 끄덕이였다.

《알만 하오.》

임금은 한숨을 내쉬였다.

리제마는 떠오르는 생각이 있어 담담한 어조로 입을 열었다.

《전하! 신이 무엄하게도 한말씀 올려도 되겠소이까?》

《말하오.》

《성현들이 이르기를 명군은 잘못함을 듣기에 힘쓰고 좋은 말 듣기는 바라지 않는다고 했소이다.

지금 우리 나라의 형편은 고려 경효대왕때보다 더 어렵다고 생각하오이다.

이러한 때 전하께옵선 룡체의 보존에 주의를 각별히 돌려주시고… 또

한 고구려의 후계국으로서 고려 광종대왕이 한것처럼 떳떳하게 황제국이라 일컬어야 할줄 아옵니다.

상감께옵선 《과인》이 아니라 황제로서 《짐》이라 칭해야 하옵고 《폐하》라 불리워야 하오며 년호도 제정해쓰고 신하들에게 공, 후, 백, 자, 남의 작위를 봉해야 하리라고 생각하옵니다.

그리고 나라를 하루빨리 문명케 하기 위하여 전국도처에 정사와 군사, 농업과 공업, 상업과 의술 등의 인재들을 키워내는 학당을 내와야 할것이옵니다.》

여기까지는 일사천리로 말이 흘러나왔다.

리제마는 침을 모아삼키고 배에 힘을 주었다.

《일찌기 10만양병을 주장한 률곡선생의 지론을 받아들여 신식병기를 갖춘 10만의 정예군사를 길러내옵소서. 상감께옵선…》

리제마의 온몸은 땀으로 화락하게 젖어들었다. 그는 지금 자기가 칼날우에 선것과 같다고 생각하였다. 자칫하다가는 어느 순간에 임금의 노여움을 사서 목숨을 잃을지 모른다.

허나 이 한순간에 백성들과 나라의 운명이 좌우될수도 있다고 생각하니 목숨을 내대고서라도 할말을 서슴없이 해야 한다는 마음이 굳어졌다. 리제마는 얼굴을 질벅하게 적신 땀을 팔소매로 훔쳐내고는 정중한 어조로 절절하게 말하였다.

《상감마마! 자고로 고운 언사는 꽃이고 지극한 말은 열매이며 쓴말은 약이고 단말은 병이라 하였소이다.

지금처럼 간신들이 득세하여서는 나라가 언제 가도 동패서상(이르는 곳마다에서 실패한다는 뜻)을 면할수 없소이다.

전하께옵선 결단코 왜놈들과 화친하려는자들을 몰아내고 자수자강하여 나라의 부국강병과 만대왕업을 위하고저 몸을 돌보지 않는 충의지신들로 조정을 쇄신하여 종묘사직을 지켜내야 할줄로 아옵니다.》

임금은 침상을 차고 일어섰다. 그리고 무겁게 궁실안을 거닐었다.

이제 어떤 어명이 떨어질는지…

쿵!…

임금이 뚝 멎어섰다. 리제마의 머리맡에서 멎어선것이였다.

《그런 말은 싫증나게 들었다. 이전에 박규수도 김옥균이도 다 그렇게 말했다. 됐다. 이젠 어데 가서 그런 말을 함부로 하지 말라. 그러

다 목숨을 잃을수 있다.》
 리제마는 너무도 생각밖이여서 저도 모르게 고개를 쳐들었다.
 임금의 안색은 여느때와 다름없이 무표정하였다.
 리제마가 더 생각할 사이없이 임금의 다음말이 떨어졌다.
 《과인은 피곤하오.》
 리제마는 쫓기듯 궁실을 나섰다.
 밖에 나오니 땀에 젖은 몸에 실망과 고독감이 휩싸였다.
 리제마의 귀전에는 박규수도 김옥균이도 그런 말을 했다는 임금의 짜증어린 목소리가 쟁쟁하였다.
 아, 이젠 알겠다. 애국충정으로 살자 했던 박규수대감이 뜻을 이루지 못한것도, 김옥균이네들의 갑신정변이 비참하게 실패한것도…
 나라를 다스리는 임금의 머리에 골병이 들어가니 나라도 조정도 골병이 들어 망해가고있는것이로구나.

19

 리제마는 터벅터벅 경복궁을 나섰다.
 어쩌면 나라에 큰 도움을 줄지 모르겠다는 한가닥 기대와 소망을 안고왔다가 실망과 환멸에 휩싸여 황필수의 집을 찾아가는 그의 발걸음은 천근인듯 무겁기만 하였다.
 어의를 통해서 대궐소식을 알고있다면서 황필수와 민성이 그리고 제자들이 반겨맞았다.
 리제마의 마음을 다소나마 기쁘게 한것은 제자들이 번화한 한성구경도 하고 한성의원들과도 만나 안면을 익혔다는 그것이였다.
 황필수가 마음먹고 차려낸 음식상에 둘러앉아 제자들과 점심을 먹고났는데 대문을 두드리는 소리가 울렸다.
 민성이 뛰쳐나가 대문을 여니 지석영이 환하게 웃으며 들어서는것이였다.
 리제마는 무등 기분이 떠서 뜨락으로 내려가 지석영의 손을 잡았다.
 《송촌!》
 《무평선생님! 무평선생이 임금의 병을 고치였다고 온 조정이 들썩하오이다.》

리제마는 지석영의 그 칭찬소리에 얼굴을 흐리였다.

임금의 병을 고쳐준건 사실이다. 허나 그게 무슨 큰 경사라고 다들 기뻐하는거냐. 명의라면 사람의 몸에 든 병뿐아니라 정신에 든 병도 고칠줄 알아야 한다.

지석영이 쓸쓸해있는 리제마를 보고 웃음을 거두었다.

그날 저녁 황필수의 집 사랑방에는 세사람이 둘러앉았다. 리제마와 황필수, 지석영이였다.

황필수가 먼저 입을 열었다.

《리형, 제 송촌하고 의논이 있었는데… 이제는 4상의학을 거의다 밝혀냈다고 하니 한성에 올라왔던김에 그걸 책으로 썼으면 하오.》

지석영이 맞장구를 쳤다.

《더는 미룰수 없소이다.》

지석영이 리제마의 손을 꼭 그러잡았다.

《무평선생, 제가 왜 이 말을 하는가 하면 시국형편이 날로 나빠지고있으니 시일을 끌면서 책쓰기를 늦잡다가 어떤 일이 생길지 모르겠기에… 더는 미루면 안되오이다.

그래서 제 황형과 의논해서 남산에다 집을 한채 마련해놓았으니 거기로 옮겨가셔야 하겠소이다.》

리제마는 그들의 마음에 감동되여 눈을 슴벅였다.

그러지 않아도 지금껏 밝혀낸 4상의학을 의서로 남길 생각으로 틈틈이 적어넣은 자료들과 처방들을 가지고왔고 또 제자들도 데리고 온것이였다.

이제 더는 4상의학의 집필을 미룰수 없다. 시급히 의서를 써내여 아들 민성이만이 아닌 후세들에게 물려줌이 선배로서의 할바가 아니겠는가.

리제마는 지석영의 손을 뜨겁게 마주잡았다.

《고맙소. 그대들의 마음을 따르겠소.》

황필수가 기분이 떠서 밖에 대고 소리쳤다.

《술상을 들여오게!》

마루에 앉아 사랑방에 귀를 기울이고있던 제자들이 와— 환성을 올렸다.

*

　1893년(고종30년) 7월의 더위는 여느해보다 더 물쿠는것 같았다. 황소뿔마저 지글지글 녹아 꼬부라들것 같은 무더위였다.
　리제마는 황필수와 지석영이 마련해준 남산기슭의 조용한 집에 들어 책상에 마주앉아있었다.
　낮에 이어 밤은 깊어가건만 그의 손에 쥔 붓은 멎을줄 몰랐다.
　대황초불빛아래 56살의 리제마의 모습이 똑똑히 보이였다.
　좀 두드러진 넓은 이마의 굵은 주름살들에는 간고한 인생의 자취가 력력히 배여있는듯 하였고 숱진 눈섭아래의 어글어글한 두눈과 꾹 다문 입에는 모진 풍파를 뚫고헤쳐온 자욱이 어려있었다.
　손에 틀어쥔 붓이 자나깨나 《광제창생》의 한뜻을 품고 파란곡절속에 터득해낸 4상의학을 종이우에 새겨나갔다.
　리제마는 4상의학을 자자구구 천연바위에 쪼아새기는 심정이였다.
　《제1권…》
　리제마는 1권에서 사람과 인간세상 그리고 세상만물과의 관계에 대한 자기의 견해를 준 《성명론》에 이어 심(심장)을 제외한 페(페장), 비(비장), 간(간장), 신(신장)의 크고작은 모양에 따라 4상인을 구별하는 《4단론》을 서술하였다. 그리고 기쁨과 노여움, 슬픔과 즐거움의 불합리한 조화가 인체에 영향을 주어 질병을 생기게 하는데서도 4상인에 따라 다르므로 그를 알고 늘 주의해야 함을 밝히였다.
　4상인에 따르는 성격과 그 우단점을 지적하고 단점을 극복할데 대한 《확충론》에 이어 4장, 4부, 4초, 4해의 리론을 밝힌 《장부론》에서는 두뇌는 정신이 들어있는 집이고 심은 한몸의 주재가 되어 인체의 모든 부분을 지배한다는것을 밝히였다.
　《제2권…》
　리제마는 2권에서 먼저 의술의 력사와 함께 선행자들의 저술을 연구하여 4상의학을 창시했음을 서술하였다.
　그다음 《소음인신수열표열병론》과 《소음인위수한리한병론》에서는 선대의원들의 처방의 부족점을 지적하면서 4상론에 의거한 치료법과 새 처방들을 내놓았다.

《법론》에서는 병자는 응당 약을 써야지만 병없는 사람이 약먹기를 좋아하면 장기의 기능이 약해져서 질병에 더 잘 걸린다는것과 세상에 인삼, 록용을 자주 먹는 사람이 일찍 죽지 않은자가 없다는것을 깊이 경계하라고 밝히였다. 마감으로 경험방 23개, 새 처방 24개를 주었다.

《제3권…》

3권에서는 소양인의 병증과 치료법, 처방을 준 《소양인표한병론》과 《소양인리열병론》, 소양인이 약을 쓰는데서 주의해야 할 점들을 서술한 《법론》에 이어 경험방 10개, 새 처방 17개를 주었다.

《제4권…》

리제마는 4권에서 태음인과 태양인의 병증, 치료법, 처방을 《태음인위완수한표한병론》과 《태음인간수열리열병론》, 《태양인외감요척병론》, 《태양인내촉소장병론》에 서술해주고 사람들을 나이에 따라 유년, 소년, 장년, 로년의 4기로 구분한 다음 그들의 심리에 맞게 정신수양을 하면 장수할수 있다는 광제설, 4상인의 감별원칙과 체형기상, 성격, 생리적특성, 병증에 의한 감별법을 주는 《4상인변증론》을 밝히였다.

여기에 모두 67개의 처방이 서술되였는데 태음인처방과 소음인처방이 각각 24개, 소양인처방이 17개, 태양인처방이 2개였다.

또한 태양인에게 쓰이는 약재 10여종, 태음인에게 쓰이는 약재 120여종, 소양인에게 맞는 약재 80여종, 소음인에게 맞는 약재 100여종, 모두 합쳐 삼백수십여종의 약재들을 서술함으로써 조선에서 나는 약재 거의 전부를 4상인에 따라서 구별해놓았다.

1893년 7월 13일에 시작하여 불철주야로 달리던 리제마의 붓이 1894년 4월 13일에 그 종지부를 찍었다.

리제마는 꼭 8달에 걸쳐 집필한 의서의 표제를 사람들을 무병장수할수 있게 해주기 바란다는 뜻에서 《동의수세보원》이라고 하였다.

의서의 표제까지 써넣은 4월 13일 밤부터 리제마는 한생에서 두번다시 없은 가장 길고 달콤한 굳잠에 들었다. 무려 사흘밤, 사흘낮에 걸친 단잠이였다.

며칠후 리제마는 고향을 향해 한성을 나섰다.

마감이야기

1900년(광무4년) 11월 12일의 새날이 푸름푸름 밝아오고있었다.

동산마루에서 쏟아지는 아침해살이 서서히 함흥에 있는 리제마의 집 방문을 뚫고 방안을 비치였다.

눈부신 해살의 조화인지 아니면 새날의 신기한 기운에서인지 하여간 여러날동안 밤낮으로 정신을 잃고 누워있던 리제마의 눈이 가늘게 뜨이였다.

처음에는 캄캄절벽같던 앞이 뿌잇해지더니 이어 짙은 안개인양 막혔던 장막이 차츰 걷혀지면서 아물아물 아지랑이같은것이 오르내렸다. 그것은 장난이런듯 한동안이나 가셔질줄 몰랐다.

한참만에 뿌연 복판에서 나무기둥같은것이 가로질린것을 느끼였다.

좀 있어 리제마는 그것이 회죽미장을 한 천정에 가로질린 천정보임을 알아보았다. 바로 그 천정보에는 《광제창생》이라는 주먹같은 글발이 씌여있을것이였다.

리제마는 몸을 떨었다.

림재익의 말이 귀전을 울리는듯 했다.

《말은 망아지때부터 길들이지 않으면 좋은 말이 될수 없고 나무는 어렸을 때부터 가꾸지 않으면 좋은 재목이 될수 없다.

금수도 초목도 이러할진대 사람이야 더 말해 무엇하겠느냐. 너는 열

심히 글을 배워 훌륭한 사람이 되여야 한다.》

《선생님!》

리제마는 어디선가에서 들려오는 소리에 몸을 움씰했다.

《선생님!》

리제마는 소리나는쪽으로 눈길을 돌렸다.

사람들이 또렷하게 보이지는 않았어도 리제마는 그들이 누구인지를 똑똑히 감각할수 있었다. 을순이, 민성이, 사위 준영이, 의봉이와 제자들…

(내가 왜 누워있을가?)

리제마는 곧 의서 《동의수세보원》에서 마음에 들지 않는 대목들을 바로잡다가 쓰러지던 일이 생각났다.

리제마는 한참만에 있는 힘을 다하여 입을 열었다.

《오늘이 며… 며칠이더라?》

을순이 리제마의 손을 감싸쥐고 대답했다.

《12일이나이다.》

그렇다면 사흘이나 꼬바기 누워있었단 말인가. 하긴 그럴수도 있다. 중경락(뇌혈전)에 걸렸으니 쉽게 일어날수는 없다.

(아, 오래동안 간신음이 허하고 뇌수를 자양하지 못한데다 기혈순행이 막혔으니 중경락에 들수밖에…)

시초에 약을 쓰면서 몸조리를 잘했더라면 얼마든지 병을 고칠수 있었다.

허나 의서를 고쳐쓰느라 과로하다보니 몇번 졸도를 하였는데 그때마다 소양인에게 특효약인 지황백호탕으로 위급한 고비를 넘기군 하였다. 명약일지라도 자꾸 쓰면 효력이 떨어진다. 그러니 그것도 이제는 맥을 추지 못할것이였다.

병도 병이지만 조상들이 부르는데 어찌 피할소냐.

리제마는 천천히 눈을 감았다.

한달전에 있은 꿈생각이 나서였다.

하얀 소복단장을 한 한옥이 지팽이를 쥔 역시 하얀 치마저고리를 차려입은 할머니 김씨와 함께 집에 나타난 꿈이였다.

그 꿈이 나의 앞날을 어떻다고 가르쳐준 암시가 아닐가.

리제마는 기력을 다해 눈을 떴다. 눈앞이 뿌잇했다.

(왜 밝게 보이질 않을가?)

아직 할일은 많은데…

리제마는 안깐힘을 다해 주위를 둘러보았다.

애를 써서인지 눈앞이 좀 밝아졌다.

덮고있는 이불도 새 이불이였고 입고있는 옷도 새옷이였다.

(음… 이젠 알만 하다. 그러니 림종이 왔다는것이다. 림종이라…)

누구나 한번은 가야 하는 길이라지만 정작 림종에 닥치고보니 한스러웠다. 아니, 한스러울것도 없었다.

(63살이면 오래 살았지. 백성들 같으면 예순은커녕 쉰살도 못 살아보는데…)

인생의 마지막문턱을 넘기에 앞서 무엇을 더할수 있을가.

리제마는 남산에서 의서 《동의수세보원》을 쓰고 고향으로 돌아온 그날부터 오늘까지의 여섯해를 더듬어보았다.

의학당을 내와도 좋겠다는 조정의 허락을 받아내여 고향땅에 《보원국》이란 현판을 내걸던 그날의 일이 눈에 선했다.

그날 리제마를 놀라게 한것은 딸만 차례로 일곱을 거느렸던 《의주기인》이 언젠가 자기가 대준 비방대로 본 아들을, 그것도 름름한 젊은이로 자란 아들자식에게 의술을 가르쳐달라고 보내온것이였다.

어찌 그뿐이랴.

그 못지 않게 그를 흥분시킨것은 진해현감시절의 잊지 못할 《작은에그나》가 아들을 앞세우고 나타난것이였다.

알고보니 《큰에그나》는 오래전에 병을 만나 세상을 떠났고 제포수군진에서 전령을 하던 《작은에그나》의 남편은 바다에 기여든 왜적선을 몰아내는 싸움에서 잘못되였다.

하여 애오라지 아들 하나를 키우며 고생스럽게 살아온 《작은에그나》였다.

그날 리제마는 의봉이와 함께 아들 민성이와 사위 준영을 학도들을 가르치는 교수로 내세웠다. 6년동안 적지 않은 후진들을 길러냈다.

《의주기인》의 아들이며《작은에그나》의 아들들이 보원국을 우수한 실력으로 마치여 의원이 되였고 고향사람들의 병을 고쳐주려 집으로 돌아갔다.

4상의술을 지닌 수많은 후진들을 두었으니 이제는 죽는대도 여한이 없었다.

리제마는 천천히 벽쪽으로 시선을 옮겼다.

책장을 마주한 벽에서 포태시절의 쇠각반이며 진해현감시절에 받은 장검이 보였다.

제포수군진의 수군첨절제사가 헤여질 때 진해를 잊지 말라며 준 보검이였다. 그것들을 보니 울분이 끓어올랐다.

애국의 장검만으로 국운이 기우는 나라를 바로잡을수 있는가?

없다. 갑오년의 교훈이 그렇다고 말해준다. 왕비일파가 보낸 자객에 의해 김옥균이 청나라의 상해에서 무참히 살해된 1894년 그해 갑오년에 고부에서 일어난 민란을 계기로 커다란 농민전쟁이 일어났다.

《보국안민》, 《광제창생》, 《페정개혁》을 요구하여 일어난 농민전쟁이 백성들의 지지를 받았고 적지 않은 정객들의 리해도 받았지만 때를 잘못 만난탓에 선혈만 흘리고 실패를 당하였다.

《우리는 잘못된 세상을 바로잡고저 하는 사람이니 탐학한 관리들을 없애고 그릇된 정치를 바로잡는것이 무엇이 잘못이며 조상의 뼈다귀를 우려 행악을 하여 백성의 고혈을 빨아먹는자를 없애는것이 무엇이 잘못이며 사람으로서 사람을 매매하는것과 국토를 롱락하여 사복을 채우는자를 치는것이 무엇이 잘못이냐.

너희는 외적을 리용하여 자기 나라를 해하는 무리이다. 그 죄 가장 중대하거늘 도리여 나를 죄인이라 이르느냐.》

이 말은 농민전쟁의 주도자였던 전봉준이 형장에서 죽음을 앞두고 터뜨린 절규이다.

어찌 전봉준이네들만 뜻을 이루지 못했단 말인가. 김옥균이네들도 아니, 이 나라의 의로운 사람들모두가 나라를 위하려는 뜻을 이루지 못하였다.

이 리제마란 사람의 한생도 그와 다를바 없을것이다.

어린시절에는 《무병장생은 만민지복락》이라는 소박한 꿈을 안고 의술을 배웠고 중년에는 《강병양성은 부국지초석》이라는 뜻을 안고 무과에 급제하여 벼슬길에도 나서보았다.

바로 그 길이 백성을 널리 구제하는 《광제창생》의 길이라고 여겼기에 침식을 잊고 뛰여다녔다.

그러나 조부모님들이 바랐던 그 벼슬길은 걸음걸음 조정에 대한 환멸감과 자기 인생의 실패감만 더해지는 길이였다.

제딴엔 탐관오리들을 배척하고 한개 고을안의 정사라도 잘 펴나간다면 조정이 알아주고 임금이 헤아려 장차 나라안에 백성들을 위한 어진 정사를 펴나갈것이라고 믿었지만 그것은 한갖 망상에 지나지 않았다.

썩은 조정과 병든 임금이 있는 한 백성들의 가난구제는 어리석은 꿈이였다.

탐학무도한 민가일당의 눈밖에 나서 벼슬길에 침을 뱉고 돌아섰을적에 황도연은 이렇게 말했었다.

《무평! 맥을 놓지 말게. 예로부터 백성은 나라의 근본이라 하였거늘 백성이 무병하면 나라도 든든해지기마련이니 의술길에서 물러서지 말게.》

그 조언을 금언으로 여겼기에 벼슬길에서 물러나 래일에 대한 꿈을 안고 의술과 후진육성에 전심전력하였던것이다.

허나 아무리 백성을 위해 의술을 바쳤어도 도탄에 빠진 민생살이는 조금도 달라진것이 없었다. 오히려 가난과 굶주림, 무지만이 덧쌓일뿐이다. 분명 나라는 망조에 들었다.

오죽 나라가 썩고 쇠약했으면 국모까지 왜놈들에게 무참히 살해당하는 을미사변(1895년에 있은 왜놈들의 왕비암살사건)이라는 세상에 더 없는 특대형의 야만행위가 거리낌없이 감행되였겠는가.

한하늘을 이고살수 없는 악독한 원쑤 섬오랑캐놈들이 선조의 넋이 어린 이 땅에서 주인처럼 활개치고있으니 이 나라의 운명도 다 진해가려는 모양이다.

나라가 병에 드니 그 어떤 애국충정의 뜻도 이룰수 없었다.

아, 이 리제마 그토록 꿈도 많았고 뜻도 높이 세워보았건만 불우한 시절에 태여나 생을 보낸것이 한이로구나.

리제마는 온몸의 기력을 모아 입을 열었다.

《나를 일으켜주오.》

을순이 눈물을 삼키며 그를 안아 조심스럽게 일으켜앉히였다.

리제마의 눈길이 먼저 의봉이에게서 멎었다. 거의 한생을 곁에 있으면서 사심없이 스승을 받들어준 의봉이 같은 제자는 흔치 않을것이였다.

그다음 그의 시선이 사위 준영이에게로 옮겨졌다가 아들 민성이한

테가 멎었다.

어린시절에 벌써 아버지의 뜻을 이루는 길에 자기를 바친 아들이였다. 오늘은 4상의술을 이은 효성스러운 민성이였다.

리제마는 을순이의 떨리는 손길을 느꼈다.

그는 다시한번 아들이며 제자들을 둘러보고나서 마지막힘을 모아 입을 열었다.

《난 그대들에게… 고생만 시키다가 가오. 고생만을… 시키였소. 용서를… 용서를…》

리제마의 몸이 맥없이 늘어졌다.

《선생님!-》

《아버님!-》

을순이 떨리는 손을 들어 리제마의 눈을 감겨주었다.

방안에 사람들의 애절한 곡성이 울리였다.

망국의 비운이 두텁게 드리운 시절에 태여난 리제마는 이렇게 갔다.

한생을 애오라지 나라와 백성을 위하려는 의로운 길에서 몸부림을 치며 충정을 바친 리제마는 이름없는 한적한 골안에 조용히 묻히였다.

망국은 곧 4상의학을 창시한 리제마의 뛰여난 공적을 락엽덮인 이끼속에 묻어버렸다.

만병을 다스리는 신비로운 의술을 지녔던 천하명의 리제마!

곡절도 많고 파란도 많은 인생의 굽이굽이 무수한 언덕길을 걸으면서 애오라지 백성살이와 부국건설에 이바지하려 했던 애국자 리제마였다.

허나 나라가 망해가니 만백성은커녕 한사람의 인재도 품어줄수 없고 그의 장하고 의로운 뜻과 기개도 펴볼수 없었다.

백성들이 건강하여 복락을 누리려면 나라부터 강해야 한다.

바로 이것이 리제마가 세상에 남기고싶었던 가슴속의 절규였다.

장편사화	**리 제 마** (증보판)
저 자	**전철호**
편 집	**리원희**
장정, 삽화	**김수남, 류명구**
편 성	**리 향**
교 정	**김연옥**
낸 곳	**문 학 예 술 출 판 사**
인 쇄 소	**평양종합인쇄공장**
인 쇄	**주체105(2016)년 1월 20일**
발 행	**주체105(2016)년 1월 25일**

ㄱ-56284

© Korea Literature & Art Publishing House 2016
D P R Korea
ISBN 978-9946-22-688-0

장편사화 리제마

2024년 4월 10일 인쇄

저　자 : 전 철 호
발행인 : 정익현/오현경
발행처 : 남북경총통일농사협동조합/민들레문화방

등　록 : 2019.01.07 제 2019-000068 호
주　소 : 서울시 영등포구 시흥대로 183길 10 1층(대림동)
전　화 : 010-9838-2070 / 010-2952-0703
이메일 : dashle14@naver.com / ohk.oh@daum.net

ISBN 979-11-970069-0-6　　　03890

정가 22,000원